Les Sauvages

Tome 2

DU MÊME AUTEUR

Les Sauvages, Tome 1, Flammarion, 2011.

Les Sauvages, tome 2, de Sabri Louatah est aussi disponible
en version numérique.

ISBN : 978-2-0812-8295-7

Sabri Louatah

Les Sauvages

Tome 2

Flammarion

LA FAMILLE NERROUCHE

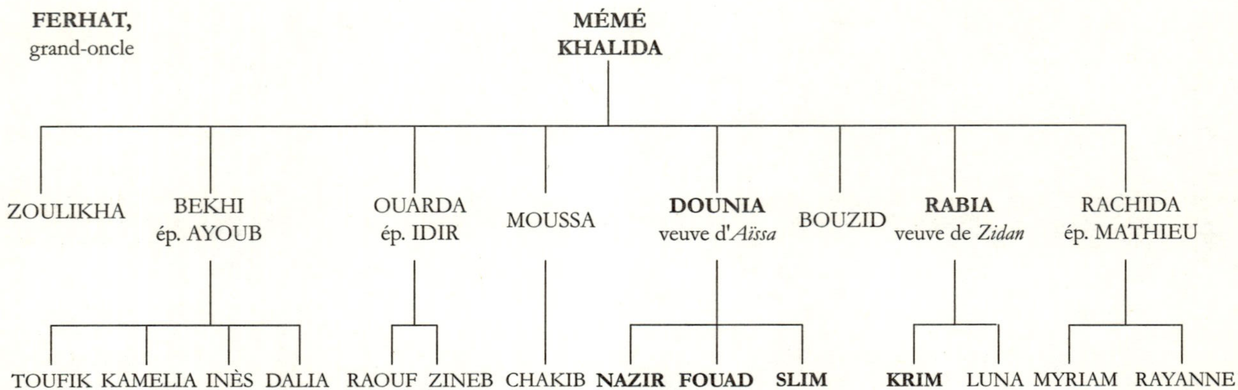

POLICE

Ministère de l'Intérieur
Mme VERMOREL
Dir. cabinet MONTESQUIOU

DCRI
Préfet BOULIMIER

Sdat
Commandant MANSOURD

Capitaine TELLIER

Préfet de Police de Paris
DIEULEVEULT

DOPC
Commissaire MAHEUT

JUSTICE

Garde des Sceaux
Dir. cabinet FLEUTIAUX

Parquet de Paris
Procureur LAMIEL

Juges antiterroristes

ROTROU

WAGNER

POUSSIN

DIMANCHE

Chapitre 1

« SARKO ASSASSIN »

1.

Au moment où les satellites de nos services secrets enregistrèrent les premiers mouvements de foule inquiétants à la périphérie de Paris, au moment où les stades, bars et places à écrans géants de tout le pays parurent imploser sous l'effet simultané de la stupéfaction et de la colère, Henri Wagner, juge d'instruction au pôle antiterroriste du tribunal de Paris, admirait paisiblement les saints pétrifiés qui veillaient sur la place Saint-Pierre, au Vatican.

Il avait rejoint sa femme la veille et comptait repartir le lendemain ; Paola voulait visiter à nouveau la chapelle Sixtine, où ils s'étaient rencontrés vingt ans plus tôt, mais une demi-heure après avoir acheté les billets le juge était précipitamment sorti, incapable de se concentrer, l'esprit assailli de contrariétés professionnelles.

Mme Wagner était une pianiste assez célèbre. Le public mélomane la connaissait surtout sous son nom de jeune fille, Paola Ferris. Elle se dirigea bientôt vers son mari immobile, accoudé comme un jeune homme à l'une des barrières qui encadraient les files d'attente étrangement désertes en ce beau dimanche de printemps.

— Mais qu'est-ce qui te met dans cet état ?

Le juge haussa les épaules et parut hésiter à lui en parler. Il avait les cheveux blancs, les sourcils noirs et touffus. Il se dégageait de ses traits pourtant marqués une forme de jeunesse incoercible : sa haute stature était un peu dégingandée, sa pomme d'Adam épanouie et son port désinvolte aggravé par son col de polo ouvert de deux boutons. Il mit les poings sur ses hanches et leva le front vers le ciel.

Le premier des deux officiers de sécurité du juge s'éloigna pour prendre un appel sur son téléphone. Le second finit par regarder dans la même direction que le juge. Appartenant au Service de protection des hautes personnalités qui renouvelait régulièrement les gardes du corps des magistrats menacés, ces deux nouveaux se ressemblaient jusque dans leur façon de se choisir un look informel pour un week-end avec leur « client » : blousons en cuir, chaussures de sport et lunettes teintées. Le juge Wagner était persuadé qu'ils ne s'étaient pas concertés. Il avait appelé ça le « mimétisme professionnel » au déjeuner – un mot d'esprit qu'aucun de ses gorilles rasés de près n'avait jugé bon de gratifier d'un sourire.

— Étonnant, tu ne trouves pas ?

Le juge s'adressait à sa femme qui entendit son portable vibrer pour la troisième fois consécutive contre le cuir de son sac à main. Elle demanda ce qui était étonnant mais n'attendit pas la réponse et appuya sur la touche verte de son portable. Mains derrière le dos, le juge Wagner fit quelques pas au pied de la galerie suspendue. Le ciel sur lequel se silhouettaient puissamment les statues était un vrai ciel de printemps, pommelé de courts nuages espiègles et vifs. Le vent qui leur faisait la chasse pouvait être mordant, aussi le juge Wagner releva-t-il le col de sa veste en méditant sur une illusion d'optique qui le ravissait autant qu'elle lui causait de l'inquiétude et du vertige : il lui semblait que ce n'étaient pas les nuages qui cheminaient sur le ciel mais ces altières figures de saints soudain réveillées de leur sommeil éternel, exactement comme il peut nous sembler, depuis un train arrêté, que le train d'à côté qui s'est ébranlé est celui à l'arrêt, tandis que le nôtre se serait imperceptiblement mis en mouvement.

— Paola, regarde…

Mais, quand il tourna la tête vers Paola, le visage de celle-ci avait perdu toutes ses couleurs. Sa paume couvrait imparfaitement sa bouche écarquillée et ses grands yeux clairs étaient déjà mouillés par l'épouvante.

L'officier de sécurité qui parlait lui aussi au téléphone attrapa le juge Wagner par le coude et le conduisit vers l'extrémité de la place en lui passant l'appareil. Tandis que le chef de la section antiterroriste du parquet lui expliquait la situation, sa femme essayait d'appeler Aurélie pour s'assurer qu'elle allait bien. La voix de sa fille était un peu endormie. Une tante viendrait la chercher en attendant qu'ils rentrent. Aurélie, curieusement, ne protesta pas.

Dans la voiture qui les ramenait à l'hôtel, Paola prit la main de son mari, qui contrairement à la sienne ne tremblait pas, pas plus que son regard, stable et sérieux tandis qu'une énième personne l'appelait pour l'informer de nouveaux détails tragiques.

Quand il raccrocha, elle caressa des yeux sa longue et forte tête casquée de blanc.

— L'avenir c'est maintenant, murmura-t-elle.

Son mari mit sa main sur la sienne.

— J'ai toujours trouvé que son slogan de campagne était…

Elle ne trouva aucun adjectif et se tut.

— Prémonitoire ? suggéra soudain le juge sans quitter des yeux l'écran de son BlackBerry.

— Ah… Non, ce n'est pas ce que je voulais dire… Mais enfin, fit-elle soudain mine de s'emporter, ça n'a pas l'air de tellement t'affecter ! On a tiré sur un candidat à l'élection présidentielle !

— Paola…

— Oh mon Dieu, c'est épouvantable. Ils lui ont tiré dessus. C'est épouvantable. Oh, mais bon sang, comment est-ce qu'avec tout ça tu peux rester d'un calme aussi… olympien ?

Le juge Wagner laissa un sourire illisible envahir son visage. Il se racla la gorge, parut penser à dix autres choses et répondit à sa femme tandis que leur break de location filait à tombeau ouvert sur les quais du Tibre :

— Ma chérie, à moins que la mythologie ne nous ait trompés depuis le début, je crois bien que c'était tout sauf le calme qui régnait sur l'Olympe…

2.

Les urgences du CHU de Grogny virent d'abord débarquer un régiment d'hommes à oreillettes, suivis une minute plus tard par deux vagues de motards en uniforme. Aux cris des premiers s'ajouta bientôt le vacarme des sifflets des seconds pour accompagner l'ordre d'évacuer le rez-de-chaussée. Une infirmière se plaignit au moment de libérer une chambre, le chef du service lui intima l'ordre de s'exécuter sans broncher.

Après la tempête il y eut le calme, un calme encore plus effrayant, à peine contrarié par les bips des machines. Personne parmi le personnel soignant n'osait déglutir. Il semblait que le moindre mot pouvait faire exploser ces hommes carrés, tendus, gonflés d'adrénaline.

Un interne malingre et presque chauve lâcha son stéthoscope qui tomba sur le carrelage. L'officier qui mâchait violemment son chewing-gum le fusilla du regard. Manifestement doté d'une ouïe surhumaine, il entendit le premier le cortège arriver. Deux secondes avant tout le monde, il se rua vers le seuil de la porte qui s'ouvrit automatiquement.

Le brancard la franchit à toute vitesse et passa devant les infirmières abasourdies en découvrant ce qu'elles n'avaient que soupçonné : l'identité de ce patient pour lequel on avait transformé le service en zone ultra-protégée.

Une jeune interne fut chargée de s'occuper de la femme du candidat, de contrôler sa tension, de lui apporter de l'eau.

Dans la petite chambre où Esther Chaouch se laissa conduire, l'interne ne put retenir un sanglot. Elle fut rejointe par un urgentiste chevronné qui vérifia immédiatement les pupilles de la patiente.

— Madame Chaouch, je peux vous assurer que votre mari est entre de bonnes mains. Le professeur Lu…

— Où est-ce que vous l'avez emmené ? Qu'est-ce que vous allez…

— Calmez-vous, madame. Votre mari est entre de bonnes mains.

Esther Chaouch se leva et profita d'un instant d'inattention de l'urgentiste pour quitter la chambre et traverser le couloir où aucun des gardes du corps n'eut le courage de l'arrêter. Elle s'arrêta toute seule, contre la vitre lignée de rouge derrière laquelle apparaissait la tête sanglante de son mari, écrasée sous la blancheur des néons. Alors que la balle avait touché la joue gauche, c'était sur le côté droit que la chair avait explosé et offrait le spectacle le plus insoutenable.

Esther Chaouch perdit connaissance. Quand elle se réveilla, elle était entourée d'un garde du corps et de Jean-Sébastien Vogel, le directeur de campagne, qui avait enlevé sa cravate et qui la considérait tête penchée, moins par compassion qu'avec une sorte de curiosité anxieuse et catastrophée.

Elle passa un quart d'heure au téléphone avec sa fille, Jasmine, qui avait préféré quelques heures plus tôt rentrer chez elle, dans son appartement du canal Saint-Martin que Vogel lui confirma d'un regard être l'un des appartements les plus sécurisés de la capitale. Après une demi-heure, le chef du service vint la voir, l'aida à s'asseoir sur le lit et lui expliqua la situation d'une voix si douce qu'elle crut un instant qu'on l'avait gainée de morphine ou d'une invisible substance cotonneuse, pour la protéger de la violence du monde.

— Madame Chaouch, je suis le professeur Lucas, nous venons de passer une demi-heure à...

Une poussière dans la gorge le fit s'étouffer. Il leva le doigt et se tourna un instant pour tousser. Le ton du professeur, le timbre de sa voix... Esther Chaouch prit sa tête entre ses mains, persuadée que c'était fini, qu'il essayait de lui annoncer que son mari était mort. Elle eut même le temps de se mettre à la place de ce médecin chargé de lui expliquer pourquoi ils n'avaient rien pu faire, ce médecin grisâtre qui avait dû annoncer la mort des centaines de fois à des centaines de familles, et qui devait avoir utilisé à chaque fois les mêmes périphrases horrifiques et censément sobres, décéder, ne pas survivre, peut-être même l'infâme *partir*...

Mais ce n'était pas le cas.

— Veuillez m'excuser. Donc. On a pratiqué un scanner qui a révélé que la balle n'avait pas touché le cerveau. La balle a traversé la tête pratiquement d'une joue à l'autre, c'est une chance, mais il est fort probable que votre mari ait fait une rupture d'anévrysme à cause du choc. On a passé une demi-heure à stabiliser sa tension artérielle pour pouvoir le transporter en milieu spécialisé en toute sécurité. Les neurochirurgiens et neuroradiologues du Val-de-Grâce ont été prévenus...

— Il va s'en sortir ?

— Madame, ce qui lui arrive est… très grave, et je ne vous cacherai pas que l'opération qu'il va subir est très délicate, mais ce sont, je vous assure, parmi les meilleurs chirurgiens du pays qui vont s'en occuper, vous pouvez compter là-dessus.

Esther Chaouch maîtrisa une crise de sanglots. C'était encore une fois le ton doux, la douceur professionnelle du professeur qui avaient vaincu les résistances de sa pudeur.

— Comment vous allez l'emmener là-bas ? demanda-t-elle brusquement en se levant pour y aller aussi.

— Par hélicoptère, c'est un trajet de dix minutes, vous pourrez le rejoindre en voiture, je crois que le convoi est déjà prêt. Votre fille, ajouta le professeur Lucas après un regard en direction de Vogel, est conduite en ce moment même au Val-de-Grâce.

Esther Chaouch se tourna à son tour vers Vogel.

— Jean-Sébastien, est-ce que c'est un attentat terroriste ?

— Oui, bien sûr, mais c'est trop tôt pour…

— Pourquoi personne ne nous a dit qu'il était *vraiment* menacé ? Qu'est-ce que… Valérie Simonetti ? Elle savait pas ? Vous saviez, c'est ça ?

— Esther, il va y avoir une enquête, ceux qui portent une responsabilité…

— Et maintenant, est-ce qu'il est en sécurité ? Réponds, est-ce qu'il est en sécurité ?

— Esther, répondit Vogel, tête baissée, le préfet de police de Paris m'a appelé pour me prévenir qu'il avait envoyé six sections de CRS pour boucler le quartier du Val-de-Grâce.

Esther Chaouch leva les mains et balança son menton latéralement dans un mouvement rageur.

— Le préfet de police ? Dieuleveult ? Il déteste Idder, enfin…

— Esther, stop, l'arrêta Vogel.

Celui qui était le mieux placé pour devenir le Premier ministre de Chaouch prit dans les siennes les mains roses d'anxiété d'Esther :

— Ce n'est pas comme ça que ça marche, il n'y a plus de politique là, c'est la France qui vient d'être attaquée, tu m'entends ? La France.

Quelques secondes plus tard, un Eurocopter du SAMU quitta le toit du CHU de Grogny et se mit dans la direction du soleil, survolant la petite banlieue, le périphérique, les arrondissements de l'Est et la Seine, avant de se poser dans la cour de l'hôpital d'instruction des armées du Val-de-Grâce, où une demi-douzaine de blouses blanches et bleues rassemblées autour d'un brancard se préparaient à recevoir leur patient le plus important de l'année.

3.

— Des chevaux de feu.

Ce furent les premiers mots que prononça Rabia en émergeant péniblement d'un sommeil qu'elle croyait avoir duré une journée entière. Quand ses paupières purent s'ouvrir à peu près normalement, elle ajouta que ces chevaux de feu étaient dans le ciel, qu'elle les avait vus rouler dans un grondement muet et prophétique. Fouad prit son pouls et appliqua le dos de sa main sur son front en sueur.

Après plusieurs dizaines de coups d'épaule qui devaient lui laisser des hématomes et des douleurs pendant toute la journée suivante, il avait réussi à défoncer la porte de Rabia. Des bris de verre sur le carrelage l'avaient surpris, et il avait enfin trouvé sa tante, endormie sur le lit de sa chambre, sans draps pour la couvrir.

Au moment où elle leva la main pour matérialiser dans le vide la course des chevaux de son rêve, Fouad vit l'expression de son visage se transformer. Les poussières de l'autre monde étaient retombées. Elle se souvenait :

— Il est où, Krim ? Il est où, mon fils ?

Elle saisit le poignet de Fouad et bondit hors du lit.

— Tatan, qu'est-ce qui s'est passé ! cria Fouad, explique-moi !

Rabia perdit l'équilibre et retomba sur sa couche. Elle balbutia quelques mots que Fouad eut du mal à comprendre : Omar, téléphone, Paris.

— Omar ? demanda Fouad.

— Comme Omar Sharif, délira Rabia, on s'est rencontrés sur Meetic, et après… je… après…

— Je vais te chercher de l'eau.

— Et Luna ? Elle est où, ma fille ?

Tandis que Fouad remplissait une bouteille pour ne pas avoir à faire plusieurs allers-retours, il saisit l'appareil dans sa main gauche et vit avec horreur qu'il avait plus de trente appels en absence – il avait supprimé l'option vibreur, le voyant rouge avait clignoté à son insu, sans interruption, depuis un quart d'heure. Il serra les contours de ce petit pavé enrobé de plastique jusqu'à ce que les jointures de ses doigts blanchissent.

Il laissa couler l'eau et regarda la porte défoncée, vision étrange qui semblait moins le fait de ses yeux que de son épaule endolorie, si bien qu'à ce moment il lui parut évident, terriblement évident, que voir c'était souffrir, et qu'il n'avait peut-être jamais rien vu d'autre dans toute sa vie que ce loquet démoli qui pendouillait comme un bout de chair métallique au bord du linteau ébréché.

En cet instant précis, Fouad savait qu'il savait, mais il ne savait pas encore quoi. Parce que, au lieu de rappeler le dernier numéro qui s'affichait, au lieu de répondre au téléphone de Rabia qui sonnait sans discontinuer depuis qu'il était entré dans l'appartement, il poussa la double porte vitrée du salon et alluma la télé sur laquelle tous les programmes des chaînes hertziennes avaient été interrompus et remplacés par des éditions spéciales. Il zappa sur LCI. Il avait l'habitude des bandeaux rouges « Urgent » au bas de l'écran des chaînes d'info continue. Une loi venait d'être votée, une disparue venait d'être retrouvée morte, une université d'été avait accouché d'une petite phrase assassine. Mais cette fois-ci, c'était le candidat à la présidentielle du Parti socialiste qui avait été victime d'un attentat. Cela, Fouad le savait. Mais il y avait autre chose.

Il monta le son.

Les spécialistes invités en plateau devisaient sans être passés par la case maquillage. Leur nez était laqué, la sueur collait des mèches entières sur leur front crispé. Jamais la fébrilité de ces voix obligées d'intervenir en moins de vingt secondes sous peine d'être arrêtées n'avait paru si criante à Fouad. Il avait fait quelques émissions lui-même, il était prévu qu'il en fasse bientôt à nouveau et de façon intensive, pour la promotion d'une comédie à gros budget qui sortait cet été, où il tenait le premier second rôle.

— Fouad ?

La silhouette de Rabia apparut déformée à travers les carreaux bombés de la porte. Fouad n'eut pas le temps de baisser le son, il se précipita vers sa tante pour l'empêcher d'entrer. La voix du journaliste qui dirigeait les débats terminait à ce moment le rappel de la *breaking news* du siècle :

— À l'heure où nous vous parlons, l'identité du tireur n'est pas connue… Sur la vidéo de l'attaque que nous avons choisi de ne pas vous montrer, on voit qu'il s'agit d'un jeune homme, peut-être même d'un adolescent, d'origine semble-t-il asiatique ou peut-être maghrébine. Mais nous en saurons plus…

Fouad ne réussit pas à retenir Rabia bien longtemps. Elle s'empara de la télécommande devant son neveu sonné qui savait enfin ce qu'il avait pressenti depuis le début. Et pourtant il n'y croyait pas encore. Il fallut, pour qu'il commence à y croire, que Rabia ait zappé furieusement, peut-être une dizaine de fois, jusqu'à ce qu'à l'écran, au lieu des visages voraces, tendus et indécents des journalistes et des commentateurs, apparaisse l'image figée et agrandie du jeune tireur, ses pommettes aplaties, ses yeux écarquillés emplis de terreur et de larmes évidentes en dépit des pixels :

— Krim...

4.

Il était dix-sept heures trente lorsque Krim fut libéré par le médecin et décrété apte pour la garde à vue. Deux heures n'avaient pas été de trop pour apaiser la spectaculaire crise de spasmophilie qu'il avait faite dans le fourgon de CRS, tandis que des voix hypertendues s'affrontaient sur le lieu où il fallait l'emmener : « au 36 » ou « à Levallois ». Krim avait suivi ces débats ésotériques jusqu'à ce que le souffle lui manque. À Levallois-Perret se trouvait le siège flambant neuf de la Direction centrale du renseignement intérieur (DCRI), réunion de la DST et des RG, que Sarkozy avait rêvée comme d'un FBI à la française et qui abritait en effet, entre autres, les services du contre-terrorisme. Krim avait accueilli la nouvelle qu'il allait y être interrogé en vomissant sur une paire de rangers qui s'étaient mécaniquement vengées en lui assénant un coup de pied sur la lèvre supérieure.

Un coup de plus était impossible à distinguer sur son visage boursouflé par ceux de la foule qui, sans l'intervention des gardes du corps, l'aurait probablement lynché. Il fallut néanmoins, outre les médicaments administrés pour calmer ses bronches, lui faire à la va-vite quelques points de suture autour de la bouche. Le médecin se plaignit du comportement du CRS tandis que son jeune patient assommé par la médication somnolait sous haute surveillance :

— Franchement, vous auriez pu y aller mollo, dit-il d'une voix d'autant plus réprobatrice qu'il n'allait évidemment rien signaler à personne.

Krim ouvrit les yeux sur l'autoroute, où on le transportait à une vitesse qu'il ne croyait possible que dans les jeux vidéo. Bizarrement, il lui semblait moins qu'il allait s'envoler que s'enfoncer, s'enfoncer dans l'épaisseur du temps où il exploserait en mille millions de bulles d'air.

On lui posa des questions, il s'entendit essayer d'y répondre.

Il se rendormit et rouvrit les yeux au moment où émergeait au loin un immeuble futuriste composé de deux bâtiments siamois, tout en verre étincelant sous le soleil brûlant. Le cortège s'engouffra dans un parking à plusieurs niveaux. Krim se laissa bercer par le crissement des pneus.

Quand il se réveilla, il n'était plus entouré de policiers qui lui hurlaient d'épeler son nom de famille, mais dans une pièce étrangement calme, semi-enterrée, où le jour caniculaire et poussiéreux descendait sur les ordinateurs en veille depuis deux longues vitres rectangulaires flanquées de barreaux. Des pieds bottés s'arrêtaient parfois sur cette cour de rez-de-chaussée que Krim voyait en contre-plongée. Le canon baissé d'un fusil d'assaut y apparut soudain. Des jambes de pantalons gris tombant sur des mocassins noirs lui succédèrent. L'activité débordante de cette cour contrastait avec le silence écrasant qui régnait en deçà des lucarnes vraisemblablement pourvues de doubles vitrages.

Krim se rendit compte en reprenant tout à fait connaissance qu'il était menotté à l'accoudoir de sa chaise. Ce n'était pas la première fois qu'il sentait son poignet entravé par un bracelet de métal, mais jamais au cours de ses précédentes mésaventures avec la police on n'avait autant serré ses menottes. Le moindre mouvement de son poignet pressait le bracelet contre son os, enfonçait le métal dans sa chair et ravivait dans la seconde suivante toutes les zones douloureuses de son visage et de son torse.

Deux hommes entrèrent enfin. Ils faisaient la même taille et portaient tous les deux le même costume sans cravate. Le plus menaçant des deux avait un marcel apparent sous sa chemise blanche, les yeux enfoncés dans les orbites et la bouche entrouverte. Il resta debout à côté de la porte ouverte, derrière Krim, et laissa son collègue aux yeux vifs s'asseoir d'une fesse sur le bureau.

— Bon, Abdelkrim. Je suis le capitaine Tellier.

C'était un homme remuant et maladroit, comme encombré de sa propre stature. Il avait les cheveux blonds et gras noués en queue de cheval et semblait porter sa veste de costume pour la première fois. Krim ne vit pas tout de suite que sa bouche était affectée d'un bec de lièvre. Quand il l'eut repéré, il ne vit plus que ça : sa lèvre supérieure fendue en son milieu, cette chair à vif qui expliquait tout, le regard acéré, la silhouette malaisée, la voix vengeresse.

— Comment ça va, Abdelkrim ?

Krim voulut parler de sa menotte trop serrée, mais il avait peur de ne plus avoir d'autre occasion de formuler une requête avant longtemps. Il s'éclaircit la gorge pour essayer d'expliquer le plus vite possible qu'il fallait s'occuper de sa mère, mais en pensant à sa mère il se souvint dans une vision tourbillonnante qu'elle avait été séquestrée par Mouloud Benbaraka, qu'en ce moment elle était encore en danger, que Nazir… Il n'eut pas le temps de former la moindre phrase ; le capitaine Tellier n'avait pas posé sa question pour que Krim y réponde, mais pour lui faire entendre le son de sa voix :

— On va pas y passer la nuit, tu as tiré sur un candidat à l'élection présidentielle. Tu vas nous dire pourquoi tu l'as fait, qui t'a filé l'arme, pourquoi il y a écrit SRAF sur l'arme, tu vas tout nous dire, mais tu vas commencer par nous dire où est-ce qu'on peut trouver ton portable.

— Mon portable ?

— Oui, ton portable. Tu vas faire croire à personne que t'as pas de portable, alors où il est ? On l'a pas trouvé sur toi, ni sur la place de la mairie. Alors ? Il est où, ton portable ?

Krim ne répondit rien ; il aurait bien voulu répondre qu'il avait jeté son portable par-dessus un pont, mais il ne savait pas s'il avait rêvé cette scène ou si elle s'était réellement déroulée. Le capitaine Tellier vit que le gamin planait. Le mot portable, quand il le prononça à nouveau, eut sur Krim le même effet qu'un mot d'une langue étrangère.

— Bon, calmons-nous, reprit le capitaine. Tu sais pas ce que c'est qu'un portable mais tu te souviens encore de ce que c'est qu'un numéro de téléphone, hein ?

Krim fit oui de la tête, parce que le silence pur augmentait la vitesse de son tournis.

— Bon, ben tu vas nous écrire sur un bout de papier les noms et les numéros de téléphone de tous les gens de ta famille et de tous tes amis. Tu comprends ? Tu peux faire ça pour nous ?

— Mais, réagit soudain Krim, ils ont rien à voir avec…

Un agent entra dans la pièce et remit un document au capitaine. Il s'agissait de sa fiche du STIC, où figuraient les infractions listées dans son casier judiciaire. La lèvre inférieure du capitaine tressautait pendant qu'il lisait.

— Vol, outrage à agent, détention de produits stupéfiants, trafic, destruction de mobilier urbain… Eh bien, je vois que tu connais la maison. Il va falloir nous expliquer comment on passe du deal de shit à l'assassinat politique, mais pour l'instant je veux que tu fasses la liste que je t'ai demandée, d'accord ? Allez, tout ton répertoire plus ta famille.

— Je peux passer un coup de téléphone d'abord ?

Le capitaine regarda son collègue pour la première fois, avec une moue comiquement hagarde, et d'une façon si caricaturale qu'il parut évident que s'il n'était pas devenu capitaine de police à l'antiterrorisme, il aurait très bien pu hanter les festivals de rock indépendant avec une Heineken vissée entre les doigts, une roulée au coin des lèvres et la même queue de cheval blond terne, comme un de ces vieux jeunes qui se forcent, tandis que les décennies passent, à conserver leurs intonations d'adolescent ouvert d'esprit. Toutefois, la voix du capitaine Tellier avait beau être celle d'un vieux jeune cherchant à faire oublier sa difformité labiale, elle n'était bienveillante que par intermittence. Il ignora la question de Krim et poursuivit :

— Tu notes tout ce que tu peux, frères, sœurs, cousins, cousines, tontons, papa, maman…

— Mais qu'est-ce que vous allez leur faire ? s'inquiéta Krim.

Le capitaine se redressa. Son exaspération passait par de longues inspirations et un adoucissement mécanique de son timbre de voix.

— On a besoin d'interroger les gens qui te connaissent, rien de plus normal.

— Je l'ai jeté, le portable, déclara soudain Krim. Je l'ai jeté par-dessus un pont, dans la rivière.

— Tu as jeté ton portable dans la Seine ? À quelle heure ? Pourquoi ?

— À cause des photos… les photos de… Mais il est pas tombé dans l'eau, se souvint Krim, sans songer à discriminer parmi les informations qui lui revenaient comme on se rappelle les détails d'un rêve aux heures avancées de l'après-midi.

Le capitaine cassa sa nuque et pointa son menton vers le plafond.

— Et les montres ? Pourquoi on t'a trouvé avec deux montres ?

— Je… j'ai oublié…

— Écoute, mon grand, je crois que tu te rends pas compte de ce que tu viens de faire. Mais on va avoir du temps pour en parler. Beaucoup de temps.

Krim baissa les yeux.

— Tu as déjà connu deux gardes à vue de vingt-quatre heures. Tu sais comment ça se passe ? Des heures d'interrogatoire avec des gens comme moi qui te hurlent dessus. Sauf que nous on n'est pas des petits flics de la BAC de Saint-Étienne-sur-Loire, ici c'est les locaux de l'antiterrorisme. Alors je vais t'expliquer, le procureur de la République va retenir contre toi les charges les plus graves du Code pénal. Nous on va t'interroger pendant quarante-huit heures, et après ces quarante-huit heures le procureur va prolonger ta garde à vue de quarante-huit heures, et ainsi de suite jusqu'à ce que ça fasse cent quarante-quatre heures. Essaie un peu d'imaginer comment tu te sentiras dans cent quarante-quatre heures. T'es bon en maths ? Vous êtes bons en maths, les Arabes, d'habitude, non ? Ça fait combien de jours, cent quarante-quatre heures ? Je te laisse compter.

Le capitaine plissa sa joue gauche et passa le doigt sur le sommet de ses paupières, comme pour y éponger d'invisibles perles de sueur.

— Bien sûr, on peut en avoir fini dans la nuit si tu nous dis tout. Ça dépend de toi, tout dépend de toi à partir de maintenant.

5.

Les blocs de quarante-huit heures s'additionnaient dans le cerveau confus de Krim. Il avait ramené le nombre de quarante-huit à cinquante pour la commodité du calcul, et il finit par trouver le chiffre aberrant de six jours tandis que sa main tremblait en écrivant les prénoms de ses tantes. Il s'aperçut bientôt qu'il ne pouvait se souvenir d'aucun numéro de téléphone, pas même de celui de son propre fixe.

Le capitaine remarqua que le stylo était immobile au sommet de la deuxième colonne. Il retira doucement la feuille du bureau. Il allait demander au capitaine de l'aider à retrouver le numéro de sa mère lorsqu'il entendit la voix de Nazir dans le couloir.

Tétanisé, il garda la main autour de son poignet et se mit à respirer plus vite, jusqu'à sentir, involontairement, son pouls emballé dans la veine qui saillait sur son avant-bras gonflé et meurtri par la menotte.

— Ben alors, lui demanda le capitaine, t'as vu un fantôme ?

Krim pencha la tête et vit à l'extérieur une haute silhouette noire qui distribuait des ordres aux policiers sur le même ton dominateur que celui de Nazir. Mais ce n'était peut-être pas lui, ce dont il eut confirmation lorsque la silhouette fit volte-face. C'était un homme jeune aux traits réguliers et au regard bleu arctique, aussi blond que Nazir était brun, en costume noir, cravate bleu foncé, et qui se tenait en équilibre au moyen d'une canne.

Il approcha de la cellule de garde à vue sans jamais cesser de fixer Krim. Quand il entra, le capitaine se leva et redressa les pans de sa veste en signe de respect.

— Alors c'est lui le spadassin ? dit-il d'une voix qui riait de la même façon sinistre que celle de Nazir. Mon Dieu, mais il est à peine pubère…

— Monsieur. On vient juste de commencer l'interrogatoire.

— Eh bien continuez, continuez, souffla-t-il en maintenant sur Krim le feu de son regard. Mme la ministre tient à vous assurer que vous avez toute sa confiance. Juste un mot s'il vous plaît, capitaine.

Le capitaine se précipita à sa suite. Krim fut subjugué par le pouvoir qu'avait cet homme de trente ans d'imposer autour de lui un silence d'une telle netteté. Il ne leur avait jeté aucun coup d'œil mais les deux officiers qui devaient avoir vingt ans de plus s'étaient raidis comme de sages collégiens propulsés en conseil de discipline.

À l'extérieur du bureau il demanda au capitaine ce qu'avait révélé Krim jusqu'à présent. Tellier parla du portable, du pont, d'autres détails qui étaient revenus au « gamin » : un Bateau-Mouche, le derrière de Notre-Dame…

— Tu vois à quel point tu es devenu important, commenta le capitaine Tellier lorsque le fantôme blond eut pris congé de lui en s'appuyant sur sa canne. Tu intéresses même le directeur de cabinet de la ministre de l'Intérieur.

Krim n'écouta pas ; il était incapable de se souvenir du moindre trait de son visage. Tout avait été aspiré par ce regard irréellement bleu, tout sauf une fossette qui scindait son menton en deux.

— Bon, où on en était ?

— Je sais que j'ai le droit d'avoir un avocat, risqua Krim en recouvrant ses esprits.

— Allez, allez, ferme un peu ta gueule, répondit l'autre policier dont Krim entendait la voix rauque pour la première fois. Tu connais un avocat, tu vas me faire croire ?

Krim rougit jusqu'aux oreilles. Il avait vu à quoi ressemblaient les avocats commis d'office lors de ses précédentes gardes à vue. Des étudiants qui lorgnaient distraitement sur le dossier de leur client du jour en écrivant des textos. En revanche, il se souvenait très précisément d'un reportage d'*Envoyé spécial* sur Me Aribi, surnommé l'« avocat des Arabes » par les journalistes qui essayaient de détruire sa réputation. C'était un ténor du barreau, qui parlait comme un Français et qui avait fait acquitter des dizaines de gens, tous des Arabes.

— Je veux que mon avocat ce soit Me Aribi.

Il avait l'impression de citer un personnage de *Dragon Ball Z*.

— Me Aribi ? se moqua le lieutenant. Quel barreau ?

— Quoi ?

Krim ne comprenait pas, le lieutenant ne semblait pas vouloir l'aider. Le capitaine tira la langue :

— Dans quelle ville il est avocat, ton Me Aribi ?

— Ben je sais pas moi. Sur Paris.

Le lieutenant déboucha un stylo-feutre et écrivit le nom de l'avocat.

— On l'appellera quand t'auras commencé à te mettre à table.

— M'sieur… paniqua soudain Krim. Ma mère, il faut faire quelque chose, elle est…

— Elle est quoi ?

Le lieutenant semblait si haineux que Krim perdit tous ses moyens.

— Je veux parler à ma mère, il faut l'appeler, elle est…

— Non, le coupa le capitaine Tellier, le procureur a formellement interdit que tu passes le moindre coup de fil. Ça pourrait nuire à l'enquête…

— Mais… ils ont rien à voir, eux ! C'est ma famille !

— Pour toi c'est une famille, trancha Tellier, pour nous c'est un réseau. On ne va pas te laisser prévenir d'autres membres de ton réseau, tu peux le comprendre, ça, non ?

6.

À l'hôpital Nord de Saint-Étienne, Fouad fit plusieurs voyages de la chambre de la vieille tante Zoulikha, qui avait fait un malaise la veille, au pavillon des urgences où les analyses de sang pratiquées sur Rabia révélèrent une faible dose de GhB, la fameuse drogue du violeur.

L'infirmière des urgences était débordée. Elle administra des tranquillisants à Rabia qui en était à sa quatrième crise d'angoisse depuis qu'elle avait appris la nouvelle. Fouad demanda à parler en privé à l'infirmière. Elle avait des poches sous les yeux et semblait toujours sur le point de souffler en signe d'exaspération.

— Vous allez faire des examens pour savoir si elle a été… agressée ?

— Agressée sexuellement, vous voulez dire ? Oui, oui, on va faire ça. Écoutez…

— Dans combien de temps ?

L'infirmière qui était en train de changer une poche de perfusion s'interrompit dans son geste et fixa Fouad en gardant les yeux fermés :

— Monsieur, comme vous voyez, on est en équipe réduite, alors allez tenir compagnie à votre tante, allez boire un café, faites ce que vous voulez, mais il faut nous laisser travailler, d'accord ?

Le ton pédagogique qu'elle avait trouvé in extremis, sur le « d'accord », irrita tellement Fouad que ses mâchoires et son cou durcirent comme ceux d'un taureau.

Après avoir rendu visite à Zoulikha qui dormait seule au troisième étage, après s'être assuré que la petite Luna était bien entourée chez la mémé et avoir passé chaque trajet d'ascenseur à s'accrocher à l'odeur de potage d'hôpital pour éviter de réfléchir à ce qui venait de se passer, Fouad se retrouva devant Rabia assoupie et comprit qu'il n'allait pas pouvoir tenir jusqu'à la fin de la journée s'il n'avait pas de nouvelles de Jasmine.

Il prit son téléphone et vérifia dans la liste de ses appels en absence si le prénom de son amoureuse y figurait. Ce n'était pas le cas. Au moment d'appuyer sur la touche verte de son immortel Nokia acheté sept ans plus tôt, il se rendit compte que ce n'était pas possible, qu'il ne pouvait tout simplement pas l'appeler : son amoureuse, c'était la fille de Chaouch ; Chaouch, c'était l'homme sur qui son petit-cousin venait de tirer à bout portant.

Pour la première fois depuis des années, Fouad rêvait d'un aîné à qui il pourrait demander non pas un conseil mais un ordre, précis, circonstancié et surtout incontestable sur la marche à suivre.

Bien sûr cet aîné n'existait pas. Et de toute façon quelle pouvait être la marche à suivre quand le chemin venait de se désintégrer sous vos yeux ?

En faisant les cent pas dans le corridor des urgences, il aperçut son oncle Idir qui interrogeait de façon pressante une aide-soignante peroxydée, debout devant la fiche des admissions. Le tonton ne s'était pas rasé depuis la veille et, en voyant sa joue poilue dans ce profil perdu, Fouad se dit que la veille datait du mois dernier, après l'heure qu'il venait de passer. Le mariage de son frère Slim, la profanation du vénérable tonton Ferhat. Les distances temporelles se mirent à se chevaucher, à tournoyer comme dans un kaléidoscope, et Fouad qui n'avait pas dormi depuis au moins trente-six heures dut s'adosser un instant à un pan de mur nu pour ne pas perdre l'équilibre.

— Fouad, elle est où, Rabia ?

Idir avait les larmes aux yeux. La chaleur et le pull à carreaux rouges qu'il avait cru bon d'enfiler par-dessus sa chemise congestionnaient son visage étroit et lui donnaient une couleur inquiétante. Fouad mit la main sur l'épaule de son tonton et convoqua toute l'énergie qui lui restait pour ne pas s'effondrer en larmes.

— Ti as vu à la télé ? Ti as vu Krim ?

Idir n'en revenait pas. Fouad le conduisit dans la chambre de Rabia et l'installa sur l'unique chaise destinée aux visiteurs.

— Tu veux un verre d'eau ? Tonton ? Tu veux un verre d'eau ?

Idir ne répondit pas. Il regardait sa belle-sœur allongée sur le lit et s'efforçait de maîtriser l'effroi qui s'était emparé de lui au moment où le visage de Krim était apparu sur tous les écrans de France.

— Ti as appelé la police pour leur dire ?

Fouad voulut répondre du tac au tac : pourquoi moi ? pourquoi moi je suis censé avoir appelé la police ?

Il se rendit aux toilettes avec un gobelet en plastique, abandonna ses mains sur le rebord de la cuvette et se força à vomir. Quand il se releva, il passa de l'eau sur son visage et se berça de l'illusion que ça allait mieux.

— Je vais les appeler maintenant, dit-il à son vieil oncle lorsqu'il fut de retour dans la chambre. Mais il faut aussi appeler un avocat. Krim va avoir besoin d'un avocat. Et nous aussi on va avoir besoin d'un avocat.

— Nous aussi ? répéta Idir en levant sur son neveu sa petite tête dévorée par l'anxiété et l'incompréhension.

Fouad se rappela avoir imité son accent du bled à la salle des fêtes ; Rabia avait tellement ri qu'elle s'était pliée en deux pour ne pas pisser.

— Nous tous, répondit Fouad en quittant la pièce sans même chercher à camoufler son émotion.

7.

La première voiture brûlée ne fut pas une voiture mais un scooter, au croisement de la principale rue pavillonnaire de la cité du Rameau-Givré à Grogny. Et la propriétaire de ce scooter n'en sut rien pendant encore une vingtaine de minutes : Yaël Zitoun, qui était venue passer ce dimanche électoral en compagnie de son père, était alors captivée, aux toilettes, par la lecture sur son MacBook d'Avernus.fr, la nouvelle bible de son père dont l'édito du matin, signé par Putéoli, le chef de la revue, appelait résolument à ne pas voter Chaouch :

> ... Quinze siècles d'histoire pour en arriver là ? Quinze siècles de sang, de sueur et de larmes, quinze siècles de France pour en arriver à un eurodéputé libéral et cosmopolite grimé par des pubards cyniques en Sauveur de la Nation ? Quinze siècles de patriotisme pour en arriver à ça, un expert en communication qui

fait les yeux doux aux agences de notation et qui se soucie plus de son meilleur profil que du destin de la France ?...

Yaël était sur le point de sortir des toilettes et de se disputer pour la deuxième fois de la journée avec son père, mais elle vit apparaître sur son iPhone la photo la plus familière de son répertoire : Fouad.

— Yaël ? Tu m'entends ?

— Fouad, mon Dieu, tu as vu ? C'est un gamin ! Un gamin de dix-huit ans !

— Yaël, je vais t'annoncer quelque chose de très grave.

Sa voix était faible et douloureuse. Rien à voir avec le lion, le stentor dont elle gérait la carrière depuis *L'Homme du match*.

Yaël passa les doigts dans son épaisse chevelure rousse tandis que Fouad lui expliquait que ce gamin de dix-huit ans, c'était son petit-cousin Krim.

Elle garda le silence pendant quelques secondes, les yeux grands ouverts et en même temps parfaitement aveugles devant l'écran de son ordinateur posé sur ses genoux nus. Fouad qui ne la voyait pas se demanda si la communication n'avait pas été interrompue.

— Yaël ?

— Fouad, je… mon Dieu, je sais pas quoi dire.

— Il faut que tu m'aides…

— Bien sûr, répondit Yaël sans rien savoir de ce qu'il allait lui demander.

— Il me faut un avocat, Yaël. Le meilleur qu'on puisse trouver.

Yaël se ressaisit enfin. Elle posa son iPhone sur la pile de rouleaux de papier toilette et mit le haut-parleur pour chercher dans ses dossiers le nom d'un pénaliste auquel la directrice de son agence avait eu recours deux ans plus tôt.

— Je vais chercher, t'inquiète. Je connais un pénaliste, un jeune, il est dans un cabinet prestigieux…

— Je veux pas être désagréable, mais c'est très, *très* urgent.

— Oui, oui, je…

Mais Yaël n'eut pas le temps de finir. Son père vint tambouriner contre la porte des toilettes.

— Mais ça va pas la tête ?

— Yaël ! Ils ont brûlé ton scooter !

— Je te rappelle, dit-elle à Fouad.

Elle sortit des toilettes et aperçut son père debout sur un tabouret pour attraper quelque chose au sommet de la bibliothèque qui recouvrait presque tout le mur.

— Papa, qu'est-ce que tu fais ?

M. Zitoun ne répondit pas. Yaël se précipita à la fenêtre et vit en effet son scooter en flammes à côté des poubelles. Quand son père descendit du tabouret, il tenait entre les mains sa carabine datant de la guerre d'Algérie.

— Mais qu'est-ce que tu fais ? T'es fou !

— Non mais c'est trop, trop c'est trop ! s'emporta M. Zitoun en forçant presque son accent pied-noir. Ils ont fait partir Mme Zelmatti, ils ont fait partir le pauvre Serge Touati, tu crois quoi, qu'ils vont me faire partir aussi ?

Yaël aurait voulu prendre le fusil des mains de son père mais elle était terrorisée par les armes. De toute façon le vieux n'arrivait pas à débloquer le mécanisme du chargeur et Yaël pouvait voir la colère quitter ses mains tremblantes et gagner le bas de son visage. Il allait s'étrangler, tonner et promettre l'enfer. Il allait parler et s'emporter tout seul dans son coin, comme d'habitude, tout allait bien.

Yaël appela la police et observa depuis la fenêtre du pavillon de son père les rayons du soleil cramoisi qui descendait vers l'extrémité de la rue. Son scooter brûlait silencieusement, l'image paraissait irréelle et Yaël n'y pensait presque plus.

Le cousin de Fouad avait tiré sur Chaouch.

Plus elle se répétait cette phrase à elle-même pour lui donner de la substance, plus les mots vivaient d'une vie propre et lui apparaissaient comme des volutes abstraites, coupées de toute nature, impuissantes à signifier quoi que ce soit.

Elle ferma les yeux et les rouvrit sur le voisinage muet et comme paralysé. Au loin l'auditorium Baldassare Galuppi imposait sans effort sa majesté aux alentours ; il y avait toujours ce moment quand elle était ici, où, les soirs de beau temps, le disque du soleil couchant venait se nicher dans le rectangle parfait de l'arche de ce bâtiment ultramoderne, très coûteux et – selon son père – complètement inutile, construit par Chaouch dès le début de son premier mandat à Grogny.

— Nom de Dieu, grommela M. Zitoun, tu sais que les gens votent encore ?

— Les gens votent encore ? Mais comment c'est possible ?

M. Zitoun fit signe à sa fille de se taire pour qu'il puisse écouter TF1. La soirée électorale avait commencé quatre heures plus tôt que prévu, par une édition spéciale avec en médaillon permanent un plan fixe de la place de la mairie de Grogny, vidée de sa foule et constellée du jaune sinistre des scellés apposés par la police. En plateau les invités se relayaient, les politiques *pensaient* à la famille de Chaouch. Aux dernières nouvelles il était entre la vie et la mort, mais en l'absence d'informations précises sur son état de santé l'élection avait été maintenue. On avait annoncé pour dans une heure la conférence de presse du ministère de l'Intérieur qui était en charge de l'organisation de l'élection présidentielle.

En attendant que la police arrive, Yaël sortit sur le balcon de ce premier étage pour fumer une cigarette et appeler son ami avocat. Et ce fut alors, tandis qu'elle tassait sa Marlboro light en tapotant le filtre contre l'ongle de son pouce, hésitant à l'allumer, que lui parvint la première rumeur encore lointaine de l'émeute.

Derrière le dernier pavillon de la rue, les barres HLM de la cité du Rameau-Givré déversèrent un flot continu de gamins encagoulés. D'étranges explosions retentissaient jusqu'au paisible quartier résidentiel des Zitoun.

Yaël fit signe à son père de la rejoindre sur le balcon ; ensemble ils virent débouler au fond de leur rue une quinzaine d'enfants de quatorze, quinze ans, brandissant des cocktails Molotov qu'ils jetèrent, aussi facilement que si ç'avait été des pétards, sur toutes les voitures qu'ils trouvèrent, en hurlant ce qui devait devenir le leitmotiv de l'embrasement à venir :

— Sar-ko assassin ! Sar-ko assassin !

M. Zitoun ferma les volets à toute vitesse, et dans la pénombre mal dissipée par l'halogène défectueux il se mit à chercher sérieusement cette fois-ci des cartouches de munitions pour son vieux fusil.

8.

Gros Momo avait attendu le départ de Fouad et de la mère de Krim pour retourner à la cave et récupérer le pistolet enroulé dans un chiffon. Lorsque ce fut fait, il dissimula l'arme à l'intérieur de son blouson de jogging : jamais au cours des mois passés elle ne lui avait paru aussi lourde, pas même la première fois où Krim la lui avait refilée pour qu'il s'entraîne aussi. Gros Momo avait commencé par trouver ça bizarre, et puis il y avait pris goût, encouragé par le cousin de Krim, Nazir, grâce à qui ils avaient obtenu l'arme ainsi que l'argent pour monter ce qu'ils appelaient leur « petite entreprise ».

Il prit le tram au niveau de la place Sadi-Carnot et eut la bonne idée d'acheter un ticket, de le composter et de s'asseoir juste derrière le conducteur, songeant que les regards des policiers municipaux appelés en renfort par les contrôleurs se dirigeaient prioritairement vers le fond du tram. Le trajet sembla durer une heure. Gros Momo n'eut qu'une pensée, confuse, effilochée, dont son meilleur ami était le sujet principal mais qui ne se transforma jamais en une idée stable de la situation dans laquelle Krim et par contamination lui-même se trouvaient.

Quand il fut enfin place Bellevue, dans le sud de la ville, il suait à grosses gouttes. Un type de son quartier le reconnut et vint le saluer.

— Mais t'es pas bien dans ta tête ! Avec ce temps, une veste de jogging ! La vie de moi on dirait un Turc !

Les Turcs avaient la réputation de s'habiller chaudement l'été et en simples chemises en hiver. Gros Momo eut peur que l'arme ne finisse par tomber s'il s'attardait trop. Il prit congé de l'importun et rentra chez lui en vérifiant que des policiers n'étaient pas cachés dans les buissons de troènes au rez-de-chaussée de son petit bâtiment résidentiel.

Son vieux père était assoupi devant la télé. Ses ronflements ne couvraient pas complètement la voix surexcitée de la journaliste qui répétait l'info du jour, pour ceux qui débarqueraient sur leur chaîne après un séjour sur une autre planète.

Sultan, son bien-aimé berger allemand, perçut l'état de nervosité de son jeune maître et jeta quelques aboiements dans sa direction, balançant le museau de droite à gauche, reniflant parfois à la façon d'un buffle.

Gros Momo lui caressa la tête en pleurnichant. Il courut dans sa chambre et fourra quelques habits dans son sac de sport. Au moment de fermer le sac il hésita à y glisser le pistolet. Il valait mieux le jeter en route. Mais la pensée qu'une fois dehors il devrait le porter clandestinement lui parut insurmontable. Après avoir essayé de la cacher dans une de ses baskets, il enroula l'arme dans une serviette qu'il plaça tout au fond du sac.

Et puis il se tint immobile au milieu de sa chambre en désordre.

Gueule ouverte, Sultan le regardait pour savoir ce qu'il allait faire ensuite. Gros Momo abattit entièrement la fermeture Éclair de sa veste de jogging et s'aperçut que son T-shirt était trempé de sueur, au point d'avoir changé de couleur. Il enleva sa veste et son T-shirt ; torse nu devant son chien, il était en train de se demander si l'animal comprenait à quel point ses bourrelets étaient disgracieux lorsque la sonnerie de la porte d'entrée le figea sur place.

S'il ne répondait pas tout de suite, son père allait se réveiller et il devrait tout lui expliquer ; s'il répondait tout de suite et que c'était la police, il était fichu.

Il enfila péniblement un autre T-shirt, le premier qu'il trouva et qui était un maillot de l'équipe de foot d'Algérie, et avança jusqu'au judas de la porte d'entrée. La voisine venait leur offrir un pain au tagine qu'elle avait préparé ce matin. Son veuf de père était si courtois que les dames du quartier l'avaient pris en affection et lui apportaient toujours une assiette de couscous, des pâtisseries ou même du rab de mouton. Gros Momo prit le pain au tagine de la voisine et lui expliqua qu'il était pressé.

— Qu'est-ce que tu mijotes, petit cachottier ?

— Mais rien ! s'exclama Gros Momo.

Choquée par ce ton désagréable qu'elle entendait pour la première fois dans la bouche de Gros Momo, la voisine tourna les talons sans demander son reste.

Le plus dur ensuite, ce fut de dire adieu à Sultan. Sentant que les soubresauts de la respiration de son père annonçaient son réveil imminent, Gros Momo dut sécher ses larmes et partir dans la précipitation. Il gardait toutefois dans sa propre bouche l'haleine fidèlement fétide de son berger allemand. Au souvenir de laquelle il s'accrocha lorsqu'il fut de retour dans la chaleur de la voie publique, et qu'il découvrit qu'une arme à feu, qu'elle soit cachée dans une veste de jogging ou au fin fond d'un sac, pesait du même poids absurde et démesuré si, comme c'était le cas ici, elle avait un rapport même indirect avec l'assassinat d'un député de la République.

Chapitre 2

La machine

1.

La place de la mairie de Grogny avait été bouclée pour permettre aux hommes de la police technique et scientifique de faire leurs observations et prélèvements. Derrière les barrières gardées par des CRS en tenues antiémeute, commerçants, riverains et badauds ne se résolvaient pas à quitter ce qu'ils avaient vu se transformer en scène de crime sans parvenir à y croire tout à fait. Les journalistes continuaient d'affluer, les forces de l'ordre les refoulaient sans ménagement. L'atmosphère se délita lorsqu'un conseiller municipal proche de Chaouch bouscula un caméraman et fit perdre l'équilibre à son perchiste.

Pile en face de la mairie, imperméable à toute cette agitation, un restaurateur chinois en simple maillot de corps balayait les confettis sur le pas-de-porte de son établissement. Régulièrement, d'un habile sursaut des lèvres, il faisait pleuvoir sur la chaussée à peine nettoyée les grappes de cendres de sa cigarette, songeant peut-être au moment où tous ces gens qui faisaient le pied de grue allaient avoir un petit creux.

Sur le perron de l'hôtel de ville tout le monde attendait le procureur de Paris. En matière de terrorisme, le tribunal de Paris avait en effet une compétence nationale : ses juges bénéficiaient de dépaysements, ses procureurs se saisissaient des faits de façon systématique, qu'ils se soient déroulés sous le soleil corse ou dans les forêts de Bretagne.

Mais avant même l'arrivée du procureur qui devait choisir le service de police qui mènerait l'enquête, on interrogeait, dans un fourgon banalisé garé au bout de la place, la chef des gardes du corps de Chaouch, Valérie Simonetti. La « Walkyrie » se tenait droite sur le banc normalement réservé aux interpellés. Deux policiers antiterroristes lui avaient retiré ses armes et son oreillette, la commandante répondait à leurs questions par des phrases courtes et précises. Sa voix ne tremblait pas. Son visage ne montrait aucun signe d'inquiétude. Elle avait les mains posées à plat sur ses genoux parallèles. C'était à la dureté même de son attitude, à ses joues lisses et un peu plus tendues que d'habitude, qu'on pouvait deviner qu'elle était dévastée.

— Aucune erreur dans le dispositif, alors, réfléchit à voix haute l'un des policiers qui raturait la feuille sur laquelle il était censé prendre des notes. La seule anomalie, selon vous, c'est le major Coûteaux qui a voulu changer de poste à la dernière minute… Mais vous avez refusé qu'il soit kevlar, et vous l'avez affecté au second cercle de protection rapprochée ?

— C'est ça, répondit la commandante.

— Et vous pensez que le major Coûteaux est responsable d'avoir raté le tireur dans la foule ?

— Je n'accuse pas un de mes hommes sans preuves, rétorqua Valérie avant de croiser le regard de ce policier moins gradé qu'elle. S'il y a une seule personne à blâmer dans cette affaire, c'est moi.

L'officier tourna la page de son carnet.

— J'aimerais vous faire parler un peu des menaces que vous transmettait la DCRI. Quand est-ce que vous avez été mise au courant de l'existence de Nazir Nerrouche, le cousin du tireur ?

— Il y a seulement deux semaines. J'ai eu accès au dossier du groupe d'enquête qui le suivait, et j'ai rencontré Boulimier à plusieurs reprises.

Le préfet Boulimier était un proche de Sarkozy, il dirigeait la DCRI depuis sa création en 2008.

— Et il n'y a jamais eu de problèmes entre votre équipe et celle qui surveillait Nazir Nerrouche ?

— Pas à ma connaissance. On me communiquait les nouveaux éléments, je renforçais la surveillance du député Chaouch. Je m'adaptais. Tous mes hommes avaient une photo de Nerrouche sur eux, mais on privilégiait quand même beaucoup la piste Al-Qaida. Ça paraissait pas très sérieux, le reste. Et puis, vous savez…

La commandante fut interrompue par l'arrivée de deux hommes dans le fourgon. Ils portaient des costumes sombres et dépareillés, comme les officiers de l'antiterrorisme. Et comme les officiers de l'antiterrorisme, on les aurait davantage pris pour des représentants de commerce que pour des superflics si on les avait croisés dans la rue. Mais ces deux-là n'étaient pas des fonctionnaires de la DCRI : ils travaillaient pour la police des polices, et un malaise se diffusa dans le fourgon, malaise auquel ils étaient habitués et qui ne provoqua pas le moindre haussement de sourcils chez celle qu'ils allaient interroger, après lui avoir signalé sa mise à pied pour toute la durée de l'enquête.

— Inspection générale des services, déclara le premier des nouveaux venus sans prendre la peine de donner son nom. On vient de nous dire que le procureur de Paris était en route, commandante, je vous propose de nous suivre dans nos locaux, on sera plus à l'aise pour discuter…

Valérie Simonetti se leva d'un mouvement souple et sûr. Elle courba l'échine pour ne pas frotter sa tête blonde contre le plafond du fourgon et descendit encadrée par les deux hommes de la police des polices qu'elle dominait de sa belle stature. Tandis qu'ils la conduisaient vers leur véhicule, elle jeta un dernier coup d'œil au perron de l'hôtel de ville. Le souvenir du coup de feu la fit inspirer plus fort. Elle posa sa main sur la portière arrière de la voiture où elle allait être emmenée comme une vulgaire suspecte. Une telle rage s'était accumulée en elle depuis ce coup de feu qu'elle faillit arracher le loquet avant que le conducteur ait actionné l'ouverture automatique du verrou.

2.

— Vous êtes jeune, mais il y a quelque chose que vous devez impérativement comprendre, mon cher *substitut* : dans notre vieux pays, pour chaque service il y a un service en concurrence qui poursuit les mêmes objectifs, dont l'intérêt supérieur de la nation est semblablement inscrit au frontispice de ses locaux, et qui pourtant préférera toujours mettre des bâtons dans les roues du service adverse que d'accepter de travailler en bonne intelligence avec lui. Eh oui. Le ministère de l'Intérieur et la Préfecture de police de Paris, la Sous-Direction antiterroriste et la DCRI… Car, voyez-vous, pour qui se fait un devoir de naviguer dans ces hautes mers, la guerre des services est une donnée aussi fondamentale que l'existence même de la criminalité…

Jean-Yves Lamiel, le puissant procureur de la République de Paris, se lançait souvent dans le genre de développements qu'il infligeait en ce moment, tandis que leur voiture arrivait à Grogny, à son jeune substitut en charge de l'antiterrorisme. Lamiel avait la gueule la plus spectaculaire du tribunal de Paris, une caricature de poire à la Daumier – sauf qu'ici la poire était survitaminée et faisait l'effet d'un véritable OGM : des joues énormes, le bas du visage gonflé, au bord de l'explosion, si bien que la partie haute semblait en payer le prix en temps réel, avec un front ridiculement étréci et des yeux exorbités.

Pour faire mentir cette apparence grossière, son éloquence s'était faite cauteleuse, funambulesque.

Avec pour point d'orgue la *pédagogie* : véritable marotte du grand magistrat, la passion d'expliquer occupait la majeure partie de ses journées, ainsi, comme pouvait en témoigner la quatrième Mme Lamiel, que de ses nuits… Il n'était jamais aussi heureux que lorsqu'il trouvait un moyen original de rappeler des évidences que la pratique, l'habitude et la technicité du quotidien avaient fini par faire perdre de vue à ses jeunes collègues, exaspérés par ses voluptueux gaspillages de temps de parole.

— Tenez, je vais vous faire un dessin, s'anima Lamiel en ayant l'impression que son substitut ne lui consacrait pas toute son attention. Ce sont des choses que vous savez, bien entendu, vous les savez mais *abstraitement*, or – or !… quand on doit prendre des décisions, des décisions comme celle que je vais prendre tout à l'heure, ce qui compte, ce n'est pas de savoir en théorie ni même d'agir en connaissance de cause, non, ce qui compte, c'est de *voir*…

Sur le mot *voir*, ses yeux doublèrent de volume.

Il tira une serviette en papier de la poche de sa veste à trois boutons, un luxueux stylo-plume de son attaché-case, et dessina le schéma suivant :

— À quoi ça vous fait penser, comme ça, sans légende ?

Le jeune substitut fit mine de se concentrer. Il n'osait pas dire, devant son vénérable boss, que ça ne lui faisait vraiment penser qu'à Pacman.

— Je vais vous expliquer. La tête qui avale, c'est la DCRI, la grosse DCRI de ce cher préfet Boulimier. Bon, imaginez les groupes d'enquête habilités secret-défense, toute une nébuleuse de flics de l'ombre et de grandes oreilles... Et la petite boule, là, nerveuse, résistante, qui partage les mêmes locaux à Levallois, eh bien c'est la SDAT, Sous-Direction antiterroriste. Je vais vous dire mon avis, la SDAT c'est les meilleurs flics antiterroristes de France, l'élite. En plus c'est une branche de la Police judiciaire. Quand nous autres magistrats devons choisir des policiers pour mener des enquêtes délicates, on préfère toujours qu'il y ait le mot judiciaire après le mot police, n'est-ce pas ?... Bien, la situation est donc simple : la DCRI de Boulimier qui répond directement au pouvoir, ou la SDAT de Mansourd qui m'attend dans mon bureau au Palais en ce moment même – les hommes de l'ombre ou les superflics.

— Oui, mais...

— Je ne vous le fais pas dire : la DCRI surveillait Nazir Nerrouche depuis quelques semaines, j'avais moi-même autorisé les écoutes de quatre portables et la surveillance physique de quelques énergumènes... Il serait donc logique que je laisse le groupe d'enquête qui a déjà travaillé sur ce Nerrouche poursuivre son œuvre, n'est-ce pas ? Et pourtant je vais confier l'enquête au service concurrent, à la SDAT. Vous pouvez me dire pourquoi ?

— Parce que la DCRI a l'air trop proche du pouvoir aux yeux de l'opinion ? Parce que Sarkozy et Boulimier sont des amis de longue date ?

— Oui, bien sûr, mais il y a autre chose, vous ne voyez pas ? Je répète : vous ne *voyez* pas ?

La voiture s'était arrêtée devant les lignes jaunes qui encerclaient la place de la mairie de Grogny. Le chauffeur attendait un signe du procureur pour couper le moteur, mais celui-ci dardait un regard patelin et tyrannique sur son pauvre substitut :

— C'est Pacman !

Le substitut grimaça.

— Oui, oui ça me disait quelque…

— Regardez le dessin ! Moi aussi je suis le petit rond digéré par la grosse tête, le seul magistrat haut placé qui ait été nommé contre l'avis du président, « un îlot de résistance au verrouillage sarkozyste » comme les journalistes de *Libération* l'ont écrit dans mon portrait en dernière page… Un îlot de résistance, ah ah ! Ils auraient mieux fait de dire : « Le procureur Lamiel, petite boule indigeste dans la gueule de la Pacnation… » Bon, alors voilà ce que nous allons annoncer, mon cher *substitut* : que nous ouvrons une information judiciaire, avec désignation d'un juge d'instruction, et que l'enquête sera confiée à la SDAT. Et quand nous allons annoncer ça, il va y avoir des murmures, des conjectures, les gens vont penser : voilà enfin un parquet indépendant, qui n'est pas couché, aux ordres, etc. Un parquet si indépendant qu'il accepte même de confier la manœuvre à un juge d'instruction… Gardez le dessin, conclut-il en s'arrachant du siège molletonné à grand renfort de soupirs et de tirages de langue : il y a tout l'État dans ce dessin. Ça pourra vous servir quand vous serez à ma place dans vingt ans...

Lamiel vit passer un cortège de camions de CRS, lancés à toute allure vers les quartiers chauds qui s'enflammaient. Il ajouta en fermant le troisième bouton de sa veste :

— Enfin, s'il y a encore un État dans vingt ans...

3.

Les troubles furent d'abord circonscrits à la cité du Rameau-Givré de Grogny, mais on dénombra avant dix-huit heures une centaine de voitures brûlées autour des lieux où s'étaient réunies des foules d'électeurs : à la sortie du stade Charléty, sur la Canebière, dans les centres de quelques villes de province coutumières des embrasements spontanés.

Un feu d'une autre nature brûlait en plein cœur de la capitale, à quelques mètres de l'Élysée. L'un des personnages les plus emblématiques du sarkozysme, la ministre de l'Intérieur Marie-France Vermorel, avait convoqué une trentaine de personnes dans les sous-sols du ministère : la salle high-tech du centre interministériel de crise était composée d'une immense table ronde avec micros, téléphones et écrans privatifs. Elle accueillait toutes les éminences de la police française, dont le préfet Boulimier.

Un par un, ces hommes tous plus importants les uns que les autres se firent copieusement hurler dessus par la dame de fer de la place Beauvau.

— Vous pouvez me dire de quoi j'ai l'air, moi, maintenant ? Quelqu'un ? Un attentat contre un candidat à la présidentielle… non mais on est où, là ? Dans une série américaine ? J'ai manqué un épisode ? Nul n'est irremplaçable, foutez-vous bien ça dans vos sales petites têtes d'incapables !

Quand ce fut au tour du préfet Boulimier, dont les services d'élite n'avaient pas été capables de prévoir les agissements de cet énigmatique Nazir Nerrouche, les collaborateurs studieux alignés contre les murs crurent que la gigantesque soucoupe lumineuse suspendue au-dessus de la table des chefs allait s'effondrer sur leurs honorables calvities.

La réunion touchait à sa fin lorsqu'une Vel Satis s'engouffra dans la cour Pierre-Brossolette du ministère. Le garde républicain qui ouvrit la portière vit en sortir le pommeau doré d'une canne et reconnut le jeune protégé de la ministre. À vingt-neuf ans, Pierre-Jean Corbin de Montesquiou (on l'appelait M. de Montesquiou sous les lambris et P.-J. dans le privé) était de très loin le plus jeune directeur de cabinet ministériel de France. Il était sorti deuxième de sa promotion à l'ENA, mais, au lieu d'intégrer les grands corps, il avait commis le sacrilège de choisir la préfectorale. Montesquiou avait en effet la passion de l'administration ; ou pour mieux dire un goût immodéré pour l'appareil régalien tel qu'il s'exerçait dans sa toute-puissance. Il était arrivé comme conseiller technique à la place Beauvau, où il avait su en très peu de temps se rendre indispensable. Il n'était pas à proprement parler directeur de cabinet, ce poste étant occupé par un homme plus âgé au profil moins étincelant : il était directeur de cabinet adjoint, mais la ministre Vermorel, proche entre les proches du président, parlait de lui comme de son « vrai bras gauche », en ajoutant que c'était celui dont on avait le plus besoin dans la maison Police.

Comprenait qui pouvait, c'est-à-dire pas grand monde. Montesquiou avait compris : il avait son bureau à côté de celui de la ministre, une voiture avec chauffeur et le droit de tutoyer et de rudoyer des sexagénaires qui avaient été de grands commissaires, de valeureux inspecteurs, des hommes de terrain, tandis que lui suçait son pouce dans un lit à gros barreaux.

En pénétrant dans l'antichambre de la salle de crise où la ministre ne décolérait pas, il reçut un feuillet qu'il lut à toute vitesse, avec ce commentaire :

— Ça ne va plus bouger normalement.

Montesquiou ne laissa rien transparaître de ce que ces chiffres lui inspiraient. Le taux de participation lui fit certes hausser un de ses sourcils blonds, mais pas le résultat. Il posa sa canne sur un guéridon et utilisa le dos du conseiller pour griffonner, sur une petite feuille de papier à lettre, le pourcentage approximatif qui sacrait le nouveau président de la République. Il plia la feuille en deux et entra dans la salle. Après le savon ministériel, une visioconférence réunissait les préfets sur le grand écran visible par toute la tablée.

— Vous voulez bien vous lever, ordonna la ministre au patron des CRS, et laisser s'asseoir mon directeur de cabinet ?

— Bien sûr, madame la ministre.

Le patron des CRS s'exécuta avec un sourire diligent ; mais aux deux extrémités de son front les golfes creusés par la perte de cheveux devinrent rouges de colère et de honte.

Un grand préfet grisonnant décrivait les mesures qu'il avait décidées pour fermer les aéroports et renforcer les contrôles aux frontières. La liste des PIV (Points d'Importance Vitale) circulait dans les préfectures ; des UFM (Unités de Force Mobile) commençaient à se déverser autour des lieux sensibles : ports, centrales électriques, embranchements ferroviaires…

— La présidence va réunir d'urgence, poursuivit le préfet, un conseil restreint de sécurité et de défense nationale. En attendant, nous avons pris la responsabilité d'élever le plan Vigipirate à son niveau écarlate, pour la première fois depuis sa création.

Les mines s'assombrirent, les gorges étaient sèches. Plusieurs verres d'eau furent vidés dans le silence qui suivit une annonce qui représentait, pour ces hommes rompus aux crises, un saut dans l'inconnu.

Désaltéré, le préfet reprit la parole :

— Les dispositifs de protection des hautes personnalités ont été considérablement renforcés. Le président a été transféré de son QG de campagne au bunker de l'Élysée…

La rue du Faubourg-Saint-Honoré, au 55 de laquelle se trouvait le palais présidentiel, était en effet

– le chauffeur de Montesquiou pouvait en témoigner – bloquée par quatre sections de CRS ainsi que des renforts de la Garde républicaine.

— Dans tous les départements, les forces de l'ordre ont été mises en alerte maximale, avec pour première consigne d'empêcher une éventuelle contagion des émeutes au-delà de la banlieue parisienne.

Montesquiou attendit qu'il ait fini de parler pour transmettre le billet à la ministre.

Elle non plus n'eut aucune réaction apparente. Mais, quelques secondes plus tard, elle interrompit le nouvel intervenant, un conseiller précocement chauve et complètement tétanisé :

— Bon, ça suffit, là on ne peut plus attendre pour la conférence de presse.

Les résultats de l'élection n'allaient plus tarder à être publiés sur les sites des journaux suisses et belges qui n'étaient pas astreints aux règles draconiennes du CSA.

— Oui, madame la ministre, répondirent les chefs en se levant comme un seul homme.

Mais la ministre resta un instant immobile et scruta le préfet Boulimier. Carla Bruni l'avait appelée « la Vermorel » dans une vidéo volée qui avait fait le buzz pendant toutes les fêtes de Noël : la première dame y avouait qu'elle lui faisait froid dans le dos, et se désolait de ce qu'elle était la seule personne en France devant laquelle son turbulent président de mari baissait parfois les yeux…

Le numéro un de la DCRI finit lui aussi par s'incliner devant la ministre. Celle-ci plia en deux la feuille que lui avait donnée Montesquiou et la remit à son voisin de gauche, qui la fit à son tour passer à son voisin. Au bout d'une minute le pourcentage de 52,9 % avait envahi les pensées des grands chefs de la police aussi puissamment que, quelques instants plus tôt, les cris de leur ministre de tutelle dont les échos n'en finissaient pas de mourir dans les couloirs craquants et luxueux de cet ancien hôtel particulier.

4.

Une telle colère était normalement l'apanage du président. Que Vermorel se soit sentie fondée à se déchaîner ainsi sur les patrons de la police et de la gendarmerie prouvait son statut d'exception au sein de l'appareil d'État. Pure politique, elle prenait par ailleurs un malin plaisir à houspiller ces préfets qu'elle détestait. Un homme avait pourtant échappé à ce savon, un homme qui fut accompagné dans le bureau de la ministre par Montesquiou rabaissé pour l'occasion au niveau de simple groom : il s'agissait du puissant préfet de police de Paris, Michel de Dieuleveult, dont l'autorité dans la maison Police rivalisait avec celle de la ministre. La Préfecture de police de Paris était sise en face de Notre-Dame, en plein cœur de l'île de la Cité : elle disposait de près de quarante mille hommes, de son propre service de

Renseignements généraux et d'un bastion mondialement célèbre, le 36, quai des Orfèvres. C'était un véritable État dans l'État.

Vermorel recevait le préfet de police en tête à tête pour mettre en commun ce qu'ils savaient de Nazir Nerrouche. Dieuleveult était un homme étroit, méfiant, qui se teignait les cheveux en noir. Il ressemblait à un diacre promu du jour au lendemain cardinal. Une certaine stupéfaction tranquille émanait ainsi de son regard dissimulé derrière une épaisse monture d'écaille, dont les verres avaient depuis longtemps perdu leur antireflet. Il n'avait pas encore atteint l'âge ou le bas-ventre dilaté qui auraient justifié qu'il porte la ceinture de ses pantalons si haut, juste au-dessus du nombril ; c'était une forme de coquetterie rétrograde mais presque imperceptible, qui lui donnait en effet l'air, quand on le surprenait en bras de chemise dans son bureau de la « PP », d'un aumônier de l'époque coloniale.

— Madame la ministre, dit le préfet de police avec une politesse un rien hargneuse, nous ne savons rien de plus que ce qui figure dans le dossier de la DCRI.

La ministre ne voulait pas le regarder dans les yeux : ceux-ci étaient de toute façon protégés par une barrière de reflets, et quand ils apparaissaient quand même à la faveur d'un mouvement de tête immaîtrisé, c'était une paire d'amandes inexpressives et aplaties qui n'accusaient aucune de ses émotions, pas même le mépris dont ses sourcils ne se départaient pourtant jamais.

— Monsieur le préfet, annonça-t-elle gravement, je suppose que, dans ces circonstances, comment dire, apocalyptiques, nous pourrons compter sur un soutien sans faille de vos équipes ?

— Bien entendu, madame, la sécurité de la capitale, c'est la sécurité de la France…

Il y avait une perfidie manifeste dans ce propos du préfet de police de Paris, mais l'hostilité entre ces deux éminences droitières était si ancienne qu'on ne songea pas à la relever.

— Soit, nous verrons, conclut la Vermorel, qui voulait toutefois avoir le dernier mot.

Il fut ensuite question des mesures qu'il allait prendre pour, justement, assurer la sécurité dans la capitale.

— Excellent, conclut le préfet de police imperturbable. Je n'ai plus qu'à vous souhaiter bonne chance, alors. Enfin… à *nous* souhaiter bonne chance.

Restée seule avec Montesquiou dans son bureau, la ministre souffla un grand coup et observa les voyants rouges de son terminal téléphonique.

Montesquiou lisait des pages de journaux en ligne sur son téléphone. Il s'était machinalement enfoncé dans son siège, et pendant un court instant il ressembla à ce qu'aurait été un adolescent bougon dans le bureau de sa directrice d'école de mère. Ses lectures le firent soudain se redresser :

— Mon Dieu, ça explose sur Internet. Les gens disent n'importe quoi, écoutez, dit-il en levant les yeux sur Mme la ministre qui fixait le coin de son bureau marbré. « Ils ont tout essayé pour salir Chaouch, notes blanches, boules puantes, ils ont fouillé dans son passé, ils lui ont cherché des maîtresses, des amitiés louches, des petites phrases, des votes honteux. Rien. Alors ils ont calculé le nombre de fois où il était allé à la mosquée, et dans chacune de ces mosquées ils ont essayé de trouver un imam radical ou le cousin de quelque obscur prédicateur salafiste pour épingler ses mauvaises fréquentations. Sauf qu'il n'y en avait pas. Rien à cacher, rien pour le faire chanter. Chaouch était désespérément clean… Et le jour de l'élection il se fait tirer dessus. Pas besoin d'être un amateur de théories conspirationnistes pour s'interroger sur… »

— Pierre-Jean, l'arrêta Mme la ministre dans un soupir.

— C'est le billet d'un éditorialiste d'une radio du matin sur son blog, madame. Déjà repris sur Twitter par trois grands pontes de l'opposition. Des députés qui colportent ce genre d'hypothèses ! Vous imaginez s'ils continuent de balancer tout ça à tort et à travers ?

— On verra en temps voulu. Pour l'instant, on a d'autres problèmes que les élucubrations de ces avortons de blogueurs…

La ministre s'éclaircit la gorge. La tension de ses deux dernières heures était retombée. Montesquiou vit qu'elle faisait des exercices de gymnastique avec sa bouche et quitta la pièce en comprenant à qui elle allait passer son prochain coup de fil. Quand elle fut seule, la Vermorel ouvrit un de ses tiroirs et jeta un Doliprane dans le verre d'eau qu'elle s'était servi avant la réunion. Elle observa l'inéluctable effervescence de cette pastille de paracétamol, secouée aux quatre coins du verre et pourtant douée d'une forme de placidité résignée, qui paraissait presque noble à la ministre fatiguée. Cette effervescence, c'était sa loi, son sort, son devoir, le devoir des grands commis de l'État et de tous ceux qui avaient l'intérêt supérieur de la France à cœur : il fallait être prêt à se dissoudre pour servir.

Quand la pastille du départ ne consista plus qu'en un tout petit disque asphyxié à la surface de l'eau, Mme Vermorel avala d'une traite le breuvage et composa le numéro du président, cherchant le moyen le plus clair de lui annoncer que la machine policière et judiciaire avait été mise en mouvement, mais songeant surtout au pourcentage, à ce nombre stupide et fatal, 52,9, qui, lui, ne fondrait pas, même si on le trempait dans de l'acide de soufre.

5.

L'avion transportant les époux Wagner atterrit à Roissy un peu avant dix-neuf heures. Prévenu par sa greffière que la conférence de presse du médecin-chef du Val-de-Grâce était imminente, le juge Wagner insista auprès de ses officiers de sécurité pour trouver une télévision avant de regagner Paris. Thierry, l'agent que Paola avait surnommé Aqua Velva, fit un rapide tour d'horizon du terminal. Il distingua enfin un attroupement derrière la file d'attente d'un fast-food.

Un téléviseur haut perché était religieusement écouté par une trentaine de passagers en transit – ils allaient le rester encore un bon bout de temps, vu que plus aucun avion ne décollait. Debout sur leurs valises, les gens suaient à grosses gouttes. Ils se mirent à s'envoyer des chuts entre inconnus, comme au cinéma, dès qu'apparut à l'écran l'image d'un micro sur pied dont un petit assistant à lunettes modulait péniblement la taille.

— J'en connais un qui doit être bien content, murmura Paola.

Le juge Wagner ne réagit pas. Il restait au dernier rang de l'assemblée, collé de trop près par ses gardes du corps. Paola ne pouvait supporter l'attente silencieuse à laquelle tout leur petit groupe de téléspectateurs était soumis. Elle jaugea d'un long regard le degré d'attention de son mari, et interpréta un léger froissement de sa joue gauche comme le signe qu'elle pouvait lui parler :

— Je te le dis franchement, Henri, je vais avoir du mal à reparler à Xavier Putéoli après tout ça. Je veux bien que vous soyez amis de longue date mais enfin là c'est trop, et puis Tristan qui traîne autour d'Aurélie, non, je suis désolée…

— Enfin, qu'il ait pété les plombs, je suis le premier à le reconnaître. Mais de là à dire qu'il se réjouit d'un attentat…

— Il jubile !

— Mais non, voyons. Quant à son fils, qu'est-ce que tu veux que je fasse ? Que je le mette en examen pour drague non souhaitée par les parents d'une des parties ?

— Chut, chut, il arrive.

Le médecin-chef du Val-de-Grâce marcha en effet jusqu'au micro et s'éclaircit la voix en multipliant les regards sévères pour qu'on lui dise vers quelle caméra il devait se tourner. Il tenait une feuille entre ses mains immobiles. Son visage fermé était celui d'un homme doublement rompu au secret : en tant que médecin et en tant que médecin militaire. Et il parut soudain au juge Wagner – ainsi probablement qu'à plusieurs millions des Français qui regardaient ce même visage au même moment – tout à fait incongru qu'un homme aussi physiquement réticent à la prise de parole publique puisse être sur le point de leur délivrer l'information la plus attendue de l'année.

La surprise n'en fut que plus totale lorsqu'il ouvrit la bouche et s'avéra posséder un accent du Sud-Ouest aussi décomplexé que celui d'un charcutier gascon :

— Bonsoir, je suis le professeur Saint-Samat, médecin-chef du Val-de-Grâce. À l'arrivée de M. Chaouch à seize heures cinq, une angiographie cérébrale a été réalisée et a confirmé le diagnostic de la rupture d'anévrysme cérébral. L'intervention pratiquée par le professeur Neyme et par moi-même a consisté en un clippage de la malformation vasculaire. Elle s'est bien déroulée, il n'y a pas eu de complication et nous avons réussi à arrêter l'hémorragie. Nous espérons que l'hémostase va tenir, l'état hémodynamique de M. Chaouch est heureusement resté stable tout au long du geste opératoire, mais vous comprenez bien que, compte tenu de la gravité de la situation, il a été… euh… maintenu dans le coma.

Le professeur Saint-Samat tourna son unique feuille avec une lenteur surréaliste.

— La prise en charge en réanimation se poursuit désormais avec les aides techniques habituelles, le député Chaouch est donc sous respirateur artificiel. Bien sûr les heures à venir vont être déterminantes.

Les flashs crépitaient sans interruption sur son long visage imperturbable. Il cessa de lire la feuille où figurait son texte et ajouta en regardant pour la première fois une autre caméra :

— J'ajouterai enfin que l'équipe médicale ne peut pas se prononcer actuellement sur le pronostic à court terme de M. le député Chaouch. Merrrrrci.

Le terminal tout entier explosa et se répandit en bavardages, en commentaires, en conjectures. Le juge Wagner fut conduit avec sa femme dans sa voiture de fonction qui attendait au dépose-minute depuis près d'un quart d'heure.

— Mais qu'est-ce qui se passe, demanda Paola, s'il gagne l'élection alors qu'il est dans le coma ?

— Eh bien il gagne l'élection, c'est tout. Je suppose que s'il ne se réveille pas très vite, le Conseil constitutionnel va annuler l'élection et la reporter pour le mois prochain… après les législatives. Le bordel complet, en somme. Et si c'est Sarkozy qui gagne, ma foi, ça ne change rien que son adversaire soit dans le coma. Sauf si le Conseil constitutionnel dit le contraire. Le Conseil constitutionnel a une autorité absolue en la matière.

Paola ne parvenait pas à déterminer si c'était une bonne ou une mauvaise chose.

Lorsque la voiture eut quitté l'aéroport, elle demanda d'une voix dépitée :

— Tu vas directement au Palais, je suppose ?

Le juge avança sa main vers la nuque de sa femme. Elle commença à lui en offrir le creux mais se secoua en signe de rejet dès que leurs peaux se touchèrent.

Depuis les menaces de mort des nationalistes corses, Paola en voulait à son mari d'avoir choisi ce métier – follement exigeant, absurdement chronophage, où l'excitation de l'instruction finissait par apparaître comme sa propre récompense. Ce « contrat » corse, qui avait culminé par la découverte d'une bombinette sous sa voiture, avait transformé jusqu'au visage de son mari : ses mâchoires saillaient davantage, son front se rétrécissait, son regard surtout s'était durci, il était de plus en plus rare de voir s'y allumer la lueur d'une pensée fantaisiste ou d'un sourire profond. En revanche, des ombres y passaient, constamment : les rivalités au sein du pôle antiterroriste, les menaces de mort et de mauvaises notations, l'impression d'être mis au placard – l'an passé, on ne lui avait confié que cinq nouveaux dossiers…

Paola se contorsionna pour ravaler un mouvement d'humeur.

— Notre premier week-end depuis six mois… Tu parles d'un week-end…

6.

Deux hommes attendaient le juge Wagner chez le procureur de la République de Paris. Assis sur son bureau, le procureur Lamiel lui-même, avec qui Wagner jouait au tennis tous les mardis ; et, debout devant la fenêtre, le commandant Mansourd, le légendaire patron de la SDAT, à qui notre juge devait la fière chandelle d'avoir découvert, trois ans plus tôt, cet engin explosif placé par des nationalistes corses sous sa voiture de fonction.

— Monsieur le juge, on attendait plus que vous. Vous avez vu la participation ?

— 89 %, oui, c'est beaucoup.

— Du jamais-vu, vous voulez dire !

Lamiel avait sorti du placard les juges antiterroristes les plus réticents aux méthodes du puissant Rotrou, qui incarnait depuis vingt ans dans l'opinion et dans les faits la figure du juge antiterroriste : Wagner et Poussin, surnommés par le procureur « Le Lorrain et Poussin » ou encore « Les artistes », qu'il venait donc de faire désigner par le président du tribunal dans la procédure la plus importante de l'année.

Politiquement, Lamiel était en effet classé à gauche, ce qui n'était pas sans agacer le sommet de l'État. Lors du jeu de chaises musicales initié par le départ à la retraite du procureur général, un an avant la campagne présidentielle, Sarkozy avait essuyé une fronde du Conseil supérieur de la magistrature, qui émettait un avis négatif sur tous les noms proposés par l'Élysée pour le poste notoirement stratégique de chef du parquet de Paris. Le président avait dû se résoudre à nommer Lamiel, mais il avait malgré tout réussi à placer un ou deux proches dans son équipe, quoique c'eût été, de l'avis des spécialistes, un coup d'épée dans l'eau : tout le monde savait bien que le vrai patron de l'antiterrorisme en France était le juge Rotrou, surnommé l'Ogre de Saint-Eloi, du nom de la galerie ultrasécurisée du dernier étage du Palais, où les juges spécialisés dans l'« antiterro » avaient leurs cabinets.

La campagne avait accentué le fossé entre Sarkozy et les magistrats (un double assassinat commis par un récidiviste, une énième déclaration du président sur le laxisme et l'irresponsabilité des juges), tandis que Chaouch se révélait en faveur d'une réelle indépendance du parquet vis-à-vis de l'exécutif et se mettait dans la poche, en promettant un « plan Marshall de la justice » sur dix ans, une majorité écrasante de la magistrature qui sentait enfin le vent tourner. À la proue du navire de ce ministère public glissant enfin à contre-courant du pouvoir figurait donc Jean-Yves Lamiel, qui jeta un regard sur son bureau assombri par les tentures bordeaux et les boiseries de chêne, et remit solennellement un document à Wagner : c'était le réquisitoire introductif sur la base duquel l'instruction pouvait commencer, et dont il reprendrait les principaux éléments lors de sa première conférence de presse.

— Bon, Henri. Ce que je m'apprête à vous expliquer ne va pas vous faire plaisir. Pas plus que ça n'a fait plaisir à la ministre de l'Intérieur…

— On surveillait le tireur ? anticipa Wagner. Il était connu, c'est ça ?

— Non, non, je viens de le voir, répondit Lamiel, toujours assis sur son bureau. Il a dix-huit ans, c'est un tout petit voyou, il a été jugé deux fois en correctionnelle pour des délits mineurs et a toujours écopé de peines avec sursis. Non, c'est le commanditaire probable qu'on surveillait.

Il déboutonna sa veste et fit le tour de son bureau.

— La DCRI m'a appelé il y a cinq semaines pour me signaler les agissements d'un groupe inconnu, le SRAF. Personne ne sait ce que SRAF veut dire, sauf que c'est une mouvance secrète dirigée par un certain Nazir Nerrouche, le cousin d'Abdelkrim Bounaïm-Nerrouche, le tireur de cet après-midi. J'ai ouvert une enquête préliminaire pour associations de malfaiteurs en relation avec une entreprise terroriste, et autorisé des écoutes-parquet. L'enquête a piétiné jusqu'à aujourd'hui, à cause, essentiellement, de la méfiance paranoïaque de ce Nazir Nerrouche.

— Comment les écoutes ont pu ne rien donner ? demanda Wagner, incrédule.

— Elles ont permis au groupe de la DCRI de localiser une cache d'armes et de loger un soi-disant complice, membre de ce SRAF. Mais c'était un leurre.

— Le complice ?

— Tout ! La cache d'armes, le complice. On écoutait trois de ses portables à la fin, et sur les deux premiers, Nazir Nerrouche se savait écouté et, bon, inutile de tourner autour du pot : il manipulait copieusement le groupe d'enquête.

Wagner tombait des nues. Comment un tel amateurisme était-il possible ? Il avait souvent travaillé avec des commissaires de la DCRI, leur professionnalisme n'avait jamais été mis en cause.

— Et le troisième portable ? demanda le juge.

— Eh bien je n'ai pas encore eu accès au relevé d'écoutes, ça a été très difficile de faire les réquisitions. De toute façon, il a dû détruire ses téléphones depuis l'attentat. C'est quelqu'un de très… retors.

— Il a quel âge ? C'est un islamiste ? On a pu les rattacher à des groupes connus ? AQMI ?

— Rien, répondit le procureur. Nazir Nerrouche a vingt-neuf ans. Études supérieures, en prépa lettres d'abord, et puis lettres classiques à la Sorbonne, et puis bifurcation en droit des assurances. Il a monté des petites sociétés, dont une à Saint-Étienne, d'où vient sa famille, une agence de sécurité privée qui a fait faillite. Il s'est impliqué dans la vie locale, s'est occupé des carrés musulmans dans les cimetières, a fait du lobbying pour la construction de la mosquée dont tout le monde s'est mis à parler pendant la campagne. C'est là que la DCRI a commencé à s'intéresser à son cas. La difficulté, c'était qu'il ne fréquentait aucune mosquée suspecte, n'avait aucun lien avec les réseaux connus.

— Mais alors quoi ? Il avait composé une cellule dormante ?

— Non, pire. Le cauchemar absolu : un mouvement, comment dire, radicalement autonome. Une sorte de fantôme autarcique, indétectable par nos radars habituels. Allez expliquer ça à la presse maintenant…

— Et le tireur ?

— Pour l'instant il ne lâche pas grand-chose, mais je ne crois pas qu'il mente quand il dit qu'il ne sait pas où son cousin se trouve. À ce sujet j'ai demandé à ce que des avis de recherche de Nazir Nerrouche soient tirés à cent mille exemplaires. Je pense qu'il faut émettre un mandat d'arrêt européen...

Le juge Wagner secoua la tête.

— Comment est-ce qu'on a pu le perdre de vue ? s'emporta-t-il. C'est quand même incroyable qu'on n'ait pas pu l'arrêter avant. Il faisait l'objet d'une surveillance physique ? Qu'est-ce qui s'est passé ?

— Une énième maladresse de la DCRI, répondit Lamiel. Le commandant Mansourd a sa petite opinion sur le sujet, cela étant. Commandant ?

Le commandant continuait de regarder par la fenêtre. C'était probablement le seul officier de Police judiciaire de France doté d'une barbe aussi fournie : une vraie barbe de patriarche, noire et frisée à l'unisson de sa crinière de Samson. Il portait un maillot noir à manches longues, qui moulait son torse épais et musclé, mais d'une musculature d'un autre siècle, qui ne devait rien à la fonte des salles de gym et rappelait plutôt les vieux costauds des Brigades du Tigre.

Son jean noir disparaissait dans la pénombre, Wagner pensa soudain que si une torche avait été promenée sous sa ceinture, elle aurait révélé de solides jambes de cheval. Mais quand le commandant-centaure se détacha de l'éblouissement du contre-jour, Wagner vit qu'il n'en était rien : Mansourd avait des jambes humaines et la main sur son holster ; il caressait la crosse de son arme de service avec une délicatesse qui démentait toute sa stature, tel un colosse promenant son colossal index entre les yeux d'un chaton.

— Il avait probablement quatre portables, répondit-il, peut-être plus, et sur ceux que la DCRI écoutait il donnait de fausses informations à des numéros enregistrés sous de faux noms. L'enquête a été complètement bâclée et les collègues communiquent les pièces et les relevés d'écoutes au compte-gouttes…

— Les choses vont changer, déclara Wagner. Ce n'est plus le chef présumé d'un mouvement farfelu qu'on pourchasse, c'est le commanditaire d'un assassinat politique. J'aime autant vous dire qu'on va tous les avoir, les relevés d'écoutes.

— Bon, reprit Lamiel en tournant le front vers Mansourd, mais sans lever tout à fait ses énormes yeux : c'est le moment ou jamais de faire vos preuves et de montrer que vous valez mieux que vos collègues de la DCRI. Pour cette nuit vous travaillerez avec le SRPJ de Saint-Étienne. Inutile de monter à Levallois pour les gardes à vue, voyez sur place.

— Et surtout pas de caméras ! s'écria Wagner. Je refuse que la presse commence à fourrer ses pattes dans mon instruction. J'espère que nous sommes sur la même longueur d'ondes, commandant ?

Le commandant acquiesça d'un plissement de lèvres. Il remarqua toutefois que le procureur avait l'air contrarié : il gardait les bras croisés, ses yeux saillaient en dehors de leurs orbites mais ne regardaient rien de précis sur son bureau.

Avant de quitter la pièce, Mansourd étudia longuement les portraits de Nazir au centre de l'avis de recherche. Wagner était pour sa part moins fasciné par les photos que par l'intensité du regard du limier de la SDAT. Pris dans ce visage barbu et sculptural, ses yeux paraissaient littéralement virer au rouge.

Il annonça d'une voix bourrue :

— On va l'attraper, monsieur le juge. Vous pouvez me faire confiance.

— Tenez-moi au courant, commandant, dit le juge Wagner.

Le commandant Mansourd sortit du bureau.

Les deux magistrats regardèrent le rond de moquette qu'il venait de quitter. Tous deux eurent la même impression le concernant : une force qui va. Qui pour l'instant va pour nous, qui demain ira peut-être pour quelqu'un d'autre, mais qui n'ira jamais que dans un seul sens : la capture de Nazir Nerrouche.

7.

— Sacré personnage, ce Mansourd, commenta le procureur avant d'ajouter en changeant de voix : Henri je dois vous dire quelque chose, Nazir Nerrouche est le frère d'un certain Fouad Nerrouche, acteur de son état, qui fait les beaux jours d'une série télévisée sur la sixième chaîne. Je suppose que vous n'êtes pas friand de presse people, si vous l'étiez vous sauriez les rumeurs qui courent sur la liaison entre ce Fouad Nerrouche et Jasmine Chaouch (le juge Wagner haussa les sourcils en signe de surprise), oui, la fille de Chaouch.

— Mansourd est au courant ?

— C'est lui qui me l'a dit avant votre arrivée. Un de ses hommes a fait une rapide vérification auprès du service de protection du candidat Chaouch.

— Et alors ? demanda le juge.

— Et alors, et alors pas grand-chose... Il était évidemment connu du service, mais rien à signaler. Aucun antécédent judiciaire, pas la moindre rixe, même pas une prune : sur le papier c'est un bon garçon, bien sous tous rapports...

— On verra bien ce soir.

— Il y a autre chose Henri, hésita Lamiel. Voilà, allons droit au but : je ne suis pas convaincu que ce soit une bonne idée de laisser nos amis de la presse dans l'ignorance totale de nos activités.

— Oui, sauf que si on commence à communiquer à tout-va, les ratés de la DCRI vont être découverts et prendre toute la place médiatique. Ça va vite devenir incontrôlable si on accepte de jouer à leur petit jeu de surenchères.

— Henri, vous n'êtes pas sans savoir que je dois faire ma première conférence de presse demain matin. On va me demander une conférence de presse par jour, vous comprenez ?

Le juge refusait de se ranger à cet avis, même virtuellement. Un rayon de soleil se faufila entre les rideaux et illumina sa chevelure blanche. Il haussa les sourcils, qui par contraste n'avaient jamais paru aussi sombres.

— Ils vont avoir besoin de coupables, Henri. Je ne dis pas que nous allons leur en donner, mais il va falloir trouver quelque chose en échange. Et puis il n'y a pas que les médias, il y a le procureur général qui va suivre tout ça de très près. J'ai passé la moitié de l'après-midi pendu au téléphone avec la Chancellerie. Tout le monde joue sa carrière sur cette affaire. Je dis bien : tout le monde.

— Monsieur le procureur, répondit solennellement Wagner, j'ai été désigné pour l'instruction d'un attentat contre un député de la République candidat à l'élection présidentielle, j'ai bien l'intention de ne m'interdire d'aborder aucune piste. Je compte élargir le dispositif d'écoutes après ce soir et prendre toutes les mesures nécessaires à la manifestation de la vérité. Mais je vous le dis tout de suite : ne vous attendez pas à une interpellation-paillettes de toute la famille avec les caméras. Ce serait complètement contre-productif, voyez les récentes prouesses de Rotrou. Non, vraiment, ces méthodes…

— Nous sommes d'accord, Henri, bien entendu nous sommes d'accord. Ces méthodes sont inqualifiables. Ou plutôt, si, elles le sont : inefficaces. Le vent a tourné, le ménage a été fait. Il n'y aura pas de guerre entre le parquet et l'instruction, et surtout pas de guerre des polices cette fois-ci. L'avenir de la justice antiterroriste, je ne dirai pas que c'est nous, mais… oui, il ne me semble pas exagéré d'affirmer qu'il est entre nos mains.

Le juge attendait un « mais ». Bouche toujours ouverte, Lamiel se leva et accompagna son partenaire de tennis vers la fenêtre. La cour du Palais de justice débordait d'une activité inhabituelle pour un dimanche.

— Mais dans l'immédiat on va nous demander l'impossible, Henri. On va *vous* demander l'impossible, et qui plus est dans un temps record. J'espère que vous êtes prêt.

8.

L'oncle Idir partit rejoindre Fouad dès la fin de la conférence de presse du médecin-chef du Val-de-Grâce. Il venait de la suivre sur la même télé que celle devant laquelle, la veille, il s'était ému des yeux agrandis des foules acclamant Chaouch dans les rétrospectives de campagne. Fouad vit son oncle courir depuis le début du couloir, avec la pathétique maladresse d'un homme âgé, tandis qu'il apprenait, de la bouche de l'infirmière avec qui il s'était disputé un peu plus tôt, et après avoir longuement insisté, que Rabia venait de subir les examens pour savoir si elle avait été victime d'une agression sexuelle.

— Elle a été violée ? demanda Fouad, horrifié.

— Monsieur, calmez-vous, répondit l'infirmière.

— Répondez-moi, bon sang !

L'infirmière eut un mouvement de recul et menaça fébrilement Fouad d'appeler la sécurité s'il ne baissait pas d'un ton.

— Bon, ça va, vous êtes calmé ? Bon. Les examens n'ont rien révélé…

— Elle n'a pas subi d'attouchements, alors ?

— Les examens n'ont rien révélé, répéta l'infirmière.

— Mon Dieu… souffla Fouad en fermant les yeux.

Il voulut remercier l'infirmière, comme si c'était à elle qu'il devait la bonne nouvelle ; il lui fit faux bond et courut vers la chambre de Rabia. Mais Rabia était déjà en train de s'habiller de l'autre côté de la porte. Fouad frappa deux petits coups mais ne put entrer, empêché par la silhouette de sa tante qui s'affairait avec frénésie, tête baissée comme un bélier.

— Il faut aller rejoindre Luna maintenant, *miskina* la pauvre elle est toute seule. Tu sais pas où ils ont mis mon portable ?

— Tatan, calme-toi, essaya Fouad en poussant enfin la porte, calme-toi !

— Non, non, s'énerva Rabia, c'est pas le moment de se calmer. Il faut…

Elle s'arrêta d'elle-même et parcourut la pièce du regard, paraissant soudain ne plus chercher son portable mais les raisons pour lesquelles nous autres, êtres humains, passions notre temps à chercher quelque chose.

Fouad crut qu'elle allait éclater en sanglots. Il posa la main sur son épaule, aussi méticuleusement que s'il avait manipulé un flacon de nitroglycérine.

Idir voulut saluer Zoulikha à l'étage mais l'infirmière de garde lui apprit que les visites étaient terminées et que, de toute façon, Mme Nerrouche dormait à poings fermés.

Lorsqu'il redescendit bredouille, il tomba nez à nez avec Dounia dont la mine épouvantable le frappa au moins autant que son air fautif.

— Qu'est-ce que tu fais là ? demanda Dounia en séchant des larmes qu'elle essaya piteusement d'attribuer à un rhume en reniflant de manière excessive.

— Je suis venu voir Zoulikha et… Rabia… mais et toi ? Personne arrivait à te joindre… Ti étais…

Fouad et Rabia apparurent dans le champ de vision de Dounia. Elle eut un mouvement de recul mais comprit qu'elle était prise au piège. Fouad se retourna et courut dans sa direction :

— Mais putain maman t'étais où ? hurla-t-il. Quatre heures que j'essaie de te joindre ! Quatre heures !

Dounia se rembrunit et trouva dans la colère de son fils le moyen inespéré de se tirer de ce mauvais pas qu'elle avait cru irrémédiable.

— Déjà tu te calmes, c'est à ta mère que tu parles O.K. ? Je suis pas ta copine, d'accord ?

Fouad sentit qu'elle lui cachait quelque chose mais ne voulut pas lui faire de scène devant Idir. Dounia défit ses cheveux, les attacha dans un chignon plus serré et rejoignit Rabia qui ne lui posa aucune question sur sa disparition, trop soulagée de pouvoir enfin laisser éclater son désespoir.

Fouad conduisit d'abord Idir chez lui. Le vieil homme n'avait pas très envie de se retrouver seul après toutes ces émotions, heureusement Raouf l'attendait, et avec Raouf la perspective d'une soirée électorale presque normale, une soirée à écouter son fils lui expliquer pourquoi sa génération ne comprenait rien à rien tandis que la sienne possédait en plus de la vigueur de la jeunesse la jeune sagesse des chiffres et des théories compliquées.

Mais Raouf attendait son père dans la cage d'escalier, désemparé sur les marches, fatigué d'actualiser ses pages favorites sur son iPhone à l'écran maculé de traces de doigt.

— C'est… dingue, bégaya-t-il seulement, s'apercevant trop tard que l'adjectif était dérisoire au regard de la situation, mais qu'il n'en possédait aucun d'assez fort dans son lexique événementiel.

Fouad ne se souvenait pas s'il avait vu Raouf depuis le petit matin. Raouf l'embrassa sur les deux joues, poussant son museau volontaire jusqu'aux oreilles de son cousin hagard.

— Fouad, faut que je te dise…, hésita Raouf.

Fouad sentit qu'il ne pourrait affronter la discussion qui s'annonçait.

— On parlera plus tard, lui répondit-il à voix basse, avant de l'embarquer avec Idir dans la voiture où les attendaient Dounia et Rabia.

Le soleil se couchait derrière les crassiers de l'ancienne mine du Clapier. Fouad mordit le trottoir pour garer la voiture et leva les yeux sur le balcon désert où il avait, la veille, fumé une Camel avec Krim. Des enfants arrêtèrent de jouer au ballon pour voir passer ces gens aux têtes étrangement familières, qui portaient des vêtements de fête et marchaient d'un air tragique et résolu.

Dans l'ascenseur Dounia évita le regard inquisiteur de son fils en caressant les cheveux de Rabia. Quand ils furent au troisième étage, la porte de la mémé s'ouvrit précipitamment sur Luna que plus rien ne pouvait retenir. Elle s'effondra dans les bras de sa mère en poussant des hurlements.

La mémé fit entrer tout le monde pour ne pas attirer l'attention des voisins, et dans l'embouteillage du couloir Rabia et Luna serrées l'une contre l'autre passèrent devant les visages compatissants et terrifiés des oncles et des tantes venus pour le mariage, et puis devant celui de Slim, et puis encore de Kamelia qui, située en bout de ligne, tendit les bras dans la direction de sa tante pour pleurer avec elle.

Rabia découvrit le salon de la mémé qu'elle connaissait par cœur. La veille, avant d'aller à la salle des fêtes, la famille réunie y avait regardé cette cassette VHS où Krim jouait de la musique classique sur le clavinova du pépé.

Entre deux vagues de larmes, Rabia trouva le temps de demander :

— Il est pas là, Bouzid ?

— Il travaille jusqu'à neuf heures, répondit sèchement Rachida.

La benjamine des sœurs Nerrouche portait son Rayanne d'un bras et le berçait comme pour l'endormir, sans jamais cesser de fixer à distance Rabia et Luna d'un air décidément réprobateur.

La petite Myriam apparut dans l'encadrement de la porte des toilettes et courut vers sa tante préférée. Elle lui embrassa la taille et plaqua son oreille contre son sein. Rayanne échappa au prix de mille efforts à la prison des bras de sa mère et vint lui aussi embrasser Rabia.

Les enfants l'adoraient, Rabia. Et Rabia se souvint, comme un éclair dans la nuit du malheur qui s'abattait sur elle, qu'elle adorait les enfants.

Chapitre 3

52,9 %

1.

Lessivé, Fouad était pourtant le seul dans l'appartement dont le visage n'était pas mouillé par les larmes ni défait, d'une façon ou d'une autre, par l'énormité de l'événement. La mémé certes gardait son air fier et grave, mais elle ne provoquait plus personne et cherchait sans cesse quelque tâche à accomplir pour ne pas avoir à affronter l'emprise de la peine sur un autre regard.

Fouad sortit sur le balcon et remarqua quelques cendres massées derrière le plus gros pot de fleurs. Le rose du béton de la rambarde était avivé par le dernier soleil. La chaleur n'était pas encore retombée et la lumière inondait si fortement l'appartement que la mémé finit par tirer les deux rideaux, pour chasser les puissants reflets qui empêchaient de distinguer quoi que ce soit sur la télé qu'on venait juste de rallumer. Fouad reconnut la voix de David Pujadas et passa la tête à travers l'embrasure de la vitre. Toute la famille était debout autour de l'écran.

— Mesdames et messieurs, il est vingt heures, et dans cette situation de crise unique, dans cette situation exceptionnelle, absolument inédite dans l'histoire de notre pays, nous sommes en mesure de vous donner les résultats du second tour de l'élection présidentielle…

Le visage de Chaouch apparut en grand à gauche de l'écran. La jauge de ses voix grimpa jusqu'à 52,9 % tandis que celle de Sarkozy restait bloquée à 47,1.

— Idder Chaouch est élu à 52,9 % des voix, annonça David Pujadas d'une voix râpeuse, usée par la fatigue et la gravité des faits. Avec un taux de participation absolument exceptionnel : 89,4 % des électeurs se sont rendus aux urnes… Pour la première fois de son histoire la France vient de se choisir un président dans le coma, ajouta-t-il en baissant les yeux, comme intimidé par le voyant rouge de la caméra et par les dizaines de millions de personnes, que ce voyant rouge signifiait.

Il n'y aurait donc pas de déclaration du président élu dans la fièvre de son QG de campagne. Il n'y eut d'ailleurs aucune scène de liesse dans les duplex qui suivirent, aucune scène de déception non plus dans le camp des vaincus. Ou plutôt la liesse et la déception existaient, mais cruellement atténuées par les conditions extraordinaires qui avaient présidé au résultat du scrutin.

Nicolas Sarkozy reconnut sa défaite sur un ton prudent et souhaita que son adversaire sorte promptement de son coma ; il expliqua ensuite que, dans la période de transition, son gouvernement était parfaitement opérationnel et annonça qu'en attendant les décisions du Conseil constitutionnel, un « certain nombre » de mesures avaient été prises pour assurer la sécurité des Français, à commencer par la fermeture de l'espace aérien et le passage du plan Vigipirate au niveau écarlate.

— Je tiens à rassurer nos compatriotes, conclut-il en fixant l'objectif comme s'il avait été le présentateur de l'émission : il n'y absolument aucune crainte à avoir, comme je l'ai entendu depuis une heure, au sujet de je ne sais quelle vacance au sommet de l'État. Les membres du Conseil constitutionnel sont des gens responsables, j'ai toute confiance dans leur capacité à prendre les décisions qui s'imposent. La France est forte, nos institutions sont solides, et je suis convaincu qu'après cette atteinte inédite et – j'insiste – *inqualifiable* à la sécurité nationale, l'esprit d'union nationale prévaudra sur tout le reste…

Le discours du président n'était pas terminé que Marine Le Pen, arrivée quatrième au premier tour, se fendit d'un communiqué à l'AFP où elle saluait sa fermeté mais s'inquiétait des risques de « guerre civile ». On entendit sur les radios des gens parler de rétablir préventivement la loi martiale. D'autres souhaitaient que Nicolas Sarkozy se fasse voter les pleins pouvoirs par l'Assemblée et le Sénat réunis en congrès. À l'inverse, sur TF1, un jeune homme qui présidait les Jeunes Socialistes pour Chaouch perdit son sang-froid devant Jean-François Copé, et expliqua « comprendre » les mouvements de révolte qui montaient un peu partout dans le pays. Copé le poussa dans ses retranchements jusqu'à lui faire admettre qu'il les encourageait. La caméra s'attarda sur le militant chevelu quelques instants après sa bourde : ce n'était déjà plus la colère qui le faisait rougir jusqu'aux oreilles, mais la certitude d'avoir en une phrase mis un terme à sa jeune carrière. En effet les instances du Parti socialiste ne devaient attendre que deux jours avant de le démissionner, en guise d'exemple, et pour dissuader les militants amers de donner au pays l'image d'un parti se souciant comme d'une guigne de la sécurité nationale.

Mais ce soir-là, la majorité des Français réagissaient plutôt à l'instar de la famille Nerrouche, réunie presque au complet dans le salon de la mémé : des haussements de sourcils, des hochements de tête, un peu de soulagement, bien sûr, mais surtout une immense inquiétude, et la lugubre impression qu'au lieu d'assister comme promis au triomphe de l'homme qui devait décrocher la lune en direct, c'était plutôt le soleil, dans un stupide retournement de dernière minute, qui venait d'être kidnappé.

2.

Fouad s'éclipsa à nouveau sur le balcon et observa les deux montagnes de chez mémé, les deux buttes de déchets miniers assoupies dans le liseré rouge orangé du crépuscule, se souvenant du jour où, enfant, il avait choisi celle de gauche, tandis que Nazir prenait celle de droite qu'il avait décrétée être la meilleure.

Fouad consulta à nouveau la liste de ses appels en absence. Il n'y en avait toujours aucun de Jasmine. Il prit son courage à deux mains et composa son numéro. Il tomba directement sur son répondeur et se mit à jongler avec les hypothèses. Son père dans le coma, elle n'avait peut-être pas le droit au téléphone dans la chambre d'hôpital. Ou alors c'était simplement occupé – des millions de gens devaient l'appeler pour la réconforter ; il faudrait réessayer. Il le fit. Une dizaine de fois en quatre minutes. Il laissa des messages ; il lui semblait qu'il les laissait dans le vide, comme on envoie des lettres à la boîte postale d'un mort – sauf que personne, aucun service ne se chargeait ici d'accuser leur non-réception.

Puis les hypothèses revinrent ; ce n'étaient plus avec des balles en mousse qu'il jonglait mais avec les quilles de feu d'éventualités effrayantes, qui piquaient son amour-propre et son amour pour Jasmine : on lui avait dit que Krim était son cousin, elle ne pouvait pas parler à quelqu'un de la famille du meurtrier de son père, même si ce quelqu'un était son petit ami…

Il abandonna, aspira une large bouffée d'air pour trouver le courage de retourner dans le salon où l'agitation avait repris. Mais Slim le devança et passa à travers le rideau sa fine jambe moulée dans son pantalon blanc de la veille :

— Fouad ?

— Oui, oui, c'est bon, répondit son grand frère sans essayer d'atténuer la violence de son ton, c'est bon, j'arrive, deux minutes.

— Non Fouad, insista Slim en tirant le rideau d'un geste sec, y a Krim à la télé !

Le premier regard de Fouad qui avait bondi dans le salon ne fut pas pour l'écran Plasma de la mémé mais pour la famille massée devant, qui n'avait pas bougé depuis qu'il avait fui sur le balcon, à une différence près, mais elle était de taille : tous avaient porté la main devant leurs bouches. Chaque phrase de Pujadas sur l'identité du tireur faisait jaillir de nouvelles larmes le long de leurs joues brûlées par la honte. Sur le visage de Rabia, le mascara mêlé aux pleurs coulait jusqu'aux commissures de ses lèvres tremblantes.

La mémé se mit à parler en kabyle, trop vite pour que ses filles les plus jeunes puissent comprendre. Mais, à ses intonations, même la petite Myriam pouvait deviner qu'il s'agissait de lamentations et d'incantations macabres.

Rabia augmenta le volume, jusqu'à l'avant-dernière barre. Personne n'osa lui demander de redescendre de quelques degrés.

— Nous a rejoint en plateau un nouvel invité, déclara David Pujadas avec un regain d'enthousiasme dans la voix, alors c'est un invité qui va peut-être nous aider à y voir plus clair dans l'attentat contre le président… (il se reprit) contre le candidat Chaouch. Xavier Putéoli vous êtes le rédacteur en chef d'Avernus.fr. Vous publiez ce soir-même la première partie d'un article de Marieke Vandervroom sur la

DCRI. Les *incroyables* ratés d'une enquête ultrasecrète, la guerre des services chargés du renseignement intérieur… Cet article a créé la controverse, la DCRI ayant, je le rappelle, démenti en bloc par communiqué de presse à l'AFP. Mais d'abord la question que tout le monde se pose : est-ce que vous pensez que le jeune tireur, dont nous ne connaissons que le prénom pour l'instant, Abdelkrim, est-ce que vous pensez qu'il a agi sur instructions de ce groupe clandestin, quatre lettres dont on va probablement beaucoup, beaucoup entendre parler dans les jours qui viennent : le SRAF ?

Rayanne qui suçait son pouce au pied de l'écran se mit soudain à y donner des tapes répétées. Deux tantes se précipitèrent pour l'arrêter, mais trop tard : la télé vacilla et tomba du meuble trop étroit sur lequel elle était posée.

Tandis que Slim et Toufik essayaient de la rebrancher, le silence s'installa dans la pièce, hanté par les larmes continues de Rabia.

Elle dut les sécher lorsqu'elle s'aperçut que son portable vibrait.

— C'est la voisine, Mme Caputo. Pourquoi elle m'appelle, celle-là ?

La télé remarchait. Mais Slim et Toufik n'arrivaient pas à obtenir autre chose qu'un écran de neige. Après plusieurs appels répétés, Rabia finit par se lever et décrocher pour savoir ce que voulait sa voisine.

Au même moment, Fouad reçut un message de Yaël, qui lui disait qu'elle lui avait trouvé un avocat.

3.

Il se rendit sur le balcon pour l'appeler et tira le rideau lorsque les voix diaboliques de la télé se remirent à écraser le salon.

— Je viens de voir l'image à la télé. Fouad, c'est absolument horrible, c'est absolument… je suis de tout cœur avec toi.

— Merci, Yaël. Tu as trouvé un avocat ?

— Je l'ai même appelé pour toi, il travaille au cabinet de Me Szafran, un grand avocat, et il pense que Szafran est le mieux qu'on puisse faire, il a défendu des gens accusés à tort dans une affaire de terrorisme l'année dernière.

— Krim n'est pas accusé à tort, lâcha Fouad.

— Oui, bien sûr… Écoute, Szafran c'est un ténor du barreau. Il préside une association qui milite contre l'état des prisons françaises, il a fait acquitter un nombre incalculable de gens et, attends, mon ami qui bosse à son cabinet me dit qu'il travaille souvent *pro bono*. Tu as de quoi prendre son numéro de portable ? Appelle-le tout de suite…

Un cri de Rabia se fit entendre sur le balcon, et probablement jusque sur le parking de la médiathèque où des gens qui venaient de se garer levèrent la tête.

— Attends Yaël, envoie-le moi par texto, je te rappelle.

Mais Fouad n'osa pas retourner au salon.

Il entendait les bribes d'une joute confuse où surnageait le mot police. Dans les voix tranchantes qui le prononçaient, il sonnait comme un synonyme de catastrophe. Fouad eut à peine le temps de s'apercevoir que c'était là, de sa part, un comportement mental de criminel. Il franchit la vitre et le rideau et vit sa tante Rachida haranguer la famille en brandissant les visages innocents de ses jeunes enfants, comme autant de pièces à conviction de la culpabilité de Krim :

— Non mais d'où tu crois qu'on va payer pour lui ? hurlait-elle. Tu crois que mes gosses je vais les laisser supporter ça ? Non, non, *wollah* hors de question qu'on paye pour les conneries de ton taré de gamin…

Fouad voulut demander ce qui se passait mais Rabia ne le laissa pas la défendre. C'était moins ce que Rachida avait dit que son mouvement des lèvres, si dédaigneux que Rabia avait eu l'impression de recevoir une gifle.

Toute rouge d'humiliation, elle ensevelit sa petite sœur sous un tombereau d'insultes incohérentes. La mémé prit les enfants par la main et les confia à Kamelia pour qu'elle les emmène dans sa chambre.

Blottis contre les gros seins de Kamelia, les enfants levèrent sur elle de grands yeux de stupéfaction résignée. Ils étaient habitués aux disputes entre leurs parents, et ils étaient bien sûr trop jeunes pour comprendre ce qu'il y avait de si unique dans cette nouvelle violence contre laquelle on essayait maladroitement de les protéger.

— C'est rien mes petits choux, les enveloppa Kamelia d'une voix mal assurée. Maman elle est en colère mais ça va passer, c'est rien mes chéris…

De l'autre côté de la porte, la belle stature de Fouad ne faisait plus d'effet. La mémé s'interposa entre ses deux filles enragées, Fouad paraissait soudain minuscule, insignifiant à côté de cette masse noiraude aux cheveux gris et au charisme inexplicable et malfaisant.

La mémé calma tout le monde à coup de phrases kabyles qui ressemblaient à des ensorcellements.

D'un regard le vieil oncle Idir interdit à sa femme Ouarda de choisir son camp entre Rabia et Rachida. Mais Fouad vit que leurs grandes sœurs penchaient résolument du côté de la cadette aux bambins innocents.

La main dans laquelle il serrait son téléphone se mit à trembler. Il sortit sur le balcon, s'appuya sur la rambarde et se força à respirer lentement, les yeux fermés.

Quand il les rouvrit, il vit ce paysage hospitalier entre tous : le bâtiment de la médiathèque de Tarentaize ; les crassiers à l'arrière-plan ; à droite les blocs de béton roses et verts des HLM, empilés les uns sur les autres comme des cabines de Lego percées de fausses fenêtres – fausses car comment pouvait-on sérieusement vivre dans cette infantile géométrie de cages à poules ? – ; et enfin à gauche le square où s'ébattaient les gamins du quartier, au pied de l'église Saint-Ennemond, façade rustique et curieusement familière, qu'il croyait connaître comme sa poche alors qu'il n'avait jamais mis les pieds à l'intérieur.

Il leva les yeux : après une journée ensoleillée et chaude le ciel sans vent offrait la même surface cristalline qu'une mare de haute montagne, à peine contrariée par le dégradé de bleus peints à partir du même pigment et sur lesquels se reflétait doucement la crête aiguë d'un peuplier.

Fouad prêta l'oreille à la rumeur lointaine du centre-ville. Pour arracher son attention à la tragique cacophonie du salon, il lui fallait se concentrer sur le bruit de la circulation, aussi rassurant en ville que le roulis des vagues sur l'océan ou le souffle du vent dans un pré. Mais soudain ce ronron parut gonfler, s'amplifier. Un nombre inhabituel de véhicules arrivaient dans la rue de la mémé. Fouad se pencha pour en avoir confirmation et vit une quinzaine de voitures de police débouler devant la médiathèque. Les sirènes étaient muettes mais les gyrophares eurent tôt fait de détruire la subtile harmonie de ce soir d'aquarelle.

— Fouad ! Fouad !

Dounia le tirait par la manche depuis peut-être une demi-minute. Il se tourna vers sa mère et vit dans l'expression de son visage celle de sa propre hébétude.

— Fouad ! La police est passée chez Rabia, ils vont venir ici, la voisine leur a donné l'adresse !

— Mais non, murmura Fouad, d'une voix comme étrangère, ils sont déjà là.

Dounia se précipita vers la rambarde et vit trois dizaines d'hommes qui investissaient l'entrée de l'immeuble. Certains, encagoulés, portaient des armes lourdes et des béliers. D'autres étaient simplement affublés de gilets pare-balles blancs, au dos desquels on pouvait lire POLICE JUDICIAIRE.

Tous avaient leurs armes au poing et la mine des mauvais jours. Avant de retourner à la frénésie de l'appartement, Dounia en repéra un qui mâchait violemment un chewing-gum : c'était un « Police judiciaire » barbu, qui leva les yeux dans sa direction, comme s'il s'était senti observé.

Les hommes casqués entrèrent les premiers dans le salon bondé, tel un troupeau de rhinocéros. Ils détruisirent l'aile d'un buffet et firent tomber à nouveau la télé. Ce fut le policier barbu qui ouvrit la bouche quand il eut obtenu un semblant de silence :

— Rabia Bounaïm-Nerrouche ! cria-t-il.

Rabia se désigna fébrilement.

— Je suis le commandant Mansourd, de la Sous-Direction antiterroriste de la Police judiciaire. Voici le commissaire Faure, du Service régional de Police judiciaire de Saint-Étienne. À partir de maintenant (il consulta sa montre), vingt et une heures vingt-deux, vous êtes officiellement en garde à vue.

Assommée par ces grands mots et l'enfer administratif et policier qu'ils promettaient, Rabia se laissa passer les menottes sous les hurlements (Non ! Quoi ?) de la famille. Fouad leur fit signe de se calmer et demanda au commandant :

— Pour quel motif ? Qu'est-ce que vous lui reprochez ?

Le ventripotent commissaire stéphanois répondit du tac au tac :

— D'être la mère de son fils.

Le commandant jeta un coup d'œil mauvais mais rapide au commissaire et donna sa propre réponse :

— La même chose qu'on reproche à tous les adultes de cette pièce : association de malfaiteurs en relation avec une entreprise terroriste.

Dans le chaos qui s'ensuivit, Fouad réussit miraculeusement à transmettre le message qu'ils avaient le droit au silence, que rien ne les obligeait à parler, que s'ils parlaient pendant la garde à vue, ce serait utilisé contre eux tôt ou tard.

Un policier fit se retourner Fouad contre le mur et lui passa les menottes pour le faire taire. Luna éclata en sanglots à ce moment-là. Les menottes aux poignets de sa mère l'avaient révoltée, celles aux poignets de Fouad l'humiliaient.

Le commandant demanda à ne pas mettre les « pinces » aux plus vieux. Devant ce spectacle invraisemblable, Rachida fut la première à perdre le contrôle :

— Mais on n'a rien fait nous ! C'est son fils ! C'est lui qui a tué le président ! Nous on n'a rien à voir avec ça !

Ouarda commença à tenir le même langage, ce que désapprouva vigoureusement Idir qui intima en kabyle à sa femme et aux autres l'ordre de se taire :

— *Sesseum.*

Le mot se répandit comme un frisson dans l'appartement de la mémé.

Debout devant Rayanne, Kamelia apposa ses mains sur sa poitrine tonitruante. On n'entendit bientôt plus que les enfants qui pleurnichaient. Jusqu'à ce que sur ce tapis de larmichettes se pose, avec la brutalité d'un pied botté, la voix souveraine de la mémé qui ordonna en kabyle de les suivre mais de ne rien leur dire.

Le commandant Mansourd regarda la vieille dame, sa nuque bossue et son regard de bison qui ne révélait rien.

4.

Rabia ne sut rien des interventions de ses deux sœurs et du commandement de la mémé : elle avait déjà été conduite avec Luna et Fouad hors de l'appartement jusque dans un véhicule dont le moteur tournait depuis le début de l'interpellation. Fouad eut droit à son propre véhicule qui démarra en trombe. Le commandant Mansourd aida Rabia à s'engouffrer sur le siège arrière en posant doucement la main sur sa tête.

À leur tour, ses sœurs, menottées ou non, sortirent bientôt de l'immeuble où toutes les fenêtres étaient ouvertes et peuplées des têtes bouche bée du voisinage en robe de chambre.

La voiture de Luna et Rabia traversa à toute vitesse le centre-ville jusqu'à leur domicile. Sous les ordres du commandant Mansourd, dix fonctionnaires de la SDAT perquisitionnèrent en grande pompe ce pauvre appartement du 16, rue de l'Éternité, fouillèrent les commodes, les placards, les tiroirs, éventrèrent les lits, les coussins, le canapé, prélevèrent avec une voracité tranquille, technicienne, maîtrisée tous les albums photos, les disques durs des deux ordinateurs, les bulletins de notes, les livrets scolaires, les carnets de correspondance, les partitions, ainsi que tous les papiers administratifs sur lesquels figurait, même de façon anodine, le prénom d'Abdelkrim devenu, pour ainsi dire, radioactif. La cave fut elle aussi vidée, passée au peigne fin, mise sous scellés en attendant l'arrivée de la police technique et scientifique.

— Ma parole, c'est la caverne d'Ali Baba ! commenta un policier. Va falloir nous dire comment le fiston se payait tous ces joujoux…

De retour au troisième étage, Mansourd démenotta Rabia et la laissa pleurer dans les bras de sa fille.

— Commandant !

Un de ses lieutenants l'appela dans la chambre de Rabia où il avait fait une découverte intéressante : il la présenta à son supérieur avec un demi-sourire que la réaction de Mansourd fit instantanément disparaître. Il s'agissait d'un exemplaire, corné toutes les trois pages, de *Préférer l'aube*, le livre par lequel Chaouch avait accompagné le lancement de sa campagne, et sur la couverture duquel le désormais président élu n'avait jamais paru aussi vivant.

5.

Jasmine Chaouch se retrouva enfin seule dans la chambre de son père. Elle laissa tomber son front sur la couche, évita de lever les yeux sur son père emmitouflé dans des bandages et perforé de tuyaux au nez et à la gorge. Les bips de l'électroencéphalogramme s'ajoutaient sans grâce aux signaux des autres appareils, rivalisant de stupidité avec les monotones crachats et soufflets du respirateur artificiel.

Jasmine lâcha la main de son père, étira son torse mince et flotta dans un ruisseau d'associations d'idées qui la conduisirent de l'absurdité des messages, que sa mère et elle recevaient depuis quelques heures des grands de ce monde, jusqu'à ce passage de *La Flûte enchantée*, que son père lui demandait toujours de chanter en sa présence : ce moment où le glockenspiel de Papageno met en déroute les sbires de Monostatos – la musique plus forte que la violence. Son père adorait cette scène, il riait comme un gamin quand les sbires se mettaient à danser, charmés par la musique justement enfantine que Jasmine ne s'entendit même pas commencer à chantonner, couverte par le halètement des machines :

— *Das klingelt so herrlich, das klingelt so schön… La la la, la la la la la la, la la la la la la la. Nie hab' ich so etwas gehört und geseh'n, la la la…*,

Jasmine observa le visage momifié de son père, espérant vaguement le voir se réveiller, voir son beau visage clair et régulier se libérer des bandages, s'animer à nouveau et parler de Mozart, se disputer avec elle qui pensait que sa passion monomaniaque pour Mozart l'empêchait de découvrir d'autres choses, le répertoire baroque, la musique contemporaine… Et son père levant les yeux au ciel en souriant à pleines dents, comme il le faisait dans les débats les plus féroces, pour répéter une énième fois sa théorie que la plus belle idée qu'il avait de la démocratie, c'était dans *La Flûte enchantée* qu'il l'avait trouvée : cette égale considération, mieux, cet égal intérêt, cette égale curiosité pour les aspirations du vulgaire, Papageno, et celles du héros, Tamino.

Il n'en parlait que dans des dîners privés, avec des proches, et n'en démordait pas, il brandissait la réconciliation suprême, évoquait le devoir qu'il se ferait s'il était élu d'imposer l'étude de Mozart, de l'esprit de sa musique, par des professeurs spéciaux, à raison de deux heures par semaine. Il l'avait déjà plus ou moins fait à Grogny, avec ses écoles de musique gratuites et son auditorium flambant neuf. La musique à la période classique constituait pour lui l'apogée de la civilisation européenne : son plus grand trésor et son plus beau don à l'humanité. Quand il parlait de l'*allegro* mozartien, son œil noisette frisait. Il oubliait la dette, les agences de notation et le chômage des jeunes. « On va croire que je suis franc-maçon », plaisantait-il à l'oreille de sa femme ou d'un témoin privilégié dont il avait saisi l'avant-bras d'une main polissonne. Avant d'éclater de rire, de son rire franc et clair qui n'avait pas changé d'une note depuis l'adolescence.

Avoir un père comme Chaouch, c'était pour Jasmine accepter qu'il resterait à jamais le personnage principal de sa vie. Mais elle n'avait pas prévu qu'en devenant aussi, pour quelques mois, le personnage principal de la vie de millions d'autres, il était possible, il était fatal que la tragédie survienne.

Et maintenant il ne riait plus et ne disait plus rien.

Jasmine entendit la porte s'entrouvrir. Sa mère entra. Derrière elle, plantés dans le couloir, Habib et Vogel parlaient à voix basse au téléphone, chacun de leur côté. Vogel cachait le combiné avec sa paume, Habib se grattouillait la joue avec son moignon. Une longue et haute silhouette fit son apparition et croisa le regard de Jasmine : c'était Montesquiou, le directeur de cabinet de la ministre de l'Intérieur. Jasmine le vit sortir comme un serpent de son champ de vision, ne laissant que sa canne plantée obliquement comme une provocation.

— Ma chérie, le convoi est prêt, tu veux encore un petit moment ?

Elle avait essayé d'adoucir sa voix mais ses yeux gardaient la dureté de sa conversation précédente avec les « hommes du président ».

— Qu'est-ce qu'il fout là, ce type ?

— C'est Montesquiou, du cabinet de Vermorel…

— Je sais qui c'est, qu'est-ce qu'il fout là ?

— Il est venu nous parler de l'enquête ; ma chérie, je dois te dire quelque chose.

Jasmine fixa sa mère, prête à s'emporter contre ce qu'elle allait lui dire.

— Le jeune homme qui a tiré sur Idder… Il s'appelle Abdelkrim, Abdelkrim Bounaïm-Nerrouche. C'est le cousin de Fouad.

Jasmine accusa le coup.

— Jasmine, est-ce que Fouad t'a appelée depuis l'attentat ?

— Mais non, protesta Jasmine en sentant que ses oreilles chauffaient, c'est pas possible… Fouad…

— Attends, Jasmine.

— Je l'ai pas, mon portable de toute façon, je l'ai oublié en partant, dans la… précipitation… Mais…

Mme Chaouch prit sa fille par les épaules.

— On ne sait rien pour l'instant. Personne n'accuse Fouad. Personne. Je veux juste savoir… si tu te sentirais capable de parler avec des policiers de…

Jasmine n'entendit pas la suite, elle se frotta les oreilles. Mais plus elle les frottait, plus elle avait l'impression qu'elles allaient réellement prendre feu.

Esther Chaouch se tourna vers Habib, Vogel, Montesquiou et un quatrième homme qui suivaient discrètement l'échange, à distance.

— Ma chérie, reprit-elle, au sujet de Fouad…

Jasmine se leva brusquement, secouée d'un seul sanglot. Elle renifla pour le faire disparaître et sortit de la chambre en prenant bien soin de ne pas adresser le moindre regard aux vautours qui l'attendaient au tournant du couloir.

6.

Désarçonnée, Esther, restée dans la chambre, fit signe à Habib et Vogel de la rejoindre.

— J'aimerais parler à Aurélien Coûteaux, tu crois que c'est possible ?

— Oui, oui, répondit le conseiller en communication de son mari, il a été interrogé et vite réaffecté au service de Jasmine. Tu veux lui parler maintenant ?

— S'il te plaît. Le patron de la DCRI est avec vous ?

— Boulimier, oui. Je le fais entrer ?

— Non, répliqua Mme Chaouch après un regard au lit de son mari, parlons dans le couloir.

Le numéro un de la DCRI, qui s'était fait houspiller par la ministre de l'Intérieur quelques heures plus tôt, présenta ses respects à Mme Chaouch en s'inclinant autant que le lui permettait sa bedaine. Charles Boulimier avait un visage large et carré où il ne se passait jamais rien. En fait de bouche, le bas de son visage était rayé d'un simple trait, martialement perpendiculaire à une fossette au menton, elle-même dépourvue de volume et de profondeur. Le patron du contre-espionnage avait donc la tête de l'emploi à défaut d'en avoir la silhouette. Devenu préfet, il avait en effet pris du poids – la politique, ses banquets, ses réceptions ; et son habitude de joindre les deux pans de sa veste au moyen du seul bouton du haut accusait son ventre rond au lieu, comme il devait l'imaginer, de le dissimuler élégamment.

— Monsieur le préfet, commença Esther Chaouch, je vous remercie d'être venu si vite.

— C'est tout à fait normal, madame.

— Bon, allons droit au but : je refuse que ma fille soit interrogée. Avec tout ce qui nous tombe dessus, si en plus elle doit…

— Bien entendu, madame.

— Voilà, faites ce que vous avez à faire, mais je ne veux rien savoir.

— Il y a des méthodes alternatives, madame, insinua Boulimier.

— Vous comprenez, reprit Mme Chaouch en clignant des yeux, je ne veux pas qu'elle soit mêlée à… Sa sécurité, monsieur, sa sécurité c'est tout ce qui m'importe à l'heure actuelle.

— Madame, je vais m'en occuper personnellement…

Serge Habib, le dircom de Chaouch, fit signe à Aurélien Coûteaux de les rejoindre. Esther reçut patiemment ses pensées et ses prières avant d'entrer dans le vif du sujet :

— Coûteaux, vous connaissez M. Boulimier, de la DCRI. J'aimerais que vous fassiez quelque chose pour moi.

— Tout ce que vous voulez, madame, répondit diligemment le jeune officier de sécurité.

— Je ne veux pas qu'il l'appelle, Aurélien. Faites ce que vous voulez, mais je refuse que ma fille soit mêlée à tout ça. Vous verrez les détails avec M. Boulimier.

Coûteaux acquiesça en silence, sans oser regarder le puissant patron du contre-espionnage. Esther rompit fébrilement son silence :

— Je vous fais confiance, Aurélien, dit-elle dans un souffle avant de s'adresser à Boulimier : je ne me trompe jamais sur les gens, monsieur le préfet, j'insiste pour qu'Aurélien soit en première ligne dans cette… opération.

Boulimier esquissa un sourire de déférence. Coûteaux, quant à lui, s'inclina jusqu'à montrer à la quasi-première dame, sur son crâne bien coiffé, le point où ses vigoureuses mèches brunes prenaient racine et partageaient convenablement la chevelure.

7.

Après avoir appris par téléphone que l'interpellation de la famille Nerrouche s'était déroulée sans heurts, le juge Wagner eut une idée étrange : il demanda à son chauffeur de pousser jusqu'à Grogny au lieu de rentrer tout de suite au Palais de justice. La nuit était tombée depuis déjà quelques heures, les officiers de sécurité du juge firent la moue et crurent nécessaire de lui rappeler que la ville était quadrillée par les CRS.

Le juge se contenta d'un geste de la main et se replongea dans ses pensées-dossiers – il faisait de moins en moins la différence.

Les sirènes hurlantes et les ombres des camions de CRS alignés sur cinquante mètres l'arrachèrent à ses études. À cause de ces violences urbaines, on allait lui demander des résultats impossibles à obtenir en si peu de temps. Et maintenant qu'il observait la longue avenue déserte, les grilles des magasins fermés, les bus de nuit qui ne circulaient plus et la chaude tension dans laquelle se préparaient les CRS, il commençait à ressentir un de ces pincements au cœur qui peuvent fort bien annoncer l'imminence d'un infarctus chez les hommes de son âge.

Il distingua, au milieu des fonctionnaires de police en tenue antiémeute, un brigadier-chef qui vint à sa rencontre. Wagner se présenta. Le CRS se raidit en signe de respect.

— Monsieur le juge, on peut vous être utile ?

— Je voulais juste savoir ce qui se passe, voir de mes propres yeux…

Après quelques mots échangés avec le brigadier-chef, Wagner fut convaincu de la gravité de la situation et de la probabilité que l'embrasement tant redouté ne puisse être empêché. Il regarda le cou puissant de ce CRS, ses poings gantés, son torse que le gilet pare-balles rendait monstrueux. Ses yeux luisaient d'enthousiasme au milieu de sa face tendue, comme ceux d'un gamin sur le point de se battre à la sortie de l'école. Mais, tandis qu'il se faisait expliquer les raisons d'un dispositif si impressionnant et les techniques de guérilla urbaine « remarquablement utilisées par ces sauvages », Wagner ne songeait qu'à ses propres veines dont il pouvait presque sentir le rétrécissement en temps réel.

— Vous allez bien, monsieur le juge ? s'enquit le policier.

Le juge fit oui de la tête mais ne parvint pas à garder plus longtemps les mains derrière le dos et le front incliné vers l'avant pour gager du sérieux de son attention.

Des tirs se firent entendre au bout de l'avenue. Il distingua, au-delà des ombres bleu nuit et du ballet des casques et des Flash-Ball, la flamme d'un cocktail Molotov qu'on allait lancer dans leur direction.

— Monsieur, lui conseilla le brigadier-chef, vous feriez mieux de pas rester dans le coin.

Ses gardes du corps insistèrent également pour rentrer sans plus attendre. Wagner acquiesça d'un oui prononcé à bout de souffle et s'engouffra dans la voiture. Il composa à nouveau le numéro du commandant Mansourd et lui demanda des renseignements sur le comportement du frère de Nazir Nerrouche, Fouad l'acteur.

— Il s'est laissé interpeller sans problème, monsieur le juge.

Mansourd ne voyait pas grand-chose d'autre à ajouter. Le juge n'y alla pas par quatre chemins :

— Commandant, il va falloir la jouer serré avec lui. C'est – ou c'était – le petit ami de la fille de Chaouch. Qu'est-ce que vous en pensez ?

— J'en saurai plus quand je l'aurai interrogé.

Wagner garda le silence un instant.

— Franchement, c'est cousu de fil blanc, non ? Il sort avec la fille du candidat que son frère complote pour faire assassiner…

— Qu'est-ce que vous préconisez, monsieur le juge ?

— Il est bien isolé du reste de la famille, hein ? Écoutez, je crois que le mieux, ce serait de ne pas prolonger leurs gardes à vue.

— Monsieur le juge ?

Le commandant ne comprenait pas où il voulait en venir.

— Écoutez, si on les garde comme ça, je sais bien que ça va faire plaisir à tout le monde, au procureur Lamiel en premier. Mais moi, des associations de malfaiteurs comme ça, j'en ai treize à la douzaine par an. Interrogez-les, passez-y toute la nuit, mais je pense qu'il vaudrait mieux les laisser repartir et les placer sous surveillance, vous voyez. En particulier Fouad Nerrouche.

Mansourd ne savait pas comment réagir. L'idée lui paraissait infiniment saugrenue.

— Il est très vraisemblablement lié au complot, poursuivit Wagner, qui parlait désormais davantage pour lui-même qu'au commandant, ça va pas être de la tarte pour le faire craquer. Alors que si on le laisse en liberté sous haute surveillance… Bon, écoutez, dit-il avec humeur, commencez les auditions, on verra bien par la suite…

Mansourd grommela :

— Oui, monsieur le juge.

— Ah oui, une dernière chose : le portable du gosse, vous l'avez récupéré ?

— J'ai deux hommes sur le coup, répondit Mansourd. Ils ont fait les sociétés de Bateaux-Mouches et les objets trouvés, pour l'instant rien.

— Quoi, il aurait menti ?

— Je ne pense pas, monsieur. Et puis il reste les vedettes du Pont-Neuf à vérifier, et une autre société, le nom m'échappe. C'est l'affaire de quelques heures, croyez-moi…

— Bon, bon, conclut Wagner, tenez-moi au courant.

8.

— Tu vois…

Farès sursauta.

— … le plus dur à faire, c'est le S.

Farès leva les yeux sur le rétroviseur où se trouvait Nazir, Nazir qui n'avait presque rien dit depuis qu'ils avaient emprunté l'A36. Sa tête casquée de boucles noires était baissée sur un objet coincé entre ses genoux, qu'il manipulait dans l'ombre et avec une intensité telle qu'il valait mieux ne pas le déranger. Ils étaient de toute façon déjà en vue de la frontière franco-suisse à Bâle. Nazir rangea son mystérieux fouillis et se retourna : le jour n'était plus qu'un jeu réduit de lueurs sang et or dans un coin de plus en plus bas de la vitre arrière de la Maybach.

— Bon, maintenant c'est comme au cinoche. Eh, tu m'écoutes ? (Il claqua des doigts.) Souviens-toi que t'es le chauffeur d'un diplomate algérien, un chauffeur qui a pas que ça à foutre, O.K. ? Regarde-moi, fais le mec qui a pas que ça à foutre.

Farès tourna sa tête rasée mais tomba sur le profil de Nazir, qui scrutait bouche ouverte l'horizon barbouillé de phares et de confusion.

— C'est pas normal, baragouina-t-il.

Au lieu des deux ou trois douaniers habituels, Nazir vit surgir de la porte d'un local une douzaine de policiers des frontières ainsi que des militaires armés de Famas. Le véhicule qui se trouvait deux voitures devant la leur fut invité à se ranger sur le côté pour être fouillé de fond en comble. Mais ce qui inquiéta Nazir, ce fut qu'il s'agissait d'une famille de blondinets tout ce qu'on pouvait imaginer de plus banals et de moins suspects.

— Pourquoi ils arrêtent toutes les voitures ? jugea bon de demander Farès pour prouver qu'il avait l'esprit en alerte. Il a dû se passer quelque chose, ajouta-t-il en se souvenant des camions de CRS qui filaient à toute vitesse autour de Paris.

Nazir ravala sa salive et mit sa valise sens dessus dessous pour trouver sa cravate. Il ordonna à Farès de renouer la sienne et vint se placer dans la même position que quelques instants plus tôt : tendu, haletant, presque debout, parfaitement immobile au milieu des têtes des deux sièges avant, que ses immenses griffes décharnées enserraient comme si leur cuir était une peau vivante.

Il avait en outre un tic de bouche qui gênait énormément Farès : sa langue sortait lentement du passage laissé par ses lèvres entrouvertes et pourléchait la chair de la lèvre inférieure en un mouvement suave et menaçant. Farès avait l'impression qu'il allait lui sauter à la gorge et lui arracher la jugulaire. Il n'osait pas se retourner pour vérifier où pointaient les crocs de Nazir, pas plus qu'il n'osait lorgner du côté du rétroviseur – de crainte, bien sûr, de croiser ce regard invraisemblablement noir qui passait trop vite d'une attitude à l'autre, de la folle brutalité à cette sorte de chaleur doucereuse peut-être plus effrayante encore.

Les deux voitures qui précédaient la leur furent elles aussi déportées sur le côté, et ce fut enfin au tour de leur Maybach d'être soumise à l'attention suspicieuse des deux douaniers. Le plus jeune murmura quelque chose à l'oreille de son voisin qui semblait ne pas écouter, concentré sur son talkie-walkie. Nazir retint son souffle. Ce fut encore le plus jeune qui approcha enfin de la vitre de Farès.

— Papiers du véhicule, s'il vous plaît.

Farès attrapa les faux papiers dans la boîte à gants et dut adresser au douanier un regard suspect ou plus probablement agressif : celui-ci ouvrit le livret et avança vers la vitre de la banquette arrière. Les vitres étaient teintées, comme il n'est théoriquement pas autorisé de l'être, à plus de 80 %. Nazir vit le visage rougeaud et montagnard du jeune douanier, encadré par ses mains mises en auvent autour de ses tempes, pour voir qui se trouvait dans cette voiture diplomatique.

Il prit son courage à deux mains, s'enroba d'une écharpe noire et sortit de la voiture avec son BlackBerry collé à l'oreille. Côte à côte, Nazir et le douanier formaient un contraste comique : la longue silhouette de vautour de Nazir, celle cubique et nonchalante du douanier roux et râblé. Ils auraient sans doute paru appartenir à deux espèces différentes aux yeux d'un Martien de passage.

— Je peux vous demander ce qui se passe, monsieur l'agent ?

Il n'existait aucune photo de lui avec la barbe de quelques jours qu'il arborait à ce moment-là dans la pénombre ; mais il ressemblait quand même, du moins probablement, à celles qu'ils avaient dû utiliser sur son avis de recherche. Il scruta le fond de l'œil du douanier pour y déceler la lueur du soupçon.

Mais il n'y avait pas de lueur dans le fond de l'œil du douanier. Ses yeux auraient tout aussi bien pu être ceux d'un bœuf.

— Monsieur, simple vérification des papiers. Vous pouvez ouvrir le coffre ?

Nazir ne voulait pas ouvrir le coffre, il n'y avait que sa valise mais il redoutait qu'un attroupement de douaniers se forme autour de leur voiture, ce qui risquait de se passer s'il laissait ce crétin procéder à ces « vérifications ».

— Monsieur l'agent, je vais vous expliquer mon problème, déclara Nazir en prenant un accent pas très éloigné de celui de son oncle Idir, mon problème, c'est que je dois être dans une demi-heure à Zurich.

— Monsieur, insista l'agent qui n'était pas intimidé, désolé de vous demander ça, mais vu les circonstances nous avons ordre de fouiller toutes les voitures. *Toutes* les voitures.

Au milieu de cet échange éreintant pour ses nerfs, Nazir ne put retenir un sourire intérieur de satisfaction. Les circonstances, il les avait sculptées de ses propres mains.

— Écoutez-moi bien. Vous voyez cette main ? Dans une demi-heure, cette main doit serrer celle de l'ambassadeur d'Algérie en Suisse et je vais vous dire, je ne crois pas que monsieur l'ambassadeur d'Algérie en Suisse apprécierait qu'on retienne un membre de son corps diplomatique à la frontière.

Le collègue moustachu du jeune douanier avait terminé sa conversation au talkie-walkie. Il leva les yeux au ciel et mit la main sur l'épaule du petit montagnard en adressant un regard furtif à Nazir :

— Excusez-moi, monsieur, vous pouvez passer. Toutes nos excuses.

Nazir fixa la nuque rasée du jeune douanier et voulut ajouter quelque chose. Il préféra retourner sur la banquette arrière, mais assez lentement pour profiter du savon que le moustachu passait à son collègue, en répétant sans cesse le mot « diplomatique », jusqu'à lui donner une petite tape sur le front.

— Allez, allez, dit enfin Nazir à son chauffeur écarlate, roulez jeunesse.

Et ce fut sur ces mots, et sans le moindre regard dans la vitre arrière, que Nazir dit adieu à son pays de naissance.

Chapitre 4

Le coup de Zurich

1.

Nazir remarqua que les bâillements de Farès s'accéléraient tandis qu'ils contournaient les lueurs de Zurich. L'autoroute suisse offrait plus d'aspérités que Nazir ne l'avait escompté. Il imagina soudain que Farès épuisé perdait le contrôle de leur véhicule, allant jusqu'à anticiper la vibration de l'embardée, l'étrange sexualité du vol plané dont on sait qu'il se terminera par la mort.

Ne pouvant plus se permettre aucun contact avec la France, Nazir se résolut à ranger ses trois BlackBerry dans son sac et observa, menton levé, le musculeux quart de profil de Farès qui ne songeait même plus, quand il bâillait, à porter son poignet à sa bouche pour s'autopersuader qu'il combattait la fatigue.

— Tu sais ce que c'est un accident, Farès ?

Farès fut surpris par cette intervention de Nazir qui pour la première fois n'était ni un ordre ni une insulte déguisée.

— Un accident, c'est quand le monde va plus vite que la façon dont on le perçoit, quand le monde va plus vite que nous. Tu comprends ce que ça veut dire ?

— Oui, oui, Nazir, je fais attention, t'in...

— Non, c'est pas de ça que je parle. On va faire une pause, de toute façon. Dès que tu vois une aire d'autoroute, tu t'arrêtes. Mais je veux que tu comprennes ce que c'est qu'un accident, pas seulement un accident de voiture.

Il avait une voix semblable à ses mains : noueuse, imprévisible.

— Le monde s'est mis à aller de plus en plus vite, Farès, tu comprends ce que je dis ?

Farès vit apparaître l'universel et bienveillant panneau signalétique de la restauration. Ce fut comme une bouée de sauvetage, s'il se débrouillait pour atteindre la bifurcation assez vite, il pourrait ne pas avoir à répondre.

— Qu'est-ce qu'on peut faire, alors, pour que le monde cesse d'aller plus vite que nous ?

— Ben, je sais pas trop, moi... Tiens, regarde, y a une aire d'autoroute, là...

— Je vais te le dire, Farès, je vais te le dire en espérant que ça va faire son chemin dans ta petite tête : le seul moyen d'empêcher le monde d'aller plus vite que nous, c'est précisément d'aller plus vite que lui.

Et tandis que la voiture approchait du bâtiment flottant d'un restaurant orné d'un immense steak en plastique, Nazir expliqua à son chauffeur qui n'avait rien demandé ce qui venait de se passer en France, ce qui venait de se passer dans le pays où ils étaient nés et où ils ne retourneraient probablement pas de sitôt.

Mais il ne dit pas qu'il avait, lui, Nazir Nerrouche, façonné le cours des choses.

— Franchement, ça m'a coupé l'appétit, commenta Farès qui peinait à terminer sa double portion de pommes frites. Moi je l'aimais bien, Chaouch. Mais qui c'est qui lui a tiré dessus ? Putain, j'arrive pas à y croire.

Farès lâcha ses couverts qui tintèrent contre l'assiette en même temps qu'il haussait le ton :

— C'est dégueulasse ! Pour une fois que…

— Pour une fois que quoi ? ricana Nazir.

— Ben qu'on allait avoir un président arabe, quoi.

— Un président arabe, n'importe quoi… Je vais payer et on se retrouve dans la voiture. On va faire un petit somme d'une heure et ensuite il faut se remettre en route. On a déjà une heure de retard si j'ai bien calculé.

Farès n'osa pas répondre. Son cerveau gonflait et se dégonflait à toute vitesse, comme une éponge qui aurait voyagé dans la chaotique moiteur du temps. Le pauvre était perdu.

Nazir prit place sur le siège du passager et laissa Farès s'allonger sur la banquette arrière.

— Tu dors pas, toi ? demanda-t-il à Nazir, dont il voyait le coude remuer sur le siège avant.

— Allez, allez, arrête de poser des questions, dors un peu, maintenant.

Et, sentant soudain qu'il fallait ménager sa monture, Nazir ajouta :

— J'ai de la chance, moi, je ne dors jamais plus de trois heures par nuit.

Bercé par ce mystère, Farès s'abandonna aux bras de Morphée.

Quand il se réveilla, la voiture n'avait bien sûr pas bougé. Il étira ses bras et ses épaules, mais se heurta au toit dont le revêtement soyeux lui donna presque envie de s'y frotter. Nazir ne semblait pas faire cas de lui, il ouvrit donc la portière et exécuta quelques mouvements de gymnastique autour de la voiture.

Il avait complètement oublié ce qui l'avait épouvanté au restaurant, mais tout lui revint en mémoire lorsqu'il prit place au volant et vit Nazir ganté de blanc occupé, langue tirée, à graver une inscription sur la crosse d'un pistolet, au moyen d'un Opinel dont le pommeau et les rivets luisaient à la lumière de l'habitacle.

— C'est un vrai ? s'enquit bêtement Farès.

En guise de réponse, Nazir lui demanda de regarder l'objet dans le rétroviseur : une majestueuse série de lettres, F, A, R, et S, impeccablement gravées sur la crosse en bois clair. Farès crut qu'il s'agissait de son prénom, mais, quel que soit le sens dans lequel il tournait, le E manquait.

— Ah ! s'écria Farès. C'est ça que tu disais, le plus dur à faire, c'est le S ! Mais ça veut dire quoi, « Fars » ? Et c'est pour quoi faire, le calibre ?

— C'est pour toi, répondit Nazir en enlevant ses gants blancs. Ça se lit dans l'autre sens, regarde.

Sans l'inversion du reflet il s'agissait en effet des lettres S, R, A, F. Farès était encore moins avancé.

— C'est un cadeau de bienvenue, je t'expliquerai en route. Je veux que tu retiennes une adresse, au fait. Prends un bout de papier et écris.

Farès farfouilla dans la boîte à gants et trouva un semblant de bloc-notes. Mais il n'en avait pas besoin, comme il s'en souvint subitement :

— Je retiens tout, Nazir, tu sais… les chiffres.

— Oui ben prenons pas de risques. Note. Bon Dieu, t'es pas illettré, que je sache.

— Ben non, crut bon de répondre Farès.

— *Hermannsweg*, dicta Nazir, au numéro 7. C'est à Hambourg, en Allemagne. Si jamais ça tourne mal, c'est le point de ralliement, d'accord ?

Farès regarda cette adresse bizarre, bouche bée.

— Allez ! Il y a une surprise pour nous à Zurich, je ne veux pas la faire attendre...

Farès rangea le 9 mm dans la boîte à gants et démarra. En moins d'une demi-heure, la voiture arriva dans le centre-ville de Zurich. Nazir connaissait les lieux comme sa poche, il demanda à Farès de suivre un tramway bleu et d'emprunter un dédale de rues impeccablement bitumées qui les conduisirent au pied d'un immeuble de quatre étages, à la façade lisse et bleu pâle. Farès avait à peine coupé le moteur qu'il vit une BMW garée sur l'autre trottoir lui faire des appels de phares. La chaleur avait rendu le soir sale et brumeux, la lumière des phares faisait des taches d'huile dans l'horizon.

Nazir ordonna à Farès de lui rendre ses appels. Quelques instants plus tard, un homme sortit de la BMW, écrasa le bout brûlant de sa cigarette entre ses doigts et traversa la rue en boutonnant sa chemise pour cacher sa chaîne en or.

— Mais c'est Mouloud ! jappa Farès, tout excité. Qu'est-ce qu'il fout là ?

Sans un regard pour le chauffeur, Mouloud Benbaraka ouvrit la portière et s'assit à la place du mort. Il fixa Nazir dans le rétroviseur :

— Putain, j'ai jamais vu autant de flics ! Y avait des barrages à tous les péages !

— Ils t'ont fait chier à la frontière ? demanda Nazir en se décalant au centre de la banquette arrière. T'avais les faux papiers, hein ? Personne t'a suivi ?

— Non, non personne. *Wollah* ce faux passeport, j'ai jamais vu ça. Comment tu l'as eu ? Je savais même pas qu'on pouvait faire un faux passeport biométrique. Un bijou, ma parole, un bijou !

Nazir ne répondit pas. Il regardait à droite et à gauche, de longs coups d'œil qui semblaient épuiser chaque coin d'horizon qu'il étudiait.

— Personne t'a suivi ?

— Non mais tu me prends pour qui ? s'énerva Benbaraka. J'ai connu la zonzon pendant que tu jouais encore à la poupée. Depuis le temps je les ai captés, leurs trucs de filature à ces *hmal* des Stups, fais-moi confiance, bordel !

2.

Le nom de Mouloud Benbaraka finit par être prononcé dans la cellule de garde à vue de Krim. Le capitaine Tellier le nota sur le PV qu'il rédigeait ainsi que sur un Post-It qu'il remit à son lieutenant pour qu'il effectue immédiatement les vérifications. Tellier vit que Krim ne tenait plus debout. Il s'accrochait au voyant lumineux de la webcam qui enregistrait les auditions mais, dès que le capitaine se remettait à taper sur le clavier de l'ordinateur, le monotone clapotis des touches lui faisait fermer les yeux et dodeliner de la tête.

Le capitaine donna un grand coup sur la table. Krim se redressa.

— Tu te rends compte qu'elle vaut pas un clou, ton histoire ? D'un côté on a Nazir, tu dis qu'il te manipule, de l'autre côté ce Mouloud Benbaraka qui tient ta mère en otage… En gros, c'est la faute de tout le monde, sauf de toi ! Et ce type qui t'emmène en voiture et te montre les photos de ta mère, pourquoi c'est pas lui qui a tiré ? Pourquoi Nazir aurait demandé à un gamin de dix-huit ans de tirer sur Chaouch au lieu de payer un professionnel ? C'est n'importe quoi ! N'im-por-te quoi ! Hein ? *Hein ?*

— J'sais pas. Je veux dormir. J'ai le droit de…

— T'as pas de droits ! Tu tires sur les hommes politiques, les représentants de l'État, pourquoi l'État continuerait de considérer que t'as des droits ? Il était comment, ce soi-disant complice qui t'a conduit jusqu'à Grogny ?

— Vas-y, je veux dormir.

— Il était comment ?

— Il était roux, lâcha Krim.

— Eh ben tu vois. Roux, on avance…

Et le clapotis recommença. Krim parla pour rester éveillé :

— Avec une petite barbe rousse, un… je sais plus comment ça s'appelle.

— Un bouc ?

Krim acquiesça, mais c'était trop dur, sa tête se mit à tourner autour de ses épaules abattues sur la chaise sans dossier.

— J'espère pour toi que tu t'es pas foutu de notre gueule pour le portable. Hein ?

— Quoi ?

— On l'a pas encore trouvé, ton portable. Tu dis que tu l'as jeté par-dessus la rambarde du pont, qu'il est tombé sur un Bateau-Mouche, alors pourquoi on le retrouve pas ?

Krim s'endormait à nouveau.

— Tu veux que je te dise, je te crois.

Krim entrouvrit les yeux.

— Ouais, je te crois. Ton cousin qui te file une arme, des sous, tu t'entraînes, c'est comme un jeu, et puis ton cousin qui t'envoie des textos, t'as l'impression que quelqu'un t'écoute, s'intéresse à toi. Non, je comprends. Après t'arrives à Paris, ta mère et Benbaraka, non, non, je comprends tout, je te jure. Y a juste un truc que je comprends pas, mais alors pas du tout. C'est pourquoi t'as tiré.

— Mais… Benbaraka était avec ma mère, j'ai vu les photos, qu'est-ce que je pouvais faire ?

— Prévenir la police ! Faire quelque chose ! Tu devais bien comprendre ce que ça voulait dire, bordel, de tirer sur un candidat à la présidentielle !

— Je… j'avais fumé, murmura Krim. J'étais crevé… je… c'était comme dans un jeu vidéo, en fait.

Le capitaine avait la gueule ouverte ; il hocha la tête, murmura un juron et décida d'interrompre le supplice de Krim : il le conduisit dans la cellule et appela son chef pour lui raconter la version du « gamin », songeant qu'il n'avait jamais autant mérité son sobriquet.

Mansourd était aux toilettes du commissariat de Saint-Étienne. Sa braguette encore ouverte regardait l'urinoir en Inox. Il caressait sans la voir la photo incrustée dans le médaillon de sa chaîne.

Le nom de Benbaraka le fit tiquer.

— Commandant ?

— Ça me dit quelque chose, Benbaraka. Je te rappelle. Attends, vous avez regardé les vidéos de surveillance de la place de la mairie ?

— Pas encore reçu, commandant.

— Mais enfin, qu'est-ce que t'attends ? Que je les récupère pour toi ?

Mansourd raccrocha. Quand il sortit des toilettes, il remarqua que les policiers de ce SRPJ le regardaient comme une célébrité. Ce n'était pas tout à fait injustifié. Il y avait des centaines de procédures antiterroristes en France chaque année, mais très peu, pour ne pas dire aucune, concernaient de vrais fous furieux résolus à tout faire sauter ; on pouvait être sûr que c'était pour combattre ceux-là que Mansourd avait choisi l'antiterrorisme, et non pas pour assister le juge Rotrou – « l'Ogre » – lors de ses coups de filet médiatiques dans des réseaux de révolutionnaires du Larzac, davantage amateurs de cochonnaille et de camping sauvage que de plans pour attenter à la sûreté de l'État.

Formé à l'Antigang du commissaire Broussard, Mansourd avait fait toute sa carrière dans la surveillance du territoire avant de prendre le commandement de la SDAT. Il dirigeait la douzaine de groupes d'enquêtes de la SDAT et dépendait théoriquement de l'autorité de son commissaire, mais celui-ci ne s'occupait, dans les faits, que de son parapheur quotidien et des relations avec la place Beauvau. Vu la sensibilité des affaires qu'il avait à « sortir », Mansourd traitait directement avec le cabinet de l'Intérieur. Sa réputation justifiait cette anomalie statutaire : il avait traqué et mis sous les verrous deux ennemis publics numéros un, et contribué à déjouer plus d'attentats que quiconque. Son opiniâtreté paraissait sans limites, et si ses manières de franc-tireur avaient considérablement ralenti sa carrière (il n'avait pas voulu passer le concours de commissaire et n'avait jamais courtisé le moindre politique), elles lui avaient valu le respect absolu de ses hommes, et manifestement aussi celui de policiers qu'il n'avait jamais vus.

Sous leurs regards, il traversa la salle bondée, semée de petits bureaux où les vieux de la famille pleurnichaient en répétant qu'ils n'avaient rien à voir avec Krim ou Nazir. Les deux enfants s'étaient mis à jouer avec la standardiste, leurs chamailleries et les éclats de leurs voix aiguës créaient une atmosphère irréelle dans le commissariat. Mansourd avait demandé que seuls les plus proches de Nazir et Krim soient interrogés dans les cellules de garde à vue situées à l'étage. Des hommes de la SDAT se chargeaient donc de Fouad, le frère de Nazir, de Dounia, sa mère et de Rabia, celle de Krim. Slim, bizarrement, avait été laissé avec les « innocents » de la famille, simplement entendu dans la grande salle, peut-être parce que les policiers l'avaient pris pour un mineur.

Mansourd entra dans le bureau du commissaire Faure sans frapper.

— Benbaraka Mouloud, ça vous dit quelque chose ?

— Ah ben oui, c'est notre petit parrain local. On essaie de le choper depuis des années.

Surexcité, Mansourd ferma la porte.

— Qui s'occupe de l'enquête ici ? Les Stups ?

— Oui, j'ai une équipe qui travaille vingt-quatre heures sur vingt-quatre sur lui. Au début il intéressait les Stups de la PJ de Lyon mais…

— Appelez-moi le capitaine qui s'occupe de lui.

Le commissaire n'appréciait pas qu'on lui donne des ordres de cette façon. Il s'exécuta malgré tout et commença à discuter avec le capitaine en question. Mansourd se triturait la barbe en signe d'impatience.

— Passez-le-moi !

Il prit le combiné et voulut se faire résumer l'état de l'enquête en moins d'une minute. À l'autre bout du fil, le capitaine ne se montrait pas très coopératif :

— Écoutez, antiterrorisme ou pas, je vais pas vous laisser niquer une enquête de plusieurs mois pour…

— Capitaine, l'interrompit Mansourd, j'agis sur commission rogatoire du juge Wagner, du pôle antiterroriste du tribunal de grande instance de Paris. Je vous demande pas votre avis, je m'en contrefous de votre enquête, je vous demande juste de répondre à cette question : est-ce que vous l'avez filoché ce week-end, oui ou non ?

— Non. On l'a perdu ce matin, il était à un mariage hier soir et…

— Bon, je vais vous demander quelque chose, vous êtes pas obligé de répondre bien sûr, mais je vous rappelle qu'on recherche l'homme qui a commandité l'assassinat d'un candidat à la présidentielle. Alors voilà : est-ce que vous avez mis une balise GPS sous sa voiture ? Quelque chose pour le géolocaliser ?

S'il n'était pas autorisé par un juge, le procédé était illégal ; mais courant dans les enquêtes au long cours. Le capitaine des Stups hésita longuement, son malaise était perceptible.

— De toute façon, marmonna-t-il enfin, votre juge n'autorisera jamais…

— Bingo ! s'écria Mansourd. Le juge, c'est mon problème.

Et tandis que le commissaire se chargeait de faire rappliquer la Brigade des Stups et les techniciens qui s'étaient occupés du balisage, le commandant Mansourd courut dans les cellules de garde à vue pour demander à Fouad, Dounia et Rabia tout ce qu'ils savaient sur Mouloud Benbaraka.

3.

Chemise à nouveau ouverte sur son torse velu, le caïd de Saint-Étienne faisait tourner sa cigarette entre ses doigts en attendant que l'allume-cigare se mette enfin à cliqueter.

— Putain de bagnole, quand même.

— Bon, déclara Nazir en terminant de rédiger un texto, c'est le moment de passer à la banque.

Mouloud Benbaraka fit volte-face. Il espérait que Nazir ne voulait pas dire : littéralement passer à la banque.

— Comment ça ? demanda-t-il en faisant les gros yeux.

— Eh bien je vais aller récupérer tes thunes. Et celles de Farès. Tu crois quoi, que je me balade avec deux cent mille euros dans ma valise ?

— Non non non, rétorqua Benbaraka en haussant le ton, on n'avait pas prévu ça, qu'est-ce que c'est que ce coup de nar-nar… Et depuis quand les banques sont ouvertes à minuit ?

— Mais non, répondit Nazir, je vais pas dans la banque, juste à côté. C'est là que j'ai rendez-vous.

— Avec qui ? Qu'est-ce que c'est que ces histoires ? Je viens.

— Mouloud, tu vas pas commencer à m'embrouiller, je dois être à Hambourg demain matin à sept heures. Je récupère ton argent, je reviens ici et après on va chacun de notre côté. Chacun pour soi et Dieu pour tous.

— Et quoi, tu crois que je vais te laisser partir comme ça ?

— Je te laisse mon passeport, si ça peut te rassurer ! On échange…

Il plongea la main dans la poche intérieure de sa veste noire et jeta le passeport sur les genoux de Benbaraka. Celui-ci remua la tête de droite à gauche :

— Je prends le passeport, mais on te suit avec… Farès.

— Et toi, tu me files le tien, insista Nazir. Ton passeport. Je veux pas que tu te casses avec le mien non plus…

Benbaraka étudia la réaction de Nazir dans le rétroviseur : Nazir avait la même expression concentrée et ironique, un sourcil levé, la langue passant lentement sur le galbe régulier de sa lèvre inférieure. Il lui remit son faux passeport.

— Ou alors je prends ma caisse, dit-il. Voilà, je te suis avec ma caisse.

— On n'a qu'à ouvrir les fenêtres, mettre du raï et un drapeau de l'Algérie sur le capot, tant qu'on y est ! Enfin franchement, réfléchis un peu avec ta tête : si j'avais voulu te baiser, je t'aurais donné un faux point de rendez-vous…

Mais Benbaraka n'avait pas confiance ; il y avait toujours un piège avec Nazir. Il récupéra le passeport et sortit dans la nuit sans air.

La Maybach démarra, suivie de près par la BM que Mouloud Benbaraka conduisait en se rongeant les ongles. Quatre pâtés de maisons plus loin, la Maybach s'arrêta au pied d'un bâtiment en verre. Un interminable mot en allemand se terminait par –BANK au-dessus d'une monumentale porte tournante. À côté de la banque, à demi cachée par un buisson de conifères taillés en flammes, une enseigne clignotait. Mouloud sortit de sa voiture et rejoignit le siège passager de la Maybach.

— Mais c'est quoi ce machin qui clignote ? Je comprends rien, t'es pas en train d'essayer de m'enculer, hein ? Je te préviens, je…

— Mais t'as mon passeport ! Ma voiture ! Qu'est-ce que je vais faire ? Prendre les sous dans mon coffre et repartir à pied ? Et ma valise ? J'ai tout ici ! Allez, c'est l'affaire de vingt minutes.

Mouloud Benbaraka avait un mauvais pressentiment mais il n'avait pas le choix. Par ailleurs ça le rassurait de détenir le passeport de Nazir : il le regarda donc traverser le chemin bordé de gazon qui menait à la porte tournante. Il portait son habituel costume noir à rayures, des mocassins marron et une chemise blanche sur laquelle tombait une fine cravate Paul Smith. Son BlackBerry à l'oreille, il tourna à gauche après la porte de la banque et disparut derrière les arbres, avec, au dernier moment, un regard étrangement rieur dans la direction des vitres teintées de la Maybach.

Benbaraka appuya sur l'allume-cigare.

— Au fait, lui demanda Farès, je voulais juste savoir, pour mon frère…

Benbaraka interrompit Farès d'un regard incandescent. La colère s'y confondait avec la haine. Celle-ci finit par être si forte qu'il ne put s'empêcher de hurler :

— Je t'ai dit de me parler, toi ? Hein ? D'où tu me parles comme ça ? Pour qui tu te prends, espèce de clochard, de me parler de ton putain de frère qui a disparu ? On est dans *Perdu de vue*, là ? Hein ? J'ai une tête de Jacques Pradel ? *Hein* ?

4.

La voiture du juge Wagner s'arrêta au pied de son domicile parisien, au bord des Buttes-Chaumont. Il compulsait les relevés d'écoutes du portable de Nazir Nerrouche à la faible lueur de l'ampoule de la banquette arrière. Son garde du corps leva les yeux sur l'étage allumé et vit passer la silhouette de Madame.

— Monsieur le juge ?

Wagner ôta ses lunettes et leva les yeux à son tour sur l'étage allumé. C'était la première nuit où il rentrait après minuit – la première d'une longue série. Il éteignit l'ampoule de la banquette et passa la main sur son visage, entre ses yeux, sur sa nuque épuisée. Il entendit alors la sonnerie de son téléphone crypté.

— Monsieur le juge, Mansourd à l'appareil. Ça y est, on a un tuyau sur l'endroit où pourrait se trouver un des principaux complices de Nazir : Mouloud Benbaraka, dont je vous parlais tout à l'heure. C'est à Zurich, mais je crois qu'il faut agir vite. Dans la nuit, si possible.

— Commandant, c'est impossible de vous délivrer une commission rogatoire internationale avant demain matin, voyons. Encore plus si c'est en Suisse…

— Monsieur le juge, c'est urgent. Très urgent. C'est vraiment l'occasion en or de…

— D'où vous vient le tuyau ?

Mansourd réunit tout son aplomb pour mentir :

— L'audition de la mère de Nazir.

— Vous l'avez sur procès-verbal ? L'OPJ a tout noté, hein ?

Mansourd répondit affirmativement tout en rassemblant le groupe d'hommes qui l'entouraient dans le bureau du commissaire.

— Bon, je vais voir ce que je peux faire. On va réveiller la Chancellerie, peut-être que le mieux serait de signer une équipe commune d'enquête. Écoutez, j'espère juste que votre tuyau est fiable.

Wagner se demanda soudain si le commandant lui disait toute la vérité.

— Attendez, commandant. Benbaraka faisait l'objet d'une enquête des Stups, n'est-ce pas ? J'espère que je ne vais pas découvrir que vous avez eu le tuyau par des instruments de géolocalisation illégaux…

— Monsieur le juge, répondit Mansourd, la priorité c'est d'attraper Nazir, vous me l'avez rappelé vous-même tout à l'heure…

Wagner soupira. Il devait penser à la procédure, contrairement à Mansourd, et, si lors du procès de la traque de Nazir (ceux qui l'avaient aidé, etc.) apparaissait une balise GPS illégale dans le dossier d'instruction, c'était du pain bénit pour les avocats de la défense.

— Nécessité fait loi, ajouta Mansourd pour mettre la pression sur le juge.

— Non, commandant. Nécessité ne fait pas loi. Nécessité ne fait jamais loi.

— Monsieur le juge ? Il vaudrait mieux ne pas tarder…

— Faites ce que vous avez à faire, commandant. Mais aucune intervention.

Il ralluma son ampoule et demanda au chauffeur de le ramener au palais tandis qu'il composait le numéro du procureur Lamiel.

5.

Mansourd ne mentait pas complètement lorsqu'il évoquait Dounia comme source de l'information. Lorsqu'il était entré en trombe dans la salle où elle était interrogée, il avait demandé au lieutenant qui tapait mollement le procès-verbal de sortir fumer une cigarette. Dounia n'arrêtait pas de tousser ; devant son visage honnête et à cause de l'incompréhensible respect qu'elle lui inspirait, il avait choisi la manière douce : regardez, je ne note rien, je veux juste savoir si Nazir a fait des séjours à Zurich par le passé, dites-moi tout, je ne note rien, regardez, je mets l'ordinateur en état de veille. Et c'était vrai qu'il n'avait rien noté, et Dounia n'avait pas remarqué qu'il insistait sur ce point. Elle lui avait donc dit la vérité, parce qu'elle n'avait rien à se reprocher.

Mais, une demi-heure plus tard, le commandant Mansourd revint dans la salle où elle s'était un peu assoupie et ralluma l'ordinateur.

— Bon, madame Nerrouche il va falloir me répéter ce que vous avez dit tout à l'heure, histoire que tout soit bien sur le papier.

Et Dounia, éreintée, plus préoccupée par l'état de ses bronches que par les curieuses manœuvres de ce policier, répéta donc :

— Ben je sais qu'il est allé deux fois à Zurich l'année dernière.

— « Il », c'est bien votre fils Nazir, hein ?

— Mon fils Nazir, oui, dit-elle en sentant les larmes lui monter aux yeux.

— Prenez votre temps, dit calmement Mansourd, dont les genoux sautillaient frénétiquement sous la table.

— Et donc la deuxième fois, je crois que c'était en mars, mars 2012, il m'a demandé de lui virer de l'argent sur un compte. Comme… vous savez, c'est lui qui me mettait tout le temps de l'argent sur mon compte, je travaille, mais il insistait, il me mettait des sommes assez importantes, je vérifiais pas toujours, mais des fois c'étaient des coups de deux mille euros, trois mille euros. Et donc quand il m'a demandé de lui virer cinq mille euros qu'il allait me rembourser, j'avais aucune raison de refuser, vous comprenez ? Donc voilà, je lui ai viré de l'argent à Zurich, je suis désolée, c'est tout ce que je peux vous dire. Je sais pas pourquoi il était là-bas, je sais pas pourquoi il voulait que je lui vire de l'argent sur ce compte. Enfin… voilà.

Mansourd avait tapé le témoignage de Dounia à mesure qu'elle parlait. Il lui fallut dix secondes pour tout relire. Quand il eut fini, il considéra un instant Dounia, son beau visage clair encadré par une paisible chevelure gris-blanc, ses yeux doux et tragiques.

— Vous devriez aller voir un médecin, dit-il d'une voix mal assurée et sans plus oser la regarder. C'est pas normal, votre toux…

Dounia haussa les sourcils, pour prendre acte de ce qu'il venait de lui conseiller. Mansourd quitta la pièce avec le PV de garde à vue de Dounia. Il le faxa au bureau de Wagner et fit les cent pas dans le commissariat en attendant le coup de fil et la décision du juge. Sans commission rogatoire internationale, il ne pouvait rien faire. Le juge allait réveiller le cabinet du garde des Sceaux qui, vu l'urgence de la situation, allait réveiller le ministère de la Justice suisse. Dès qu'il aurait confirmation que la procédure était enclenchée, il pourrait prendre contact avec la police suisse afin qu'elle interpelle Benbaraka au plus vite. L'audition de Dounia et une intuition personnelle lui soufflaient qu'il y avait de fortes chances pour que Nazir se trouve également à Zurich. Mais quand son téléphone sonna enfin, les nouvelles du juge n'étaient pas bonnes :

— Mansourd, j'ai reçu le PV, écoutez j'en ai parlé avec le procureur Lamiel, les éléments sont trop faibles.

— Nom de…

— Mansourd, écoutez-moi, Lamiel et moi-même avons eu l'idée d'une solution alternative : vous allez mettre sur pied une petite équipe de trois ou quatre voitures et faire une mission de surveillance. Tout cela de façon officieuse, bien sûr. Vous suivez la voiture de Benbaraka, mais vous vous mettez bien dans la tête que vous êtes en territoire étranger et que vous ne pouvez pas intervenir.

— Monsieur le juge, sauf votre respect, le temps de mettre en place… Écoutez, très bien. D'accord. Je vais envoyer une équipe de Levallois. Ils pourront y être dans la nuit. Merci, monsieur le juge. Je vous tiens au courant, en temps réel.

Le commissaire stéphanois avança vers Mansourd d'un air menaçant. Le commandant prit sur lui et écouta ses doléances :

— Écoutez, ça pète partout dans les quartiers, là. J'ai des renforts qui vont arriver. Je vais avoir besoin que vous me libériez les bureaux maintenant.

— De toute façon on a fini avec la famille. Laissez-moi trois cellules de garde à vue et c'est tout. C'est bon, demanda-t-il avec humeur, ça vous va ?

Un camion de CRS déboula toutes sirènes dehors sur le parking du commissariat. Mansourd et le commissaire regardèrent à travers les stores : une vingtaine de gamins interpellés. Des J.V. Dans le jargon : Jeunes Violents. Qui par ailleurs étaient tous N.A. : Nord-Africains.

Mansourd expliqua à la famille qu'ils pouvaient repartir libres. Idir avait le visage en sueur. Il adressa un signe de tête à Bouzid et au mari de Rachida, Mathieu, qui s'étaient présentés spontanément après avoir reçu les coups de fil respectivement de la mémé et de sa femme.

— Et Rabia ? demanda Bouzid. Et Dounia ? Vous allez les garder toute la nuit ?

— On vous tiendra au courant, monsieur. Allez, rentrez chez vous, et si vous avez des choses qui vous reviennent, la porte est ouverte.

Elle l'était même littéralement. Un groupe de petits voyous menottés la franchit avant de se mettre à hurler et siffler :

— Sar-ko assassin ! Sar-ko assassin !

Les CRS leur donnaient des claques sur la tête pour qu'ils se calment. Ils furent conduits en cellule de dégrisement sous le regard effrayé du petit Rayanne. En défilant devant Slim, l'un d'eux eut une grimace de dégoût et accrocha son regard à celui du jeune marié ; avant de disparaître au détour d'un couloir.

Rayanne se mit à chercher son père du regard et à courir comme un dératé. Un CRS le voyant passer le prit dans ses bras et lui adressa un grand sourire :

— Eh ben alors, mon petit bonhomme, où est-ce qu'on va comme ça ?

Rayanne regarda le visage casqué du CRS et ses doigts énormes que les gants noirs faisaient ressembler à ceux de King Kong. Il sanglota doucement, obligeant le policier essoufflé par les interpellations sportives qu'il venait d'effectuer à le poser par terre où, dès que ses pieds eurent touché le sol, il courut à nouveau dans tous les sens à la recherche de son père.

— Ça commence comme ça, murmura le CRS à son collègue. Tout mignon, tout timide, et dix ans plus tard ça te tire dessus à la grenaille. Je te jure…

6.

La devanture au pied de laquelle s'arrêta Nazir était composée d'une vitrine à stores blancs et d'un néon trop puissant, qui laissait voir, en clignotant, qu'il s'agissait d'un *Coiffeursalon*. La porte n'avait pas de stores, mais de jolis rideaux au motif en damier ; elle était équipée d'une clochette : quand Nazir l'eut poussée, il s'aperçut qu'il avait attiré l'attention de trois des quatre occupants du salon et comprit que celui qui restait était son homme. Waldstein.

Debout devant la caisse où il semblait étudier des factures, il portait la même tenue immaculée que son jeune collègue occupé à peinturlurer de mousse, au blaireau, la barbe d'un client qui dévisageait Nazir dans le miroir légèrement teinté de brun. Assise n'importe comment sur un siège surmonté d'un bac à shampooing, une adolescente feuilletait des magazines à l'envers, depuis la dernière page, sans rien lire, la bouche constamment entrouverte par un appareil dentaire ; elle darda sur le nouveau venu un regard qui hésitait entre la plus intense curiosité et une indifférence de vachette.

— *Guten Abend*, dit Nazir à l'adresse de tout le monde mais en fixant la jeune fille.

Une rougeur apparut sous les beaux ovales de ses yeux soudain affolés ; le client (son père ?) salua Nazir d'une voix enrouée par le long silence qui avait dû précéder cette visite tardive et manifestement inopinée.

La blouse blanche des deux coiffeurs-barbiers les apparentait à des laborantins enrôlés de force dans une expérience interlope ; ce fut celui qui s'occupait déjà d'un client qui interrogea Nazir d'un mouvement de tête.

Nazir prononça la première moitié de la phrase de reconnaissance, en un souffle :

— *Ich möchte mir das Haar schneidenlassen…*

Il observa la réaction du vieux derrière la caisse ; il demeurait parfaitement immobile, concentré sur son livre de comptes. Nazir ajouta :

— … *Den Bart überhaupt nicht.*

« Mais surtout pas la barbe. »

L'homme avec qui il avait rendez-vous était probablement le vieux, mais il ne réagissait toujours pas. Le jeune lui fit signe de s'installer sur un fauteuil surélevé, à côté de celui du client qu'il commençait tout juste à raser. Mais Nazir ne voulait pas enlever sa veste, il ne voulait absolument pas enlever sa veste. Pris au dépourvu, le jeune essaya d'attirer l'attention de son chef. Celui-ci ferma les yeux et disparut dans l'arrière-boutique, où il actionna un robinet, attendit l'eau chaude et se frotta énergiquement les mains.

Quand il revint, Nazir avait été recouvert depuis le sommet de la nuque par une toile blanche qui avalait les accoudoirs du fauteuil et descendait jusqu'à son pied amovible. Nazir le vit ouvrir un tiroir incrusté dans le marbre du comptoir et y choisir d'une main aveugle une paire de ciseaux et un rasoir à l'ancienne dont l'éclat métallique se propagea dans tout le salon. Nazir n'avait pas prévu qu'ils ne seraient pas seuls et qu'ils devraient se livrer à cette comédie ; il demanda, au lieu d'une coupe de cheveux, un simple rafraîchissement au niveau de la nuque et du pourtour des oreilles.

M. Waldstein ne s'appelait pas vraiment M. Waldstein et semblait enfermer sur chaque pli de son visage imberbe et carré le souvenir des faux noms que sa vie de barbouze lui avait fait porter. La soixantaine robuste, il avait une verrue au coin de l'œil gauche, qui alourdissait sa paupière léonine et orientait tous les mouvements de son visage de l'autre côté. Il avait un nez étrange, presque aussi épais au niveau des narines que de l'entres-yeux mais sans la force des nez de boxeurs : le sien formait une zone molle au milieu de sa face. Impossible de recomposer mentalement ses traits une fois qu'on avait cessé de les regarder.

Il posa le rasoir devant Nazir, comme pour l'intimider ; avec les ciseaux, il commença par désépaissir la chevelure noire de son client. Nazir ne montrait aucun signe d'inquiétude, mais l'heure tournait. Il avait dit vingt minutes à Benbaraka : dix minutes furent bientôt passées à attendre qu'il soit seul avec Waldstein pour régler leurs comptes. Nazir faisait provision de patience, évitait de regarder la jeune fille dans le miroir, s'efforçait de demeurer alerte au cas où Waldstein se saisirait du rasoir pour lui trancher la gorge en plein salon.

L'idée commençait à le terrifier : aurait-il le temps de libérer ses bras pour se défendre ? Le client d'à-côté se vit présenter un miroir à main pour juger de la qualité de son rasage. Il étudiait son menton – sous toutes les coutures. Waldstein avait fini de désépaissir ; il s'empara du rasoir et le présenta à quelques millimètres de la nuque de Nazir. Celui-ci frémit.

— *Was machen Sie denn ? Nur den Haarschnitt, hab' ich gesagt !*

Waldstein lui offrit un sourire de victoire dans le reflet du miroir. Le client se leva pour récupérer sa veste et payer, suivi par la jeune fille. Quand il eut disparu, Waldstein congédia son jeune collègue qui paraissait de toute façon pressé. Sitôt la porte refermée, Nazir bondit hors du siège et dit en français :

— Qu'est-ce que c'est que ce cinéma ? On devait être seuls, putain de merde ! Qu'est-ce que ça veut dire, des clients à minuit ?

— On ne maîtrise pas tout dans la vie, jeune homme, rétorqua-t-il calmement, sans accent. On fait des nocturnes ici, jamais aussi tard, mais… disons que c'était un client qu'on ne pouvait pas refuser.

Il ôta sa blouse sous le regard furieux de Nazir et le conduisit dans l'arrière-boutique. Un énorme coffre-fort était caché derrière une armoire. Il débloqua la porte et retira une première boîte métallique. Il la posa sur la table au centre de la pièce et l'ouvrit avant d'aller chercher la seconde. Dans la première boîte, il y avait un nombre incroyable de coupures de billets de cinq cents euros.

— Vous foutez pas de ma gueule, dépêchez-vous, déclara Nazir tandis que Waldstein portait difficilement la deuxième boîte.

Waldstein souffla en la posant sur la table.

L'autre boîte contenait moitié autant de coupures que la première. Il y avait en outre une valise métallique pour les ranger, ainsi qu'une arme de poing et un passeport que Nazir ouvrit avec gourmandise.

— Nathaniel Assouline, lut-il à voix basse. Né le 25 septembre 1983 à Paris. Bon, il va quand même me falloir encore une semaine pour avoir une aussi jolie barbe…

Waldstein aida Nazir à ranger ses « effets personnels » dans la valise métallique. Nazir prit son téléphone.

— Plus qu'un pion à déplacer pour obtenir le mat.

Le visage de Waldstein arborait un sourire de pilote automatique.

— J'espère que, quand on écrira mon histoire, on intitulera ce chapitre « Le coup de Zurich ». Vous jouez aux échecs ?

Waldstein hocha négativement la tête et s'exprima enfin :

— Vous ne vous rendez pas compte de tous les risques que je prends…

— Vous êtes payé, rétorqua Nazir. Grassement payé.

— Si vous croyez que c'est pour l'argent que je fais ça… C'est quoi, cette histoire de téléphone ?

Nazir ne répondit pas ; il composait le numéro du commissariat le plus proche.

Dans un allemand plutôt convaincant (il roulait les r à la bavaroise), il informa les policiers qu'un vol à main armée était sur le point de se commettre devant la banque à côté de laquelle il se trouvait.

Waldstein le conduisit, par la porte de derrière, jusqu'à un parking privé où somnolaient deux voitures. La leur était une énorme BMW noire. Waldstein prit la place du chauffeur tandis que Nazir s'installait à celle du passager. Le tableau de bord était agréablement boisé, les sièges recouverts d'un luxueux cuir beige. La voiture roula pendant une minute dans un long couloir à ciel ouvert qui trouva son issue de l'autre côté du pâté de maisons, à deux cents mètres de l'entrée de la banque.

7.

Le commandant Mansourd reçut, du juge enfin de retour au palais, la consigne de poursuivre personnellement les gardes à vue de ceux qu'il appelait « la famille proche ». Luna était partie avec la mémé, sans pleurer ; la fatigue l'avait emporté sur son malheur. Les premiers mots de Rabia quand elle vit entrer le commandant furent pour sa fille : quand pourrait-elle la revoir ?

— Bientôt, bientôt, calmez-vous.

Et son fils ?

Le commandant n'eut qu'un mouvement de sourcils pour lui répondre.

Il s'assit sur une chaise de bureau à roulettes et commença à lire le PV imprimé par le lieutenant qui s'était chargé de la première audition.

— Monsieur, j'ai sommeil, j'ai dit tout ce que je savais à votre collègue… Ce type horrible m'a attaquée, m'a retenue prisonnière, il m'a droguée et… j'en ai marre, maintenant, je veux voir mon fils, dites-moi au moins qu'il va bien !

Le commandant abandonna les papiers sur la table.

— Madame, vous déclarez que vous ignoriez tout des rapports entre Abdelkrim et Nazir ? Vous ne saviez pas qu'ils s'appelaient tous les jours depuis des mois, vous ne saviez pas que Nazir lui faisait passer de l'argent régulièrement ?

— Non, je croyais que… je savais pas !

— Mais alors comment vous expliquez les consoles de jeu à la cave ? Les nouvelles fringues, tout ce petit trésor ?

— Mais j'allais jamais à la cave !

— Jamais ?

— Sur la tête de mes enfants qu'ils meurent à l'instant, je mets jamais les pieds à la cave ! Y a rien normalement à la cave ! Je vous jure que je sais pas ce qu'il foutait là-bas avec Gros Momo, moi. Et puis j'ai peur des souris ! ajouta-t-elle dans une désarmante explosion de sincérité.

Le commandant écrivit deux mots sur le coin d'une feuille.

— Qui c'est, « Gros Momo » ?

Rabia se mordit les lèvres.

— C'est un copain de Krim. Mais il a rien à voir avec...

— Son nom complet, s'il vous plaît ?

— Mais vous allez pas...

Le commandant n'eut qu'à soupirer de lassitude :

— Mohammed, Mohammed Belaidi. Mais je vous jure, y a pas plus gentil que Gros Momo...

— Je suis sûr qu'y a pas plus gentil qu'Abdelkrim non plus. L'adresse ?

— Oh, il habite au-dessus de Bellevue, rue des Forges... Au 24.

Mansourd changea d'angle :

— Qu'est-ce que vous savez sur le SRAF ?

— Hein ?

Rabia passa la main dans ses cheveux frisés et les rabattit sur ses yeux, comme pour s'empêcher de voir le décor de ce cauchemar.

— Le SRAF ? Vous avez jamais entendu parler du SRAF ?

— Le *sraf* ? répéta-t-elle en prononçant le mot avec un accent kabyle.

Le commandant parut intéressé.

— Le *sraf*, en kabyle, ça veut dire les nerfs. *Zarma*, la colère. Avoir le *sraf*, c'est avoir les nerfs.

Il allait renchérir sur cette étonnante information lorsque son portable sonna. Il sortit et entendit la voix excitée du juge Wagner :

— Commandant, Mouloud Benbaraka a été arrêté par la police suisse, devant une banque à Zurich. Un coup de fil anonyme, il attendait dans la voiture avec un complice, un certain Farès. Les policiers ont trouvé un Parabellum 9 mm dans la boîte à gants, le même que celui du gamin. Et attendez, le plus fort : sur la crosse le sigle SRAF gravé au couteau. Ça a mis la puce à l'oreille d'un des policiers suisses qui, heureusement pour nous, avait regardé les infos.

— Et aucune trace de Nazir ?

— Eh bien si, voilà la vraie bonne nouvelle. Benbaraka ne veut rien lâcher, mais le complice, ce M. Farès, un second couteau apparemment, a fini par avouer qu'il se rendait à Hambourg. Qu'il devait y être demain matin à sept heures. Selon les policiers, il va pas tarder à craquer et à en dire plus. Je m'occupe de la CR dès maintenant, continuez de cuisiner la famille, de votre côté. Et au sujet des dispositifs d'écoutes, vous croyez que les techniciens ont fini ?

— Oui pour l'appartement de la mère du petit. Il reste l'autre, celui de la mère de Nazir. Je pense vraiment qu'il faudrait faire durer leur garde à vue jusqu'à demain soir minimum…

— On en a déjà parlé, commandant. Excusez-moi, je dois vous laisser.

Mansourd raccrocha et hésita avant de retourner auprès de Rabia. Il ne partageait pas l'enthousiasme de Wagner au sujet de la piste hambourgeoise : tout cela lui paraissait trop facile.

Il se mit à songer à ce que Rabia lui avait dit sur le SRAF. Tous les analystes avaient cherché un sigle, alors qu'il aurait suffi d'interroger un membre de la famille de Nazir pour obtenir l'information. L'enquête de la DCRI avait peut-être été plus bâclée encore qu'il ne l'avait cru en la reprenant.

Des hurlements provenaient de la cellule de dégrisement. Le commissaire avait tombé la veste, il vint annoncer à Mansourd que deux autres camions de CRS leur amenaient du monde.

— En tout cas, ça faisait longtemps qu'on n'avait pas vu ça ici, balbutia-t-il. La dernière fois, c'était quoi ? Pour les émeutes de 2005 ? Vous croyez que ça va faire la même chose ?

Mansourd ne répondit pas. Le commissaire reprit en s'épongeant le front :

— Tous ces abrutis qui croient que Sarkozy a tué Chaouch ! Je suis pressé de voir la réaction de ces sauvages quand ils vont découvrir que c'est un des leurs qui a fait le coup… Pourront plus crier au complot, là.

En attendant, les insultes contre « Sarko » fusaient dans ce commissariat, et dans beaucoup d'autres commissariats de France. Mansourd alla voir ces gamins qui frappaient contre les vitres de la cellule. Ils passeraient tous, dès le lendemain, en comparution immédiate au tribunal correctionnel du coin. On n'aurait pas besoin d'une deuxième nuit semblable pour exiger que les peines soient « exemplaires ».

— Le *sraf*, murmura Mansourd comme pour lui-même en voyant les faces furieuses et basanées de ces adolescents embastillés par douzaines.

Le commissaire qui l'avait suivi lui demanda de répéter.

Mansourd se tourna vers lui et répondit à la question qu'il lui avait posée deux minutes plus tôt :

— Ça va pas être comme en 2005, ça va être pire, et vous savez pourquoi ? Parce que cette fois-ci, c'est pas un des leurs qui a été sacrifié dans une bavure, réelle ou supposée, non c'est celui qui leur avait promis que ça ne se passerait plus jamais comme ça, et ils y avaient cru. On leur a tué leur président, commissaire. Pour la première fois ils avaient joué le jeu, vous connaissez les chiffres aussi bien que moi, ils s'étaient inscrits sur les listes par dizaines de milliers et voilà, leur espoir s'est brisé. Non, croyez-moi, ça sera pire qu'en 2005.

Un des petits voyous, particulièrement agité, donna un coup de pied dans la porte, en direction des deux policiers qui les observaient comme au zoo. Comprenant que ça ne servait à rien, il réunit toute sa salive et envoya son plus beau crachat contre la vitre, soulevant les clameurs de ses « collègues » et obligeant les gardiens de la paix à entrer dans la cage pour les pacifier à coups de matraque.

8.

La climatisation était défectueuse dans le bureau où Fouad était interrogé. Un sous-brigadier avait déniché un vieux ventilateur mais il n'avait pas réussi à l'enclencher. Ils avaient donc ouvert la fenêtre du premier étage, qui ne présentait aucun risque vu qu'elle était grillagée, et qui donnait sur le sommet d'un sapin immobile dans la nuit chaude et sans vent. Un grillon s'était invité dans le silence de la pièce. En effet, la pièce était silencieuse : Fouad refusait de répondre aux questions des enquêteurs. Il avait tenu plusieurs heures, il connaissait ses droits et attendait d'avoir parlé à un avocat avant de s'exprimer.

Le commandant Mansourd poussa la porte et fit signe à son lieutenant de le rejoindre. Fouad écouta le vacarme métronomique du grillon, songeant avec mépris au poète de quatre sous qui le premier avait trouvé que la métaphore du chant pouvait s'appliquer à ce son industrieux et blafard.

— Toujours rien ? demanda Mansourd.

— Non, il veut voir un avocat avant de parler. Il tient bon, putain.

Mansourd entra dans la pièce et demanda à l'autre policier de sortir. Quand il fut seul avec Fouad, il s'assit derrière l'ordinateur et se rendit sur Internet.

— Alors, paraît que tu fais l'acteur ? Les collègues t'ont vu dans une série, ils se foutaient donc pas de ma gueule… Voyons voir ce que nous raconte l'ami

Wikipédia… *L'Homme du match.* « Révélation de la série, Fouad Nerrouche… », et patati et patata… Bon, on va pas tout lire, et puis c'est pas notre problème, la télévision. Non, notre problème, j'ai failli dire notre *équation*, c'est celle-ci. (Il s'arrêta et détacha son index pour y commencer un décompte.) Alors, l'homme du match sort avec la fille du président. Le frère de l'homme du match monte un complot pour assassiner le président. Tu me suis jusqu'ici ?

Fouad voulut répondre qu'ils ne se connaissaient pas : il n'y avait aucune raison qu'il accepte d'être ainsi tutoyé. Il n'en fit rien, mais ce superflic barbu et en T-shirt noir l'intriguait. L'hypothèse qu'il ait pu être lié au complot parce qu'il sortait avec Jasmine ne lui avait jamais traversé l'esprit depuis l'attentat. Elle lui paraissait soudain effroyablement vraisemblable, s'il prenait le point de vue de ces gens.

— Écoute, continua Mansourd en serrant le poing, je vais pas y aller par quatre chemins : la législation antiterroriste est telle que je pourrais très bien t'envoyer, toi et toute ta famille, devant le juge dès demain matin. Il suffit que je lui demande de rédiger un mandat d'amener, et hop, huit heures du mat' j'embarque tout le monde en bagnole jusqu'au Palais de justice de Paris. Et là, tu sais ce qui va se passer ?

Fouad était maintenant obligé de baisser les yeux pour ne pas répondre.

— Le juge vous mettra tous en examen pour association de malfaiteurs en relation avec une entreprise terroriste. Il demandera que vous soyez placés en détention provisoire et, quand il s'agit de terrorisme, ça peut monter jusqu'à trois ans. Trois ans au QHS de Fleury-Mérogis. Quartier de Haute Sécurité, au milieu de la vermine. Vos avocats hurleront au scandale, alors le juge des libertés et de la détention refusera la préventive pour disons la majorité de la famille. Mais les plus proches de Nazir et de Krim, disons toi, ton frangin, ta mère et ta tante Rabia, vous, vous y couperez pas.

Fouad, qui avait essayé de ne plus entendre le grillon, essayait désormais de n'entendre que lui.

— Alors comment ça va se passer, trois ans de détention préventive ? Eh bien tous les quatre mois, juste avant l'expiration du mandat de dépôt, le juge vous convoquera dans son bureau pour vous réinterroger. Vous direz que vous savez rien, que vous avez rien fait, et le juge vous renverra devant le JLD pour prolonger la détention. Mais le pire, c'est même pas que vous serez tous en prison, le pire, c'est même pas que la mobilisation de votre comité de soutien mis sur place par votre avocat aura fini par s'essouffler, que les médias de toute façon auront à force plutôt eu envie que les gens responsables de la mort de leur cher président Chaouch croupissent en prison pour le restant de leurs jours. Non, le pire, c'est rien de tout ça, le pire, c'est la petite Luna.

Fouad leva les yeux et les planta dans ceux du commandant.

— Eh oui, tu peux faire cette tête, mais la petite Luna, dès que ta tante se sera vu notifier sa mise en examen, elle sera confiée aux services sociaux et placée en famille d'accueil. Je sais ce que tu vas me dire, que ta grand-mère peut très bien s'occuper d'elle, ce qui est peut-être le cas, mais franchement, et sans vouloir t'offenser, j'ai pas eu l'impression que les innocents de la famille étaient très chauds pour payer les pots cassés. En fait, j'ai plutôt eu l'impression qu'ils vous en voulaient à mort. Alors il y a une autre solution. Si vous refusez de parler, on retarde le déferement au juge et on fait durer la garde à vue. Quarante-huit heures, quatre-vingt-seize heures. Jusqu'à ce que vous nous ayez dit ce qu'on a besoin de savoir.

— Mais on sait rien ! explosa enfin Fouad.

— Personne ne sait jamais absolument rien. T'as pas eu de soupçons ? Des doutes ? Je peux pas croire que, toute la famille, vous ayez vécu tous ces mois sans vous demander à un seul moment ce que foutaient Krim et Nazir… Et toi, avec la fille Chaouch, enfin merde, c'est gros comme une maison !

— Vous ne savez pas de quoi vous parlez… Je…

— Oui ?

Fouad s'aperçut que, quoi qu'il dise, ce serait de trop : il allait incriminer toute sa famille en rejetant la faute sur Nazir. Parce que Nazir faisait partie de cette famille, aussi sûrement que ce grillon absurde faisait partie de la nuit.

— Je refuse de parler avant d'avoir vu un avocat.

— Très bien.

Le commandant s'étira et serra les poings.

— Le délit d'association de malfaiteurs en relation avec une entreprise terroriste était passible de dix ans de prison jusqu'à il y a quelques années. La dernière réforme des lois de sécurité intérieure a élevé la peine à vingt ans. Vous ne ferez jamais vingt ans de prison, bien sûr, vous en ferez quatre ou cinq malgré les circonstances aggravantes, je veux dire la participation au meurtre du premier président arabe de notre beau pays. Avec un bon avocat, vous en ferez une ou deux, et avec un très bon avocat zéro. Sauf qu'en attendant le procès en cours d'assises spéciale, vous aurez déjà passé trois ans en détention provisoire. L'État vous indemnisera, ce sera un scandale retentissant. Vous aurez fait trois ans de prison pour rien. Les gros titres des journaux. Et puis le lendemain, il y aura eu une petite phrase choquante de Sarkozy réélu, ou alors la vidéo d'un chimpanzé en nœud papillon capable de jouer le début de *La Marseillaise* à la flûte traversière, et du scandale retentissant de la veille – le scandale de votre vie – il ne restera rien, pas même l'écho. Alors on arrête de déconner maintenant, monsieur l'acteur. On n'est pas en train de jouer au roi du silence, là. D'accord, t'y arrives, tu peux la fermer pendant deux, trois heures. On verra comment tu te sentiras dans soixante-dix heures. Eh oui, pour des faits de terrorisme, on peut te garder trois jours avant que tu voies ton avocat. Cela dit, bravo, tu te tais, tu joues les durs, super, t'es mûr pour un César. Sauf qu'on n'est pas dans un casting ici. On est dans la réalité. Et la réalité, c'est que si tu continues ta petite comédie, dans dix jours ta cousine se retrouve en famille d'accueil et ton petit frère Slimane en taule. Et il m'a eu l'air un peu… disons : chétif, ton frangin, si tu vois ce que je veux dire…

Le commandant se tut et dévisagea Fouad, d'une façon si intense que son silence continuait de lui promettre les terreurs de la terre.

Fouad était concentré d'une manière tout aussi intense. Il remuait ses mâchoires de droite à gauche, mais ses lèvres restaient closes et ses dents serrées. Il y eut soudain sur son visage un long frémissement où paraissait se concentrer et s'exprimer tout son dilemme. Au moment le plus fort, ses deux narines se rétractèrent. Et quand le tourment fut passé, il ferma les yeux, se redressa sur sa chaise et prononça à haute et intelligible voix :

— Je refuse de parler avant d'avoir vu un avocat.

LUNDI

Chapitre 5

L'ARC DE CUPIDON

1.

La large victoire de Chaouch fut bien sûr reléguée au second plan, dans la presse française et internationale, par la tragédie qui s'abattait sur le président élu. On évoqua un séisme de magnitude 10, on se risqua à parler d'un 11 Septembre à la française. Sur les unes, les images de l'attentat rivalisèrent avec les chiffres de la Bourse qui s'étaient spectaculairement effondrés. *Libération* remplaça sa couverture par une immense page noire. Les éditos du monde entier convoquèrent le spectre de la « République sans tête ».

En France, ce fut le bilan chiffré de la « première nuit de violences » qui fit, avec l'amer couronnement du favori des médias, la une des matinales des grandes radios, qui se lancèrent d'emblée et sans scrupules dans un comparatif avec les émeutes de l'automne 2005. On avait en effet compté, pour cette seule nuit du lundi au mardi, outre les deux mille cent cinquante voitures brûlées, une trentaine d'équipements publics pris pour cible, les locaux de deux MJC de la banlieue parisienne vandalisés, et surtout une école maternelle incendiée au nord de Grogny. Des drapeaux tricolores avaient été brûlés devant les caméras, des véhicules de police caillassés ; sur certains on releva des impacts de balles de gros calibre. Les chambres des tribunaux vouées aux comparutions immédiates n'allaient pas désemplir de la journée.

Les éditorialistes notèrent qu'il avait fallu attendre plusieurs jours, plus d'une semaine pour atteindre ce niveau de brutalité lors des saccages de 2005. Comme ils auraient commenté les chiffres d'un probable nouveau champion du box-office, en les mettant en regard avec ceux de *La Grande Vadrouille* ou de *Titanic* après une semaine d'exploitation, nos professionnels de l'opinion prophétisèrent un embrasement d'une intensité que notre pays n'avait jamais connue depuis des épisodes de guerre civile qui, à l'instar de la Commune de Paris, s'étaient déroulés il y a trop longtemps pour être pertinents. Les violences touchaient par ailleurs uniquement les quartiers pauvres de la banlieue parisienne et de quelques villes de province. La question prioritaire était de savoir si le président de la République, dont le mandat s'achevait dans quelques jours, allait demander à son gouvernement de proclamer l'état d'urgence sur ces territoires.

Le ministère de l'Intérieur indiqua que la situation parfaitement sous contrôle ne nécessitait pas de mesures particulières et demanda instamment aux médias de ne pas jeter de l'huile sur le feu. Il y eut quelques commentateurs de la petite cuisine politicienne pour s'émouvoir, dans les débats du matin, que le Premier ministre François Fillon n'ait pas été en première ligne depuis les « événements » de la veille. Le mandat du président Sarkozy ne s'achevait que le 17 mai, dans dix jours : entre-temps, le gouvernement avait à charge de gérer les affaires courantes. Mais la panique s'était installée dans les rangs de la majorité, et il n'avait jamais semblé aussi évident, avant ce lundi matin, que le véritable chef du gouvernement était Marie-France Vermorel, ministre de l'Intérieur, de l'Outremer, des Collectivités territoriales et de l'Immigration.

Après cinq ans de sarkozysme, celle qui avait été la stratège en chef de la victoire de 2007 s'était révélée la soldate la plus efficace du candidat une fois élu à la magistrature suprême. Il lui devait la « nationalisation » de son discours et la conquête des voix d'extrême droite ; et à l'heure où tout le monde désertait, elle seule demeurait fidèle à l'ancien chef de l'État.

2.

Contrairement aux apparences, c'était encore son sens du service qui la poussa à occuper le terrain médiatique en ce lendemain de l'attentat. Elle passa la matinée à enchaîner radios et télés, apparut comme la personnalité la moins sonnée de ce gouvernement en phase terminale. Non, son surnom de « Premier ministre bis » n'avait jamais été aussi mérité, songeait Montesquiou, immobile dans les pénombres successives des coulisses, la main toujours crispée sur le pommeau de sa canne.

France 2 avait mis en place un dispositif exceptionnel, utilisant le plateau de la soirée électorale pour faire une édition spéciale permanente. Vermorel minimisait les émeutes de la nuit devant un parterre de spécialistes qui n'osaient pas l'interrompre. La présentatrice fut contrainte de le faire après avoir été rappelée à l'ordre dans son oreillette :

— Madame la ministre, désolée de vous couper, mais on est en direct avec le Palais de justice, où vient de commencer la conférence de presse du procureur Lamiel…

Vermorel se redressa, ostensiblement offusquée. Quand elle vous regardait, vous entendiez le bruit du chargeur. Peut-être même cette impression d'être tenu en joue par la première flic de France se communiquait-elle au-delà de l'écran ; auquel cas la France de Vermorel n'était pas moins angoissante qu'un peloton d'exécution où s'alignaient soixante-cinq millions de suspects…

Elle resserra le nœud de son foulard orange autour du cou, songea qu'elle n'avait pas eu le temps de balancer son dernier élément de langage et leva le menton sur le grand écran du duplex, espérant qu'on n'allait pas lui demander de commenter l'intervention du procureur à partir d'une question anglée sur ses rapports avec le garde des Sceaux – un ancien chiraquien qui avait trahi le gouvernement entre les deux tours en se déclarant « séduit » par le programme judiciaire de Chaouch.

Le procureur Lamiel était debout devant un rétroprojecteur sophistiqué. Sa poire génétiquement modifiée approuvait diligemment les indications du technicien qui l'aidait à faire fonctionner l'ordinateur. De mémoire de chroniqueur judiciaire, la salle de réunion du palais n'avait jamais été aussi bondée. Lamiel dut s'arrêter à plusieurs reprises, pour laisser s'éteindre le raffut causé par la meute de photographes et de caméramans qui se marchaient dessus et bousculaient les chaises. Il annonça que « le tireur », à l'issue de sa garde à vue, allait se voir reprocher les faits suivants : tentative d'assassinat sur une personne dépositaire de l'autorité publique (eh oui, Chaouch n'est pas mort, sembla-t-il préciser d'un haussement de sourcils), à quoi s'ajoutaient la qualification très aggravante de terrorisme et le délit d'association de malfaiteurs en relation avec une entreprise terroriste.

Le bouquet final de la conférence de presse fut évidemment la projection sur la toile de l'avis de recherche de Nazir Nerrouche, vingt-neuf ans, de nationalité française, un mètre quatre-vingt-sept, yeux noirs, très fortement soupçonné d'être le commanditaire du complot contre le candidat Chaouch, armé et dangereux, et contre lequel un mandat d'arrêt européen avait été délivré.

Et tandis que la France et le monde entier découvraient pour la première fois le regard de Nazir sur cette photo d'identité en très gros plan, ses yeux immenses et fous, presque dépourvus de sclérotique, sa tête allongée, glabre et tranchante, tandis que la France et le monde entier s'étonnaient de ce que l'ennemi public n° 1 soit ce jeune homme propre sur lui, ni barbu ni même tellement « typé », Nazir filait à toute vitesse, conduit par son complice, sur une autoroute presque déserte dont le lignage jaune vif et les panneaux signalétiques en allemand commençaient sérieusement à peser sur son moral.

Waldstein voulut éteindre la radio maintenant que la conférence de presse était terminée. Nazir éteignit la radio lui-même et jeta un coup d'œil anxieux dans le rétroviseur, se demandant si la berline gris métallisé qui les suivait depuis dix kilomètres était bien celle qu'il croyait avoir aperçue à la sortie de Zurich.

— Je me demande quelle photo de moi ils ont bien pu choisir, dit-il pour se changer les idées.

Waldstein ne répondit pas. Il commençait à bâiller. Nazir vit apparaître une seconde tête dans la berline, sur la banquette arrière.

— Prenez la prochaine bretelle, ordonna-t-il à Waldstein.

— Mais enfin, vous êtes fous ! On va être obligés de faire demi-tour, ça va nous faire perdre au moins une heure... Vous m'avez déjà forcé à le faire et regardez l'heure qu'il est !

Nazir insista en distribuant de petites tapes saccadées sur le tableau de bord :

— Allez, dépêchez-vous ! Au dernier moment, O.K. ?

Waldstein s'exécuta et bifurqua au dernier moment. Nazir lui demanda de ralentir et vit que la berline gris métallisé ne les suivait plus.

3.

De retour du plateau télé où on ne lui avait finalement pas demandé de rebondir sur la conférence de presse du procureur, Vermorel reçut dans son bureau un petit homme gris au visage marqué de deux longues rides aussi profondes que des balafres.

Ce petit monsieur en costume élimé travaillait à la DCRI et occupait une fonction clandestine : il dirigeait la défunte section médias des défunts RG. Son rôle n'était pas exactement de surveiller la presse mais d'alimenter en vraies rumeurs et en faux scoops les journalistes qui avaient ses bonnes – ou mauvaises – grâces. Aucun service de presse d'un autre ministère ne pouvait rivaliser avec le savoir et les réseaux de cet as du renseignement qu'on ne nommait jamais. Il avait de petites mains honteuses et tachées d'encre, sur lesquelles tombait le méprisant regard de faucon de Montesquiou, assis sur l'autre chaise qui faisait face au somptueux bureau d'or et d'acajou de la ministre.

La conversation fut brève et ses enjeux vite définis : en échange de l'exclusivité d'un scoop, le patron d'un média en vogue devait accepter de ne pas publier avant quelques semaines la suite d'une enquête qui jetait le discrédit sur la branche en ce moment la plus sensible de la police républicaine.

Cette branche, c'était la Direction centrale du renseignement intérieur.

Le patron du journal, c'était Xavier Putéoli.

Quant au scoop, Putéoli apprit de quoi il s'agissait un quart d'heure plus tard au téléphone, de la bouche même du petit monsieur des RG qui appelait depuis une cabine téléphonique à deux pas de la place Beauvau :

— On vous donne la vidéo volée de l'interpellation.

Putéoli, qui avait commencé par refuser toute compromission, se tut longuement, paraissant moins peser le pour et le contre que jubiler intérieurement de ce que la primauté de la diffusion de cette vidéo signifiait pour Avernus.fr.

La conférence de presse du procureur n'avait en effet donné aucun autre détail sur le tireur que son prénom déjà connu. Les grandes chaînes avaient mobilisé leurs meilleurs enquêteurs et trouvé le nom entier et l'adresse d'« Abdelkrim ». Les images du 16, rue de l'Éternité étaient donc diffusées en boucle mais il ne s'y passait rien pour l'instant. Interrogés, les gens du quartier arboraient l'universel visage penaud et incrédule des voisins de gens sur lesquels la tragédie s'est abattue du jour au lendemain : ils parlaient de Krim comme d'un garçon timide, qui avait fait deux ou trois conneries mais qui rendait souvent service. Et la famille Nerrouche était naturellement devenue cette inévitable chimère, aussi fictive que les licornes et la sagesse horoscopique : une « famille sans histoires ».

Les salles de rédaction bruissaient d'ailleurs déjà de la rumeur selon laquelle le tireur était le cousin de Fouad Nerrouche, *l'homme du match*, mais personne n'avait encore sorti l'info. Pour la vidéo de l'interpellation, sur laquelle Fouad n'apparaissait pas, c'était une question d'heures, voire de minutes : des voisins allaient finir par appeler les journaux, des vidéos de portables allaient être monnayées à prix d'or, mais en attendant les chaînes n'avaient pas d'autres images à se mettre sous la dent que celles d'un immeuble vide et ces autres, violemment spectaculaires, prises lors de l'attentat et que Putéoli était justement en train de se repasser dans son bureau.

Il en existait sept versions différentes : celles des chaînes qui couvraient la sortie des urnes du candidat, et celles prises avec des téléphones portables qui montraient surtout la panique et le mouvement de foule chaotique après le coup de feu. Sur aucune de ces versions, toutefois, on ne voyait le candidat de face. Si l'on mettait pause au bon moment sur les images de France 24, on pouvait deviner une giclure vermillon à gauche de l'écran, mais la prise de vue semblait avoir été organisée pour que seul apparaisse distinctement le torse de Krim levant l'arme et tirant. Cette absence d'image du visage explosé de l'illustre victime assurait perversement un grand succès à la vidéo, de même que celles des défenestrés du 11 septembre, pour effroyables qu'elles étaient, pouvaient être visionnées et visionnées encore – ce qui n'aurait pas été le cas si elles s'étaient achevées sur les chairs écrasées sur le sol, démembrées et proprement irregardables.

Putéoli éteignit l'écran de son ordinateur et se rendit sur sa boîte e-mail.

— C'est d'accord, répondit-il d'une voix où se trahissait l'irrépressible frémissement de son triomphe.

4.

Xavier Putéoli était un homme court et maladroit, qui portait gilet, veston et nœud papillon. Il avait les joues brillantes, écarquillées entre une paire d'yeux torves et mielleux et un sourire d'éternel étudiant en école de commerce – bien qu'il ne l'ait jamais été. C'était un de ces types qui vous disent « enchanté » en vous serrant la main, sur un ton suave et pénétré, avant de vous avoir parlé et parfois même sans vous avoir vraiment vu. Il souriait tout le temps mais jamais des yeux : son air penché et trop affable vous anesthésiait tandis qu'il vous considérait anxieusement, toujours vigilant, avec une sorte de rancœur inexplicable qui lui faisait baisser le regard si vous le croisiez.

Né en 1950 à Mostaganem – mais arrivé en France deux ans plus tard –, il avait été bachelier au moment des soulèvements de mai 68, auxquels il avait participé sans réussir à se hisser à la tête du moindre comité. Un grand bourgeois qui ne jurait que par Mao l'avait traité de « peine-à-jouir » au cours d'une réunion : il en avait conçu une haine immortelle pour le gauchisme à la française – ses figures altières, sensuelles, dominatrices. Il était devenu journaliste politique au *Point*, où il avait consciencieusement gravi les échelons, au prix de mille trahisons et micro-avilissements dont témoignait encore son regard fuyant. Après avoir échoué à devenir rédacteur en chef du journal qui l'avait vu grandir, il avait fondé un site Internet d'information « libre » qui avait réussi le coup de force d'attirer tous ceux – « de droite comme de gauche » – qui n'en pouvaient plus de la « chape de plomb du politiquement correct ».

Avernus.fr représentait le sommet de sa carrière, et son plus bel accomplissement. Sa devise en latin était tirée de Virgile : *facilis descensus Averni*, qu'on pouvait traduire par : rien de plus facile que de descendre en enfer, rien de plus facile que de sombrer dans la ruine morale. Pour s'en prémunir, il avait épousé une riche Normande à particule, blonde, catholique, effacée, qui lui avait donné cinq enfants dûment blonds et baptisés dont le cadet, Tristan, essayait de le joindre en ce moment même.

Il ne prit pas l'appel parce qu'il vit débouler dans l'open space, au-delà des stores de son bureau, la silhouette énergique de la journaliste qui avait enquêté sur la DCRI et le préfet Boulimier. Il éteignit l'écran de son ordinateur et se prépara à recevoir Marieke Vandervroom attifée de son éternel blouson en croûte de cuir de porc. Elle ne s'embarrassa pas de *small talk* des autres journalistes et ne prit pas la peine de frapper à la porte du patron : elle entra comme une furie, les naseaux fumants, lâcha son sac et son casque de moto sur la chaise et brandit son téléphone portable en le secouant avec une véhémence extraordinaire.

— C'est une blague ? demanda-t-elle de sa belle voix rauque et éraillée. Cinq mois d'enquête et tu suspends la publication comme ça, du jour au lendemain ? Et tu me dis ça par texto ? *Par texto* ?

L'article avait été découpé en quatre pour permettre une meilleure lisibilité des pièces à conviction. À trente-cinq ans, Marieke ne travaillait pas pour la rédaction d'Avernus.fr. Elle avait depuis longtemps décidé qu'il n'y avait de salut dans l'investigation qu'en free lance. Elle proposait donc ses enquêtes à divers journaux, qui lui payaient ses notes de frais et profitaient de ses talents de fouineuse sans avoir à supporter son caractère de cochon.

— C'est plus compliqué que ça, tempéra onctueusement Putéoli.

— C'est pas plus compliqué que ça ! hurla Marieke. Je bosse sur le groupe d'enquête le plus secret du contre-terrorisme et le jour où doit sortir l'article il y a un attentat sur un candidat à la présidentielle ! Et comme par hasard…

Elle n'alla pas jusqu'au bout de sa phrase.

Au départ, il s'était agi de décrire le fonctionnement opaque du FBI de Sarkozy, et puis Marieke avait été mise sur la piste d'un groupe d'opérations spéciales qui n'existait nulle part dans les statuts officiels, qui rendait directement des comptes à

Boulimier, et qui s'était, donc, occupé de la surveillance de Nazir Nerrouche.

— Marieke, calmons-nous, tiens, assis-toi.

Mais Marieke refusa de s'asseoir. Elle bomba le torse avec fureur. Son large visage océanique prit soudain la couleur des briques de sa Flandre natale. Putéoli ralluma son ordinateur et fit semblant de lire un e-mail pour éviter les éclairs qu'envoyaient les yeux de Marieke, de grands yeux de husky encore agrandis par la colère.

— Pardon, se reprit-il en faisant mine de terminer sa lecture. Bon, Marieke, c'est juste un petit décalage, voyons, inutile de te mettre dans cet état.

— Il n'y a rien dans le premier article ! Rien sur Boulimier, rien sur les écoutes de Nazir Nerrouche !

— Il y a de quoi nous envoyer devant le juge.

— Que dalle ! C'est juste la présentation de l'opacité de la maison, un organigramme à deux balles, *une putain de fiche Wikipédia* ! Enfin on ne peut pas en rester là, c'est complètement absurde !

— Mais j'ai jamais dit que j'allais pas publier la suite, tu dérailles, je te demande juste une semaine, enfin, c'est pas la fin du monde, une semaine… Et si je peux me permettre, une fiche Wikipédia ne risque pas de nous envoyer en prison, aux dernières nouvelles. Alors que trahir le secret défense en révélant l'organigramme de la DCRI dès ce premier article…

Marieke pivota sur elle-même et fixa les occupants de l'open space qui détournèrent mécaniquement le regard. Un accès de rage lui fit baisser les stores et se tourner vers Putéoli en saisissant son casque et la lanière de son vieux sac à dos de baroudeuse.

— Trois jours ! déclara-t-elle en fermant les yeux pour se retenir d'exploser à nouveau. Si jeudi tu publies pas la suite, je vais voir ailleurs, ou je balance tout sur Internet…

— Mais enfin, assis-toi, arrête un peu ton cinéma. Tu comprends mes raisons, non ? J'ai pas les moyens du *Washington Post* ou du *Monde*, ici… Il faut que je m'assure que…

— Non, je veux rien savoir, le coupa Marieke. De toute façon tu me diras jamais la vérité, alors promets-moi juste que tu publies la suite dans trois jours et on en reste là.

— Promis, mentit Putéoli en se levant pour raccompagner sa journaliste. Mais pas trois jours, cinq. Samedi, je le mets en ligne, O.K. ?

Mais Marieke était déjà dans l'open space, imposant les craquements de son sac, de ses bottes et de son immortel blouson à la salle au moins aussi intimidée par sa liberté de ton que par la violence de ses coups de talons.

5.

La France se réveillait avec, tagués sur des centaines de murs, les mots de « Sarko assassin » ; la blogosphère explosait de rumeurs sur un complot ourdi dans les plus hautes sphères ; les journalistes couraient dans tous les sens ; mais Krim, qui venait enfin de se voir accorder le droit à quelques heures de repos, n'avait qu'une idée en tête : retrouver, avant de sombrer dans l'inconscience, le timbre si particulier de la voix de sa mère, pendant qu'on lui posait un million de fois de suite les mêmes questions.

Après une poignée d'heures de sommeil, il avait découvert qu'il y avait deux équipes d'interrogateurs, celle de nuit et celle de jour, et que celle de nuit, dirigée par le capitaine Tellier, devait être considérée comme les gentils, vu la façon dont se comportaient les lieutenants sans noms qui l'avaient réveillé à six heures du matin. Ils lui avaient interdit de s'asseoir ou d'aller aux toilettes, et ils ne croyaient pas un mot de ce que Krim disait, contrairement à leurs collègues nocturnes qui se contentaient de demander aimablement des précisions. Le lieutenant le plus brutal de l'équipe de jour ressemblait à un raton laveur et parlait comme un entraîneur de rugby. Une voix grave qui se cognait contre les murs au lieu de les traverser, un air de bêtise pas même autosatisfaite, simplement souveraine et toujours prompte à éclater en méchanceté.

Arrête de raconter n'importe quoi, espèce de petite merde ! Le Rugbyman avait rangé la chaise de la veille au pied du mur. Krim devait maintenant rester debout et, quand il n'en pouvait vraiment plus, on lui refilait un tabouret, mais un tabouret c'était pire que rien du tout, parce qu'il avait envie de reposer son dos contre un dossier et que ce dossier inexistant se rappelait sans cesse à son esprit.

C'était entre les silences que laissait s'installer le Rugbyman que Krim s'était chanté plusieurs fois le lè lè lè lè de sa mère, ces quatre notes orientales qu'elle balançait en accrochant le dos de sa main au bas de son front, l'autre main sur la hanche et ses grands yeux à fleur de pommettes dilatés par une perplexité, une stupéfaction, une indignation qui n'étaient jamais que d'opérette et dont la texture de camelote le rassurait maintenant au lieu de l'agacer. Et c'était contre les cris du Rugbyman et les coups de poing sur la table de son collègue, un type à lunettes avec des chaussures de randonnée, que Krim essayait maintenant de retrouver la chaleur spécifique de sa voix, son timbre singulier, qui ne lui revenaient que par étincelles mentales incapables de s'enflammer, comme autant de pétards mouillés.

À la recherche de sa mère, les doigts de Krim tricotaient dans le bloc de lumière blanche qui s'effondrait sur le bureau de la salle. Il se souvenait de ces heures avancées de la nuit où il s'autorisait à écouter de la musique classique. Sa mère le surprenait parfois, il faisait semblant de dormir ou d'écouter du hip-hop en bougeant gravement la tête, les lèvres et les yeux clos.

Tu vas pourrir au trou jusqu'à la fin de tes jours, t'as plus rien à perdre, dis-nous la vérité !

Mais la vérité, c'était qu'il n'avait rien à leur avouer. Il aimait sa mère, il ne le lui avait jamais dit depuis qu'il l'avait dépassée en taille, mais c'était le cas, il l'aimait, elle lui manquait, c'était la seule vérité qui lui venait à l'esprit.

À quelques pas des cellules de garde à vue, le capitaine Tellier apprit par téléphone que le portable de Krim n'avait pas été trouvé auprès de la dernière société de Bateaux-Mouches ; il s'était cependant produit une scène étrange que le lieutenant en charge de cette petite mission raconta *in extenso* au capitaine : quand ils étaient arrivés au secrétariat des Vedettes du Pont-Neuf, la jeune hôtesse avait passé quelques coups de fil et commencé par annoncer qu'aucun portable n'avait été signalé.

— Mais ensuite, poursuivit le lieutenant, un responsable est arrivé et a demandé à nous parler en privé. On s'est enfermés dans son petit bureau et il nous a dit qu'une Américaine avait ramassé un portable dimanche après-midi, un portable tombé d'un pont derrière Notre-Dame…

— Tu as demandé à quelle heure au moins ?

— Non, non, chef, attendez, il m'a dit qu'elle avait rapporté ce portable au départ des bateaux, là où on était, au pied de la tour Eiffel, et que dans la soirée une jeune femme était venue le récupérer.

— Quoi ? cria presque Tellier.

— Quelqu'un de la maison, ouais. Elle avait des insignes de police, selon le responsable. Je lui ai demandé s'il savait à quel service elle appartenait, il m'a dit que le logo Police lui avait suffi…

Abasourdi, le capitaine mit un moment avant de prononcer la question qui s'imposait :

— Et à quoi elle ressemblait, cette mystérieuse policière ?

— Ah oui, répondit le lieutenant qui n'était pas à la SDAT depuis longtemps, le responsable m'a dit qu'elle était bizarre, les cheveux très blonds, et… attendez, qu'est-ce qu'il a dit ? ah oui, qu'elle avait des bottes de cavalière.

— Des bottes de cavalière ? Mais c'est quoi, ces conneries…

Tellier se rendit dans la cellule de Krim et demanda au Rugbyman et au Randonneur de prendre une petite pause. Surpris, ceux-ci s'exécutèrent.

— Qu'est-ce que tu sais sur la cavalière ? demanda Tellier sans trop réfléchir.

— La quoi ? demanda Krim.

— Une amie de Nazir, une cavalière… qu'est-ce que tu sais sur elle ?

Krim fit une moue d'incompréhension indubitablement sincère. Tellier ferma les yeux et fit le vide dans sa tête. Quand il les rouvrit, ils paraissaient plus doux, presque amicaux :

— Écoute, mon grand, reprit-il d'une voix qui s'excusait presque de rompre le silence, c'est pas contre toi mais elle est quand même pas facile à croire, ta version.

Cette soudaine amabilité fit monter les larmes aux yeux de Krim. Il fronça ses sourcils au maximum pour ne pas les laisser l'envahir.

— Mets-toi à ma place, Krim ! Le portable, tu l'as jeté sur un Bateau-Mouche et on le retrouve pas…

Il poursuivit son énumération, sans trop y croire.

— Réfléchis, merde. T'es là, à Saint-Étienne, ton cousin t'achète une arme, tu t'entraînes à tirer pendant des semaines et, le jour de l'élection, il te file un billet de train pour que tu montes à Paris, et à aucun moment tu te dis que c'est pour assassiner Chaouch ? Je veux pas être méchant, mais regarde, à côté ils disent : ou bien c'est le meilleur acteur du monde ou bien il est complètement con, ce gosse !

L'idée qu'il puisse être complètement con chassa l'émotion du cœur de Krim. Piqué au vif, il haussa les épaules et soupira :

— Pff.

— Pourquoi tu dis pas la vérité ? Que tout le monde était dans le coup, toute ta famille. Tes cousins, tes tantes, ta mère... Comment ils auraient pu rien voir ? Et comment ils t'auraient laissé partir, tout simplement ? Pourquoi t'es venu à Paris, franchement ? Tu savais, non ?

Krim nia d'un mouvement de tête fatigué mais pas encore résigné. Il croyait pouvoir les convaincre, certes pas maintenant, mais quand il aurait recouvré une partie de ses forces. Pour le moment, il ne se passait pas dix secondes sans que la douleur se rappelle à lui d'une façon ou d'une autre. Les mains, les genoux, la hanche, la bouche, la tête. Son corps n'était plus qu'un fil conducteur pour la douleur, une douleur anonyme qui s'était installée chez lui et qui prenait toute la place, cassait tout et sans jamais prévenir.

— Je vous ai dit, le mec roux...

— Tu nous as même pas donné son nom, enfin... Et qu'est-ce que t'as fait avant d'aller le voir ? Y a un trou dans ton histoire...

Avant d'y aller, Krim avait vu Aurélie, mais de cela il ne leur parlerait jamais. Il ne se souvenait toujours pas de la voix de sa mère, mais il se souvenait soudain, avec une précision qui lui brûlait les poumons, de la bouche d'Aurélie, dont toute la pulpe et la fraîcheur se quintessenciaient dans ce petit triangle formant comme la proue de sa lèvre supérieure, et qu'il aurait tout donné pour pouvoir embrasser du doigt ou de la langue.

Dans un moment d'irrépressible exaltation, Krim osa demander au capitaine qui paraissait de bonne humeur et, par contraste avec ses collègues barbares, bien disposé à son égard :

— Comment ça s'appelle, le petit triangle au bout de la lèvre, là ?

L'enquêteur tomba des nues et regarda son lieutenant bras croisés, qui souriait en levant les yeux au plafond.

— Il se fout de ma gueule, ce con ! T'y crois, putain ? Il se fout de ma gueule !

Tellier redressa la tête et passa le doigt sur son bec de lièvre. Avant que le Rugbyman et le Randonneur poussent à nouveau la porte de sa salle d'interrogatoire, il lui donna pourtant la réponse :

— L'arc de Cupidon.

6.

Ce n'était assurément pas son arc de Cupidon qui intéressait, chez Aurélie, Tristan Putéoli. Il n'aimait pas non plus ses épaules et ses bras de nageuse qui, selon lui, réduisaient, même si ce n'était qu'une illusion d'optique, la taille de ses nichons. De toute façon elle ne voulait plus de lui depuis l'attentat, elle consentait à peine à le regarder.

Tristan vint l'attendre à la sortie de la piscine Joséphine-Baker en fin de matinée. Il avait apporté un deuxième casque pour la ramener chez elle en scooter mais Aurélie, le voyant, bifurqua dans la direction opposée et refusa de lui adresser la parole. Jusqu'à ce que Tristan, dont les yeux s'étaient allumés de cruauté, trouve le moyen de capter son attention et d'arrêter le mouvement furieux de sa belle tête aux cheveux mouillés :

— Tu sais que je vais pas pouvoir les retenir de parler bien longtemps ? Tu t'en rends compte ? On est complices si on dit rien, et mon père va me tuer…

Aurélie, qui avait quand même continué de marcher, s'immobilisa. Son regard rougi par le chlore enveloppait le pavé surréaliste de la piscine suspendue au-dessus la Seine, si proche de la surface qu'elle semblait y flotter.

— Putain, fais pas ça, Tristan. Donne-moi un peu de temps.

— Et qu'est-ce que tu me donnes en échange ?

Aurélie ne répondit pas, mais fusilla l'adolescent du regard.

— Écoute, Aurèle, ça va pas durer, cette connerie, et puis qu'est-ce que ça change ? Qu'on le dise maintenant ou la semaine prochaine, c'est la même chose : on a passé l'aprem' avec le type qui a tué Chaouch juste avant qu'il le fasse ! On peut pas cacher ça, c'est juste débile ! C'est pire, c'est suicidaire !

— Déjà Chaouch est pas mort, s'irrita Aurélie, et ensuite si, ça change tout, avec un peu de temps je peux peut-être parler à mon père. Parce que regarde, s'ils apprennent que c'est lui qui enquête sur Krim, alors que Krim est lié à moi…

— Pff. Lié à toi, mon cul.

— S'ils apprennent ça, poursuivit Aurélie en fermant les yeux pour se retenir de le gifler, ils vont sûrement dire que mon père est pas objectif, et que…

— Et que quoi ? Non mais tu rêves, tu crois qu'il va se passer quoi ? Que tu vas faire un marché avec ton père pour qu'il libère Krim de taule en douce ? C'est ça, ce que tu veux ? Putain mais tu planes, ma pauvre, et puis en plus je comprends pas ce que tu lui trouves, à ce petit rebeu… C'est les voyous qui t'attirent, en fait. Tu rêves de te faire violer en réunion par des bougnoules, c'est ça ?

Aurélie prit le casque des mains de Tristan. Celui-ci eut peur qu'elle lui fracasse le crâne avec. Mais Aurélie se contenta de l'enfiler sur sa propre tête.

— Tu sais pourquoi je sortirai jamais avec toi, Tristan ?

— Parce que tu m'aimes.

— Parce que t'es un *douchebag*. C'est même pour toi que le mot a été inventé, espèce de connard.

— Qui te dit que j'ai envie de sortir avec toi ? Ça me suffirait de…

Le Neuilléen éclata de rire et conduisit Aurélie, à sa demande, sur l'île de la Cité, devant les grilles du

Palais de justice dont les pointes dorées scintillaient sous le soleil éclatant de ce jour de printemps.

— Allez, casse-toi maintenant, dit Aurélie en lui rendant son casque. Et si tu veux avoir une toute petite chance de pouvoir dire à tout le monde que tu m'as foutu dans ton pieu, t'as plutôt intérêt à convaincre tes crétins de potes de fermer leur gueule. D'accord ?

Tristan sourit et répondit :

— *Deal.*

Avant de pousser son scooter vers Saint-Michel, zigzaguant d'excitation à la pensée de pouvoir se taper Aurélie dans un futur proche.

Aurélie embrouilla davantage ses cheveux défaits pour parler aux policiers qui gardaient l'entrée des visiteurs. Elle composa sa moue de chaton la plus irrésistible et obtint de se faire conduire au dernier étage du Palais, au seuil de la galerie Saint-Éloi, dans laquelle on ne pouvait entrer sans reconnaissance digitale. Aurélie attendit donc sur un banc délabré que son père sorte de son cabinet. Il n'avait pas dormi à la maison la veille, vers une heure du matin Aurélie avait entendu sa mère jouer quelques notes avec la sourdine sur le piano à queue du salon, avant de plaquer violemment un accord dont le désespoir avait traversé les murs jusqu'à l'autre bout de l'appartement où se trouvait sa chambre.

Son juge de père poussa la porte ; il était en bras de chemise, les mains derrière le dos et ses aisselles cerclées de sueur inclinées vers l'avant :

— Qu'est-ce qui me vaut cette visite impromptue ? Rien de grave, j'espère ?

Aurélie se leva, elle n'eut qu'une poignée de secondes pour étudier l'humeur de son père et les chances qu'elle avait de l'attendrir. Malheureusement, une femme enceinte ouvrit la porte et, sans jeter le moindre coup d'œil à Aurélie, tapota le coude du juge pour lui demander de se dépêcher.

— Papa, c'est…

Mais « papa » avait la tête embourbée dans ses affaires en cours. Aurélie le percevait à la façon dont il ne renchérissait pas sur son silence.

— Non, écoute, laisse, on en parlera ce soir. Tu rentres à quelle heure ?

— Tard, mais je viendrai te visiter dans ta chambre, ajouta le juge Wagner en embrassant le front de sa fille.

— Mais t'es rentré cette nuit ou pas ?

— Non, j'ai fait une sieste dans mon cabinet.

— Bon. Au fait on dit pas visiter quelqu'un, le corrigea Aurélie d'une voix espiègle, on dit rendre visite à quelqu'un. Enfin je crois. Bref, je te laisse bosser…

Mais ce qu'Aurélie ne vit pas en redescendant les escaliers à grands bonds, c'est que son père resta une bonne demi-minute sur le pas de la porte sécurisée de la galerie Saint-Éloi – en proie à la plus étrange des intuitions, si étrange qu'il n'osait même pas la formuler dans le secret de son esprit.

7.

La femme enceinte qui avait presque tiré Wagner par la manche, c'était Alice, sa greffière. Le juge ne pouvait pas se passer d'elle, de son visage clair, ouvert par de longs yeux vert olive toujours de bonne humeur qui lui offraient un contrepoint inespéré à la violente grisaille de ses dossiers d'instruction. À trente-neuf ans, Alice attendait son deuxième enfant, d'un homme que Wagner n'avait pas rencontré et dont ils ne parlaient jamais. Lorsque Paola devenait belliqueuse, il arrivait que le juge se laisse aller à envier ce mari inconnu.

Alice n'avait pas qu'un joli visage à la mode : elle avait aussi la taille étroite et des bras minces, qui le restaient malgré sa grossesse. Elle était, à vrai dire, moins élégante qu'énergique, et parfois jusqu'à la gaucherie, mais c'était une de ces gaucheries *craquantes* qui donnent de jolies moues enfantines à ces ingénues d'un instant. L'athéisme un rien soixante-huitard du juge lui faisait toutefois soupçonner que la bonne humeur de sa greffière avait quelque chose de louche, ou pour tout dire de catholique, qu'il s'agissait d'une sorte de *jubilation*, en somme, moralement préméditée, issue d'une sorte de coaching idéologique. Il préférait, pour les approuver sans réserve, que les transports de joie de ses proches soient spontanés et parfaitement gratuits.

Bien sûr, Alice n'était pas une « proche », et la joie n'était pas précisément le pain quotidien de la galerie

Saint-Éloi. Ce dont notre juge eut une cinglante illustration en retrouvant l'effervescence du pôle : le jeune juge Poussin, cosaisi avec lui, revenait tout juste du siège de la SDAT à Levallois, où Mouloud Benbaraka et Farès Aït Béchir avaient été transférés et interrogés.

— B-B-Benbaraka ne craquera pas, bégaya Poussin, mais ce M. F-F-Farès a tout avoué. Il a conduit Nazir de Paris à Zurich dans une v-v-voiture avec une f-f-fausse p-p-plaque diplomatique ; du coup, aucun problème pour passer la frontière. Arrivés à Zurich, Nazir entre guillemets « p-p-passe à la banque » p-p-pour p-p-payer Benbaraka. Mais les policiers suisses leur tombent dessus, trouvent une valise vide et un P-P-Parabellum 9 mm dans la boîte à gants, avec une inscription SRAF gravée dessus. Mais le plus important, c'est qu'il a fini par c-c-carrément cracher le morceau : Nazir lui avait donné rendez-vous, au cas où ça t-t-tournerait mal, à Hambourg. Encore une fois, B-B-Benbaraka ne confirme rien. On a l'adresse, j'ai déjà prévenu les services de liaison de la Chancellerie pour qu'ils nous mettent en contact avec les Allemands. Heureusement qu'on a délivré un mandat d'arrêt européen…

D'une timidité maladive au premier abord, on ne pouvait pas croire un instant que Guillaume Poussin était juge d'instruction ; et quand il se mettait à parler, on ne comprenait pas comment sa carrière avait été si rapide, jusqu'à le propulser, à trente-huit ans, au très convoité pool antiterroriste. Le jeune juge était le seul magistrat de cette partie du palais à avoir tous ses cheveux et à les avoir noirs et brillants.

Il était maigre ; il avait le nez fort et un goût p-p-prononcé pour les cols roulés et les vestes à coudières.

— J'en pense qu'on va envoyer Mansourd, répondit Wagner. Il faut demander aux Allemands de mettre leurs services antiterroristes sur le coup, pas juste la police. On ne peut pas se permettre de louper la planque. Qu'est-ce que donne l'adresse ? C'est une maison, un hôtel, c'est quoi ?

— C'est un musée, répondit Poussin avant d'ajouter sans lire ses notes : au 7 Hermannsweg, il n'y a qu'un m-m-musée, pas d'immeuble au-dessus.

— Un musée ?

— Oui, une espèce de musée de p-p-poupées. C'est dans un quartier un peu excentré cela dit, avec une forte p-p-population d'origine turque.

Perplexe, le juge se laissa tomber sur sa chaise et prit sa tête entre ses mains. L'espoir d'arrêter Nazir le lendemain de l'attentat envahissait toutes ses pensées ; c'était dangereux de ne pas résister à ces promesses de gloire, mais la fatigue commençait à lui embrouiller l'esprit.

— Guillaume, vous ne voudriez pas vous rendre à Saint-Étienne pour vous occuper de l'arrestation de celui qu'ils appellent Gros Momo et de la perquisition de cette agence de sécurité privée que gérait Nazir Nerrouche ? Et puis pour veiller à ce que le SRPJ de Saint-Étienne ne bâcle pas l'enquête de voisinage…

— T-t-très bien, je pars ce soir.

— Il faut aussi que vous vous occupiez d'une plainte qui a été déposée par Fouad Nerrouche, le frère, dans la nuit de samedi à dimanche. Son vieil oncle a été agressé, on lui a dessiné des obscénités et (il consulta le document que lui avait faxé le commissaire stéphanois) une croix gammée sur le crâne. Déjà, empêcher que la famille essaie de se faire justice elle-même, les menacer au besoin. Et puis surtout essayer de découvrir quel rapport ça a avec notre affaire…

— Le parquet de Saint-Étienne a reçu la plainte ?

— Oui, le substitut a ouvert une enquête préliminaire, mais j'ai demandé à Lamiel de vous faire un supplétif. Ça commence à faire beaucoup, mais…

Mais il n'avait pas le choix. Le commandant Mansourd avait été désigné comme le coordinateur de tous les services de police pour la traque de Nazir, et lui, Wagner, coordonnait le coordinateur et toutes les instructions parallèles.

— Alice ?

Le juge allait lui demander de rédiger deux mandats : un mandat d'amener confiant à la police le soin de conduire la « famille proche » dans son cabinet, et un mandat de comparution qui consistait en une simple convocation ; il ne savait pas encore laquelle des deux options était préférable.

Mais Alice ne répondait pas. Elle avait les yeux rivés à son écran d'ordinateur.

— Monsieur le juge, dit-elle d'une voix blanche. Il faut que vous voyiez ça…

Wagner, Poussin et la greffière de ce dernier traversèrent le cabinet jusqu'au bureau d'Alice qui inclina l'écran de son portable : le compte Dailymotion du site d'Avernus avait mis en première page, en « vidéo star », les images volées de l'interpellation de la famille Nerrouche par la SDAT.

Il n'y avait pas de violence, tout le monde se tenait tranquille, mais aucun blouson ne couvrait les visages (et pour cause : Wagner avait refusé qu'on prévienne la presse), pas même ceux des enfants que les bidouilleurs d'Avernus.fr, assez doués pour incruster le nom de leur site en gros caractères au bas du clip, n'avaient pas songé, ou plus sûrement *délibérément renoncé* à flouter, et sur lesquels la caméra du smartphone indélicat zoomait allègrement, ainsi que sur les têtes non cagoulées des enquêteurs de la SDAT.

Le juge vit rouge.

Il alluma la petite télévision dissimulée dans le placard du coffre-fort où s'entassaient les dossiers. Me Khaled Aribi, « avocat au barreau de Paris », donnait une interview sur LCI, où il disait avoir été désigné par le jeune Abdelkrim « et sa famille », et s'indignait du traitement inhumain réservé par les « flics » antiterroristes à des femmes, des vieillards et des enfants… « Des enfants ! » insistait-il en fronçant ses longs sourcils de vizir et en écarquillant ses grands yeux sombres :

— Je dénonce une campagne médiatique qui commence à peine, une campagne de lynchage, indigne de la justice du pays qui se vante d'être celui des Droits de l'Homme ! Je ne sais pas qui est le juge qui a envoyé des brutes en rangers rafler des femmes et des enfants à presque dix heures du soir. Oui ! Parfaitement ! Qu'on ne s'y trompe pas : c'est bien d'une rafle qu'il s'agit ! Eh bien, je lui souhaite de bien dormir la nuit, à ce petit juge, parce que si j'étais à sa place, moi il me faudrait des camions de cachets pour réussir à fermer l'œil…

Le juge ne desserra pas les lèvres. Chemise ouverte jusqu'au nombril, Me Aribi se laissait copieusement filmer et enchaînait les provocations verbales avec férocité. Même à travers l'écran, on pouvait sentir son parfum à cinq cents euros.

— Éteignez-moi ça, fut le seul commentaire du juge.

8.

Quelques instants plus tard, il ne décolérait pas en écoutant les retours du capitaine Tellier sur la garde à vue de Krim. À la moindre hésitation de son interlocuteur, il refrénait son impatience en inspirant un peu trop fort.

— Enfin voilà, la version de Krim et celle de sa mère coïncident sur Benbaraka… Mais, monsieur le juge, il y a autre chose. Un correspondant de France Bleu a été retrouvé chez lui bâillonné et menotté à son radiateur. Il dit qu'hier matin on lui a volé sa carte de presse et son matériel radio.

— Il vous a donné un descriptif des agresseurs ?

— De *l*'agresseur, monsieur le juge, il n'y avait qu'un homme. Roux. Qui correspond à la description que le gamin nous a donnée de celui qui l'a aidé à fendre la foule.

— Bon, très bien, capitaine, vous avez fait des relevés d'empreinte ?

— On les aura demain dans la soirée, mais on aura les bandes de vidéosurveillance de la place de la mairie de Grogny demain matin, normalement. Le procureur Lamiel pense qu'il faudrait faire un portrait-robot et le diffuser par voie de presse.

— Hum, hésita Wagner. Écoutez, on verra pour le portrait-robot. On émettra un avis de recherche avec Lamiel, je vais l'appeler. Dites-moi, capitaine, vous voulez que je saisisse la section de recherches de la gendarmerie pour vous assister ?

Le capitaine parut surpris de la question :

— Euh… non, on a trois groupes d'enquête mobilisés, le commandant vous dira qu'on se débrouille très bien tout seuls.

Le juge approuva d'un signe de tête invisible pour son interlocuteur et raccrocha. Il était sur le point d'appeler Mansourd lorsqu'il entendit une voix familière dans le couloir de la galerie. Il tourna la tête vers Alice qui haussa les sourcils.

Le juge Rotrou était de retour. Du Pakistan où il s'était rendu pour les besoins d'une vieille enquête et à contrecœur, à cause des demandes répétées de familles de victimes. Le haussement de sourcils d'Alice signifiait qu'il devait l'avoir mauvaise, d'avoir manqué toute cette agitation, et surtout de n'avoir pas été là à temps pour empêcher Wagner d'être désigné par le premier président.

Il frappa à la porte et n'eut aucun regard pour Alice.

— Monsieur le juge, commença-t-il à bout de souffle. Toutes mes félicitations.

C'était un homme massif, obèse, qui portait des bretelles et suait abondamment. Il passait son temps à éponger son énorme crâne parfaitement nu, et on le reconnaissait – et le parodiait – à cette particularité qu'il avait toujours la gueule ouverte, été comme hiver, une bouche aux lèvres bombées, presque négroïdes, très rouges et déformées par un inamovible rictus de dégoût.

Wagner se leva pour saluer l'Ogre. En lui tendant sa grosse main moite et boudinée, Rotrou saisit le coude de son collègue avec son autre main. Il avança sa bouche vers son oreille et, profitant de ce qu'Alice ne pouvait pas l'entendre dans cette configuration, murmura d'une voix exagérément polie :

— Vous allez pas y arriver ; monsieur le juge, abandonne tout de suite et refile-moi l'affaire avant de te ridiculiser. Tu sais bien que t'as pas les épaules, *monsieur le juge…*

Wagner libéra sa main de la patte de Rotrou.

— Merci pour vos encouragements, dit-il à voix haute mais, sans vouloir vous chasser, nous sommes en plein travail, ma greffière et moi-même. Merci et… (il ne put se retenir) rassurez-vous, l'enquête progresse à grands pas, vous n'avez pas idée…

Alice était habituée à assister à des explosions d'animosité dans ce cabinet, mais celles qui opposaient les deux juges paraissaient enrobées d'ouate vénéneuse, les bombes qu'ils s'envoyaient étaient des bombes « sales », radioactives et beaucoup plus malsaines que les coups de sang de militants corses, apprenant leur mise en examen et traitant Wagner de *pinsut* avant de lui promettre plastiquages, égorgements et autres joyeusetés. Wagner ne semblait pas le moins du monde affecté par ces échanges. Pas plus qu'il ne sembla l'être après celui qui venait de se dérouler sous les yeux inquiets de sa greffière.

Il se remit même au travail avec un entrain tout neuf, comme si la haine jalouse de l'Ogre avait eu pour effet de le régénérer – comme si, au lieu d'entendre qu'on lui souhaitait d'échouer, il venait d'avaler coup sur coup deux tasses de café serré.

Il appela Mansourd :

— Commandant, combien de temps avant d'avoir les bandes de vidéosurveillance de la banque ?

Il parlait de la banque suisse devant laquelle Mouloud Benbaraka et Farès Aït Bechir avaient été arrêtés : un salon de coiffure où Nazir Nerrouche était vraisemblablement entré partageait un parking privé sous vidéosurveillance.

— Vraiment j'ai peur que ce soit difficile, répondit le commandant. Déjà qu'en France les banques traînent les pieds… Il faudrait faire deux demandes et commencer par les caméras de l'extérieur, tout autour de la banque. Quoi qu'il en soit, on n'aura pas les bandes avant deux, trois jours, peut-être plus…

— Je m'en occupe tout de suite, répondit Wagner en griffonnant des notes sur un dossier. Pour les gardes à vue, c'est bon, arrêtez-les, je vous envoie tout de suite les convocations.

Mansourd ne cacha pas sa surprise :

— Monsieur le juge ? Je croyais qu'on s'était mis d'accord pour…

— Non. J'ai pris ma décision. On a fait les réquisitions télécom, toute la famille proche est sur écoutes, on a truffé de micros le domicile de la mère de Nazir… Non, on en saura beaucoup plus en les surveillant comme ça, je vous assure.

Le commandant s'était mis à tripoter nerveusement le médaillon de sa chaînette. Une hypothèse lui brûlait les méninges : la tirade de l'avocat avait foutu les jetons au juge, il ne voulait pas apparaître comme un monstre.

— Monsieur le juge, osa Mansourd, si c'est à cause de ce Me Aribi…

— Je vous écoute, commandant, allez au bout de votre pensée…

— Pardonnez-moi, monsieur le juge. Vous dirigez l'enquête, vous faites bien ce que vous voulez.

Wagner n'écrivait plus des phrases mais des lignes illisibles. Il posa son stylo :

— Je vais vous raconter une histoire, commandant. Il y a une phrase qu'un grand magistrat m'a dite un jour, au tout début de ma carrière. J'étais juge d'instruction au fin fond de ma Lorraine natale, j'ai reçu une jeune mère victime de viol, soupçonnée d'avoir étouffé son bébé. Elle n'avait pas pu avorter, quand le bébé est né, elle l'a tué. Bon. Une mère infanticide. Pendant l'entretien de première comparution, elle a adopté une attitude passive, les yeux dans le vague, rien à en tirer. Bon. Je l'ai inculpée, comme on disait alors, et j'ai signé son mandat de dépôt. Elle s'est suicidée au deuxième jour de détention.

— Monsieur le juge…

— Laissez-moi finir, commandant. J'étais évidemment très mal à l'aise, je sentais que je n'avais pas pris la peine de lui poser des questions à hauteur d'homme. Je suis allé voir le président du tribunal, qui est devenu depuis un célèbre magistrat du siège parisien, il m'a demandé de vérifier que tout dans le dossier était légal, qu'il ne manquait aucune signature de greffier, que j'avais été juridiquement irréprochable. Je lui ai dit : mais ce n'est pas pour ça que je suis venu vous voir. Il m'a regardé et il m'a dit en souriant : « Ah ça ? Oh, dites-vous bien qu'on ne fait pas ce métier sans faire de casse. » On ne fait pas ce métier sans faire de casse…

— Oui, monsieur le juge, mais…

— Commandant, je ne vais pas envoyer toute une famille en préventive parce que ça fait plaisir aux médias, au parquet ou au pape de les y savoir. Et si vous croyez que l'hallali grotesque de cet avocat est pour quelque chose dans ma décision, je ne peux rien pour vous. Vous avez reçu les mandats de comparution ?

Le commandant les parcourait du regard.

— Oui, monsieur le juge. Je pars dès maintenant rejoindre l'équipe de Hambourg.

— Vous aurez la commission rogatoire internationale dans l'heure qui vient. Je compte sur vous pour me l'attraper, commandant. Attendez, songea-t-il soudain, j'allais encore oublier : vous avez le portable ?

— On a eu un petit problème, quelqu'un l'a déjà réclamé, quelqu'un de chez nous apparemment, mais je vous raconterai plus tard, c'est pas aussi urgent que la capture de ce dingue…

Le juge acquiesça, raccrocha et sentit peser sur son profil le regard admiratif d'Alice. Il fit semblant de ne pas l'avoir remarqué et proposa de lui rapporter une tasse de café.

Chapitre 6

Un spectre hante l'Europe

1.

Il y avait place Léon-Blum, dans le XIe, une brasserie où les gradés de la PJ étaient chez eux. Le Vidocq était divisé en deux : une véranda pour les quidams et une vaste salle au fond de l'établissement, où on entendait des capitaines de police pérorer sur leurs exploits en dévorant leurs bavettes d'aloyau. Une règle tacite interdisait aux brutes de la BAC et même aux majors de brigade de venir y déjeuner. On était entre soi, des carrières se jouaient autour d'un bon pouilly-fuissé, et quand, ce midi-là, la silhouette sculpturale de la commandante Valérie Simonetti apparut devant le comptoir en zinc, toute une tablée d'enquêteurs se leva ostensiblement et sortit, se privant volontiers de dessert pour signifier à celle qui n'avait pas pu protéger Chaouch qu'elle était devenue *persona non grata*.

Valérie se retourna pour les dévisager : le plus jeune ne supporta pas de l'ignorer, il leva sur elle un minois d'excuse auquel la commandante répondit par un bienveillant clignement prolongé de ses beaux yeux bleus. Elle avait rendez-vous avec le commissaire Thomas Maheut, un de ses rares amis flics dont elle pouvait être sûre qu'il ne la lâcherait jamais. Il n'était ni dans la salle ni dans la véranda ; elle commanda un porto blanc et resta au comptoir.

Elle portait un pantalon noir très serré au niveau de ses cuisses puissantes, et une veste légère pardessus un débardeur blanc. Thomas la rejoignit avec cinq minutes de retard. Il dut se hisser légèrement sur la pointe des pieds pour faire la bise à la Walkyrie – il revendiquait souvent d'avoir été le premier à lui donner ce sobriquet.

— T'es sûr que ça t'emmerde pas de te montrer ici avec moi ?

Thomas se figea, scandalisé.

— Ils t'ont fait des réflexions ? Y en a un qui dit quelque chose, je le bute…

Sans son uniforme, le jeune commissaire Maheut, trente-cinq ans, ressemblait de plus en plus aux voyous qu'il passait sa vie à pourchasser. Il portait certes des polos sans marque apparente, se rasait de près et deux fois par jour, mais avec le temps son hygiénisme un rien martial avait perdu toute qualité rassurante : avec son regard dur, son menton batailleur et sa lourde et méfiante lèvre inférieure, il avait tout à fait l'air d'un de ces types pas commodes à côté desquels on évite de s'asseoir dans les transports en commun. Son nez était cassé, sa peau rêche et ses cheveux clairs et crépus.

On leur trouva une table pour deux. Comme par hasard, la table d'à côté refusa de prendre un café et alla payer l'addition au comptoir.

— Y a pas un seul de ces connards qui t'arrivent à la cheville. Putain, si je m'écoutais…

Valérie aimait beaucoup Thomas. Il essayait de la draguer depuis qu'ils se connaissaient et n'avait obtenu que trois fois de passer la nuit avec elle – des aventures sans lendemain, expériences quasiment pugilistiques avec une femme comme on n'en rencontrait pas beaucoup, surtout dans le milieu feutré où le jeune commissaire évoluait désormais.

Thomas était la fierté de sa famille, issue de ce qu'il appelait encore, avec un peu d'amertume, la « France d'en bas ». Il était devenu policier pour ne pas passer sa vie derrière le tapis roulant d'une usine : brillantes études de droit, plus jeune commissaire de France, à trente-cinq ans il était déjà responsable de la Direction de l'Ordre public et de la circulation, grâce à la confiance quasi filiale que lui accordait son mentor, le préfet de police Dieuleveult. Pour ne pas devenir un de ces coincés du cul qui l'entouraient, il exagérait sa verve populaire en public, il disait *merde* et *putain* mais se sophistiquait déjà et s'entendait préférer *bordel à queue* au plus banal *bordel de merde*.

On ne perdit pas de temps : la conversation s'orienta sur Chaouch alors que Valérie n'en était qu'à la moitié de son porto. Pour Thomas, il n'y avait pas l'ombre d'un doute, l'attentat était l'œuvre d'un « loup solitaire » :

— Il faut les voir, ces gosses, c'est des tarés, je te jure. Enfin merde, ils sont complètement détraqués, complètement détraqués ! Fallait bien que ça arrive un jour ou l'autre.

Valérie consulta sa montre, dont elle mettait le cadran de l'autre côté, celui du pouls.

— Je te parie qu'il va y avoir encore toute une flopée de connards pour dire à la télé que c'est la faute de la société ou je sais pas trop quoi. Putain mais il leur faut quoi d'autre ? Une caille qui tire sur un homme politique le jour de l'élection et tu vas encore entendre des… des…

Le choix multiple des injures sous lesquelles il rêvait d'agonir ces intellectuels imaginaires l'étourdit, si bien qu'il se contenta de soupirer. Il fit signe au serveur de lui apporter quelque chose à boire.

— Ben quoi, murmura-t-il en évitant le regard de Valérie qui se comportait souvent comme une grande sœur avec lui, juste un petit remontant. Avec les journées qui vont venir, on a plutôt intérêt à ménager sa monture, non ?

Déjà rasséréné par la première gorgée, le jeune commissaire poursuivit :

— Bon allez, sérieux, le lascar qui a tiré, c'est quoi ? Al-Qaïda ? Vous allez nous sortir des grandes théories à tous les coups…

— Non, non, répondit doucement Valérie, de toute façon c'est l'antiterro qui enquête, la SDAT de Mansourd. Moi, j'en sais à peine plus que toi, juste que y a pas mal de têtes qui vont tomber à la DCRI. Y a des trucs louches avec Boulimier… Enfin, le gamin a pas pu faire ça tout seul, son cousin non plus, c'est incroyable qu'on les ait surveillés pendant tout ce temps et qu'on n'ait pas pu intervenir à temps… C'est proprement… incroyable.

Elle enleva sa veste, attirant quelques regards sur ses puissants bras nus. Un léger duvet blond les recouvrait. Au moindre mouvement des poignets, ses biceps d'athlète jaillissaient, joliment partagés par une veine d'autant plus bleue que sa peau était blonde. Thomas haussa les sourcils et chassa les souvenirs de leur dernier combat nocturne, bien avant qu'elle ne soit choisie par Chaouch pour diriger sa protection.

— Bon, et t'as vu ? demanda Thomas, ils ont déjà mis un juge sur le coup, histoire de montrer que l'enquête sera indépendante et *tutti quanti*. Devine qui c'est ?

— Henri Wagner ?

— Lui-même.

— Eh ben dis donc, commenta Valérie en consultant à nouveau sa montre, je croyais qu'il était fini depuis ces saloperies de menaces corses… Comment ça se fait qu'il se retrouve sur l'affaire du siècle ?

— Ah ben ça, c'est la politique, disserta le commissaire. Changement de procureur à la veille des élections, tout le monde a fait le pari que Chaouch allait gagner, et avec la gauche au pouvoir… enfin bon, on n'a pas idée des intrigues de palais…

Son téléphone sonna.

— En parlant d'intrigues de palais…

Il se leva en décrochant et se rendit sur la terrasse. Valérie vit son visage se durcir derrière la vitre de la brasserie. Quand il revint, elle lui demanda :

— C'était le grand manitou ?

— Je dois y aller, putain, je suis désolé.

La commandante insista pour régler l'addition. Thomas ne pouvait pas attendre que le serveur fasse un aller-retour supplémentaire pour apporter le lecteur de carte bleue. Il accepta de se faire inviter et quitta la salle bondée. Mais, sur la terrasse, il eut l'intuition de se retourner et vit Valérie qui affectait l'indifférence au milieu des coups d'œil éloquents de la meute.

2.

Précédée par un motard de la Préfecture de police, une voiture aux vitres fumées se gara en double file devant celle du commissaire Maheut. La vitre arrière se baissa automatiquement : une main livide, dépassant d'une manche de costume anthracite, se rabattit sur elle-même pour ordonner au commissaire d'entrer dans le véhicule. Reconnaissant la voiture et la manière minimaliste du préfet de police, Maheut s'exécuta et prit place sur la banquette molletonnée. Le chauffeur fut prié d'attendre au-dehors du véhicule et, sans se tourner un instant vers son « invité », Dieuleveult commença en feuilletant un dossier rempli de notes manuscrites :

— J'ai vu la ministre de l'Intérieur hier soir, inutile de vous cacher que la situation est grave. Gravissime, oui. Quand on y pense, la plus grande civilisation du monde qui sombre dans une violence digne d'un pays sous-développé. Vraiment, on se croirait en Algérie dans les années quatre-vingts. Vous vous souvenez sans doute de Boudiaf, commissaire ?

Cette question n'appelait aucune réponse, le préfet de police continuait d'ailleurs de ne pas regarder son interlocuteur.

— Si vous voulez savoir ce que j'en pense, voilà à quoi ça nous mène d'inviter tout le monde au festin. Deux générations plus tard, ça y est, on reproduit les vieux schémas de la rue arabe… Bon, c'est mon avis et il n'intéresse que moi. Les rapports de nos renseignements généraux indiquent que des bandes complotent pour venir foutre le boxon dans Paris. Je vous fais confiance, vous allez être en première ligne dans les jours qui viennent. Je veux des rapports toutes les heures et un renforcement des contrôles dans les RER et aux portes de Paris.

— Très bien, monsieur.

— Pour les manifestations, c'est simple : aucune. Pas de marche blanche, ou de soutien, ou de tout ce que vous voulez. Je ne veux aucun mouvement de foule dans Paris tant que les choses ne sont pas rentrées dans l'ordre. J'ai déjà fait interdire une espèce de concert de soutien à Chaouch, il n'y aura aucune exception. J'en connais qui sauteraient dessus, qui en profiteraient pour…

Le commissaire Maheut sentit que Dieuleveult était sur le point de changer de sujet. Le préfet de police fixait une note de synthèse en plissant le front, avec tellement d'application qu'il paraissait presque faire semblant de se concentrer. Il referma d'ailleurs le dossier d'un geste sec et tourna enfin vers Maheut son regard si neutre et plat que tout son visage finissait par prendre l'aspect d'une mer morte :

— Thomas, vous n'êtes pas sans connaître la situation délicate dans laquelle nous nous trouvons vis-à-vis de la place Beauvau. La ministre de l'Intérieur me déteste, non, non, vous n'avez pas idée à quel point elle me déteste. Je ne peux me permettre aucun faux pas, pas plus, bien sûr, que je ne saurai en pardonner aux hommes qui sont sous mes ordres…

Maheut remuait les muscles de ses lèvres pour dissimuler son trouble. Le préfet de police ferma les yeux et fit une grimace étrange où l'une de ses narines prenait soudain le meilleur sur l'autre. Maheut comprit qu'il s'agissait d'une tentative de se composer un visage chaleureux. Et maintenant qu'il y pensait, il n'avait jamais vu « le cardinal » sourire, et n'avait même jamais pensé que c'était une chose possible pour un homme aussi froid de le faire.

— Vous méritez mieux que l'ordre public et la circulation, commissaire. Passer ses nuits devant des écrans de contrôle, c'est bien à votre âge, mais il faut songer à l'après…

« Ça y est », se dit le jeune commissaire.

— J'ai de grands projets pour vous, Thomas. Je nourris de grands espoirs… Un jour, si tout se passe bien, il se pourrait bien que vous soyez à ma place. Je vais vous confier une mission que je ne pourrais confier à aucun autre de mes proches collaborateurs. Il faut, cela étant, que vous m'assuriez de votre soutien indéfectible, et de votre discrétion absolue, je dis bien *ab-so-lue*.

Le commissaire ne sut quoi répondre. Il sentit que sa tête alourdie penchait vers l'avant. Son cou découvert par l'absence de cravate lui donnait l'impression que son corps entier était nu.

— À la guerre, on a deux ennemis : le camp d'en face, et surtout soi-même. La mission que je vais vous confier est directement en rapport avec cet ennemi intérieur… le bien nommé ennemi de l'Intérieur, si vous voyez ce que je veux dire.

— Oui, monsieur, répondit Thomas en plaquant ses paumes affolées sur le sommet de ses genoux.

— Une telle mission se situe bien entendu en dehors de vos prérogatives habituelles, et je ne vais pas vous en donner le détail tout de suite. Nous nous reverrons dans les jours qui viennent, à la faveur des événements et des mouvements place Beauvau. Disons, pour vous mettre l'eau à la bouche, qu'il s'agirait de… comment dire… figurez-vous un édifice pourri qui ne tiendrait que grâce à des fondations anormalement solides. Vous me suivez ?

— Je… j'essaie…

— Voilà, figurez-vous une cabane de bois pourri montée sur des pilotis en béton armé : votre travail, ce sera de ronger ces pilotis, si vous voulez. Exposer la pourriture. Je suis sûr que vous allez exceller dans cet exercice, conclut-il, sibyllin, avant de poser sur l'épaule de son commissaire d'état-major un regard qui le congédiait plus efficacement que ne l'auraient fait les doigts de sa main immaculée.

3.

Mansourd était déjà parti lorsque Fouad, Rabia et Dounia furent libérés. On leur rendit leurs téléphones, on leur remit leurs convocations, on leur expliqua qu'ils avaient rendez-vous demain, mardi, à quatorze heures précises, au cabinet du juge Wagner, galerie Saint-Éloi du Palais de justice de Paris. Les deux sœurs écoutèrent sans réagir ; elles étaient dans un état d'hébétude avancé, leurs gestes étaient machinaux et leurs regards voilés par la fatigue et la tristesse.

Fouad, au contraire, était concentré, tendu, droit comme le I de l'Injustice.

Lorsque Rabia et Dounia furent effectivement libres, sans entraves sous le soleil écrasant du début d'après-midi, elles tombèrent dans les bras l'une de l'autre et se mirent à pleurer. Elles rallumèrent leurs téléphones, s'attendant à y découvrir des dizaines d'appels en absence de la famille. En fait, tous les appels en absence – tous sans exception – provenaient de numéros inconnus ou cachés. Elles écoutèrent les premiers messages : c'étaient des journalistes, de grandes chaînes, de grands journaux, de grandes radios, souvent des femmes avec des voix engageantes et complices, parfois avec des accents étrangers à couper au couteau…

Fouad n'attendit pas un instant avant d'appeler Jasmine. Mais après trois nouvelles tentatives et autant de messages, il lui parut évident qu'elle ne pouvait pas répondre. Elle devait être surveillée. Il fallait s'adresser à elle d'une autre façon.

Il composa le numéro de Me Szafran. Une voix féminine lui répondit et le mit en contact avec l'avocat. Fouad lui expliqua la situation – ils étaient complètement innocents, son frère Nazir était le seul coupable, le juge d'instruction les avait convoqués demain à quatorze heures. Me Szafran l'écouta attentivement, crayon en main, et répondit qu'il lui paraissait nécessaire de se voir le lendemain matin pour préparer l'audition avec le juge. Audition à laquelle il serait présent et dont il y avait fort à parier qu'elle ne déboucherait pas sur une mise en examen, vu la nature du mandat que Wagner avait délivré.

— Vous le connaissez, ce juge ? lui demanda Fouad.

— Oui, c'est le seul juge intègre de ce pôle, indépendant autant que faire se peut. Ne le prenez pas en mauvaise part, mais j'irais presque jusqu'à dire que vous avez eu de la chance dans votre malheur…

Il avait une intimidante voix de stentor, à la fois profonde et claire, et une élocution parfaitement maîtrisée, servie par le vieil accent de la grande bourgeoisie intellectuelle – le souci scrupuleux des liaisons ; des a majestueux : procédurâââle, intégrâaalité ; des consonnes respectées à la lettre et puissamment amplifiées quand elles étaient doubles : incommmmmensurâââble…

— Cela dit, restons sur nos gardes, poursuivit Szafran, et méfiez-vous des journalistes, monsieur Nerrouche. Ne répondez à aucune demande d'interview. Barricadez-vous dans un lieu sûr jusqu'à demain et, si je peux vous donner un dernier conseil, préférez la voiture au train pour vous rendre à la capitââle.

Lorsque Fouad raccrocha, il était presque rassuré ; malgré la perspective de rencontrer un juge, malgré l'impression qu'il avait d'être devenu en une nuit un criminel, la voix grandiose de ce baryton-basse du barreau lui redonnait la foi.

Mais la pensée de cette bonne nouvelle qui n'en était pas encore une ne pouvait le réjouir durablement. Quand le carrousel des conjectures et des espoirs cessait de tourner, il demeurait, figé à jamais dans la rétine de millions de gens, ce petit fait têtu, désespérément têtu : son cousin de dix-huit ans avait tenté d'assassiner le candidat à la présidentielle du Parti socialiste, celui que la France venait d'élire à une généreuse majorité de voix – celui, surtout, que Fouad avait un jour considéré, devant témoins, comme son futur beau-père.

Il se consumait de honte en revoyant la scène.

— Je viens de parler avec… l'avocat, dit-il à sa mère qui caressait la tête éplorée de Rabia.

Il avait renoncé à dire « notre avocat », comme si seuls les criminels avaient besoin d'avocats, et comme si parler de *leur* avocat constituait une première reconnaissance de culpabilité.

— Et alors ?

— Maman, tu leur as rien dit, hein, aux enquêteurs ? T'as signé quelque chose ?

— Ben oui, le procès-verbal.

— Et qu'est-ce que tu leur as dit ?

— Ben rien, mentit Dounia. Qu'est-ce tu voulais que je leur dise ?

— Tu te rends compte qu'ils peuvent prendre un truc que t'as dit comme ça, et l'interpréter à l'envers ?

— Mais oui, Fouad, je sais, écoute, je suis embêtée. Slim et Luna sont partis de chez la mémé, apparemment y a eu une dispute quand tout le monde est rentré cette nuit, et ils ont pas voulu rester.

— Qu'est-ce que c'est que cette histoire ? Ils sont où ? Maman ? Ils sont où ?

— Ils sont à la maison, ça va, Slim avait ses clés.

Fouad remua la tête et profita de ce que Rabia parlait au téléphone avec Luna pour dire à sa mère :

— On passe chez Rabia pour récupérer ses affaires et on l'installe à la maison, hein ?

Dounia acquiesça et tous trois se dirigèrent à pied vers le quartier de Rabia. Les mains dans les poches, Fouad répétait dans sa tête le brouillon de ce qu'il allait dire à Jasmine quand il l'aurait au bout du fil. Ainsi absorbé dans ses pensées, il ne remarqua pas les regards des passants qui les avaient reconnus. Yaël lui envoya un texto pour savoir si elle pouvait l'appeler. Ce fut lui qui l'appela :

— On sort d'une nuit de garde à vue, Yaël, j'ai pas encore vu la télé, comment…

— Fouad, il y a un problème, le coupa Yaël avant de poursuivre d'un ton soucieux : je crois qu'il vaudrait mieux qu'on se voie pour en parler…

— Je viens à Paris demain matin, qu'est-ce qui se passe ? Je dois voir Szafran et le juge l'après-midi. Qu'est-ce qui se passe, Yaël ?

— Écoute, tu as d'autres chats à fouetter, on en parlera en temps voulu. Il te plaît, Szafran ? Il a l'air bien ? Qu'est-ce qu'il pense de tout ça ?

Fouad n'avait pas envie de discuter. Il fit le minimum syndical avec Yaël et raccrocha au moment où apparaissait dans son champ de vision le début de la rue de l'Éternité. Celle-ci traversait l'une des collines de la ville de bout en bout. L'immeuble de Rabia se situait avant que la montée ne devienne réellement pénible. Fouad vit soudain un camion surmonté d'une antenne s'y engager à toute vitesse. Il retint sa mère d'un geste de la main.

Un attroupement inhabituel s'était formé à la naissance de la côte. Les badauds empiétaient sur la chaussée, il était très difficile aux voitures qui n'avaient rien à voir avec ce remue-ménage de circuler sans jouer du klaxon et de l'insulte. Sur cinquante mètres de faux plat, une quinzaine de camions coiffés d'antennes faisaient le pied de grue devant l'immeuble de Rabia. Ils étaient tous là : France Télévisions, TF1, LCI, i-Télé, BFM-TV, et puis les grandes radios nationales, sans compter les voitures de médias étrangers. On aurait dit la caravane du Tour de France. Les journalistes avaient colonisé les deux trottoirs et une partie de la chaussée ; ils enchaînaient les directs avec leurs caméramans qui répétaient tous le même travelling de la tête du correspondant à micro jusqu'au troisième étage de Rabia, dont les volets avaient été fermés. Des gendarmes plantés devant l'entrée de l'immeuble vérifiaient les papiers des riverains et repoussaient les journalistes.

Devant ce spectacle, Fouad considéra qu'il valait mieux récupérer les affaires de Rabia plus tard. Il dut tirer la main de sa tante pour qu'elle les suive : elle restait bouche bée devant ce décor surréaliste. C'était un sentiment qu'elle n'avait jamais éprouvé auparavant : celui d'être enfermée dehors.

Elle eut brusquement envie d'aller leur parler, à ces journalistes, leur dire que Krim n'y était pour rien, qu'on l'avait manipulé, leur raconter la garde à vue, toute la nuit à devoir répondre à des questions alors que les policiers se foutaient complètement de la réponse ; leur crier qu'on lui avait volé son fils, qu'elle ne pourrait pas le voir ce soir, entrer discrètement dans sa chambre pour éteindre la play-list de musique classique avec laquelle il s'était endormi et lui faire un bisou sur le front, qui signifiait qu'elle lui pardonnait, le shit, les rendez-vous manqués à Pôle Emploi, les petits vols et le reste qu'elle ne savait pas encore, qu'elle lui pardonnait, tout, parce qu'elle était sa mère et que c'était le propre des mères de pardonner à leurs fils, comme c'est le propre des louves de protéger leurs portées, fût-ce au prix de leur propre vie.

— Qu'ils me prennent, moi, au lieu de lui, murmura-t-elle dans un sanglot, ils vont pas l'envoyer en prison, je vais pas les laisser envoyer mon fils en prison… Sur ma vie je vais pas les laisser me voler mon fils…

Elle était sur le point de courir vers le premier camion à antenne, sur le point de hurler son désespoir de louve. Et elle l'aurait fait s'il n'y avait pas eu la main de Fouad fermement nouée autour de son poignet tremblant.

— Qu'est-ce qu'on a fait au bon Dieu, demanda-t-elle à son neveu d'une voix abrutie par le chagrin, qu'est-ce qu'on lui a fait pour mériter ça ?

4.

— Tu racontes que de la merde, décida le lieutenant Rugbyman après avoir tapoté pendant deux minutes, du bout de son gros index, la touche « Echap » de son clavier. Eh oh ! Tu m'écoutes ? J'te dis que tu racontes que de la merde et que ça commence à me saouler. On reprend : t'arrives à Paris vers neuf heures et demie, tu vas voir Nazir, t'oses pas rentrer, tu te casses et tu te promènes dans la rue, et ensuite tu reviens, Nazir est plus là, à la place y a un type roux avec une barbiche, il te file une arme et il te dit de tirer sur Chaouch, sans quoi un type à l'autre bout du pays va assassiner ta mère. On est bien d'accord que ça a l'air d'un conte de fées ton histoire, mais bon. Qu'est-ce que t'as foutu avant de retourner à l'appartement du type roux ?

— Je sais pas.

— Tu vas arrêter de te foutre de notre gueule. Qu'est-ce que t'as foutu pendant tout ce temps ?

Le Rugbyman se leva, fit le tour de la pièce et donna des coups de plus en forts contre la porte.

Une voix de l'autre côté de celle-ci demanda ce qui se passait. Le Rugbyman répondit :

— C'est bon, c'est bon.

Krim voulut se retourner sur son tabouret pour savoir ce que mijotait son tortionnaire, mais il se retrouva à terre avant d'avoir esquissé le mouvement. D'un violent coup de pied, le Rugbyman avait projeté le tabouret contre le mur. Krim se leva et serra le poing. Le Rugbyman le dominait de deux têtes, il planta son visage sans émotion devant celui de Krim et dit d'une voix sinistre :

— Vas-y ! Frappe-moi ! Espèce de petite tarlouze, j'attends que ça. Vas-y ! Porte tes couilles ! Eh ben vas-y, *vas-y* montre que t'es un bonhomme !

Krim recula d'un pas. Un visage surgit des profondeurs de sa conscience : celui de sa sœur, de cette pauvre Luna qui le défiait tout le temps, et à chaque fois pour rire. Il se demanda ce qu'elle était en train de faire maintenant. Il avait beau réunir toutes ses facultés mentales, il ne parvenait à convoquer aucun décor crédible pour l'immense tristesse qui devait l'avoir pénétrée lorsqu'elle avait découvert que son grand frère avait assassiné le président. Surtout que Luna trouvait Chaouch irrésistible. Quand leur mère criait qu'il était à l'écran, Luna bondissait de son lit et volait jusqu'au pied de la télé. Chaouch était le nom du seul phénomène extérieur capable de la tirer d'une conversation sur Skype.

— Je savais pas, essaya timidement Krim, presque pour lui-même, je savais pas que j'allais tirer sur Chaouch. Il m'avait dit que je devais m'entraîner à tirer, je croyais… je sais pas ce que je croyais…

Le Rugbyman retourna derrière le clavier mais il n'écrivit rien. D'un coup de menton, il demanda à Krim de s'asseoir et de continuer. Krim récupéra le tabouret et raconta qu'il avait passé des heures à tirer sur des canettes, en prenant bien soin de ne jamais citer Gros Momo. Quand il se tut, le Rugbyman leva sur lui un regard indéchiffrable.

— C'est tout ?

— Je savais pas que c'était Chaouch, répéta Krim, et, pensant soudain à Luna, il ajouta : je l'aimais bien, Chaouch.

Le Rugbyman secoua la tête ironiquement et se remit à enfoncer le bouton « Echap » en haut à gauche de son clavier, avec la régularité d'un marteau-piqueur, d'autant plus régulièrement que ça n'avait aucun effet sur le fichier du PV de garde à vue.

5.

Chez la mémé, Rachida faisait les cent pas d'un bout à l'autre de la pièce, sa grande sœur Ouarda et elle se hurlaient des arguments qui allaient dans le sens l'une de l'autre et disaient très exactement la même chose : que c'était une honte pour les Nerrouche, que de cette honte ils ne se relèveraient jamais, que le ciel leur était tombé sur la tête et que cette catastrophe avait pour noms Rabia et Dounia.

Les premières aigreurs avaient fait fuir Slim et Luna. Slim voulait rester pour se disputer, Luna avait été à l'initiative du départ, la partie rationnelle de la famille n'était pas parvenue à les retenir. Cette partie rationnelle avait fini par s'aligner sur le canapé et par se taire, ne pouvant rivaliser avec le vertigineux débit de paroles des deux furieuses, qui se suivaient de la cuisine au salon et vice versa, cherchant quelque chose à faire (café, thé, poussière, rangement) et y renonçant dès qu'une nouvelle bordée d'indignations déformait leurs lèvres supérieures.

Cette nuit de garde à vue avait réveillé l'élément maniaque de la psychose maniaco-dépressive de Rachida. Quelqu'un qui l'aurait observée cet après-midi-là sans être concerné par ce qu'elle racontait aurait peut-être perçu l'intense jubilation qu'elle éprouvait à laisser son démon se dégourdir les jambes.

Affairée auprès d'une commode, la mémé semblait se désintéresser de la comédie de ses deux filles ; elle remuait les sourcils de temps à autre, quand le volume de leur logorrhée dépassait le niveau de décibels acceptable pour les enfants.

Après avoir exhumé de vieux sucres d'orge et les avoir envoyés jouer à la console dans sa chambre, elle prit place au milieu du canapé et riva son regard impénétrable sur la photo de son grand fils blond, Moussa, l'anomalie génétique de la famille, dont le portrait en pied adossé à une Jeep dans le désert algérien n'avait jamais quitté le bord inférieur de ce monumental tableau photographique de La Mecque qu'on trouvait dans tous les intérieurs musulmans de

France et de Navarre : le fameux cube noir de la Ka'aba submergé par un océan de fidèles aux tuniques bigarrées.

La mémé était aussi calme et concentrée que si elle s'était préparée toute sa vie à cette nuit de garde à vue. Mais pour les autres, c'était un cauchemar éveillé.

— *Tu parles d'un mariage*, résuma en kabyle le vieux tonton Ayoub qui essayait en vain de s'extirper de son fauteuil.

La tante Bekhi, voyant son mari en difficulté, vint le réprimander et demanda à sa fille Kamelia de lui apporter de l'eau. Kamelia dormait debout. Elle avait cessé d'écouter les jérémiades perfides de Rachida, mais si les propos eux-mêmes se heurtaient aux barrières de son attention, elle ne pouvait se prémunir contre l'effet de leur venin.

À la cuisine, elle retrouva son cousin Raouf, le fils d'Idir et de Ouarda, qui avait les mains posées sur l'évier en inox et dont le regard humide, au moment où il releva la tête, accusait une terreur incompréhensiblement honteuse.

Kamelia en fut d'autant plus étonnée que Raouf le vantard aurait préféré se couper un orteil qu'avouer son impuissance, sa faiblesse, ou même son ignorance sur quelque sujet que ce soit. Hors de son domaine d'expertise – l'extension de la restauration halal au grand public –, il semblait en connaître assez sur à peu près tout pour tenir une conversation de façon honorable. Quand il était pris en défaut, quand on lui infligeait un exposé précis, il acquiesçait en fermant les yeux : ah oui, oui, je le savais ça, oui bien sûr. Kamelia n'avait pas d'atomes crochus avec lui. Il était un peu l'anti-Fouad, ce dont les mauvaises langues de la famille faisaient leur miel en établissant entre ces deux réussites de la famille un schéma aussi cruel qu'incontestable : Raouf se vantait beaucoup et faisait peu, tandis que Fouad faisait beaucoup et n'en parlait jamais. La notoriété faisait figure de juge de paix et tranchait en faveur de l'acteur, laissant penser – à tort, comme le répétait Fouad – qu'elle ne se trompait jamais et couronnait toujours les méritants.

— Qu'est-ce qui se passe, Raouf ?

Le jeune entrepreneur leva les yeux au plafond, comme pour les assécher. Il fixa la lampe sans abat-jour et déclara à voix basse :

— J'ai parlé avec Nazir samedi, au téléphone.

Il voulut laisser le temps à Kamelia de comprendre ce que cela signifiait, mais la phrase suivante brûlait les parois de sa gorge et trouva toute seule le chemin de la sortie :

— C'est trop dangereux, faut que je me casse.

— Mais pourquoi ? De quoi tu parles ? Il t'a dit des trucs…

— Faut pas en parler, dit-il en regardant les interstices entre les vieux meubles de la cuisine. De toute façon, à quoi ça sert de rester ici ?

— À quoi ça sert ? s'offusqua Kamelia. Mais on va pas laisser Rabia et Luna toutes seules, les pauvres !

Ce cri du cœur contredisait si candidement l'esprit général qui régnait sur l'appartement de la mémé que Raouf ne se sentit même pas le devoir d'y répondre dans le détail.

— Ouais, après, tu fais ce que tu veux, de toute façon.

Kamelia entendit quatre mots fantômes derrière ceux qu'il avait prononcés, aussi distinctement que s'il les avait écrits au rouge à lèvres sur le carrelage, au-dessus de l'évier : chacun pour sa peau.

Et en effet Bekhi et Ayoub n'attendirent pas que le café soit servi pour annoncer qu'ils quittaient Saint-Étienne, comme c'était prévu depuis le début. Raouf avait pris une semaine de congé, ce qu'il garda bien de rappeler lorsqu'il prétendit devoir rentrer à Londres de toute urgence.

Les regards des Stéphanois bloqués ici se tournèrent alors vers Kamelia, qui se mit à sangloter en se souvenant de Krim, paumé à la salle des fêtes, parlant de cette fille dont il était amoureux comme un gamin, comme le gamin qu'il était, lascar buté en apparence, mais petit cousin timide, doux et même euphorique lorsqu'ils avaient joué au blind-test dans la chambre de la mémé, et qu'il avait si joyeusement écrasé la compétition.

6.

Aussitôt après avoir découvert l'intervention de Me Aribi, Fouad rappela Szafran pour lui assurer qu'il ne l'avait jamais désigné comme conseil. Krim devait l'avoir fait, songeant au seul avocat qu'il avait une chance de connaître. Aribi passait souvent à la télé, ses déclarations fracassantes en faisaient depuis des années un « bon client » des talk-shows où on applaudissait des deux mains sa roublardise éhontée et son spectaculaire sens de l'autopromotion.

— Je ne veux pas qu'on soit défendus par quelqu'un comme lui, expliqua Fouad. Sous aucun prétexte. Et puis est-ce que c'est légal, de se proclamer avocat de gens qui ne vous ont rien demandé ? Je croyais que les avocats n'avaient pas le droit d'aller à la pêche aux clients…

— Vous avez raison, c'est antidéontologique et ça peut lui valoir des soucis disciplinaires. Écoutez, je vais l'appeler, allez vous reposer de votre côté.

Me Szafran confia à sa stagiaire le soin de trouver le numéro de Khaled Aribi. Cette stagiaire s'appelait Amina, elle tirait une drôle de tête depuis qu'elle avait appris que le cabinet Szafran & Associés allait mobiliser toutes ses ressources pour défendre les assassins de Chaouch…

Fouad trouva sa mère à la cuisine ; elle écrasait une cigarette en toussant. Il vint l'embrasser sur la tempe, Dounia eut un geste de léger rejet.

— Elle est où, Rabia ? demanda Fouad, la tête dans le Frigo.

— Tiens, mon chéri, je t'ai fait des bricks si tu veux. Rabia ? Elle dort dans mon lit là-haut avec Luna. Les pauvres…

Slim apparut dans l'encadrement de la porte, les bras chargés de courses. Il abandonna les sacs précipitamment pour attraper son téléphone qui vibrait.

— Merde, je l'ai ratée. C'est Kenza. Putain elle m'a appelé trois fois…

Fouad récupéra sa Mastercard Gold qu'il avait donnée à son petit frère pour faire les courses ; et il l'aida à les ranger dans le Frigo et dans les placards.

Soucieuse, Dounia restait plantée devant la fenêtre entrouverte. Cette maison dans laquelle elle habitait depuis deux ans lui avait été miraculeusement accordée par l'office HLM de la Loire, alors qu'elle n'avait ni enfants en bas âge ni situation professionnelle irrégulière. Avec son salaire d'aide-soignante, elle aurait tout aussi bien pu payer un loyer sans aides, mais Nazir avait été d'un autre avis : il était plus que normal, selon lui, que l'État fournisse un logement à la veuve d'un homme qui avait sacrifié sa santé pour entretenir Ses routes.

La maison en question, aux murs de crépi rose, faisait partie d'un lotissement non dépourvu de standing, perché sur l'une des sept collines de la ville, disposant d'un joli coin de pelouse bordé de troènes où Dounia avait organisé un barbecue l'été dernier. Outre qu'elle se trouvait à une harassante demi-heure à pied de l'appartement de Rabia, elle avait un vrai défaut : un immeuble étroit et délabré qui bloquait la vue sur la colline de Montreynaud, colline ironiquement surmontée de la tour au bol où Dounia avait fait grandir ses enfants.

Selon ses voisins – un gentil couple de retraités mélomanes –, la municipalité avait promis de raser ce bâtiment fâcheux un an avant l'arrivée de Dounia. En attendant, il se dressait là comme une provocation, même si certains matins, quand le ciel était dégagé, on pouvait voir les rayons du soleil naissant transpercer les fenêtres brisées des premiers étages et réveiller doucement la pelouse et les murs.

Fouad reçut un coup de fil de Mme Caputo au moment où il commençait son déjeuner. La voisine de Rabia lui raconta que deux journalistes étaient venus l'interroger vers dix heures du matin. Fouad aplatit sa paume sur sa nuque.

— Vous leur avez parlé, madame Caputo ?

— Non, non, mon garçon, rassure-toi, c'est pas moi qui irai parler sur les gens. Après, j'en dirai pas autant de tout le monde dans l'immeuble…

Fouad avait à peine raccroché qu'il vit Slim revenir dans la cuisine, livide.

— Je viens de parler à Kenza, annonça-t-il sans oser lever les yeux.

Fouad se tourna vers sa mère. Et puis vers Slim :

— Ben alors ? Qu'est-ce qui se passe ?

— Pff, en fait elle m'a jamais aimé, cette grosse dinde.

— Qui, Slim ? demanda Dounia. De qui tu parles ?

— De sa mère ! De la mère de Kenza ! Elle veut la virer de chez elle si elle divorce pas de moi. Elle dit que c'est la honte, que notre famille c'est la honte, que le mariage, c'était une catastrophe, et patati et patata…

Le silence qui s'ensuivit fit venir le rouge aux joues du jeune homme. Il se serait probablement mis à sangloter si Fouad n'avait pas demandé :

— Et Kenza, elle en pense quoi ?

— Elle dit qu'il faut qu'on prenne un appart ensemble. Mais on n'a pas de sous, c'est… oh la la c'est vraiment un cauchemar, je vais me réveiller, je te jure.

— Dis-lui de venir ici dans le pire des cas, souffla Dounia en prenant une des dernières cigarettes de son paquet de trente. De toute manière, moi, j'ai toujours dit que cette maison, elle était trop grande pour Slim et moi.

— Mais elle dormira où ? demanda Slim soudain alerte.

— Écoute, mon chéri, elle dormira avec toi, dans ta chambre. Où tu veux qu'elle dorme ? Moi avec Rab' et Luna, et Fouad au rez-de-chaussée dans le salon, comme ce soir si ça le gêne pas… Fouad ? Qu'est-ce que t'en penses ?

— Je dors très bien sur le canapé.

L'affaire fut conclue dans cette atmosphère étrange et suspendue, comme si tout était facile, comme si plus rien n'avait de poids.

Slim n'en perçut rien : il courut embrasser sa mère sur la joue, ouvrit son téléphone et composa sans rien cacher de son enthousiasme le numéro de son épouse.

7.

Waldstein avait fini par désobéir à Nazir. Après avoir fait quatre allers-retours sur d'interminables tronçons d'autoroute pour semer leurs « poursuivants », il s'était arrêté sur un *Autobahnraststätte* et refusait de repartir.

— Vous comprenez que je sois prudent, monsieur Waldstein ?

La voix de Nazir lui était devenue insupportable.

— Écoutez, mon job, c'est de vous conduire, de faire le taxi, O.K. ? Je ne suis pas ici pour enchaîner des allers-retours.

— Oui, mais réfléchissez : nous serions tous les deux dans une position fâcheuse si on nous avait suivis. Les gens qui vont me traquer disposent de pouvoirs très étendus. Ils ont probablement déjà obtenu les bandes des caméras de vidéosurveillance situées à la sortie du parking de la banque et, s'ils les ont obtenues, je ne vois pas pourquoi ils n'auraient pas obtenu aussi celles des rues qui nous ont menés jusqu'à l'autoroute. Ils ont ainsi pu savoir dans quelle direction nous avons roulé, c'est pourquoi je vous ai demandé…

M. Waldstein redémarra.

Une demi-heure plus tard, des hangars apparaissaient sur les bords de l'autoroute ; on approchait de la grande ville. Après un coup d'œil machinal dans le rétroviseur, Nazir fixa son chauffeur jusqu'à ce qu'une goutte de transpiration perle sur sa tempe :

— Ça vous déplaît, les basses besognes, alors pourquoi avoir accepté celle-ci ?

— Quelle basse besogne ? Je vous conduis, c'est tout !

— Ah tiens, pourquoi voudriez-vous qu'il puisse s'agir d'autre chose ?

Waldstein ne comprenait pas ; ou il ne comprenait que trop.

Nazir haussa le ton :

— Je vais vous dire ce que je crois, *monsieur Waldstein*. Je crois que depuis Zurich et en dépit du parcours labyrinthique auquel je vous ai contraint, nous avons été suivis par trois voitures et deux motos. Nous les avons tous semés, et maintenant vous n'attendez plus qu'une chose : pouvoir vous rendre aux premières toilettes avec votre téléphone afin de renseigner nos poursuivants sur le lieu où vous m'avez conduit. Ce qui, bien entendu, ne se produira pas…

Waldstein ne réagissait pas. La voiture quitta l'autoroute et entra dans la ville. Il composa soudain son meilleur sourire :

— J'aurais pu vous égorger tout à l'heure, si ça avait été mon but. Je vous avais à ma merci, j'avais un rasoir et votre gorge offerte…

— Vous auriez pu, oui.

— Je ne vous envie pas. Je ne sais pas combien de temps vous allez réussir à prolonger votre cavale, probablement un bon bout de temps vu la somme dont vous disposez dans cette valise. Mais je me demande si vous n'allez pas causer votre propre perte, à force d'imaginer des fantômes partout…

Nazir réfléchit et répondit sur un ton égal, presque détaché :

— Le fantôme, c'est moi. Vous connaissez la phrase de Marx : un spectre hante l'Europe…

— Et alors quoi, réagit vivement M. Waldstein, c'est le spectre du terrorisme ? De l'assassinat politique ?

Nazir se tut, il avait reconnu la rue où il devait se rendre.

— Faites le tour du quartier avant de vous arrêter, ordonna-t-il à son chauffeur.

— Pourquoi ?

— Pour être sûr que personne ne nous surveille, voyons.

Après deux tours, Nazir ouvrit la boîte à gants et la fouilla des deux mains. Il se tourna vers Waldstein et lui demanda de lui donner son portable.

– Mais enfin vous êtes fou ! Pourquoi ?

La négociation dura moins d'une minute, et Nazir sortit du véhicule après avoir fourré son pistolet dans la poche de sa veste.

8.

Une quinzaine de voitures de police allemande planquaient dans tout le quartier du Hermannsweg. Le commandant Mansourd avait pris place dans le fourgon sous-marin le plus proche de l'entrée du musée. Ce n'était pas exactement un musée de poupées, mais un musée dédié aux marionnettistes. Une effigie mobile de Pinocchio s'agitait sur la devanture. L'immeuble ne faisait que trois étages, dont seul le dernier n'était pas peint aux couleurs vives de l'établissement.

Caché à l'arrière de la voiture, Mansourd scrutait l'entrée de la rue à la jumelle. Il fit soudain signe à son homologue allemand, qui marmonna quelques mots dans son talkie-walkie. Une voiture qui venait de faire deux fois le tour du pâté de maisons s'arrêta à quelques mètres de l'entrée du musée. Un homme sortit de la voiture par le côté passager : de haute taille, en costume noir, il avait les cheveux noirs et l'air préoccupé. Il regardait sans cesse derrière lui et portait la main à ses joues, comme pour empêcher ses mâchoires de trembler.

Il s'arrêta devant l'entrée du musée et leva les yeux sur Pinocchio. Il passa la main dans sa poche intérieure. Mansourd posa ses jumelles ; il ne pouvait le voir que de dos de toute façon. Lorsqu'apparut dans sa paume le canon d'une arme, le commandant noua son gilet pare-balles et demanda au chef de l'opération de la lancer.

— *Es ist unser Mann*, dit-il dans un allemand approximatif.

La quinzaine de voitures qui bouclaient secrètement le quartier démarrèrent et vomirent un flot d'hommes cagoulés et en armes autour du suspect. Celui-ci lâcha son arme et leva immédiatement les mains. Mansourd qui le tenait en joue fut le premier à comprendre que ce n'était pas Nazir. C'était un jeune homme d'origine turque selon ses papiers, dont les desseins n'étaient peut-être pas honnêtes mais qui n'avait rien à voir avec le complot contre le candidat Chaouch.

Mansourd balança ses jumelles au sol et regarda le ciel gris et fumeux de Hambourg. Il composa le numéro du juge Wagner.

Au même moment, Nazir quittait Berne où il venait d'acheter un nouveau BlackBerry, cellulaire celui-ci. Tandis que la voiture repartait sur l'autoroute en direction de l'est, il dit à Waldstein :

— Ils vont aller me chercher à Hambourg et je serai dans les montagnes suisses. Et quand ils me traqueront dans les montagnes suisses vous savez où je serai ? Ailleurs ! Je suis inassignable à résidence, vous comprenez maintenant ?

Et sans attendre la réaction de son chauffeur à bout de nerfs, il ajouta :

— Oui, je vous l'avais bien dit, monsieur Waldstein, un spectre hante l'Europe… et ce spectre, c'est moi !

Chapitre 7

Le fer à lisser

1.

En milieu d'après-midi, le procureur Lamiel rassembla tous ses substituts pour faire le tour des dossiers et établir les priorités.

La question des comparutions immédiates occupa la majeure partie de la réunion : fallait-il y envoyer des gamins de quatorze ans pris en flagrant délit d'incendie de voitures mais qui déclaraient, en garde à vue, l'avoir fait pour exprimer leur révolte devant l'attentat contre le président élu ? Le parquet devait appliquer la politique pénale du gouvernement, et Lamiel eut une phrase qui ne laissait aucune ambiguïté sur la stricte hiérarchie du corps dont il était l'un des membres les plus éminents :

— Dans cette période de crise, on s'attend à ce que le parquet joue le jeu.

À la fin de la réunion, il s'entretint avec son vice-procureur qui dirigeait la section antiterroriste. Celui-ci n'était pas content du niveau d'implication du patron, mais il n'avait ni le choix ni le front de le lui signifier en face.

Quelques instants plus tard, Lamiel arpentait les travées du Palais de justice de son pas chaloupé et pensif, les mains derrière le dos. Sa grosse tête gonflée aux hormones s'inclinait de façon machinale pour répondre aux courtoisies des magistrats et des greffiers qui croisèrent son chemin.

Au pied du dernier escalier, celui menant à la galerie Saint-Éloi, il prit une profonde inspiration et porta le doigt à ses lèvres.

— Monsieur le juge, dit-il à Wagner deux minutes plus tard, en poussant la porte de son cabinet. J'espère que je ne vous dérange pas.

Il se tourna vers Alice, la greffière, et fit signe à Wagner qu'il aimerait bien s'entretenir avec lui seul à seul. En voyant le ventre d'Alice, Lamiel approuva d'un mouvement de tête et faillit demander des nouvelles de sa grossesse. Mais le souci qui pesait sur les globules exorbités de ses yeux l'emporta sur ses résolutions de politesse. Alice jeta une veste légère sur ses épaules et se dirigea vers la sortie, escortée par le sourire crispé du chef du parquet de Paris.

— Henri, je viens vous faire part d'inquiétudes en haut lieu, concernant la famille Nerrouche, le fait que vous les ayez si vite libérés… en particulier le frère de Nazir Nerrouche, ce jeune acteur qui s'était acoquiné avec Jasmine Chaouch.

Lamiel gardait les mains derrière le dos ; du bras droit, il désigna l'une des chaises qui faisaient face au bureau du juge :

— Vous permettez, Henri ?

— Écoutez, ces inquiétudes en haut lieu me chagrinent, mais ce n'est pas à vous que je vais rappeler que je suis indépendant, *statutairement* indépendant.

— Certes non, rétorqua le procureur. Et si Nazir avait été arrêté tout à l'heure, je ne dis pas, ça nous aurait mis en position de force. J'ai simplement peur que vous ne mesuriez pas autant qu'il le faudrait la gravité de la situation…

Wagner ferma les yeux et secoua la tête.

— Vous voulez quoi, Jean-Yves, que je vous détaille la composition de l'équipe qui surveille Fouad Nerrouche ? Il y a au moins trois véhicules sous-marins mobilisés, probablement une quinzaine de policiers au total qui observent tous ses faits et gestes, des SMS qu'il envoie aux e-mails qu'il écrit. S'il sort de chez lui, on le suit, où qu'il aille on sait ce qu'il va faire. S'il se gratte l'oreille, vous aurez au moins trois fonctionnaires de la SDAT pour vous pondre un rapport et vous préciser s'il a utilisé l'index ou l'auriculaire…

Le procureur digéra un rot et acquiesça gravement.

— Eh bien, soit ! J'espère que vous savez ce que vous faites… Pour demain midi ? Je suppose qu'on va devoir renoncer à notre partie de tennis, mais je tiens à vous inviter à déjeuner.

Wagner voulut décliner, demain midi il devait être prêt pour les auditions de la famille proche. Mais les gros yeux du procureur semblaient insister préventivement. Wagner eut l'intuition qu'ils ne seraient pas seuls au déjeuner.

— D'accord, concéda-t-il pourtant. Demain midi.

— Et sur le Turc de Hambourg ? Du nouveau ?

— Rien, j'en ai peur. Le commandant Mansourd ne veut pas croire à une coïncidence, mais son interrogatoire n'est pas très concluant pour le moment…

2.

Et Mansourd avait raison d'insister. Comme ne put s'empêcher de s'en vanter Nazir auprès de son chauffeur, il lui avait suffi de deux coups de fil pour envoyer ce pauvre leurre à l'abattoir.

— C'est pourquoi j'ai changé de BlackBerry, expliqua Nazir. Quand ils découvriront le numéro qui a conduit le Turc à l'entrée du musée, ce sera trop tard. J'aurais pu me contenter de changer de puce, mais je n'ai pas résisté à leur nouveau modèle. Regardez-moi ça, dit-il avec une moue admirative.

La voiture serpentait depuis une heure dans une vallée aux parois piquées de mélèzes et de rares airolles. À cette altitude, les rigueurs du climat étaient telles que même les sapins ne poussaient pas. Des sommets saupoudrés de neige éternelle pivotaient dans les vitres teintées. Nazir donnait des indications de plus en plus farfelues à son chauffeur. Il continuait de surveiller frénétiquement le rétroviseur. Waldstein s'engouffra dans une forêt épaissc, si épaisse qu'il dut allumer les phares pour négocier les virages. Au détour d'une trouée dans le couvercle des sapins, il vit que Nazir écrivait un long texto.

Waldstein ne fut pas malheureux de sortir enfin de cette angoissante coulée de végétal vert sombre et de rouler dans un paysage clair et presque découvert, où la bigarrure des frondaisons appelait la vie, l'humanité. Ils ne tardèrent pas, en effet, à atteindre une station de ski où Nazir proposa de faire une pause.

— Je suppose que vous avez l'estomac qui crie famine.

Waldstein gara sa voiture sur le parking désert d'une auberge. Nazir ne le quittait pas des yeux. En sortant du véhicule climatisé, il fut surpris par le froid. Il demanda à Waldstein d'ouvrir le coffre et récupéra les deux valises métallisées.

— Franchement, vous n'avez pas l'impression que vous en faites trop, là ?

Nazir émit un petit ricanement pour toute réponse. Il releva le col de sa veste pour protéger sa nuque et marcha triomphalement jusqu'au garde-fou du belvédère. Des chalets s'étendaient à ses pieds comme autant de miniatures abstraites, irréelles dans la crudité du jour délavé. Il y avait eu un orage de montagne une heure plus tôt : les boiseries des maisonnettes scintillaient à l'unisson des perles dont s'étaient parées les branches des sapins.

Sur les flancs vert-de-gris de la station, les téléphériques semblaient ne s'être arrêtés qu'à l'instant. Leur immobilité troubla Nazir, qui rebroussa chemin en direction de la porte de l'auberge. Waldstein se rendit immédiatement aux toilettes, où il maugréa en n'arrivant pas à uriner. Lorsqu'il en ressortit, il ne vit pas Nazir sur le seuil de l'entrée. Il vérifia d'un regard que la voiture était toujours sur le parking et fit le tour du rez-de-chaussée. Les tables en bois de chêne s'alignaient sous un dédale de poutres suspendues, de corbeilles biscornues et de babioles en forme de flocons et de petits cœurs schématiques. Waldstein commençait à sentir le souffle lui manquer : Nazir n'était nulle part.

Il se laissa tomber sur une chaise devant l'entrée. Son regard balaya les placards aux vitres piquées de délicats rideaux dentelés à travers lesquels luisait, comme dans le rêve d'un bambin glouton, un eldorado de pots de confitures, de miel et de biscuits en tout genre. Le responsable le rejoignit. Il lui demanda s'il n'avait pas vu un homme, cette taille, une barbe de quelques jours.

— Ah si, monsieur, répondit l'aubergiste, il est parti en voiture avec une dame.

Waldstein se rua sur sa voiture vide. Il fouilla ses poches à toute vitesse et s'aperçut qu'il n'avait pas son portable sur lui. Il savait très bien qu'il ne l'y trouverait pas, mais il courut jusqu'aux toilettes. De retour auprès de l'aubergiste, il demanda dans quelle voiture Nazir avait pris la fuite. L'aubergiste pinça le sommet de son énorme nez et ferma les yeux pour réfléchir. Il répondit qu'il s'agissait d'un 4 × 4 noir.

— Quelle marque ?

— Ah, là, vous m'en demandez trop, répondit l'autre.

Waldstein se précipita au-dehors en direction du parking, mais il entendit l'aubergiste lui crier depuis le perron de son absurde établissement familial :

— Mais alors, monsieur, et l'entrecôte ? J'espère qu'on ne l'a pas préparée pour rien, hein, il a dit que vous l'aimiez bien saignante !

3.

On avait prévu une assiette pour Bouzid sur la table de la cuisine de Dounia, et après une demi-heure d'attente et une dizaine d'appels de Fouad à son oncle, Luna décida qu'elle avait trop faim et tout le monde se mit à manger. Sauf Rabia, qui, à peine réveillée, picora quelques lentilles et quitta la table en prétextant vouloir se reposer encore un peu. Quelques instants plus tard, elle revint dans la cuisine et demanda à Dounia si elle voulait bien lui lisser les cheveux avec son fer.

La question fit se retourner tout le monde, y compris Slim, qui fut le premier à réagir :

— Mais enfin, tatan, ils sont très bien tes cheveux comme ça !

Rabia regardait dans le vague, une zone anonyme autour du pied de la table. Elle plissa le menton et se força à sourire :

— Ouais, mais j'ai envie de changer un peu.

Son sourire se mua en grimace, et Dounia accepta de lui lisser les cheveux après manger. Elle hésita un instant au moment du café, et Fouad comprit qu'elle se retenait de sortir une cigarette, car elle en avait fumé une juste avant de se mettre à table. Slim prit un appel de Kenza sur son téléphone et expliqua à Fouad, quelques instants plus tard, que la situation avec sa mère s'était un peu arrangée, mais qu'elle avait été très touchée par la proposition qu'il lui avait faite.

— Que maman lui a faite, précisa Fouad.

Slim prétendit qu'il s'agissait d'un lapsus et se carra dans le meilleur fauteuil du salon pour regarder les infos. À côté de lui, Dounia et Rabia s'étaient mises en position : Dounia sur le canapé, jambes écartées pour pouvoir travailler confortablement sur la chevelure de Rabia assise sur la moquette, à ses pieds.

Le contact du fer à lisser et du cuir chevelu de sa tante firent sur Fouad une désagréable impression de désastre, mais là encore ce fut Luna qui intervint :

— Maman, franchement, t'abuses, dit-elle en croquant dans une pomme rouge. Tes beaux cheveux frisés, toutes les Françaises elles t'envient et toi tu vas tout gâcher ? Franchement, c'est n'importe quoi.

La résolution de Rabia était inentamable.

Fouad sortit pour appeler Jasmine. Elle ne répondit pas. Il se demandait quelle physionomie il allait donner à sa promenade lorsqu'il reçut un coup de fil du tonton Bouzid. Celui-ci parlait à voix très basse, il avait l'air malade. Il voulait voir Fouad seul à seul, dans un lieu public de préférence. Intrigué par ces mystères, Fouad lui fixa un rendez-vous dans une brasserie du centre-ville. Il y vit apparaître son oncle avec un gros quart d'heure de retard et la pommette gauche tuméfiée.

— Qu'est-ce qui t'est arrivé ? demanda Fouad. C'est les flics qui t'ont fait ça ?

— Non, non, rétorqua Bouzid dans un élan de sincérité, avant de s'apercevoir qu'il venait de manquer l'excuse idéale.

— C'est qui alors ? insista Fouad.

— Non, c'est rien. Désolé pour le retard hein, bifurqua Bouzid qui regardait de droite à gauche comme s'il s'impatientait déjà de ne voir venir aucun serveur. C'est de plus en plus dur de se garer dans cette putain de ville.

— Tonton...

— Non, s'emporta Bouzid, c'est tout à l'heure, là, dans le bus. T'sais qu'il y a eu des émeutes à Montreynaud ? Je passe en bus, là, sur les coups de midi, en sortant du poste, et qu'est-ce que je vois ? Trois gamins qui essaient d'ouvrir une bagnole avec un pied-de-biche ! Des gamins, hein, douze, treize ans à tout casser. J'arrête le bus, j'ouvre la vitre et je leur demande ce qu'ils font. Ils me disent d'aller voir ailleurs. Moi tu me connais, je me laisse pas marcher sur les pieds, je sors du bus, *zarma* pour leur faire peur...

— Et alors ? demanda Fouad qui pouvait facilement deviner la suite.

— Ben voilà, et alors voilà, ils me sont tombés dessus. Je te jure, je sais pas ce qui se passe avec cette génération. On n'était pas comme ça, nous. *Wollah* on n'était pas comme ça. On faisait des conneries, je dis pas, mais... Je te jure ces gamins on dirait qu'ils sont possédés, *wollah* c'est des vrais petits *shetan*.

Bouzid passa la main sur son crâne nu et demanda des nouvelles de Rabia. Fouad commençait à lui expliquer qu'elle était venue s'installer chez sa mère, que c'était pas facile mais qu'elle était bien entourée, quand Bouzid l'interrompit :

— Attends, excuse-moi… (il fit trembler sa main pour retrouver le prénom de son neveu) Fouad, tu veux pas qu'on aille au comptoir plutôt ?

Fouad prit sa grenadine et s'installa au comptoir à côté de son oncle. Celui-ci posa ses coudes sur le zinc et commanda un demi.

— Hé chef, chef ! interpella-t-il le patron en claquant des doigts, tu nous mets des cacahuètes aussi, hein. Avant d'ajouter à l'attention de Fouad mais sur le même ton agressif : Putain, le prix que ça coûte maintenant dans les bars, et en plus il faut demander les cahouètes, je te jure…

Fouad observa son oncle qui avait tout un rituel pour manger les cacahuètes : il en prenait un petit tas qu'il secouait longuement dans son poing entrouvert, avant de les gober d'un coup en versant la tête à l'arrière.

— Qu'est-ce qu'on disait alors ? Ouais, Rabia… Pff, je te jure… Mais moi je l'ai toujours dit, si t'es trop laxiste avec les gamins, ils te marchent dessus. Krim, il avait plus de père, y a des gamins comme ça, tu peux pas discuter, il faut juste leur foutre une bonne torgnole de temps en temps. Sinon ils te marchent dessus, la vie de la mémé, ils te marchent dessus, ces petits *shetan*…

Il aurait suffi à Fouad pour contredire Bouzid de lui rappeler qu'il n'avait pas eu d'enfants, que les choses étaient toujours plus faciles en théorie qu'en pratique. Fouad, en colère contre la colère de son oncle, alla jusqu'à former les mots dans sa bouche mais il préféra au dernier moment, rebuté par le goût fielleux que ces mots agitaient en lui, plonger les yeux dans le fond de son verre vide et conclure d'un tout aussi vide :

— Hé ouais…

— Bon, reprit Bouzid. Je crois que ça vaudrait mieux que Rab' et Doune, elles restent un peu à l'écart, tu vois. Un petit moment, histoire de pas faire de scandale. C'est pas que la mémé ou Rachida *zarma* elles lui en veulent, mais…

Il s'éteignit, toute pensée sembla avoir déserté ses yeux et son esprit.

— Sinon, tout le monde est reparti, reprit-il machinalement avant d'énumérer : Bekhi et Ayoub, Raouf, Kamelia aussi.

— Kamelia ?

— Ouais, confirma Bouzid. Voilà, on est plus que nous.

Nous les Stéphanois, comprit Fouad.

Fouad était devenu parisien ces dernières années, et il avait suffi d'un week-end pour qu'il réintègre la pesanteur poisseuse de ce nous.

— Plus que nous, répéta-t-il pour ne pas péter les plombs.

4.

Une heure à marcher sous le soleil abrutissant du centre-ville ne fut pas de trop pour apaiser Fouad après qu'il eut quitté son oncle. Il tomba la veste en passant devant la Cité du design et son monument de métal qui veillait sur l'ancienne manufacture. Ses pas le conduisirent bientôt vers l'hôpital Nord, où ne travaillait plus sa mère, mutée à l'hôpital Bellevue, au sud de la ville.

Il se demanda si Zoulikha et Ferhat recevaient des visites régulières et s'apprêtait à le vérifier par lui-même lorsqu'il fut saisi par la splendeur de la lumière diaphane qui embaumait le dessin des collines derrière et tout autour du complexe hospitalier. C'était une lumière qui n'existait pas à Paris, pas même à Lyon en vérité, une lumière qui semblait n'appartenir qu'au Sud et dont les collines boisées du Forez, pas encore méditerranéennes dans leur flore et leur végétation, constituaient pourtant une sorte d'avant-goût.

En laissant son regard se perdre dans les tapis de verdure ensoleillée à l'arrière-plan de la ville, Fouad crut même un instant avoir vu le même paysage lors de son voyage avec Jasmine dans le nord de l'Italie : le moutonnement sensuel des feuillages vert clair sur les flancs des collines, les peupliers hautains, alignés sur les crêtes que la vibration du lointain rendait mates mais qui ne brûlaient pas encore, comme ce serait le cas au retour de l'été.

Fouad redescendit la voie du tramway. Sans le faire exprès, et alors qu'il essayait d'éviter de focaliser sur Nazir – bloc de ruminations confuses et lourdes, écrasantes comme la pensée de la mort –, Fouad se retrouva à déambuler sur la colline de Saint-Christophe où se situait le collège-lycée privé où lui, ses frères et la plupart de ses cousins avaient étudié, à l'exception de Luna, qui était en sport-études à Tézenas-du-Montcel et de Krim, qui avait échoué au lycée technique Eugène-Sue.

Le sommet de cette colline couverte de pins était depuis quelques années coiffé par la grande mosquée de Saint-Christophe. Fouad emprunta les escaliers qui y menaient. Deux hommes en jeans clairs et blousons de cuir le suivirent à distance. L'un d'eux murmura dans le micro de sa manche :

— Et voilà, comme par hasard il va vers la mosquée de Saint-Christophe...

Le vent qui s'était levé avec les dernières heures de l'après-midi faisait pleuvoir obliquement des grains de pollen de couleurs diverses, jaunes, marron, rouges, bleues, qui mouraient sur des coins de trottoir où ils s'aggloméraient en petits tas solidaires et pourtant volatils.

La mosquée consistait en un immeuble de béton rose pâle, percé d'ornements orientaux et de dômes. Mais le plus remarquable dans cette mosquée était son minaret absent. Son célèbre minaret dont la construction avait été débattue, lancée, avortée, refusée, et dont il ne restait qu'un amoncellement de moellons assoupis dans la poussière. Avec ou sans muezzin, ce bâtiment aurait été le point culminant de Saint-Étienne, comme Fouad le vit en se tournant vers les six autres collines et les toits d'ardoise de la ville qui essayait tant bien que mal d'exister, de protester de sa réalité sous le soleil déjà déclinant qui éclairait semblablement des milliards d'autres toits sur la surface du globe.

Il s'assit à califourchon devant la voûte de l'entrée déserte et sortit une feuille de papier pour écrire une lettre à Jasmine. Ils – ce « ils » dont il ne savait rien mais auquel il avait choisi de croire pour expliquer le silence de sa bien-aimée – surveillaient sûrement son portable et ses e-mails, mais personne ne surveillait plus les boîtes aux lettres, personne n'écrivait plus de lettres, d'ailleurs.

Les hommes qui observaient Fouad à distance ne le voyaient que de dos. Cachés derrière les fûts des pins qui montaient vers la mosquée, ils expliquèrent au capitaine en charge du dispositif :

— Il s'est assis devant la mosquée, à califourchon.

— Et qu'est-ce qu'il fout ?

— Ben il prie apparemment, chef.

Fouad quitta bientôt la colline de Saint-Christophe et posta sa lettre ; il paya un supplément pour qu'elle arrive de façon urgente. L'employée lui adressa un sourire douloureux, que Fouad eut du mal à lui rendre tant il n'en comprenait pas la raison.

Il ne sentait plus ses jambes, et pourtant il marcha encore une heure, rageusement, pour fuir la pensée que Nazir avait passé les derniers mois à marcher dans la même ville, logeant dans la même maison, jouissant de la même lumière. La fuite de Fouad le conduisit jusqu'au stade Geoffroy-Guichard, et puis le long des terrains de foot et de rugby de l'Étivallière. Une autoroute encerclait le complexe sportif. Son bourdonnement rassurant polluait les échauffements balle au pied d'adolescents venus ici sans partenaires, et parfois sans ballon, mais convaincus de croiser au moins dix personnes dans le même cas, et de pouvoir ainsi faire un petit match sur une moitié de terrain.

Le gazon synthétique du terrain était avivé par le soleil de dix-huit heures. Fouad songea à Jasmine, il aurait voulu lui dire, ces longues étendues blondes, les ballons qui volaient dans la lumière rasante, les éclats de rire, les transversales irréprochables, « comme à l'entraînement », réalisées de l'extérieur du pied par des amateurs inspirés pas même pourvus de crampons.

Il fut soudain reconnu par le gamin le plus bavard de la bande, un de ces joueurs du dimanche qui ne remontent jamais en défense et ne trouvent leur plaisir qu'à recevoir le ballon pour marquer. Le gamin avait d'ailleurs physiquement l'air d'un *renard des surfaces* : un nez roublard, un peu retroussé, aux ailes malicieusement rétractées.

Un attroupement se forma autour de Fouad.

— Wesh cousin ! L'homme du match ! Le Coran de La Mecque respect...

Fouad portait ses vieilles Camper et un jean qu'il n'eut qu'à remonter jusqu'aux genoux pour le changer en short. Il joua jusqu'à ce que la boule du soleil ait disparu derrière l'autoroute, laissant dans son sillage comme une vapeur rose. Il resta essentiellement en défense, mais trouva de belles ouvertures et eut même droit, grâce au renard des surfaces qui s'était mis à jouer sur l'aile gauche, à une chevauchée héroïque où il dribbla quatre joueurs de l'équipe adverse et marqua un but en prenant le gardien à contre-pied.

5.

Quand il rentra en bus, exténué, il vit qu'il n'avait d'appels en absence que de Yaël et de quelques autres amis. Au pied de la montée Sommeil, il se souvint de la voix de Jasmine, et d'une question singulière qu'elle lui avait posée au tout début de leur relation, à l'automne dernier :

— Tu préfères une fille très belle avec une voix moyenne ou une fille moyenne avec une voix très belle ?

Fouad avait compris qu'elle se considérait comme moyenne ce jour-là, et qu'il y avait des raisons objectives à cela : son nez busqué, essentiellement, mais aussi ses canines un poil trop longues.

De retour chez sa mère, il monta dans la chambre où il espérait ne pas avoir à réveiller Luna. Il frappa un coup à la porte entrouverte : Luna était debout sur les mains, le corps parfaitement droit aligné contre le mur. À l'envers, son minois d'adolescente paraissait tendu, douloureux, aussi dur que ses abdominaux, dont son haut renversé permettait de distinguer les six paquets dessinés avec une incroyable netteté.

— Ben alors le petit singe… *tutto bene* ?

Luna souffla péniblement oui, avant de se lancer dans une série de pompes dans cette position surhumaine. Au bout de la cinquième, elle se laissa retomber, les jambes aussi droites que des lames de ciseaux.

— Tu sais que normalement j'avais une compète le mois prochain ? dit la jeune fille bouche tordue en signe de déception.

— Mais pourquoi tu dis « j'avais » ? l'interrogea Fouad assis sur le rebord du lit. Tu vas pas y aller ?

— Ben avec tout ça, non ! Comment je pourrais ?

Fouad se leva et prit sa petite cousine par les épaules :

— Écoute-moi bien, ma chérie, ça va rien changer au sort de Krim que tu ailles à ta compétition ou non. Par contre, si t'y vas pas, c'est comme si… Ce que je veux dire, c'est qu'il faut pas changer nos habitudes. Il faut mépriser les événements, ma chérie. Tu comprends, il faut mépriser les événements, être plus fort qu'eux.

Luna aima la formule mais n'en comprit pas le sens exact.

— En plus c'est la compète la plus importante de la saison. Si ça marche…

— C'est où ?

— À Bercy. Je vais peut-être, je vais même sûrement être prise en équipe de France junior, si ça marche. Tu te rends compte, ajouta-t-elle tandis que ses yeux brillants irradiaient l'ensemble de son visage, l'équipe de France, les jeux Olympiques, le vrai haut niveau, quoi ! Ce serait tellement le rêve.

— Je viendrai te voir, déclara Fouad. Je te le promets.

Luna leva les yeux sur son grand cousin. Il n'avait jamais aussi peu ressemblé à l'acteur de *L'Homme du match*. Pourtant la fatigue, la barbe de deux jours et les sourcils froncés le rendaient presque plus beau qu'à la télévision.

Luna enroula son bras autour du sien et ne dissimula pas l'immense fierté qu'elle éprouvait à faire partie de l'entourage proche, du premier cercle de sa célébrité de cousin. Elle voulut écrire à ses copines du Pôle qu'elles auraient dans les gradins un spectateur de marque le mois prochain. Mais aucune ne l'avait appelée depuis dimanche, pas même Chelsea, et Luna n'avait pas encore osé aller sur Facebook pour voir ce qu'elles pensaient de l'attentat – de peur que la liste de ses huit cent huit amis n'ait magiquement fondu en l'espace de quelques heures.

Au rez-de-chaussée, Rabia ne tenait pas en place. Elle s'obstinait à tout nettoyer de fond en comble avant le retour de Dounia. Quand Luna aspergeait d'eau la salle de bains qu'elle venait d'astiquer, elle se mettait de mauvaise humeur en disant :

— Et voilà, le je-m'en-foutisme dans toute sa splendeur !

— Mais c'est que de l'eau ! s'indignait Luna en se retenant d'ajouter l'« espèce de folle » qui lui brûlait les lèvres.

Fouad voulut lui parler tandis qu'elle faisait les vitres. Il se contenta de lui prendre la main et de lui murmurer un mot gentil. Ses cheveux désormais raides n'étaient pas désépaissis pour autant. Si Fouad comprenait qu'elle ait pu avoir envie de changer de tête, il ne l'admettait pas.

Il se rendit à la salle de bains pour se rafraîchir et vit les deux pinces du fer à lisser posé sur le couvercle de la corbeille à linge. Pour la première fois de sa vie, Fouad éprouvait de la haine à l'encontre d'un objet, un peu comme on déteste le coin de table où l'on s'est cogné le coude ou le bord de l'armoire contre lequel a buté notre pied nu.

Bien sûr, le fer à lisser n'avait pas fait souffrir Fouad, pas même directement Rabia. C'était pire : le fer avait fait du tort en ayant l'air de faire du bien. Ce n'était donc pas de la colère mais bien de la haine que Fouad ressentait contre ces pinces gainées de noir et conçues pour effacer l'un des stigmates les plus marquants de l'africanité…

Un coup de fil de Kamelia l'arracha à ces divagations. Très remonté, Fouad décrocha immédiatement et attendit qu'elle parle.

Elle commença par la mauvaise nouvelle, qu'elle avait dû partir ; elle reprenait le travail demain matin, les enquêteurs avaient noté les numéros et les adresses de tout le monde, mais les avaient autorisés à continuer leur train-train…

— Mais Fouad, dit-elle soudain et avec précipitation, je reviens vendredi. Je te jure, je veux pas que les tatans, elles croient qu'on les abandonne.

— C'est pas à moi qu'il faut le dire, s'impatienta Fouad. Appelle-les.

— Je vais le faire, répondit sa cousine. J'allais le faire de toute façon. Je voulais juste te dire, je suis…

De votre côté, c'est ce qu'elle voulait dire. Mais c'était avouer qu'une guerre civile était devenue inévitable au sein des Nerrouche, et il en va de certains mots comme de ces prophéties qui se réalisent quand on les a formulées : parler d'une rupture entre Rabia et Dounia et le reste de la famille, c'était l'opérer.

Devant l'affolement de Kamelia, Fouad ne put tenir longtemps sa résolution de dureté. Il la remercia de son coup de fil et lui dit qu'il trouvait très courageux de sa part de revenir à Saint-Étienne en fin de semaine – exactement ce qu'elle avait besoin d'entendre, exactement ce qu'il trouvait dégoûtant d'avoir à lui dire.

6.

Slim donna rendez-vous à son grand frère à la Taverne de Maître Kanter, sur la place de la gare. Il voulait lui parler de quelque chose, et Fouad eut la surprise de voir Kenza patienter avec lui autour d'une des trois tables métalliques de la terrasse encore ensoleillée. Fouad salua Kenza chaleureusement. Sa petite belle-sœur portait une robe d'été à fleurs, surmontée d'un gilet noir à manches longues. Avec son menton en galoche et sa physionomie de fillette, Fouad ne l'avait jamais trouvée désirable. Mais ce soir-là – la chaleur sans doute, et le fait qu'il n'avait pas vu Jasmine depuis presque trois jours –, il se surprit à devoir réprimer des regards qu'elle aurait pu interpréter, pour peu qu'elle soit paranoïaque, comme ambigus.

Slim sautillait sur sa chaise, croisait et décroisait les jambes. Fouad lui demanda pourquoi il était si agité. Slim mit sa main sur celle de Kenza et aspira une ostensible bouffée d'air :

— Fouad, il faut qu'on te parle de quelque chose.

Kenza regardait le cendrier où s'écrasaient les rayons obliques du couchant.

— Ça fait un petit moment que j'y pense, et voilà : j'ai décidé d'arrêter mes études. C'est pas pour rien faire, hein, au contraire. Avec Kenza, on s'est dit que c'était une bonne chose de prendre un petit appartement à Lyon. Mais pour payer le loyer, il faut que j'aie un travail, tu vois. Je veux dire... On peut payer la caution avec l'argent du mariage, mais il faut penser à après, tu vois.

— Slim, dit Fouad en passant la main sur sa nuque chevelue.

Il ne voulait pas mettre Slim mal à l'aise devant Kenza – mais Slim avait évidemment demandé à Kenza d'être là pour que Fouad ne puisse pas le mettre mal à l'aise.

— On y a réfléchi, Fouad, on a même fait un plan, un budget, tu vois.

Il tira un bout de papier de la poche de son jean.

— Attends, Slim, écoute. Déjà, c'est pas le moment de penser à ça. Et si... Je vais te dire, je pense que c'est une bonne idée que vous preniez un appartement, mais enfin quelle idée d'arrêter tes études ?

— Mais Fouad, ça va m'amener nulle part, une fac de socio ! Tout le monde le dit, c'est une usine à chômeurs, la fac. Ça sert à rien, je vais pas attendre cinq ans avant de devenir prof ou je sais pas quoi. Et puis le marché du travail...

— Mais enfin, Slim, réfléchis un peu, si tu arrêtes tes études, tu vas faire quoi de ta vie, de ta vie au sens large ? Même si tu trouves un petit boulot...

— Il a déjà trouvé un job dans une pizzeria, intervint Kenza d'une voix de porcelaine. Et moi, je vais prendre un petit boulot à côté de la fac.

— Mais très bien, rétorqua Fouad, il faut que tu fasses ça aussi, Slim. Tu restes à la fac et tu prends un boulot à côté.

Slim sentit que si sa résolution ne s'effritait pas, le débat lui échappait indéniablement. Il se mordilla les lèvres et porta sa main à son menton, comme pour se donner l'assurance d'un adulte, ou à tout le moins de quelqu'un qui a beaucoup réfléchi à son sujet :

— Mais j'en ai marre de la socio, Fouad, ça me passionne pas. Il avait raison, Chaouch, il faut faire ce qui te passionne dans la vie.

— Bon eh ben voilà le vrai sujet, c'est par ça qu'il fallait commencer.

— Putain mais c'est pas possible, s'énerva son petit frère, on dirait Nazir, je te jure. Pourquoi tu me soutiens pas, au lieu de m'humilier ?

Fouad resta bouche bée.

— Tu déraillles, Slim, en quoi je t'humilie ? Je te dis juste que tu triches : si tu veux arrêter la fac parce que tes partiels ont pas marché (Slim décroisa brutalement ses jambes en entendant la vérité que venait de deviner son grand frère), fais pas croire que c'est pour assumer des responsabilités que…

Fouad s'interrompit, s'il allait plus loin, Slim allait se sentir pris en défaut vis-à-vis de Kenza. Celle-ci avait le regard braqué sur le cendrier. Elle prit la main de Slim, et Fouad eut l'impression que dans ce geste ferme et presque maternel pouvait se lire une forme de supériorité et même d'influence sur son jeune mari. Mais l'instant d'après, il la vit lever un regard implorant sur le profil de Slim, et Fouad pensa alors que l'asymétrie jouait en sens inverse.

Au bout du compte, ils étaient peut-être à égalité. Comme ses propres parents avaient été à égalité. Comme ceux de Krim. Il y avait une première similitude entre le destin des aînés et celui de Slim et Kenza : ils s'étaient mariés trop jeunes. Mais Dounia et Aïssa, comme Rabia et Zidan s'étaient aimés intensément et dans la durée – littéralement jusqu'à ce que la mort les sépare.

Gêné par cette analogie et par la naïveté criante du jeune couple, Fouad prétendit qu'il avait des choses à faire en ville :

— On en reparlera de toute façon, conclut-il avant d'embrasser son frère.

Il le saisit énergiquement par la nuque et ajouta à voix basse :

— Ne prends pas de décisions hâtives, pas en ce moment, pas avec tout ce qui nous arrive. D'accord ?

Slim remua ses lèvres boudeuses et répondit avec une intonation d'enfant :

— D'accord…

7.

En rentrant, Fouad se sentit gagné par le désespoir à la pensée que son frère allait peut-être arrêter ses études pour travailler dans une pizzeria. Les générations se suivaient et se ressemblaient donc.

Fouad passa mentalement en revue les visages de Bouzid, de sa mère, de Rabia, de Ouarda, de Bekhi, de Rachida, même de son tonton d'Algérie, Moussa, dont la rumeur disait qu'il allait peut-être venir en France dans les prochains jours. Aucun des enfants de la mémé n'avait gagné suffisamment d'argent pour envisager la retraite sereinement, comme une sorte de récompense. Aucun n'avait gagné suffisamment d'argent pour acquérir un bien immobilier en France. Seule la mémé avait acheté une maison – à Bejaïa, en Algérie, où elle se rendait une fois par an et qu'elle refusait de louer le reste de l'année, de crainte de ne pouvoir déloger au retour de l'été des occupants théoriquement provisoires.

Ses oncles, ses tantes, sa mère : tous avaient sacrifié leurs vies pour que celles de leurs enfants soient meilleures. Pari que Fouad finissait par trouver irrationnel à force d'en interroger le sens. Et puis les événements ne l'aidaient pas. La famille Nerrouche, pile cinquante ans de présence en France :

Les parents se saignant à blanc pour les enfants – les enfants arrêtant leurs études pour travailler dans des pizzerias.

Les parents refusant de jouir des plaisirs de la vie de couple pour que leurs enfants soient aussi bien habillés que leurs camarades de classe – les enfants tirant à bout portant sur des hommes politiques…

Assommé par les kilomètres qu'il avait avalés cet après-midi, il marcha au ralenti le long de la rue de sa mère, au bord de l'eau pailletée de soleil que les éboueurs faisaient jaillir dans les canalisations du quartier. Ces menus torrents qui assainissaient la ville nettoyaient également ses pensées. Mais il vit soudain une silhouette à quatre pattes au bord du trottoir, les mains dans le caniveau pour s'y ablutionner.

Dans la lumière poussiéreuse, floutée par la chaleur, ce corps misérable ressemblait à s'y méprendre à celui d'une bête.

Fouad s'éloigna du rebord du trottoir mais la tête de la bête se tourna, révélant un visage horriblement tuméfié, encore sanglant au niveau des pommettes. C'était un de ces Roms qui hantaient le centre-ville depuis quelques mois, mais Fouad avait l'impression de l'avoir déjà vu ailleurs. Il se leva sans cesser de fixer Fouad de son regard effaré et douloureux.

Fouad comprit qu'il allait l'aborder mais ne ressentit aucune crainte : il avait une carrure de moineau et son épaule paraissait déboîtée.

Il baragouina quelque chose dans sa direction. Fouad inclina la tête pour lui demander de répéter. D'une voix qui occupait exactement la ligne de partage des eaux entre les deux sexes, le Rom répéta :

— Tu es frère de Slim. Je sais. Je vu tu es frère de Slim.

Fouad avança dans sa direction et lui demanda de répéter.

— Lui doit mille euros moi. Si donne pas mille euros demain après-midi moi pas normal. Dis ça à Slim.

Fouad voulut lui demander des précisions mais le Rom s'éloignait déjà.

Il n'osa pas le suivre et s'arrêta au guichet d'une banque où il découvrit la somme exacte qui avait été prélevée avec sa carte un peu plus tôt dans la journée, ce lundi 7 mai à treize heures quarante-huit, s'il en croyait le relevé : mille cent euros. Il se souvenait maintenant d'avoir donné sa carte à Slim pour qu'il fasse des courses, et Slim la lui avait rendue avec son air d'avoir quelque chose à se reprocher. Mais comme il l'avait presque tout le temps, cet air, Fouad n'y avait pas prêté plus d'attention.

Il décida enfin, après un quart d'heure de réflexion – un quart d'heure pour étouffer sa colère, en vérité –, de déchirer le relevé de ses dernières opérations et de n'en parler à Slim que s'il abordait le sujet en premier.

8.

Les serviettes suspendues à la porte de la salle de bains formaient une sorte de capiton moelleux et protecteur : Rabia, qui s'était réfugiée sur le bidet, n'avait pas besoin de couvrir ses oreilles pour ne plus entendre les bruits de la maison. Elle massait néanmoins ses tempes, comme pour effacer les pensées empoisonnées qui frétillaient dans son esprit. Les quelques coups que Fouad donna bientôt à la porte lui firent craindre un nouveau désastre. Elle ne répondit pas, attendant la prochaine salve.

Fouad colla son oreille à la porte et frappa trois fois, de moins en moins fort :

— Tatan, tout va bien ?

Plus le ton était doux, plus il pénétrait l'attention de Rabia à la façon d'une bruine glacée.

— Oui, oui, t'inquiète, mon chéri.

Elle sentit qu'il n'avait pas quitté le couloir.

— Tu veux pas sortir, tatan ?

— On n'était pas préparés, dit alors Rabia d'une voix un peu plus pleine. On nous a jamais préparés pour ça.

Fouad espérait qu'elle n'allait pas se remettre à pleurer. Il posa délicatement sa main sur la porte fermée.

— Personne est préparé pour ça, tatan.

La porte s'ouvrit tout à coup sur les hautes et belles pommettes de Rabia. Elle n'avait pas pleuré, son regard était stable, résolu, presque sec.

— Je vais sortir faire un tour, dit-elle en précédant son neveu dans le couloir.

— Tu vas pas loin ? s'inquiéta Fouad. L'avocat dit qu'il faut éviter les journalistes, tu sais…

— Je dois aller au cimetière, expliqua Rabia.

— À Côte-Chaude ? Non, non, tatan, c'est à l'autre bout de la ville, c'est vraiment trop loin… franchement…

— J'ai besoin…

Comme elle n'osait pas parler de la tombe de son mari, Fouad la devança :

— Je comprends, bien sûr. Mais…

— Je peux pas, Fouad, j'étouffe… Je vais juste faire un petit tour, trancha-t-elle. Promis, je reste dans le quartier.

Et c'est ainsi que les policiers en civil de la SDAT chargés de filocher Rabia reçurent un coup de fil de l'équipe qui ne lâchait pas Fouad d'une semelle. Le long de la rue qui montait vers un cimetière, deux voitures suivirent Fouad qui suivait sa tante. Et à la tête de cette procession en pointillé, il y avait donc Rabia, dont la chevelure défaite, moins vivante depuis qu'elle était lisse, ondoyait légèrement au vent qui l'enveloppait d'écharpes fugitives.

Au sommet de la colline, un parc oblong cernait les murailles de ce cimetière. Aucun de ses morts ne l'y attendait. Rabia frémit, croisa les bras et continua d'avancer dans la dramatique semi-obscurité de cette poignée de minutes où le soir était tombé sans que les réverbères aient encore été allumés.

En contrebas du square, sur le trottoir d'en face, Fouad étudia l'hésitation de sa tante qui s'était arrêtée devant le portail ouvert du cimetière, au milieu du chemin de gravier ocre, bordé d'arbres, de bancs en béton et de lampadaires éteints.

Une poussière rouge montait vers les frondaisons des platanes, emportant avec elle l'ombre de Rabia, son ombre légère qui l'avait hissée jusqu'au sommet de la colline, mais lui laissant ses doutes, ses souvenirs, sa honte et son désespoir.

Elle entra au moment où les ampoules des réverbères commençaient à palpiter sous leurs cuirasses. Les tombes défilaient ; sur les marbres, Rabia relevait parfois les dates insensées de morts n'ayant vécu que dix ans. Il y avait eu une époque, peu après la mort de son mari, où tout était bon pour éteindre le feu, notamment la comparaison avec des destins plus funestes. Maintenant ça ne marchait plus, et ce cimetière en constituait la preuve irréfutable : on mourait seul, aussi seul qu'on avait vécu. Les maisonnettes mortuaires surmontées d'un dérisoire « Famille quelque chose » n'y pouvaient rien, pas plus que les cénotaphes monumentaux et les caveaux ornés de décorations florales et percés de lucarnes amoureusement ouvragées.

Perdue parmi ces tombes étrangères, Rabia aurait voulu les serrer dans ses bras, ceux qu'elle appelait *ses morts*. Son père, son mari. Krim qu'on lui avait arraché venait s'ajouter à la liste. C'était intolérable. Rabia pensait au moment où il serait à nouveau avec elle ; mais l'avenir n'existait plus, et quand elle essayait d'appréhender ces scènes de joie et de retrouvailles, elles détalaient immédiatement, comme des lapins de fumée.

Au bout du cimetière, relié au reste par un mauvais chemin de dalles, le carré musulman déployait ses tombes aux sommets arrondis. Rabia se souvint d'une visite que lui avait faite Nazir, deux ans plus tôt, soit trois ans après la mort de Zidan. Il l'avait conduite au cimetière de Côte-Chaude et, tandis que Rabia convoquait muettement les plus beaux épisodes de la vie de son mari, Nazir s'était insurgé devant la misère et l'étroitesse du carré musulman. Rabia avait expliqué à son neveu que la sobriété était de toute façon de mise pour les tombes musulmanes. Mais Nazir n'avait rien voulu entendre ; lui qui se maîtrisait si bien d'ordinaire, et paraissait n'avoir jamais été dominé par aucun sentiment, avait ce jour-là désigné d'un doigt tremblant les marbres et les sculptures des tombes chrétiennes, et avait lâché une phrase terrible dont Rabia ne se souvenait que maintenant, dans cet autre cimetière qui avait des airs de bout du monde :

— Même morts, ils nous font sentir qu'ils veulent pas de nous…

Rabia sursauta et fit volte-face : une ombre arpentait le chemin qui menait au carré musulman.

Ses jambes s'alourdient. Elle eut à nouveau la sensation du verre de grenadine qu'elle avait lâché quand Mouloud Benbaraka avait pénétré chez elle.

Le soulagement qu'elle éprouva en découvrant que cette ombre n'était que Fouad la fit presque sourire. Son petit neveu l'embrassa et la conduisit loin des fantômes.

— On adorait les éléphants, dit-elle soudain d'une voix songeuse. Zidan et moi… on voulait aller en Afrique un jour, pour voir un cimetière d'éléphants…

Fouad ne savait pas quoi dire.

— On croyait qu'on allait vieillir ensemble, poursuivit Rabia, avant d'ajouter, sans regarder son neveu, et sur un ton qui n'était même pas interrogatif : tu vas rester, hein, tu vas pas nous abandonner, toi aussi, hein…

Chapitre 8

GÉNÉRATION CHAOUCH

1.

Des poils cernaient la bouche envahie de tubes du président élu. On lui avait enlevé une partie des bandages et il se passait quelque chose d'étonnant et de terrible : en reprenant forme humaine, son visage, à cause de ces joues semées de poils ras, se mettait à ressembler à celui d'un autre. Jasmine ne l'avait en effet jamais vu, depuis sa petite enfance, laisser sa barbe pousser plus d'une matinée.

Une infirmière entra. Jasmine la regarda longuement avant de lui demander :

— On peut lui parler ? en désignant le corps immobile de son père.

L'infirmière répliqua :

— Il *faut* lui parler !

— Mais il comprend ?

Un air de compassion clinique passa dans son regard :

— Ah ça, on peut pas savoir, mademoiselle.

L'infirmière sortit, Mme Chaouch entra dans la pièce.

— On a retrouvé ton portable, au fait. Tu l'avais oublié chez toi, ma puce.

Jasmine le récupéra et se rua sur la liste de ses appels en absence. Il n'y en avait aucun de Fouad.

— Qu'est-ce que vous avez fait ? demanda Jasmine.

— Qu'est-ce qu'on a fait ?

— Pourquoi j'ai aucun appel de Fouad ?

— Ma chérie, tenta Esther Chaouch, c'est dur mais il faut que tu te fasses à l'idée que Fouad est peut-être, je dis bien peut-être (elle respira et ferma les yeux), lié à tout ce qui nous arrive…

Jasmine sentit sa mâchoire craquer en se retenant de couvrir sa mère d'insultes.

— Tu devrais rentrer, Jasmine…

Elle avait essayé d'adoucir sa voix mais ses yeux étaient encore marqués par la dureté de sa conversation précédente avec Vogel et Habib. Jasmine avait cru comprendre que les manœuvres en coulisse prenaient un tour défavorable à son père. Personne ne lui en disait rien, bien sûr, mais il était probable que Françoise Brisseau, arrivée deuxième aux primaires, soit en passe de redevenir la nouvelle femme forte du PS.

Dans la lutte entre les partisans de Chaouch et ceux qui avaient décidé qu'il ne se réveillerait pas, Esther Chaouch s'était hissée en première ligne. Et Jasmine n'était pas rassurée à l'idée que sa mère se jette corps et âme dans ces combats. C'était une universitaire, pas une politique : elle risquait de se faire bouffer par ces piranhas qui la considéraient comme une Première dame imaginaire, avec en sus le respect hypocrite dû à une presque veuve.

Jasmine traversa le couloir bruissant de conversations téléphoniques étouffées. Dans la cour pavée, elle fut stupéfaite de voir descendre d'une voiture grise Valérie Simonetti. Elle portait un tailleur terne, c'était la première fois que Jasmine la voyait comme ça, sans oreillette, sans coups d'œil à droite à gauche. Elle paraissait désœuvrée.

Tant d'émotions contradictoires se mêlèrent dans la tête de la « Première fille » qu'elle resta immobile sur le perron.

— Mademoiselle Chaouch… commença Valérie Simonetti.

— Valérie, l'arrêta Jasmine d'un geste de la main. Vous venez voir mon père ? Il est en haut. J'ai appris qu'on vous avait mise à pied, et que… qu'on ne peut rien y faire. Mais… je veux vous dire que je trouve ça pas normal.

— Mademoiselle, je…

Mais encore une fois Jasmine l'arrêta et lui offrit un sourire qui valait tous les pardons. Cependant il se produisit une dernière chose sur le perron soudain encombré de ce bâtiment du Val-de-Grâce, que Jasmine ne comprit pas et qu'elle oublia immédiatement après, mais qui sur l'instant lui causa un léger malaise : Valérie Simonetti debout sur l'avant-dernière marche dépassait encore d'une tête Jasmine qui se tenait sur la plus haute ; une ombre traversa le regard céruléen de la garde du corps qui vit apparaître quelqu'un à l'arrière-plan, dans l'encadrement de la porte.

Jasmine fit volte-face ; il n'y avait personne de suspect, personne dont la présence aurait justifié un tel regard méfiant. Seul Aurélien Coûteaux se tenait derrière elle – le plus jeune des officiers de sécurité de son père, qui avait échappé à l'enquête de la Police des polices et qu'on avait affecté à la protection rapprochée de Jasmine dont il connaissait déjà les habitudes et avec lequel elle avait toujours affirmé n'avoir aucun problème.

2.

Parce qu'il y avait eu, pendant la campagne, tout un mélodrame entre Chaouch et sa fille, qui ne supportait pas d'être soumise à une protection même très discrète. Elle avait dû s'y résoudre mais ne cachait pas sa détestation de ces flics d'élite qui la suivaient partout où elle allait : au café, à l'Opéra, faire son jogging le long du canal Saint-Martin, rouler en Vélib' jusque chez Fouad, place d'Aligre dans le XIIe. Les colosses en costume sombre avaient gâché certains de ses moments les plus doux avec Fouad. Coûteaux au contraire pouvait passer, grâce à son jeune âge, son style assez décontracté, et cette sorte de timidité, d'humanité dans le regard, pour un copain un peu pot de colle.

Il était assis à côté d'elle sur la banquette arrière tandis que la voiture remontait la rue Saint-Jacques.

Jasmine regarda longuement son visage au nez pointu qui jaillissait sur le ciel mauve et violet du crépuscule.

— Et vous, lui demanda-t-elle soudain, vous pensez qu'il va se réveiller ?

Coûteaux débrancha son oreillette et se tourna vers Jasmine, sans toutefois pousser le mouvement jusqu'à croiser son regard. Jasmine eut soudain l'intuition que ce qu'elle prenait pour de la timidité était une simple technique qu'on leur apprenait à l'école de gardes du corps : ne jamais regarder dans les yeux la personne qu'on est payé pour protéger de son propre corps, si une balle est tirée dans sa direction.

Coûteaux répondit d'une voix anonyme :

— Oui, oui, bien sûr, mademoiselle.

Et, comme conscient de l'insuffisance de sa formule, il ajouta à voix basse, après avoir jeté un coup d'œil dans le rétroviseur de gauche :

— Vous savez, beaucoup de gens prient pour lui.

Jasmine aussi voulait prier pour lui. Mais elle ne croyait pas en Dieu. De même qu'elle voulait appeler Fouad. Ce qu'elle ne pouvait pas non plus faire, persuadée, après avoir remarqué la gêne de sa mère quand elle lui avait rendu son portable, qu'elle avait été mise sous surveillance et que de grandes oreilles de policiers casqués n'attendaient que le moment où elle allait céder : descendre jusqu'à la lettre F de son répertoire et raconter des choses intimes à son amoureux, des choses innocentes que leurs cerveaux soupçonneux chercheraient à utiliser contre lui…

La voiture emprunta un itinéraire inhabituel : un attroupement s'était formé au début du canal Saint-Martin, où se trouvait l'appartement de Jasmine. Depuis le drame, elle insistait pour rentrer chez elle au lieu d'accepter l'invitation de sa mère, réitérée dix fois par jour, de venir loger quelque temps dans leur résidence secondaire des Yvelines. Il fallait maintenir, répondait systématiquement Jasmine, l'illusion que la vie continuait.

Quand elle fut enfin chez elle, elle se laissa tomber sur le canapé et alluma la télé. Les infos commençaient sur la 2, elle zappa et tomba sur *L'Homme du match*, un épisode inédit duquel elle ne put détourner son regard, sachant qu'il ne pourrait se passer plus d'une minute avant que ne surgisse le visage de Fouad. L'attente fut plus longue que prévu et Jasmine commençait à se demander s'il était même concevable que sa présence ait été gommée à cause de l'attentat, lorsqu'enfin il apparut, avec son visage clair, ses yeux qui se plissaient presque complètement quand il souriait, sa nuque vigoureuse et sa voix pleine et douce.

Jasmine monta le son et prit son iPhone.

— Mais pourquoi il m'appelle pas, *lui* ?

Elle descendit jusqu'à « Fouad ». Se souvenant du jour où ils s'étaient rencontrés, à la terrasse d'un café vers Pigalle. Fouad en bras de chemise, sa chemise de bûcheron à carreaux rouges, qui prenait le soleil en lui lançant des coups d'œil discrets. Jasmine se disputait avec le fils du bras droit de son père, Christophe Vogel, qu'elle fréquentait depuis deux mois et qui lui reprochait d'être trop casanière. Elle portait ce jour-là un slim indigo, des bottines sans lacets et un haut gris souris à manches longues, qui moulait sa poitrine agréablement galbée. Christophe, assis sur le tabouret de leur table haute, se forçait à chuchoter – et finissait par faire plus de bruit que s'il avait parlé normalement.

La façon dont Fouad lui avait raconté cette même scène n'était pas tout à fait tendre pour Jasmine : il lui avait dit qu'elle passait son temps à se contorsionner, les mains sur les hanches, et que de temps à autre son visage s'éclairait, mais qu'alors, dans ces sourires, sa fraîcheur se faisait jour en même temps qu'une sophistication un peu bourgeoise.

— Bourgeoise ? s'était indignée Jasmine.

Ils sortaient ensemble depuis déjà deux mois à ce moment-là.

— Disons un peu polie, un peu forcée, quoi. Hypocrite, tu vois.

Fouad ne voulait pas lui faire de mal, mais au lieu de se déjuger, fidèle à la sincérité profonde de sa nature, il était allé au fond de son impression :

— C'est ça, j'ai trouvé : c'est la fausse désinvolture. Comme tu te déhanchais, c'était faussement désinvolte. Comme toutes ces filles BCBG, t'avais pas l'air très naturelle, c'est tout. Et puis après… j'ai vu.

Mais en fait il avait « vu » bien avant, dès le premier contact. Dès que Christophe était parti furieux et que Jasmine s'était avancée vers la table de Fouad, le sourire au coin des lèvres, lui demandant simplement, tête penchée :

— Rony ?

Elle attendait réellement « Rony » à Pigalle, un journaliste qui travaillait pour un magazine musical et qu'elle n'avait jamais vu. Fouad l'avait compris et, comme il était ce jour-là d'humeur facétieuse, il avait répondu d'un air faussement surpris mais vraiment charmé, en se montrant aussi gai et chaleureux que s'ils se connaissaient depuis toujours :

— Oui, c'est moi.

— Rony, de *Diapason* ? Je suis Jasmine Chaouch… pour l'interview ?

— Oui, oui, je vous attendais. Mais on peut se dire tu ?

Et Jasmine y avait cru pendant au moins vingt minutes, se laissant poser des questions sur la musique baroque par un imposteur avec lequel elle devait finir par passer les deux heures et les quelque huit mois suivants.

Jasmine interrompit soudain le cours de ses souvenirs. Derrière l'un des platanes qui lui cachaient la vue du canal, elle crut apercevoir la flamme d'une bougie. Une rumeur montait depuis la rue, elle ouvrit la fenêtre et entendit des exclamations admiratives. Ce dont elle s'aperçut en changeant de fenêtre, c'est que ce n'était pas une bougie mais une flottille de bougies, des dizaines, des centaines de bougies qui descendaient le long du canal, maintenues à flot par des bouées rouges en forme de coupoles.

La vision de ces flammes dans l'air crémeux du soir lui fit monter les larmes aux yeux.

Il n'y avait presque pas de vent, pas une pique d'air pour troubler les frondaisons des arbres, et des bougies, par milliers en vérité, recouvraient toute la surface du canal, sur des dizaines de mètres, entourées d'un cortège de badauds sur chaque rive, dont Jasmine vit avec retard qu'ils portaient eux aussi des bougies, des briquets, et certains – sans doute les instigateurs de la manifestation – des T-shirts blancs à l'effigie de son père.

3.

L'image fit le tour du monde. On la vit sur CNN, sur CCTV, sur al-Jazeera, sur les chaînes russes, anglaises, brésiliennes. On la présenta comme un contrepoint inattendu aux violences urbaines : les flammes des bougies contre celles des cocktails Molotov. Pendant toute une soirée, il sembla que la France était vraiment devenue le centre médiatique du monde : son président dans le coma, son peuple défilant comme pour l'aider à ne pas sombrer dans l'autre monde.

À Saint-Étienne, Fouad vit une jeune femme sur LCI, en T-shirt blanc flanqué du visage de Chaouch et de l'inscription GÉNÉRATION CHAOUCH, qu'on interviewait sur le sens et l'origine de cette manifestation. Elle expliquait avec ses grands yeux de biche que ça n'avait rien à voir avec le Parti socialiste, même si certaines personnes qui avaient participé à la campagne – dont elle – étaient présentes. L'idée du cortège avait été lancée concomitamment sur Facebook et Twitter, quelques dizaines de personnes s'étaient rassemblées au début, mais le bouche-à-oreille avait fonctionné très vite, on attendait encore des gens, tous les Parisiens étaient appelés à les rejoindre pour manifester leur soutien au président et à sa famille. « Allez, venez ! » concluait-elle avec un regard ardent mais un poil trop habile.

Fouad posa la télécommande et grimpa les escaliers quatre à quatre. Il ouvrit les portes en grand et encouragea tout le monde à le retrouver dans le salon. Au moment où Slim passait devant lui, Fouad faillit l'arrêter par l'épaule pour lui demander des explications sur le travelo rom. Ça attendra, conclut-il devant le visage enthousiaste de son petit frère.

Arrivés en bas, Slim et Luna furent ébahis par l'image que diffusait LCI en boucle avec le plateau de cette énième édition spéciale en médaillon. Dounia et Rabia qui écoutaient de vieilles chansons dans l'autre chambre suivirent et furent elles aussi très émues. Fouad encercla l'épaule de Rabia et se contenta de sourire en regardant l'écran. Il espérait que la vision de ces milliers de bougies suffirait à remettre un peu de baume au cœur de sa tante, mais ce ne fut pas le cas. Après avoir pris la télécommande et zappé sur les chaînes internationales, elle fut prise d'un coup de blues et se mit à sangloter.

— Mais ça va aller, Rabia, la rassura Fouad en prenant sa tête contre sa poitrine, ça va aller, tu vas voir.

Rabia acquiesça et laissa passer dix secondes avant de se rebeller :

— Mais quoi ça va aller ? Qu'est-ce que tu racontes ça va aller ? Non mais dis, ça veut dire quoi ça va aller ? Dis-moi !

Dounia fit signe à Slim et Luna de remonter à l'étage. Fouad essaya de réconforter Rabia mais toute sa physionomie semblait avoir changé depuis que ses cheveux étaient raides : elle n'avait plus envie de se laisser faire.

— Pourquoi est-ce que j'ai pas le droit d'appeler mon fils ! hurla-t-elle soudain, imposant le silence autour d'elle et dans tout le voisinage. Comment ? De quel droit ils m'empêchent d'appeler mon fils ?

— Szafran pense que tu pourras sûrement l'appeler dans deux jours. À la fin de sa garde à vue...

Rabia resta bouche ouverte, scandalisée. Son visage était ravagé par les larmes.

— Deux jours, et après ils vont me dire quoi ? Dix jours ? Deux mois ? Non, je m'en fous, je veux l'appeler tout de suite. Fouad, *raichek* Fouad trouve-moi le numéro de l'inspecteur le *rhla*, là, celui qui nous a interrogés.

— Ça sert à rien, tatan, ça sert à rien de...

— Fouad tu sais ce qu'elle m'a dit ?

— Qui ? De qui tu parles, tatan ?

— D'Annie ! La femme dont je garde les enfants. En rentrant du cimetière je l'appelle pour lui demander... lui demander comment ça va, comment vont les petits, elle me dit que c'est plus la peine de m'embêter pour ça, qu'ils vont plus avoir besoin de moi. T'sais ce qu'elle dit ? T'sais ce qu'elle dit, cette pouffiasse ? Que Jean-Michel et elle, ils ont pris leur grand-mère chez eux, à la maison, et que comme elle a rien à faire, *zarma* elle insiste pour s'occuper des gosses elle-même. Tu te rends compte ? J'entendais les gamins pleurer derrière, dire « Rabia, Rabia ». Je peux même pas les… les voir une dernière fois…

Dounia revint dans la pièce et posa elle aussi sa main sur l'épaule de Rabia. Mais c'en fut trop pour Rabia : toute cette sollicitude, comme un vain rappel que la lumière avait jadis existé dans sa vie. Au lieu d'exploser en sanglots, elle se laissa tomber au sol, lentement, dramatiquement, pleurant des larmes silencieuses qui lui venaient par à-coups réguliers, d'une source semblait-il intarissable.

— Pleure, pleure, ma chérie.

Dounia caressait la tête de Rabia, retenait ses propres sanglots, encourageait ceux de sa sœur. Elle savait y faire. Mais pas Fouad qui pour la première fois craqua et se mit à pleurer : devant l'immensité de la détresse de sa tante préférée mais aussi, peut-être, à cause de l'espérance, de la folle espérance qu'avait éveillée en lui l'image de ce tapis flottant diapré de flammes et d'illusions.

4.

Depuis la fenêtre du studio de son cousin à Ivry, Gros Momo avait une vue panoramique sur la capitale, ses tours majestueuses et ses toits qui scintillaient d'or et d'argent. Malgré le stress qui l'empêchait de sortir et d'avaler les barquettes de frites de Djinn, Gros Momo se sentait privilégié de pouvoir promener ses jumelles sur le Sacré-Cœur et la tour Montparnasse.

Certes ils étaient lointains, les monuments, mais au moins ils étaient là ; et pour le « petit » Stéphanois qui n'avait jamais voyagé au-delà du stade de Gerland (et encore, pour y casser des supporters lyonnais), les doléances des banlieusards franciliens apparaissaient comme des jérémiades sans fondement : comment pouvait-on se plaindre, avec une vue pareille ? À aucun moment il ne lui venait à l'esprit que cette capitale panachée de prestiges, et si superbement proche, était en réalité plus éloignée depuis ce mauvais côté du périphérique que depuis les rives tranquilles et ennuyeuses de sa Loire natale.

Bien sûr Djinn était là pour le lui rappeler :

— À quoi ça sert *zarma* de voir la tour Eiffel depuis la fenêtre si, quand tu veux y aller pour de vrai, tu te fais emmerder dix fois de suite par les condés ?

Dès le lendemain de son arrivée, Djinn finissait par s'énerver rien qu'en voyant son gros cousin de province planté devant cette baie vitrée.

— Wesh Momo, viens voir deux minutes, faut que je te parle d'un truc.

En bon « Parisien », Djinn avait toujours quelque chose sur le feu. Une course mystérieuse à faire, un service urgent à rendre. Il disait grec au lieu de kebab et parlait de se faire un mouff pour suggérer d'aller traîner rue Mouffetard. Gros Momo était très impressionné par lui. Il avait son petit business en plus du deal de shit : des jeans qu'il achetait à prix d'usine chez un « collègue » grossiste et qu'il revendait sur Facebook. À tout juste dix-huit ans, il pouvait déjà se payer son propre studio, ainsi qu'un scooter et le dernier iPhone. Il y avait toujours du Coca dans le Frigo, mais il n'y avait rien d'autre : il rapportait un grec ou un MacDo en rentrant le soir. Tous les soirs. Il menait grand train, le cousin Djinn. Il suffisait de voir ses polos Lacoste et ses flacons d'Hugo Boss. Et puis sa conso personnelle, ce n'étaient pas deux misérables barrettes de mauvais shit, mais de beaux et volumineux sachets d'herbe Amnésia – la préférée de Krim.

Il fut justement question de Krim lorsque Gros Momo l'eut rejoint dans la cuisine, à l'abri des regards suspicieux de Paname et du phare surpuissant de la tour Eiffel.

— Tu veux voir ce qu'il a fait, ton copain ? Allume la télé…

Gros Momo chercha la télécommande, Djinn s'impatienta et appuya sur le bouton caché dans la tranche du téléviseur à écran plat.

Tous les programmes des chaînes hertziennes avaient été interrompus et montraient, sous des angles différents, le canal Saint-Martin couvert de bougies. L'image était à la fois spectaculaire et réconfortante. Au bout de quelques minutes, Gros Momo avait compris qu'il s'agissait d'un hommage à Chaouch, d'une marche d'encouragement. Bouche bée, il aurait voulu communiquer à son cousin le sentiment si particulier qui s'était instantanément emparé de lui, une sorte de joie inédite, un peu hystérique, devant ce mélange de beauté et de bonté

– mais Djinn affichait un sourire sardonique et secouait la tête en guise de condamnation.

Son portable vibra, il se rembrunit.

— Faut que j'y aille. Je reviens demain, tu fais pas de conneries, hein ?

Gros Momo changea de chaîne et écouta, sans tout comprendre, un débat d'experts sur *la France qui avait voté Chaouch*. Les femmes et les jeunes avaient massivement voté pour lui, ainsi que – « la plus grande surprise de ce scrutin », estimait un des invités – une bonne partie des classes populaires qui avaient délaissé les extrêmes malgré les violentes attaques de la droite sur l'élitisme du candidat du PS.

Géographiquement, Chaouch avait conquis l'Ouest et le Nord du pays, la moitié est de Paris et les banlieues à problèmes bien sûr, au sujet desquelles deux spécialistes de la carte électorale n'arrivaient pas à se mettre d'accord : l'un prétendait que les inscriptions sur les listes électorales des fils d'immigrés de la fameuse « troisième génération » avaient constitué un mouvement massif et déterminant dans le résultat du scrutin, l'autre soutenait le contraire. Gros Momo aurait préféré croire le premier expert, mais il avait l'air sévère et ressemblait à son ancien prof de maths. L'autre était rond, barbu, sympathique : il considérait que le phénomène du vote des banlieusards était intéressant mais marginal. Gros Momo en conclut qu'il avait bien fait de ne pas voter, que ça n'avait rien changé à la victoire de Chaouch, en tout cas que ça ne l'avait pas empêchée.

— Ouf, souffla-t-il.

Il avait à ce moment-là parfaitement oublié que c'était son meilleur ami qui avait tiré sur Chaouch. La dernière fois que Krim lui avait parlé, c'était – dans les buissons autour du gymnase – pour savoir s'il allait voter ; il avait répondu bêtement : « Voter, pour quoi faire ? » Des mots qui lui faisaient honte tandis que le présentateur de l'émission exaltait, en voix off sur les bougies du canal Saint-Martin, cette jeunesse française qui avait résolument choisi son candidat, et qui méritait, aujourd'hui plus que jamais, le surnom de Génération Chaouch.

5.

Dans son bureau, Montesquiou démultipliait son visage lisse et souriant sur une douzaine de vignettes encadrées, au côté du président, de Bill Gates, de Tony Blair, de célèbres flics de fiction comme Kiefer Sutherland, alias Jack Bauer, et d'obscurs ministres de l'Intérieur européens dont même les spécialistes mélangeaient les noms. Cet étalage de célèbres rencontres n'était pas inhabituel ; ce qui l'était, c'était une autre photo, placardée au dos de la porte de son coffre-fort, que ses visiteurs n'étaient donc pas supposés voir, mais à laquelle eut droit l'ingénieur en informatique qui fut brièvement reçu ce soir-là, par le jeune directeur de cabinet :

— Qu'est-ce que c'est que cette photo ? ne put se retenir de demander l'informaticien.

La photo représentait Chaouch à la tribune, en sueur, extatique, lors du fameux discours qu'il avait prononcé entre les deux tours de la primaire socialiste : au premier tour, il était arrivé deuxième à la surprise générale, et on pouvait considérer que ce *discours à la jeunesse*, si étrange, si passionné et inhabituel dans la bouche d'un politicien, avait été le coup de dés fondateur de son ascension irrésistible. Montesquiou était devant son poste de télé ce soir-là : trois jours avant le second tour qui devait sacrer cet eurodéputé quasiment inconnu candidat du premier parti d'opposition, le bras gauche de Vermorel avait compris que, pour son camp, l'Ange de la mort avait pris les traits inattendus d'un tribun arabe au physique d'acteur et à la voix chaude, qui osait tout devant une foule galvanisée.

Montesquiou avait voulu que ne le quitte plus l'image de l'homme à cause de qui il pouvait partir, quitter ce bureau, ce ministère, ses privilèges ; cette photo de Chaouch, c'était son *memento mori*. Souviens-toi que ton fauteuil capitonné est un siège éjectable. Bien sûr il n'en dit rien à l'ingénieur de la DCRI qui venait discrètement lui apporter une dizaine de feuillets annotés, analysés au feutre rouge et surmontés d'une mention Confidentiel-défense.

— Y a tous les messages des quatre derniers mois, là ? demanda Montesquiou avec une pointe d'agacement.

— Tous, répondit l'informaticien d'une voix chuchotante, y compris ceux qu'il a effacés.

— Vous savez tout faire, décidément.

Il n'eut besoin que d'une demi-heure pour prendre connaissance des remarques marginales qui figuraient sur ces feuillets. Il en termina la lecture dans la voiture qui le conduisait à la SDAT.

Quand il traversa les locaux de Levallois-Perret, beaucoup ne l'entendirent pas, et certains sous-fifres, gênés de le reconnaître à contretemps, lui adressèrent un salut crispé.

Le capitaine Tellier se contenta d'un signe de tête, déférent mais non dénué de perplexité. Que l'audition de Krim intéresse la place Beauvau, il pouvait le comprendre, mais une visite par jour du directeur de cabinet adjoint de la ministre, c'était trop. L'air fourbe, Montesquiou demanda :

— Vous réussissez à le faire parler, capitaine ?

Tellier répondit qu'il « chiquait » un peu, c'est-à-dire que les auditions ne donnaient pas grand-chose.

— Enfin, il a pas l'air de savoir grand-chose non plus, faut dire…

— Capitaine, j'aimerais m'entretenir seul à seul avec lui quelques instants.

Tellier ne cacha pas son mécontentement, mais il se voyait mal refuser. Montesquiou avait le pouvoir, en un coup de fil, de le muter à la Sûreté départementale de Rillieux-la-Pape.

— Vous préférez que je sois présent ou… ?

— Non, je préférerais que vous me donniez une cigarette, répondit sèchement Montesquiou sans même regarder le capitaine.

Tellier avait arrêté deux mois plus tôt ; il en demanda une à un collègue de l'équipe de jour et la remit au puissant conseiller.

Lorsque Montesquiou entra, son premier geste fut d'éteindre la webcam et de poser sa canne le long du plan de travail encombré par l'ordinateur.

— Tu fumes ?

Krim ne répondit pas. Il avait à peine la force de froncer les sourcils pour montrer à tous ces flics à quel point il les détestait. Mais depuis qu'il fumait, il n'était jamais resté vingt-quatre heures sans fumer ; il se souvenait précisément en avoir grillé une avant de rejoindre le rouquin. Et il se souvenait même de l'avoir écrasée alors qu'il restait au moins quatre taffes. Quand il y pensait ces quatre bouffées sacrifiées avec désinvolture l'asphyxiaient plus encore que le manque physiologique de nicotine.

— Bon, tu veux pas fumer, tu veux pas répondre, alors c'est moi qui vais causer. Voilà, que tu parles aux flics ou non, tu vas être envoyé en taule, ça tu l'avais compris tout seul. Mais au bout d'un moment, demain, après-demain, le capitaine va te faire une sorte de proposition : si tu te mets à table, peut-être qu'il pourra parler au juge, histoire de te trouver des circonstances atténuantes. Tout ce que tu répètes en boucle depuis hier, j'ai été manipulé, etc. etc.

Krim était horrifié par la voix de ce type. C'était la voix de quelqu'un pour qui rien n'avait véritablement d'importance. C'était décidément la voix de Nazir.

— Eh bien quand il va te proposer ça, sache qu'il mentira. C'est un petit capitaine de police, il peut toujours parler au juge, ça va rien changer.

— Alors quoi, intervint Krim, plus pour ne pas se laisser envahir par cette voix malsaine que pour dire quelque chose, vaut mieux que je ferme ma gueule !

— Tu as tout compris.

Krim ne comprenait rien.

— Maintenant je vais te parler de moi. Tu veux toujours pas fumer ?

Krim remua très faiblement le menton. Montesquiou lui offrit la cigarette.

— Et comment je l'allume ?

— Je te donnerai le briquet quand tu m'auras écouté jusqu'au bout.

6.

— Voilà. Je m'appelle Pierre-Jean de Montesquiou, je suis le directeur de cabinet de la ministre de l'Intérieur. Tu prends tous les flics qui t'ont interrogé, tu prends tous leurs patrons, eh ben, ces mecs baissent leur froc devant moi. Ils me détestent, j'ai vingt-neuf ans, j'ai fait une grande école pour devenir haut fonctionnaire et pour eux je suis la peste, le diable : un politicien prétentieux qui n'a jamais tenu une arme de sa vie et qui peut bousiller leur carrière en trois minutes. Parce que je vois la ministre tous les jours, tu comprends, je murmure des choses dans son oreille, et elle m'écoute tout le temps, la Vermorel. Tout ce que je dis. Ces mecs, je parle des grands flics hein, ils me détestent, mais il y en a qui me détestent encore plus, des types qui aimeraient bien me tuer : ce sont les juges. Les juges, je ne vais pas te mentir, c'est plus difficile de les atteindre, ils ont leur propre ministère, la Justice, et ils détestent recevoir des ordres. Mais dans les situations les plus graves comme celle-ci, ils ont pas le choix. Ce que tu as fait en tirant sur Chaouch, c'est provoquer une crise encore plus gigantesque que tout ce que tu peux imaginer.

— Mais j'ai…

— Non non, écoute-moi, je sais que tu y as été obligé par Nazir. Je sais exactement tout ce qui s'est passé. Et je vais te faire une confidence : Nazir, je le connais très bien. Je le surveillais depuis un petit bout de temps, j'écoutais ses téléphones, je connais tes conversations SMS avec lui par exemple…

Tétanisé par le silence qui s'ensuivit, les doigts de Krim finirent par lâcher la cigarette.

Il allait se baisser pour la ramasser lorsque la voix de Montesquiou repartit et l'en empêcha par la seule force de son volume.

— Alors, maintenant, c'est très simple : il y a un petit truc qui me chiffonne, c'est rien, tu vas voir, juste un petit texto. Un texto écrit en italien où il te donne rendez-vous à « G. » le jeudi 9 mai. Ça te dit quelque chose ? Un texto en italien, c'est pas dur, t'en as pas reçu des centaines…

— Un texto en italien ? Ben non, j'sais pas…

— Écoute, on a un truc que ces mecs qui te hurlent dessus n'ont pas, on sait qui c'est, Nazir. Et moi je comprends complètement que tu te sois laissé influencer par lui, et, je te le dis comme je le pense (il mit sa longue et fine main blonde à plat sur sa poitrine), ça me ferait mal au cœur que tu payes pour ce qu'il a fait, lui. Ce qui va se passer maintenant, c'est qu'il va s'en sortir et que tu vas être désigné comme le seul coupable. La vérité, c'est qu'ils s'en foutent, les gens qui vont te mettre en taule. Ce qu'il leur faut, c'est un coupable sexy, une bonne histoire à servir à la presse. Une jeune caillera, troisième génération d'immigrés, paumé, toutes ces conneries. Voilà, en plus il est un peu dingue, il écoute de la musique classique en fumant des joints. Il a envie qu'on parle de lui, il tire sur le président. Eh bien crois-moi, Krim, il n'y a pas deux personnes dans ce pays qui peuvent empêcher que ça se passe, il n'y en a qu'une, et cette personne, elle est devant toi.

Montesquiou sortit le briquet de sa poche et fit jaillir une flamme immobile sous le nez de Krim. Krim ramassa la cigarette avec sa main libre et aspira la première bouffée, qui fut si agréable que sa tête se mit à tourner.

— Mais alors qu'est-ce que je dois faire ?

— Ce texto en italien, pourquoi il te donne rendez-vous à « G. » ? Il y en a eu un autre en italien, juste avant. « *Come stai, babbo ?* » Et après celui-ci. « G. » Essaie de te souvenir.

— Ah mais non, c'étaient des textos qu'il m'a envoyés par erreur. Il m'a dit de les effacer, mais y en a que j'ai oublié d'effacer…

Montesquiou vit que Krim essayait de se souvenir, mais que le stress l'empêchait de se concentrer…

— Bon, finit-il par décider, repense à Nazir, repense à ces textos, et je suis sûr qu'à un moment tu vas te souvenir de quelque chose, je sais pas, un endroit dans un pays étranger dont il parlait tout le temps, des gens bizarres qu'il devait rencontrer, une ville… Et quand tu te souviens d'un truc, ne dis rien aux petits flics qui pourront rien pour toi, garde-le dans un coin de ton cerveau et attends que je revienne te voir. O.K. ?

Pour la première fois, Krim ne se sentit pas regardé par Montesquiou comme un spécimen de quelque forme de vie inférieure.

Il prit son courage à deux mains et demanda :

— Il est mort ou pas, Chaouch ? Ils disent que oui mais je les crois pas… ces enculés, ils veulent juste me faire *khalai*…

Montesquiou le considéra avec amusement :

— Et ça veut dire quoi, « *khalai* » ?

— Ça veut dire la peur, répondit Krim en soutenant le regard de l'énarque.

La forme étrangement dormante de ses yeux contredisait leur bleu glacial ; les paupières n'étaient pas tirées vers le haut comme dans les visages méchants et ironiques, il semblait même qu'il aurait suffi d'un détail pour que ce regard cruel se métamorphose en son contraire exact, doux et mélancolique.

Mais ce détail était invisible, ou pour mieux dire introuvable. Et Montesquiou s'appuya sur sa canne et sortit sans avoir renseigné Krim sur l'état de santé de son illustre victime.

7.

Fleur, la jeune fille qui conduisait désormais Nazir, avait sensiblement la même forme de paupière que le directeur de cabinet adjoint de la ministre. Et chez elle aussi, la mélancolie et la douceur inhérentes à ses traits avaient été chassées par les aventures de la vie. Sauf que, d'une part, ce n'était pas le cynisme politicien qui allumait les yeux de Fleur – plutôt une sorte de panique perpétuelle ; et d'autre part leur couleur elle aussi bleu arctique était faussée depuis quelques mois par une paire de lentilles vertes que lui avait offertes Nazir et qu'il mettait un point d'honneur à ce qu'elle les renouvelle chaque semaine.

Au début Fleur n'avait pas compris l'obsession de celui qu'elle appelait l'homme de sa vie. Nazir s'en était expliqué mais de façon confuse : il disait ne jamais la trouver aussi belle que lorsqu'elle dormait, or les yeux verts produisaient mieux que les bleus l'illusion de cet ensommeillement.

Un soir, à Zurich, il lui avait avoué que ses petites amies avaient toutes été plus ou moins la même fille : des ersatz d'elle – jeunes créatures somnambuliques, bouche entrouverte, des lèvres boudeuses essayant d'attraper le bout d'une paille imaginaire, une fine nuque chaude et blanche, enroulée d'écharpes et de foulards dans des tons de rose pâle, pour accuser le vert aquatique de leur regard resté au pays des songes.

À bientôt vingt et un ans, Fleur ne correspondait plus que très imparfaitement à ce fantasme dont Nazir prétendait qu'elle constituait le parangon ultime : la vie en exil dans ce patelin des Alpes suisses l'avait rendue robuste, sa nuque et ses épaules avaient perdu leur arrondi romantique, ses paumes s'étaient carrées, ses avant-bras avaient durci et ses lèvres boudeuses étaient envahies de gerçures.

Elle avait par ailleurs changé une vingtaine de fois de couleur de cheveux depuis la puberté : de l'acajou au rose à mèches violettes, en passant par des bruns tous plus désastreux les uns que les autres. Ce n'est qu'en s'exilant en Suisse six mois plus tôt qu'elle s'était résignée à retrouver sa blondeur cendrée originelle. Mais pour ne pas ressembler à la jeune fille de bonne famille qu'elle avait été jusqu'à quinze ans, et dont elle abhorrait chaque détail – du port de tête à la façon de s'asseoir sur une chaise –, elle négligeait méticuleusement ses cheveux. Noués par un aberrant catogan fuchsia, ils retombaient ainsi comme une vulgaire queue de cheval sur l'appui-tête de son siège de conductrice, sans compter, comme lâcha Nazir dans un incontrôlable élan d'irascibilité, qu'ils *sentaient.*

— Eh ben putain, commenta Fleur, on s'est pas vus depuis deux mois et c'est comme ça que tu me traites ?

— Mais tu croyais quoi ? Que j'allais te rejoindre à la planque et qu'on allait faire l'amour passionnément au milieu des bougies et des roses ?

Il passait son temps à se retourner pour vérifier que personne ne les suivait sur cette route de montagne. Mais la nuit était voilée par un brouillard épais : quand le 4 × 4 virait au détour d'un lacet, Nazir n'aurait jamais pu repérer en contrebas la lueur de phares ennemis.

Fleur s'essuya le coin des paupières et ouvrit la bouche pour s'empêcher de sangloter ou de vomir.

Nazir se replongea dans l'étude d'une carte routière. La faible luminosité bleue de son BlackBerry l'obligeait à placer la feuille dépliée juste sous son nez. Fleur leva les yeux au ciel et alluma la petite ampoule placée à côté du rétroviseur central. Nazir l'éteignit immédiatement. Pour maîtriser la rage qui s'emparait de lui, il ferma les yeux et accrocha à ses lèvres un large sourire immobile. Il remarqua que Fleur s'était mise sur son trente et un pour leurs retrouvailles : elle avait choisi sa plus belle robe à fleurs et ses Converse au bleu gris délavé. Nazir chassa l'image mentale de sa jeune amie recevant son SMS et se précipitant pour le rejoindre, toutes affaires cessantes.

— Fleur, je suis désolé, dit-il en mettant la main sur son genou égratigné. C'est le stress de… Waldstein qui devait me conduire jusqu'à toi, je suis persuadé qu'il leur communiquait nos coordonnées, peut-être juste avec le GPS, je pouvais plus prendre de risques. Écoute, je sais ce que ça t'a coûté, tous ces mois à préparer cette planque, et puis… la solitude… l'impossibilité de nous voir…

— C'était infernal.

— Je sais. Je sais ce que tu as vécu. Mais le plus dur…

— Le plus dur, c'était de ne pas pouvoir te voir ! De ne pas pouvoir t'appeler !

— Ils me surveillaient, Fleur. Je n'avais pas le choix. Ils surveillaient toutes mes puces à la fin, celle que j'utilisais pour parler à ma… mère.

— Oui, mais c'était… y a des fois où j'en pouvais plus. Après, je l'ai voulu, et je crois que ça m'a fait du bien, la vie à la ferme. Plus voir toutes ces gueules…

Nazir l'interrompit d'un geste de la main. Ils étaient arrivés au sommet du col.

— Mets-toi dans le buisson, là. Je veux vérifier que personne ne nous suit.

— Nazir, tu deviens dingue, ça fait trois heures qu'on roule en plein désert ! D'ailleurs, merde… t'es sûr qu'on peut pas retourner à Sogno ?

C'était l'endroit où Fleur avait passé les derniers mois. Il y avait une ferme abandonnée, à quelques kilomètres du village, au milieu de collines boisées et de prés fleuris et vallonnés. Fleur s'était constitué un garde-manger avec des produits de première nécessité ; elle tirait son eau d'un puits, lisait des poésies à la chandelle, vivait sans électricité, à la sauvage, loin des lueurs traîtresses de la civilisation des villes.

— On va dormir ici cette nuit, déclara Nazir. Et demain… on verra.

Fleur coupa le contact et vit Nazir qui vérifiait bizarrement la texture de sa veste noire.

— Qu'est-ce que tu fais ?

— J'ai cousu des papiers dans la doublure. Des papiers importants.

Fleur écouta le hululement des oiseaux nocturnes.

Le 4 × 4 était arrêté à quelques mètres de la route, parfaitement invisible. Fleur rejeta la tête en arrière et enleva son chouchou fuchsia. Ses cheveux puaient, mais elle ne s'en était jamais rendu compte avant que Nazir le lui fasse remarquer.

Elle ouvrit à nouveau la bouche et se souvint de toutes ces soirées de lecture et de solitude, les bougies achevant de brûler dans leurs bobèches tandis que la nuit s'épaississait autour d'elle.

Elle se mit à pleurer comme une folle.

— Tu m'as tellement manqué, dit-elle en levant sur Nazir ses yeux inondés de larmes.

Nazir l'aida à se faufiler sur la banquette arrière pour qu'elle puisse s'y allonger et se calmer un peu. Ses mollets hérissés de courts poils blonds étaient couverts de boue et de petites éraflures. Sur ses avant-bras nus, Nazir vit qu'elle avait la chair de poule. Il enleva sa veste pour la première fois depuis la veille et en recouvrit le corps frémissant de fatigue de sa complice.

— Allez, dors un peu, dit-il d'une voix presque douce, tout va bien se passer…

Et quand elle fut endormie, il promena sur son visage encore anxieux l'écran de son BlackBerry tout neuf, et murmura sur le même ton que deux minutes plus tôt :

— Ma petite sauvageonne…

8.

La marche aux bougies s'effilochait tandis que le commissaire Maheut supervisait la « salle », le centre opérationnel de la Préfecture de police sis en son sous-sol. Il fallait un badge pour y accéder, qui ouvrait plusieurs sas de sécurité. Les officiers qui y travaillaient portaient tous l'uniforme et se mettaient au garde-à-vous au passage du commissaire.

La « salle » était un immense poste de commandement, pourvu de dizaines d'écrans reliés aux centaines de caméras de vidéosurveillance de la capitale. Maheut dirigeait la Direction de l'Ordre public et de la circulation depuis un an ; il n'avait jamais vu ce bunker aussi rempli et actif que depuis l'attentat de dimanche, mais ce soir tous les records étaient explosés. Tous les chefs d'état-major étaient sur le pied de guerre : CRS, gendarmerie, Renseignements généraux et forces de police.

Une équipe s'occupait des caméras du canal Saint-Martin. Le commissaire fit quelques pas vers d'autres écrans et demanda à dézoomer sur les Champs-Élysées. Une bande de quinze individus se faisait des signes discrets pour échapper à la sagacité des policiers sur le terrain. Maheut acquit la certitude en quelques instants qu'ils mijotaient quelque chose. Il fit prévenir l'escadron le plus proche, envoya deux sections en renfort et observa, sur les écrans nocturnes, l'interpellation musclée qui s'ensuivit. Sur place le major s'éloigna pour parler dans son talkie-walkie :

— Commissaire, on a retrouvé des clubs de golf sur eux, mais aussi des armes de poing.

— Chargées ?

— À balles réelles, commissaire, déclara le major avec inquiétude.

Une minute plus tard, le commissaire ordonna :

— Prévenez l'ambassade américaine que ça bouge vers chez eux.

L'équipe du canal Saint-Martin repéra du mouvement à la sortie du métro Jaurès, où s'achevait la marche aux bougies.

— Commissaire, venez voir, vite !

Maheut bondit derrière le capitaine qui manipulait les images.

Ils étaient une quinzaine : quelques caméras purent faire des captures d'écran de ceux qui avaient tardé à recouvrir leurs visages d'écharpes noires. Les images furent instantanément transmises à un centre de traitement qui les confronta aux bases de données des services de police d'Île-de-France.

— On a combien de sections de CRS pour encadrer la manif ? Envoyez-les toutes !

Le préfet de police Dieuleveult avait interdit toutes les manifestations, mais celle-ci, initiée au dernier moment sur les « réseaux sociaux », comme disaient les journalistes, avait échappé à la sagacité des Renseignements généraux.

Au poste de commandement que dirigeait le commissaire Maheut, on avait vu les badauds s'amasser sur les berges du canal sans pouvoir les disperser avec les quelques unités présentes sur place. Pour ne pas créer d'incident, le commissaire Maheut avait décidé de laisser la marche se dérouler pendant quatre heures, et il avait envoyé des sections de CRS place Jaurès, en bout de cortège, pour prévenir un éventuel surgissement de casseurs.

Ils furent appréhendés sans difficulté, mais il y en eut un qui sauta dans le canal pour échapper aux policiers. Maheut observa les CRS en rangers qui descendaient les marches et investissaient les deux quais pour cueillir le fuyard. Mais celui-ci continuait de nager. Maheut dut prendre une décision : il ordonna aux hommes présents sur place de le rejoindre dans l'eau pour l'empêcher de se noyer. On ne pouvait pas savoir, s'il avait pris des drogues par exemple. Il était hors de question que cette marche pacifique se termine par un mort.

Les CRS rechignèrent mais finirent par s'exécuter. Quelques minutes plus tard, la manifestation s'était dispersée et le préfet de police félicitait son jeune commissaire, par téléphone, pour sa gestion intelligente de la situation.

Il y eut pourtant une image au milieu des applaudissements de la salle, qui hanta Maheut pendant les quelques heures qui suivirent : le jeune homme encagoulé qui avait failli se noyer avait la tête entre les mains sur un écran que plus personne ne surveillait. Il était menotté, assez loin du bord du canal pour ne pas être tenté d'y replonger, solidement encadré par quelques policiers, et il pleurait, il pleurait comme un gosse, en frissonnant dans l'impitoyable lueur jaunâtre des néons du quai.

MARDI

Chapitre 9

SORCELLERIE CONSTITUTIONNELLE

1.

L'édito intitulé PLEINS POUVOIRS fit exploser le nombre de visites sur le site d'Avernus.fr, le journal qui s'était montré – et de loin – le plus hostile à Chaouch pendant la campagne. Dans ces trois paragraphes rédigés sous forme de lettre à Nicolas Sarkozy, il était question non seulement de ces pleins pouvoirs inédits dans l'histoire de la Ve République – depuis le général de Gaulle en 1958 –, mais aussi de la campagne électorale, de la France qui avait vécu alors un *véritable phénomène d'hallucination collective*, s'étant laissé *charmer par un serpent néolibéral à carte d'identité PS*, et enfin du bilan de deux nuits d'émeutes ici rebaptisées saccages, parties *rappelons-le* de Grogny – *(on peut s'interroger sur ce que serait une politique de la ville d'un président qui a fait de la sienne une poudrière…)* –, et qui donnaient à l'étranger l'image honteuse d'un pays au bord de l'explosion. L'édito concluait :

C'est un barbare nommé Clovis qui a fondé la France. Assez de cautèles et de calculs cyniques, disons-le haut et fort : nous ne laisserons pas une poignée de sauvages la détruire. Monsieur le président de la République, ne fuyez pas vos responsabilités, soyez dans la tempête un capitaine hardi et fort : prenez les pleins pouvoirs.

L'homme qui avait écrit ces quelques lignes, l'homme qui s'était vu reprocher son « incroyable indécence » dans toutes les émissions où il avait été invité, l'homme qui s'était défendu seul contre tous et qui avait été, en fait, le premier à briser le consensus médiatique autour de l'idée qu'il fallait apaiser à tout prix, ce grandiose adversaire de la paix attendait tranquillement, en ce mardi 8 mai (ciel couvert sur toute la moitié nord du pays, températures caniculaires dues à ce front chaud arrivé jeudi dernier d'Afrique du Nord), dans une célèbre brasserie de Saint-Germain-des-Prés, où l'avait invité son ancien camarade de fac, Henri devenu M. le juge Wagner mais manifestement toujours aussi peu soucieux de la ponctualité.

Le juge Wagner arriva avec dix minutes de retard, sans cravate, la tête encore lourde d'une nuit passée dans les relevés d'écoutes des téléphones de Nazir Nerrouche.

Il tendit la main en direction de l'éditorialiste le plus irresponsable de France. Putéoli ne se leva pas pour la lui serrer, se contentant d'un : « Tu vas bien ? » excessivement chaleureux.

— Eh ben cet édito, risqua Wagner en prenant place en face de lui, le moins qu'on puisse dire, c'est que tu sais faire parler de toi…

Putéoli sourit entre ses dents de rongeur.

— Ça fait plaisir de savoir que tu me lis fidèlement.

Wagner tapota des doigts sur la table et chercha du regard un serveur, pour réprimer son envie de lui signifier tout le dégoût que ses manières chafouines lui inspiraient.

La discussion, à peine entamée, tomba au point mort, les deux hommes se jaugeant sans se regarder, aucun ne voulant briser la glace ; Wagner, qui avait plus besoin que son interlocuteur que l'échange se déroule harmonieusement, mit son poing dans sa poche et demanda des nouvelles de la famille.

On parla ainsi pendant quelques minutes, et bientôt le silence retomba sur la table. Putéoli leva un sourcil et demanda froidement :

— Qu'est-ce que tu veux, Henri ?

— Écoute, tu as raison, aux chiottes la courtoisie. Je veux savoir comment tu as eu cette vidéo de l'interpellation, en avant-première. Je te demande ça en… ami…

Putéoli rejeta la tête en arrière :

— Enfin, je ne vais pas trahir mes sources et tu le sais très bien. J'espère que c'est pas pour ça que tu as insisté pour qu'on se voie, j'ai un emploi du temps épouvantable ces jours-ci.

— Dis-moi au moins comment ta journaliste, cette Marieke Vandermachin, comment est-ce qu'elle a pu avoir accès à l'organigramme de la DCRI… C'est quoi, la suite de l'article ? Les « incroyables ratés », c'est quoi ? Comment elle sait tout ça ? Elle a eu accès au dossier de l'enquête préliminaire ?

Les yeux du patron d'Avernus.fr étaient comme d'habitude mobiles, méfiants, mais un léger voile de jubilation venait d'y apparaître, qui faisait naître des mouvements incoercibles aux coins de ses lèvres.

Wagner, trop fatigué pour s'humilier davantage, se renfrogna.

— Crois-moi, lâcha-t-il en fixant le rebord brillant de sa chaise en métal, je n'ai aucune envie de *t'obliger* à me dire comment vous savez tout ça, c'est contre tous mes principes…

Putéoli triompha.

— Tes principes. Ah les esprits subtils… les belles âmes…

Maintenant les deux hommes se regardaient. Putéoli poursuivit en posant ses deux mains sur la table vide :

— Henri, on va pas se raconter d'histoires. Tout le pays est suspendu à la décision du Conseil constitutionnel, un réseau terroriste que personne n'a vu venir a réussi à abattre un candidat à la présidentielle, on a basculé en plein Far West et tu es là à me menacer pour une broutille ? Qu'est-ce que tu vas me sortir, violation du secret de l'instruction, pour la vidéo de l'interpellation ? Enfin, ça n'existe pas, le secret de l'instruction, arrêtons de divaguer…

Wagner aurait voulu sortir son Code de procédure pénale et l'assommer avec.

Putéoli affecta une gravité victorieuse, comme pour justifier derrière son édito le tour qu'il avait donné à sa vie ces derniers mois – tour qui l'avait rendue palpitante, et dont la palpitation était devenue une drogue : les plateaux télé, les homélies exaltées, les menaces de mort et les soutiens de voix plus fortes que la sienne, d'esprits plus grands et plus profonds qui devaient pourtant s'incliner devant sa pugnacité et sa présence médiatique.

— C'est la guerre, Henri. Tu devrais être bien placé pour le savoir.

— Va te faire foutre.

— C'est la guerre, répéta-t-il avant de citer Shakespeare : *Panique dans les campagnes, désordres dans les cités, dans les palais la trahison et* (son visage s'illumina de perfidie) *entre pères et filles : tout lien rompu…* Il dit, filles ou fils ? J'ai oublié…

Tout à son tumulte intérieur, Wagner ne comprit pas l'allusion.

— Bon, ben, tu ne me laisses pas le choix. Tu te souviens de Jean-Baptiste ? Jean-Baptiste Chabert ? Il est devenu directeur général des impôts, le salaud. C'était le meilleur, tu me diras, le meilleur d'entre nous. On a passé quelques jours de vacances ensemble l'été dernier, je l'ai invité dans le Sud avec sa nouvelle femme. Une très jolie femme, on s'est tous très bien entendus, d'ailleurs…

Cette menace à peine voilée d'un contrôle fiscal aurait dû instiller la panique dans le regard de Putéoli ; mais son regard fuyant pour la première fois ne bougeait pas, la perfidie ne le quittait plus. Il se leva paisiblement de table, réajusta son nœud papillon, et déclara en souriant à son vieux camarade, avec l'indémontable assurance d'un homme que le Seigneur des mondes aurait pris sous sa protection :

– Eh ben, ils sont beaux tes principes… Le grand juge de gauche qui menace de me briser les rotules comme le premier mafieux venu… Allez, fais donc ce que t'as à faire, Henri. Moi, je ne te dirai rien.

2.

Comme Mansourd s'y était attendu, la banque zurichoise refusait de communiquer ses bandes de vidéosurveillance. Le commandant espérait que Wagner avait raison, et que la voie diplomatique allait porter ses fruits. Bien sûr, d'ici à ce que les ministères de la Justice français et suisse se mettent d'accord, Nazir courait toujours ; mais les contrôles aux aéroports avaient été doublés, et grâce à Interpol les avis de recherche étaient placardés dans tous les postes de police helvètes, plus spécifiquement aux frontières avec l'Allemagne, l'Autriche et l'Italie. Les télévisions locales relayaient généreusement les « sujets » nationaux sur l'ennemi public numéro un. À moins qu'il ne s'enterre dans une grotte ou ne fasse l'acquisition d'une potion d'invisibilité, il n'était pas déraisonnable de considérer que le fugitif n'avait aucune chance.

De retour au siège de la SDAT, et après avoir étudié les dizaines d'appels de gens qui prétendaient l'avoir repéré au bar du coin, le commandant s'informa de ce que donnaient les surveillances électroniques et les écoutes de la famille Nerrouche. Le lieutenant qui dirigeait celles-ci répondit d'un hochement de tête négatif ; il était accompagné d'un traducteur arabe qui ne comprenait pas le kabyle.

— Et Fouad ? Il a parlé avec la fille de Chaouch ?

— Non, il a essayé de l'appeler plusieurs fois, mais la sécurité de Chaouch est sur le coup…

— Et quoi, pas un mot sur Nazir ? s'emporta le commandant qui manquait manifestement de sommeil. Personne ?

Mais en effet, deux nuits après l'attentat, les anges discrets qui surveillaient la maison de Dounia pouvaient en attester : pas une seule fois le nom de Nazir n'avait été prononcé entre ses murs. Il n'en n'occupait pas moins tous les esprits, s'y répandait petit à petit à la façon d'une fumée noire et fortement toxique.

Sauf que les esprits, on n'avait pas encore trouvé le moyen de les mettre directement sur écoutes.

Réveillée la première, Dounia parut succomber à cette fumée noire en faisant un brin de vaisselle pour s'occuper tandis que le café montait. Elle laissa couler l'eau pendant une minute, et divagua en imaginant que les deux têtes de robinet, celle rouge de l'eau chaude et celle bleue de l'eau froide, figuraient ses deux fils aînés, irréconciliables mais plus de la même façon qu'avant. Ce n'étaient en effet plus deux caractères fondamentalement différents qu'elle pouvait rêver de faire cohabiter un jour, même lointain, quitte à attendre une autre vie, non, c'était quelque chose que son cœur de mère ne pouvait concevoir, quelque chose qui poignardait ce cœur rabougri à l'instant même où il se risquait à l'envisager : c'était le fait, désormais non seulement incontestable mais de notoriété publique, qu'elle avait enfanté un monstre.

Il n'y avait toujours aucun bruit à l'étage : elle fuma une cigarette à la fenêtre ouverte sur le parking endormi au-delà de sa pelouse. N'ayant pas droit aux RTT dans la maison de retraite privée où elle était aide-soignante, elle s'était mise en caisse jusqu'à mercredi. Jeudi matin, elle devrait retourner au travail, nettoyer les seize vieillards de l'étage dont elle avait la responsabilité, s'occuper de leurs escarres, de leurs perfusions, peut-être même faire une toilette mortuaire comme la semaine dernière, cette vieille dame atteinte d'un cancer du colon qu'elle avait laissée deux heures dans la chambre fermée à clé, s'occupant d'autres patients pendant qu'un flot continu de merde verte s'écoulait de sa petite bouche de défunte.

Quand il ne resta qu'une bouffée de sa cigarette, Dounia en alluma une autre avec le mégot de la première. Au milieu de cette coupable deuxième cigarette d'affilée, elle entendit le réveil de Fouad dans le salon mitoyen et s'empressa de la terminer. Fouad fut ainsi davantage réveillé par une énième quinte de toux de sa mère que par la sonnerie de son portable.

Irrité par la nuit de trois heures qu'il venait de faire, ainsi que par son impression d'avoir mauvaise haleine, il demanda à sa mère en se servant du café :

— Qu'est-ce que tu foutais à l'hôpital dimanche après-midi ?

— Oh tu vas pas recommencer, dit Dounia en quittant la pièce tête baissée.

— Maman, réponds-moi : il se passe un truc ? T'es malade ? Enfin dis-moi, merde !

Dounia faillit répondre que ce n'était pas la cigarette qui la rendait malade, mais elle préféra la vérité, la banale et rassurante vérité :

— Je suis allée voir Zoulikha ! La pauvre, on n'allait pas la laisser toute seule…

Elle monta à l'étage pour réveiller Rabia.

Il était trois heures et demie du matin lorsque Rabia, Dounia et Fouad quittèrent Saint-Étienne avec la Twingo de Dounia. Rabia qui n'avait pas accès à sa garde-robe s'était fait prêter un tailleur par sa sœur. Il fallait bien présenter pour rencontrer un juge. Mais Dounia ne disposait pas de tenues sérieuses variées : elles portaient donc toutes les deux la même jupe noire, une chemisette de couleurs différentes (rose pâle et crème) mais de facture identique, et un blazer semblablement coupé. Des instructions avaient été laissées à Slim et Luna concernant le téléphone et les sorties (ne pas l'utiliser, n'en faire aucune) ; un coup de fil à la CPE avait excusé Luna pour les jours à venir, la direction « comprenait ». Pour le reste, le Frigo était rempli et il n'y avait pas de quoi s'inquiéter.

Fouad préféra conduire, quitte à passer le volant à sa mère à mi-chemin. Ils en avaient pour cinq à six heures de route. Fouad avait payé le premier plein d'essence et dû subir les mercis embarrassés de Rabia.

Trois jours plus tôt, Fouad était assis à côté de Krim sur la banquette arrière. Krim lui avait donné un coup affectueux sur le genou. Il avait demandé le sens des paroles de la chanson d'Aït Menguellet, *Nous, les enfants d'Algérie.*

Maintenant Krim était en garde à vue et Fouad conduisait sa mère et sa tante à travers la France pour voir un juge antiterroriste.

Voilà, se disait Fouad, pour le sens des paroles de *Nous, les enfants d'Algérie.*

À côté de lui, Rabia somnolait ; son visage aux pommettes saillantes était embelli par le soleil qui se levait sur les champs du Cantal, mais ses sourcils crispés ne laissaient aucun doute sur la nature des rêves qui s'y entrechoquaient. Krim pris dans l'étau de l'institution judiciaire. Ses cheveux pris dans les fers de la honte. Le cou du tonton Ferhat pris entre les mains d'un fou, qui avait placé sa tête dans une clé pendant qu'il rasait son crâne de vieillard, afin d'y dessiner d'invraisemblables obscénités…

Sur la banquette arrière, Dounia avait aussi les paupières basses mais elle ne dormait pas : elle regardait ses mains posées sur ses genoux, et s'efforçait de maîtriser les toussotements qui l'attaquaient de l'intérieur.

Quand Rabia se réveilla, elle demanda si ça gênait quelqu'un de mettre la radio, et Fouad ne put s'empêcher d'y voir un bon signe. Même si les seules ondes qui ne grésillaient pas dans ce coin reculé étaient celles de France Info, qui parlèrent de la deuxième nuit d'émeutes, plus violente encore que la première. Un gymnase avait été incendié, des pompiers pris pour cible, la façade d'une mairie de banlieue vandalisée et taguée du désormais célèbre « Sarko assassin ».

Un expert en criminologie apparemment matinal et notoirement proche de la place Beauvau avança le chiffre de près de trois mille interpellations pour la seule nuit passée ; il ajouta que ces interpellations s'étaient traduites par deux mille gardes à vue et termina son intervention téléphonique en espérant que le Conseil constitutionnel allait prendre la mesure de ce que pouvait signifier son « mutisme ». La veille, par communiqué officiel, les Sages de la rue de Montpensier avaient en effet validé l'élection d'Idder Chaouch et indiqué qu'ils avaient été saisis par le Premier ministre pour statuer sur un éventuel *empêchement* du président élu.

Mais ils n'avaient rien communiqué de leurs intentions, et le criminologue semblait leur attribuer une part de responsabilité, dans la propagation des émeutes aux banlieues de villes qui n'avaient connu aucun trouble en 2005.

Sentant que le prochain sujet avait de grandes chances de concerner Krim, Rabia demanda à Fouad d'éteindre la radio. Il ne se fit pas prier, même si derrière le silence qui s'ensuivit sifflaient des vols de grenades lacrymogènes, chargeaient des CRS, retentissaient des explosions, brûlaient des milliers de voitures et tout ça à cause de lui, le petit cousin, le petit neveu, le fils adoré.

3.

En se réveillant, Fleur passa la main sur ses larmes séchées, persuadée qu'elles avaient coulé spontanément, pendant qu'elle dormait. Elle étira son corps engourdi sur la banquette et vit qu'elle était seule dans la voiture.

— Nazir ?

Elle ouvrit la portière et marcha pieds nus dans l'aube glaciale. Au détour des fourrés où elle avait garé la voiture au milieu de la nuit, elle vit Nazir de dos, absorbé dans la contemplation des montagnes. Il avait la main droite fourrée entre les boutons médians de sa veste fermée. De la main gauche il pianotait sur son BlackBerry.

— Qu'est-ce que tu fais ?

Nazir devait l'avoir entendue sortir de la voiture : il ne sursauta pas. Il ne prit même pas la peine de se retourner pour répondre d'une phrase énigmatique, qu'il prononça comme s'il l'avait préparée toute la nuit :

— Je rassemble mes troupes.

Parlait-il métaphoriquement de ses forces ? Fleur comprit que ce n'était pas le cas en découvrant, sur le large écran de son téléphone cellulaire, une page Facebook au sommet de laquelle s'additionnaient les cartons rouges.

— T'as pas autre chose à foutre qu'aller sur Facebook ? On est poursuivis par toutes les polices d'Europe et, toi, tu continues avec tes faux profils… Et puis comment est-ce que tu peux capter un réseau au milieu de nulle part ?

— D'où l'intérêt d'avoir un cellulaire. Cela dit, ça ne capte pas très bien. Bon, laisse-moi finir, tu veux ?

Les faux profils Facebook qu'il avait créés depuis quelques années s'élevaient au chiffre plus impressionnant qu'il n'y paraissait de sept. Sous ses fausses identités, il atteignait des nombres d'amis faramineux – même s'il fallait, pour se rendre compte de l'ampleur et des raisons du phénomène, mettre le mot ami au féminin : rien n'était en effet plus facile, pour *requester* des filles, que de prétendre en être une – et singulièrement, le mimétisme étant ce qu'il est, plutôt jeune et jolie.

Dans la longue et secrète histoire du voyeurisme, Nazir tenait Facebook pour un événement aussi révolutionnaire que la naissance de Jésus ou l'invention de l'électricité dans d'autres domaines. Chaque jour, le voyeur facebookien appliqué colonisait de nouveaux continents de nymphettes. Les albums de famille d'un bon dixième de l'humanité n'étaient plus inaccessibles au fin fond de placards poussiéreux, mais cliquables, zoomables et copié-collables à souhait.

Certaines filles bloquaient bien sûr leurs profils, mais peu refusaient une demande d'amitié circonstanciée si figurait, avec la demande de l'inconnue, l'assurance précaire mais souvent suffisante d'un ou de plusieurs amis en commun. Et Nazir qui n'aimait rien tant que les jeunes filles en équipes en possédait virtuellement, dans sa collection diabolique, des centaines aux quatre coins du globe. Aucun détail ne lui échappant. Connaissant leurs coups de blues, leurs enthousiasmes, leurs goûts et leurs colères. Apprenant, souvent en direct, qu'une gymnaste de l'Utah venait de se fiancer, ou qu'une majorette du Pas-de-Calais, en devenant amie avec une demi-douzaine d'homologues polonaises à l'issue d'une compétition internationale, lui avait sans le savoir ouvert les portes, par capillarité d'*amis en commun*, d'une terra incognita qui le mènerait peut-être à passer une partie de la nuit à chatter – d'égal à égal et dans cet effroyable anglais standardisé que tout le monde, absolument tout le monde parlait – avec une innocente et vigoureuse blondinette de Lvov ou de Katowice…

Ce harem virtuel de quelque cinq mille cinq cents vierges ou apparentées ne remplissait pas, toutefois, qu'une mission érotique pour Nazir. Sur au moins deux de ses faux profils, il ou plutôt « elles » n'étaient amies qu'avec des habitants de Grogny, âgés de treize à dix-neuf ans, exclusivement des mâles de la Cité du Rameau-Givré, en voie de désocialisation, et à qui il ne serait jamais venu à l'idée de refuser une demande d'amitié d'une petite pétasse aguicheuse. « Elles » postaient régulièrement des séries de photos intelligemment addictives de telles ou telles parties de leur corps, prises à bout de bras par leurs mobiles et dans des lieux dont on ne pouvait pas soupçonner une seconde qu'ils n'étaient pas réels. Nazir savait ainsi de l'intérieur ce que les services de contre-insurrection découvraient a posteriori, masquant leur impuissance dans de longs rapports techniques que le ministère de l'Intérieur manipulait en fonction des urgences du moment. Et il attendait le moment propice pour se mettre à poster, au lieu des bouts de nichons qui lui valaient des milliers de « j'aime » et presque autant de commentaires, ces messages un peu plus substantiels dont il avait eu tout le temps de rédiger les brouillons en langage texto.

Les paupières de Nazir s'étaient closes au souvenir des plus beaux spécimens de sa collection ; il dut les rouvrir en entendant Fleur lui répéter qu'elle mourait de faim. Nazir rangea son BlackBerry et désigna, à l'est, le triangle peint dans l'écartement de deux sommets qui semblaient se chevaucher : le ciel encore résolument bleu nuit était sur le point de s'y teinter de pourpre.

— Cette vallée, là-bas, c'est la vallée de Schlaffendorf. Il faut longer le lac, on en a pour encore une petite heure à mon avis, si on roule vite.

Ce sur quoi Nazir ne se trompait pas. Après une heure le long d'un lac où le ciel très bas commençait à peine à installer son reflet, leur 4 × 4 traversa le premier hameau muet d'un village rudimentaire. Le pays des Grisons était un des endroits les moins peuplés de Suisse ; à Schlaffendorf la densité d'habitants par kilomètre carré était proche de 0,7. Les maisons étaient éteintes, sans exception. Les voitures, s'il y en avait, dormaient dans des parkings cachés. La neige refusait de fondre sur les bas-côtés. Sur certains toits des girouettes en forme de coqs ou de lapins attendaient immobiles que le vent les arrache à l'ennui et à la rouille. Seul un chien gris se mit soudain à aboyer, comme pour rappeler aux visiteurs qu'ils ne roulaient pas dans un paysage issu de leurs rêves.

La route centrale était de mauvaise qualité, et Fleur s'aperçut, en accélérant pour semer le chien, qu'après avoir conduit ce 4 × 4 toute la nuit dernière, elle souffrait avec ses roues, ses jantes, ses amortisseurs comme si c'étaient des prolongements de son propre corps. Elle ressentait presque le besoin de se nettoyer la figure en imaginant la carrosserie empoussiérée par le trajet.

Au lieu de s'engouffrer vers le fond de la vallée, Nazir demanda à Fleur de bifurquer vers ce qui s'annonçait comme une impasse. Il lui assura que c'était pourtant le chemin qu'il fallait prendre. Après quelques kilomètres à travers une forêt épaisse, la route se transforma en chemin de terre à peine praticable. Fleur et Nazir longèrent une prairie qui n'existait sur aucune carte, une prairie en pente raide derrière laquelle se levait le soleil.

Et lorsque le chemin grimpa, Nazir vit apparaître, depuis leur voiture cahotante, un cheval lancé au galop sur la tranche de la colline où ils semblaient devoir se rendre. Le cheval était noir et monté par une jeune fille, dont la longue et profuse chevelure blonde parut à Nazir, éberlué, se fondre comme une oriflamme dans le dynamisme effilé du premier nuage embrasé par l'aurore. La cavalière cabra son cheval et disparut de l'autre côté de la colline, tandis que le jour pointait enfin, illuminant l'immensité du ciel jusqu'à faire plisser et bientôt fermer tout à fait les yeux de Nazir.

Nazir qui croyait avoir été victime d'une hallucination essaya d'ouvrir la bouche pour demander à Fleur si elle avait vu ce qu'il avait vu. Mais Fleur bayait aux corneilles en mimant du bout des lèvres le cahot rassurant du moteur de son 4 × 4.

— Arrête-toi ! hurla Nazir. T'as rien remarqué ?

Fleur freina et laissa descendre Nazir.

Elle stationna la voiture près d'une prairie constellée de fleurs blanches et bleues, à laquelle l'enfantine lumière de l'aube donnait l'air d'un tapis volant endormi.

Nazir la traversa à toute vitesse, semblant chercher quelqu'un. Il courut jusqu'à la lisière d'un sous-bois et en revint presque aussitôt, vacillant, essoufflé.

— J'ai cru voir…

— Quoi ?

Fleur voulut porter sa main au menton de Nazir qui paraissait soudain en état de choc. Nazir échappa à ses doigts de jeune fille et la regarda avec horreur, comme si elle avait été une tête de Méduse.

Il lui fallut quelques secondes, les yeux fermés, pour retrouver un semblant de sens de la réalité.

— Allez, dit-il en entrant à nouveau dans la voiture, direction Schlaffendorf.

4.

Esther Chaouch insista pour que sa fille prenne le petit-déjeuner avec elle, mais comme Jasmine se montrait réticente à rentrer « chez elle », mère et fille se retrouvèrent dans le restaurant d'un hôtel du Ve, à quelques encablures du Val-de-Grâce, où on leur aménagea une sorte de salon privé en dressant des paravents autour de leur table. Jasmine fermait les yeux pour cesser de penser aux murmures, aux regards clandestins qui l'avaient entourée quand elle était entrée dans l'hôtel, précédée et suivie de son équipe de sécurité. Sous le paravent historié d'insupportables fleurs de lys, elle pouvait voir les mocassins de Coûteaux qui allait passer toute la matinée debout à surveiller les clients.

— Jasmine, commença sa mère en dépliant sa serviette blanche, il y a deux ou trois choses dont il faut qu'on parle, mais d'abord comment ça va, toi ?

Surprise, presque choquée par le ton de sa mère, Jasmine soupira comme une adolescente :

— Je sais pas, maman. Je suis incapable de savoir si je vais bien ou mal. *Story of my life.*

— Mais non écoute, je me suis dit que tu voudrais peut-être savoir où en est l'enquête…

— Ben tu t'es trompée, la coupa Jasmine.

— Jasmine…

— Non mais j'en peux plus moi, je m'en fous de l'enquête ! Ce que je veux, c'est que papa se réveille, qu'il se réveille et qu'il arrête la politique, et qu'on n'aie plus rien à voir avec toutes ces…

Sa voix s'éteignit d'elle-même.

— Jasmine, c'est dur, mais c'est pas le moment de montrer des signes de faiblesse. Au contraire, il faut montrer au pays qu'on est forts. Qu'on garde espoir.

Le « pays » : Jasmine s'en fichait, du pays.

Ce qui la blessait, ce qui la heurtait à ce moment-là n'était rien d'autre que la fausseté du ton de sa mère. Qu'elle ne pouvait pas détester pour cette fausseté : Jasmine savait très bien que sous ses airs de commandante, derrière ces gestes résolus, cette posture droite, elle était décomposée.

La jeune femme profita d'un instant où sa mère consultait son téléphone pour observer son front plissé, ses cheveux noirs de jais, qu'elle teignait encore – elle s'occupait d'elle-même, c'était ce qu'on pouvait souhaiter de mieux pour une femme de tête dont le mari était dans le coma : qu'elle continue de prendre soin de son apparence.

— Maman, qu'est-ce qui va se passer s'il se réveille pas avant que le Conseil constitutionnel décide d'annuler l'élection ?

— Eh bien, c'est simple, répondit Esther Chaouch en s'éclaircissant la voix pour prendre son ton de professeur, la Constitution prévoit que le 17 mai, c'est-à-dire jeudi prochain, ce soit le président du Sénat, Cornut, qui assume l'intérim du pouvoir. L'ensemble des opérations électorales doivent être renouvelées, sous vingt à trente-cinq jours, ce qui nous amène…

— Sarko va être réélu, donc ? Tout ça pour ça ?

— Mais non, rien n'est sûr. Pourquoi tu dis ça ?

— Ben y a personne à gauche si t'enlèves papa, personne pour le battre. Et avec toutes ces émeutes, les gens vont voter pour la sécurité, la stabilité…

Esther Chaouch hésita un instant.

— Écoute, Jean-Sébastien serait devenu Premier ministre, dans le cas de figure dont on parle là, je pense qu'il aurait… beaucoup de soutiens, et une légitimité incontestable pour porter le projet d'Idder, le projet qu'ils ont...

— Vogel ? Franchement, Vogel ? Tu le vois en président ?

— Ma chérie, rien n'est si simple. Et puis on n'aura jamais à en arriver là ! Voyons c'est absurde, on aura pas à en arriver là, c'est… évident…

Le silence tomba sur la table. Jasmine se rongea l'ongle du pouce. Sa mère s'arrêta sur le visage anxieux de sa fille unique.

— Et Brisseau, demanda soudain Jasmine, elle a perdu la primaire mais tout le monde l'aime bien, je l'ai entendue tout à l'heure, on a l'impression qu'elle veut profiter du coma de papa, non ?

— C'est ça, la politique, ma chérie.

— Maman, bifurqua Jasmine en baissant d'un ton, il y a quelque chose que je veux t'avouer. Ça va te paraître stupide, mais… je me sens mal de pouvoir en parler à personne, et… ça m'empêche de dormir, j'ai l'impression d'avoir trahi…

— Qu'est-ce qu'il y a, Jasmine ?

— J'ai pas voté pour lui. J'ai pas voté pour papa.

Esther ne réagit pas. Elle se contenta de poser ses couverts sur le rebord de son assiette et de regarder dans le vague. Jasmine versa la tête en arrière.

— J'ai pas voté Sarkozy, hein, j'ai juste… j'ai voté blanc. Je crois qu'au fond de tout, j'avais pas envie qu'il soit élu. Je sentais que… ça allait changer notre vie, pour toujours. Même si je suis sûre qu'il aurait fait un bon président…

— Jasmine ! l'admonesta sa mère. Ton père est dans le coma, il est pas mort ! Je refuse que tu parles de cette façon. Quant à cette histoire de vote blanc, promets-moi juste de ne pas l'ébruiter, O.K. ?

Jasmine n'avait plus faim. Elle prétendit être fatiguée et répondit mollement à quelques questions de sa mère sur les concerts qu'elle avait choisi d'annuler. Juste avant de laisser sa fille partir, Esther lui prit la main et lui posa une question qui, quand elle la prononça à voix haute, apparut à Jasmine avoir été sa seule vraie préoccupation depuis le début :

— Bon, je t'en parle comme ça, promets-moi de ne pas t'énerver, mais… Fouad… comment dire…

Jasmine s'empourpra de colère. Elle arracha sa main à celles de sa mère :

— Au revoir, maman.

— Jasmine, je dois te prévenir, tu en fais ce que tu veux mais… Fouad doit être entendu aujourd'hui même par le juge d'instruction antiterroriste qui enquête sur l'attentat contre papa…

L'information ne fit pas se retourner la jeune femme mais ralentit perceptiblement sa course.

Coûteaux lui emboîta le pas et lui demanda d'attendre un instant, le temps que la voiture soit avancée devant l'entrée de l'hôtel.

— Vraiment, Aurélien, se plaignit Jasmine, vraiment ? On peut pas marcher sur dix mètres ?

Coûteaux la considéra d'un air étrange, presque personnel, qui troubla Jasmine à tel point qu'elle baissa le regard et accepta sans broncher davantage de patienter dans le vestibule climatisé de l'établissement. Ce fut alors qu'elle reçut un SMS de son ex, Christophe Vogel, qui lui affirmait qu'il pensait à elle, qu'il était là pour elle, qu'il n'osait pas l'appeler mais qu'il n'attendait qu'un « signe ».

5.

L'élégant sexagénaire qui se présenta au bout de la salle d'attente ressemblait exactement à l'homme que Fouad avait vu et admiré à la télé. Costume taillé sur mesure, silhouette fine et énergique, Szafran avait le front haut et clair, à peine ridé, comme pour témoigner d'une intelligence encore jeune. Il y eut un détail qui troubla Fouad : le ténor du barreau mâchait frénétiquement un chewing-gum. Pour le reste, il avait le même air ténébreux, accentué au lieu d'être adouci par les fils blancs qui commençaient à envahir ses cheveux bruns coiffés en brosse.

— Je suis désolé, monsieur Nerrouche, j'ai été retenu au tribunââl… Mesdames, monsieur. Suivez-moi dans mon bureau, je vous prie.

À la façon sèche dont Me Szafran avait présenté ses excuses, Fouad eut l'impression d'entendre des reproches. Il attribua ce désagrément à l'incroyable voix de basse de l'avocat, qui faisait presque trembler les murs bleus du bureau.

Une stagiaire apporta une chaise supplémentaire et évita le regard de Fouad.

— Bon, j'ai eu le juge Wagner au téléphone ce matin. Vous allez être entendus comme témoins assistés, séparément, et ça ne devrait pas durer très longtemps.

— Témoins assistés ? demanda Rabia. Ça veut dire que vous serez là ?

— Oui, je serai là mais ce n'est pas ce que « témoin assisté » veut dire. Témoin assisté, ça veut dire que vous n'êtes pas mis en cause dans le dossier, mais que vous n'êtes pas non plus entendus comme simples témoins.

Szafran ne cessait pas de mâcher son chewing-gum et de faire jouer ses mâchoires dans un violent mouvement horizontal.

Fouad ne se sentait pas souvent dans ses petits souliers devant des hommes plus âgés que lui, mais le regard perçant de cet avocat, la dureté de son attitude et surtout sa réputation, tout lui rappelait qu'il n'avait que vingt-six ans.

L'impression désagréable de Fouad vira à l'admiration inconditionnelle lorsque Szafran pivota sur sa chaise capitonnée et annonça qu'il pouvait déjà se prévaloir d'un premier – modeste – succès : grâce à ses bonnes relations avec un des enquêteurs de Levallois-Perret, Rabia pourrait téléphoner à son fils avant la fin de sa garde à vue, juste avant son déferement au parquet.

— Dans combien de temps ? demanda Rabia en quittant presque sa chaise.

— Eh bien, le procureur a prolongé sa garde à vue de quarante-huit heures, donc je dirai jeudi soir, probablement.

— Pas avant jeudi soir ? Mais… (Rabia ferma les yeux pour s'interdire de pleurer) c'est mon fils, ils ont pas le droit…

— Madame, la reprit doucement l'avocat, les charges les plus lourdes du Code pénal pèsent sur votre fils. Inutile de se voiler la face, même si l'on réussit à faire apparaître qu'il n'était qu'un exécutant dans un complot plus vaste, c'est quand même lui qui a tiré, qui a tiré sur un candidat à la magistrâtuuure suprême.

— Alors sa seule chance, intervint Fouad, c'est de rejeter la faute sur… mon frère ?

— J'en ai bien peur, oui.

— Maître, je voulais vous dire, comment faire en sorte qu'il ne soit plus défendu par ce Me Aribi ? Je l'ai entendu hier, il parlait au nom de Krim, mais aussi de toute la famille. Et, sans être au courant des stratégies de défense et de toutes ces subtilités, je suis persuadé que c'est une très mauvaise idée de s'exprimer à la télé comme ça…

— Alors, bien, j'allais y venir. Non seulement c'est une très mauvaise idée, mais c'est passible de sanctions. S'il s'est exprimé en votre nom alors que vous ne l'avez pas désigné, il s'approprie une clientèle abusivement. J'ai parlé avec lui hier, au téléphone, je lui ai demandé d'avoir la confraternité de me laisser me charger de la défense de Krim et, bon, je ne vais pas vous mentir, le ton est assez vite monté. Je l'ai menacé de porter l'affaire devant le bâtonnier de Paris.

— De toute façon, qui va payer ? s'écria Fouad. C'est pas Krim, c'est nous ! On a quand même le droit…

— Absolument. Écoutez, je vais vous dire, ça n'ira pas jusqu'au bâtonnier. Me Aribi n'a pas encore rendu visite à Krim, la garde à vue en cas de terrorisme autorise les policiers à repousser jusqu'à soixante-douze heures la présence de l'avocat. C'est scandaleux, mais c'est comme ça. Ce qu'on va faire, c'est que lorsque vous allez avoir Krim au téléphone, dites-lui de changer d'avocat et de me désigner moi. Bon. Mais pour l'instant, il faut préparer l'audition de cet après-midi.

— Vous m'avez dit hier, demanda Fouad, que vous le connaissiez, le juge d'instruction qui s'occupe de… nous ?

— Wagner ? Oui, oui, répondit Szafran, un peu évasif. D'après ce que j'ai compris, le Renseignement intérieur enquêtait déjà sur votre frère et ce mouvement, le SRAF. Et vu la proximité de Wagner avec le nouveau procureur de Paris, Lamiel, on lui a confié l'instruction de l'attentat sur Chaouch avant même la fin de la garde à vue de votre cousin. Ce qui doit ennuyer pas mal de monde. Bref. Sinon… c'est un type bizarre, imprévisible, mais je ne crois pas qu'il soit aussi fou que Rotrou. Vous savez, ils sont tous dingues à l'antiterrorisme. Trop de pouvoir, et trop proches du pouvoir d'ailleurs… Mais Wagner n'est pas un pur et dur, si j'ose dire, il est cultivé, marié à une grande pianiste. Bon, ça reste un juge, mais le fait que ce soit lui qui ait été désigné au lieu des pontes du terrorisme islamiste prouve bien une chose, en tout cas : ils savent depuis le début que ça n'a rien à voir avec AQMI ou je ne sais quelle mouvance islamiste… D'ailleurs, dans sa conférence de presse, le procureur Lamiel n'a pas évoqué la moindre piste religieuse.

Fouad dodelina du chef. Szafran desserra le nœud Windsor de sa cravate, se saisit d'un bloc-notes et enfila sa veste sur le dossier de son siège :

— Bon, maintenant, les choses sérieuses. Je vais vous demander de me répéter tout ce que vous avez dit en garde à vue. Et surtout de me parler de Nazir. De façon extensive. Vous voulez un café ? Un verre d'eau minérââle ?

6.

Une heure après avoir appris par Poussin que le SRPJ de Saint-Étienne n'avait trouvé personne au domicile de « Gros Momo », Wagner reçut un deuxième coup de fil de son jeune collègue. Il venait de quitter le Palais pour se rendre à son déjeuner, ses officiers de sécurité lui demandèrent d'entrer dans la voiture. Wagner ne put maîtriser un geste d'agacement et plaqua le combiné contre son torse pour s'en prendre à l'un de ses gardes :

— Mais enfin, on est au beau milieu du boulevard du Palais, entre le 36 et la Préfecture de police, avec la plus forte densité de gendarmes mobiles et de fonctionnaires armés de toute la capitale, vous croyez vraiment que je risque ma peau en m'accordant deux minutes de plein air ?

Depuis que sa femme l'avait tancé pour qu'il assiste à son concert ce soir, le juge était d'humeur exécrable. Ses officiers de sécurité ne lui tinrent pas rigueur de son emportement et le conduisirent au restaurant de la rive gauche où il avait rendez-vous avec le procureur Lamiel.

— Poussin, j'espère que c'est une bonne nouvelle, soupira Wagner, une fois assis sur la banquette arrière de sa prison mobile.

— P-P-Pas sûr, répondit Poussin, en tout cas c'est intéressant. J'ai p-p-perquisitionné moi-même chez Gros Momo, et sur l'ordinateur fixe on a regardé les e-mails récents, notamment dans la boîte de spams où atterrissent les not-t-t-ifications F-F-Facebook. Voilà, dans la boîte de messages F-F-Facebook, le gamin raconte qu'il doit aller se cacher chez son cousin à I-I-I-Ivry-sur-Seine.

— Bon, eh bien très bien, trouvez l'adresse du cousin et saisissez la PJ d'Ivry pour qu'ils aillent l'interpeller.

— Non, non, monsieur le juge, ce n'est pas ça.

Wagner leva les yeux au ciel. Avec son sixième sens de bègue, Poussin s'en rendit compte ; il reprit sa respiration et ajouta :

— En p-p-parcourant les messages F-F-Facebook, on d-d-découvre t-t-tout un fil de con-conversations qui ressemble à la mise en p-p-place d'op-p-pérations ciblées dans le cadre des émeutes.

Wagner gardait la bouche ouverte et les sourcils froncés depuis le début du coup de fil ; il attendait que le mot Facebook soit prononcé une autre fois pour perdre patience. Il devait faire la lumière sur un complot visant à assassiner le président de la République et Poussin lui parlait de Facebook !

— Écoutez, je vous laisse voir tout ça avec Mansourd.

Après quoi il raccrocha et descendit de la voiture. Thierry Aqua Velva lui emboîta le pas et le précéda d'une seconde pour vérifier que les lieux étaient sûrs.

— Non mais vous plaisantez Thierry, j'espère !

— Monsieur le juge ?

La constance et la courtoisie de ces hommes semblaient à toute épreuve. Wagner le laissa entrer dans le restaurant et vérifier, au rez-de-chaussée et à l'étage, qu'il n'y avait pas caché dans les tentures épaisses, le lustre ou – pourquoi pas ? – sous la double moquette à baguettes de cuivre un assassin avec une dague entre les dents. Lamiel venait lui aussi d'arriver ; debout devant le comptoir, il lisait les pages saumon du *Figaro* en jouant harmonieusement du bâton autour duquel était enfilé le prestigieux quotidien.

— Dites donc, mon vieux, vous avez une mine épouvantable.

— Des petits problèmes de sommeil, répondit Wagner en évitant le regard exorbité de son collègue du parquet.

Lamiel insista pour monter à l'étage où ils seraient, prétendit-il, plus au calme. Wagner accepta, parce que, contrairement à ce qu'il avait redouté – et qui n'était pas pour rien dans son irritabilité –, le procureur n'avait pas demandé à quelque personne haut placée de l'accompagner pour forcer sa main de petit juge. À l'étage, il y avait une dizaine de tables rondes, et sur la leur seulement deux couverts. Il n'y avait donc pas de « piège », mais Lamiel, avec ses gestes visqueux et le Ricola qu'il faisait bruyamment passer d'une molaire à l'autre, semblait tout de même cacher quelque chose :

— Vous avez vu, le Conseil constitutionnel ? J'ai appris de source sûre qu'ils allaient recevoir sous peu le médecin-chef du Val-de-Grâce.

— Je ne savais pas, répondit Wagner avec le haussement de sourcils d'un homme que les ragots, fussent-ils entendus dans les couloirs feutrés d'un ministère, ne pouvaient pas intéresser.

— À ce niveau, ce n'est plus une décision qu'on leur demande de prendre. C'est de la sorcellerie ! Et quand on regarde la composition du conseil, c'est assez… ensorcelant, n'est-ce pas ? Debré et Giscard seraient prêts à tout pour contrer Sarkozy, et tous les autres, qui sont quand même huit, c'est Sarkozy qui les a directement ou indirectement nommés ! Je paierais cher pour être une mouche dans la salle où ces chers Sages vont délibérer…

Wagner leva enfin la tête et fixa les yeux saillants de Lamiel. Il faillit lui dire que sa transformation en mouche était déjà bien entamée. Il préféra lui parler des relevés d'écoutes qu'il avait demandé à la DCRI de lui communiquer :

— En relisant les relevés du portable de Nazir Nerrouche, j'ai découvert, avec ma greffière, qu'il évoquait à un moment un troisième portable. Ça n'a pas pu passer inaperçu, mais je me demande bien pourquoi la DCRI n'a pas spontanément versé les relevés de ce troisième portable au dossier…

— Peut-être qu'ils ne l'ont pas écouté, tout bêtement.

— Si, Mansourd a parlé avec son pendant à la DCRI, Boulimier, qui dirigeait lui-même les investigations. Il a confirmé qu'il y avait bien trois portables qui étaient écoutés.

Lamiel ne renchérissait pas.

— On verra bien ce soir, j'ai demandé qu'ils me soient livrés d'urgence.

Lamiel approuva ; il n'osait pas regarder Wagner dans les yeux.

— Bon, Henri, on se connaît trop bien pour que je n'aille pas droit au but. Depuis que vous instruisez ce dossier, je me suis fait beaucoup d'ennemis, à commencer par la Préfecture de police, qui ne me pardonnera jamais d'avoir saisi la SDAT de Mansourd, ce que j'ai fait parce que je sais que vous aimez travailler avec lui. Bon. Les ennemis, c'est la vie, peu importe. Je vais même vous dire : vos choix sont vos choix, et que vous préfériez mettre les Nerrouche sur écoutes au lieu de les mettre en examen, je le respecte. Le problème, c'est qu'il y a des gens, ici et là, qui jasent, qui pensent que vous n'êtes pas assez virulent, nos amis de la presse, bien sûr, mais aussi d'autres amis…

— Jean-Yves, vous avez dit en préambule que vous vouliez aller droit au but, alors, je vous en prie, faites-le !

— Écoutez, j'ai vu le PV de garde à vue de la mère de Nazir. Dounia Nerrouche. Elle dit noir sur blanc qu'elle a envoyé de l'argent à son fils sur un compte à Zurich. Si ça ne suffit pas pour la mettre en examen pour association de malfaiteurs terroristes, alors autant supprimer ce chef d'inculpation…

Wagner ne réagissait pas. Il jouait avec son couteau en argent, approchait sa lame du verre vide mais arrêtait le mouvement juste avant le contact. Jusqu'à ce que l'énervement soit trop fort et provoque ce tintement qui n'aurait pas été remarqué dans une cantine mais qui, dans la respectable pénombre de ce restaurant tapissé de rouge, fit l'effet saugrenu d'un rot énergique lors d'une réunion du Rotary.

— Henri, si vous ne mettez personne de la famille en examen, les gens vont penser qu'on n'avance pas. Et ils auront raison ! Pour l'instant, du réseau Nerrouche, on n'a rien ! Abdelkrim, ce grand benêt de culturiste, et Benbaraka qui dit avoir rendu service sans savoir de quoi il s'agissait. Avec un peu de chance, l'Identité judiciaire nous donnera bientôt le nom du fameux rouquin barbichu qui aurait aidé Abdelkrim le jour de l'attentat, mais c'est tout. Aucune des cellules dormantes suivies par la DCRI n'a le moindre rapport avec l'attentat. Le réseau Nerrouche n'est ni islamiste, ni séparatiste, ni anarcho-autonome, rien du tout ! Je vais vous dire, pour l'instant on sait ce qu'il est, même si c'est peu : c'est une famille. Vous ne pouvez pas sincèrement croire qu'ils n'ont rien à voir avec les petits projets de Nazir Nerrouche ! Il habitait chez sa mère, il a donné du travail et de l'argent à ses cousins, à ses oncles, c'était le héros de la communauté. Ils savaient, Henri. Ils savaient.

— Eh bien, moi, je ne sais pas, rétorqua Wagner. Je ne sais pas encore et tant que je ne sais pas, je n'incrimine pas les gens. Je ne vais pas mettre toute une famille en examen et leur demander de me prouver que j'ai tort. Vous vous souvenez de la charge de la preuve ? J'ai appris ça sur les bancs de l'école, ça date un peu mais, oh, ça disait en gros que ce n'est pas à l'accusé de faire la preuve de son innocence, mais à l'accusateur de donner celle de sa culpa…

Il se tut ; deux ombres approchaient de leur table. Deux ombres en costumes à trois mille euros, et Wagner ne fut pas long à remettre la plus âgée des deux : il s'agissait ni plus ni moins que du premier président de la Cour de cassation, le plus haut magistrat de France. Lamiel s'était levé, presque mis au garde-à-vous. La stupéfaction et la colère clouèrent Wagner au capiton de son siège.

— Monsieur le juge, dit Lamiel en s'éclaircissant la voix pour présenter l'autre homme, vous connaissez Marc Fleutiaux, du cabinet du garde des Sceaux.

Fleutiaux rehaussa ses petites lunettes sur son long nez condescendant.

— Monsieur le juge, dit-il d'une voix habituée à imposer le silence, je tiens à vous dire que monsieur le ministre, ainsi que tout le cabinet, suit de très près l'instruction que vous dirigez. Un sans-faute, n'est-ce pas, monsieur le président ? Un sans-faute pour le moment.

Le premier président hocha la tête. Avec son teint clair et ses cheveux blancs séparés par une raie impeccable, il dégageait un air de dignité bourgeoise que rien ni personne ne semblait pouvoir contrarier. Comme Wagner ne réagissait pas, pas même par un signe de tête, Fleutiaux lança un regard noir à Lamiel ; il ajouta en levant le menton :

— Bien sûr, il y a la vidéo de ces interpellations. Terrible, cette vidéo. Terrible. Le plus terrible, c'est qu'elle nous met dans l'obligation de rentabiliser l'opération, si j'ose dire, n'est-ce pas, monsieur le premier président ?

Le premier président répondit par l'affirmative. Fleutiaux fronça les sourcils et retourna à sa table ronde, située à l'autre bout de la salle, devant la baie vitrée.

Lamiel n'osa rien dire. Lorsqu'un serveur en grande livrée apporta leurs assiettes, Wagner jeta sa serviette sur la table.

— C'est quoi, la prochaine étape ? Une requête en suspicion légitime pour me dessaisir du dossier ? Ou alors non, passer par Me Aribi pour faire la requête, quitte à être dans les coups tordus, autant aller jusqu'au bout !

— Ne soyez pas naïf, Henri. On n'est pas dans un dossier où des gamins ont jeté des pétards dans la cour d'une gendarmerie. On parle d'un complot pour assassiner le président de la République. C'est une atteinte aux fondements mêmes de l'État… Enfin, c'est normal qu'il y ait des pressions…

— Oui, ce qui n'est pas normal, c'est la célérité, la diligence et surtout la servilité que vous mettez à les relayer. Oh, et puis vous savez quoi ? Ça m'a coupé l'appétit, votre petit numéro.

Il se leva d'un bond et quitta la table.

7.

Le bureau de la directrice des ressources humaines de la Société des transports de l'agglomération stéphanoise se trouvait au rez-de-chaussée de l'audacieux complexe de verre, de pelouses et d'acier qui abritait le « Siège ». Bouzid n'avait pas eu le temps de mettre une cravate, pas plus qu'il n'avait trouvé, dans l'urgence de sa convocation, une chemise propre. Il avait épousseté son uniforme de conducteur (ensemble vert sombre, chemise à la convenance du conducteur, en l'occurrence, pour Bouzid, imperméable aux dilemmes cosmétiques, jaune pissenlit) et il passa une demi-heure, dans la salle d'attente sans magazines qui donnait sur les places du parking réservées à la direction, à frotter les aisselles de sa veste, espérant en effacer les auréoles malheureusement indélébiles qu'y avaient laissées deux semaines de transpiration à piloter le bus de la tristement célèbre ligne 9.

La DRH était une brune à mèches blondes, pas assez laide pour passer son temps à s'en venger sur autrui, pas assez jolie pour afficher une réelle confiance en soi. Elle débouchait à grand-peine un Tupperware sophistiqué lorsque Bouzid fut enfin invité à s'asseoir en face d'elle.

— Ça vous dérange pas ? demanda-t-elle en empoignant sa fourchette en plastique.

Bouzid garda le visage fermé et répondit d'un haussement de tête vaguement poli. La DRH avait quinze ans de moins que lui, quelques poils sombres sur les avant-bras et la voix méprisante des gens à diplômes.

Pourtant, elle n'était pas à l'aise, et il n'était pas impossible qu'elle ait attendu l'arrivée de Bouzid pour avaler sa salade, afin de se donner une contenance au moment fatidique. Bouzid savait en effet qu'il s'agissait d'une mauvaise nouvelle, mais lorsqu'il la vit tripoter ses dossiers sans oser lever les yeux sur lui, il comprit que la nouvelle n'était pas mauvaise, mais que c'était la pire. Les rumeurs de plan social ne concernaient théoriquement pas les conducteurs, et le statut des employés de la Société des transports était convoité par beaucoup de Stéphanois en situation précaire. La DRH commença malgré tout par faire un historique des difficultés que connaissait la société depuis le début de la crise.

Bouzid regarda le poster géant qui mangeait un des murs du bureau : c'était un coucher de soleil proverbialement paradisiaque, une énorme boule affalée sur la ligne de l'océan, si ardente et lumineuse qu'elle vidait de leur contenu les silhouettes des palmiers et des cocotiers de la plage.

— … vous comprendrez donc qu'on ne peut pas vous proposer un autre poste dans l'immédiat. Mon conseil, c'est donc…

— Pourquoi moi ? la coupa Bouzid d'une voix inhabituellement calme.

— Monsieur Nerrouche, je viens de vous l'expliquer. Nous avons établi une liste de critères…

— Monsieur Nerrouche, ouais, la reprit-il en souriant presque.

La DRH repoussa son Tupperware et se composa un air indigné.

— Qu'est-ce que vous insinuez ?

— Ouais, c'est ça, *zarma* vous savez pas ce que j'insinue…

Bouzid se leva.

— Vous voyez, ajouta la DRH uniquement pour ne pas perdre la face, ça n'a pas pesé pour rien que vous ayez déjà eu deux blâmes disciplinaires.

Bouzid lui fit un bras d'honneur.

— Et on a été mis au courant d'un troisième incident pas plus tard qu'hier.

Qu'elle essaye ainsi de se persuader qu'il y avait un sens à le virer, lui plutôt qu'un autre, fit saillir la fameuse veine de Bouzid. Il fit demi-tour et appuya ses mains tremblantes sur son bureau.

— Écoute-moi bien, espèce de connasse, vous avez décidé de me virer parce que je m'appelle Bouzid Nerrouche, et que vous avez regardé la télé ces deux derniers jours, si tu continues de raconter n'importe quoi…

Il allait dire : je te défonce. Mais son portable vibrant dans la poche arrière de son pantalon le ramena à la réalité. La mémé essayait de le joindre. Il annonça qu'il finirait sa journée de travail. La DRH voulut répliquer que ce n'était pas nécessaire, mais d'un geste Bouzid lui fit comprendre que ce n'était pas la peine d'insister.

Trop en colère pour décrocher son téléphone tout de suite, Bouzid se rendit comme tous les jours au vestiaire des conducteurs. Il enfila une deuxième chemise, noua sa cravate aux insignes de la société et se fit offrir une cigarette pour patienter avant son service. Le chauffeur qu'il devait relayer arriva un peu en retard et parut surpris de voir Bouzid attendre sous le porche. Bouzid lui serra la main et s'installa sur le siège moelleux en rabattant le banc mobile où étaient rangés les tickets et les rouleaux de monnaie.

C'était vraisemblablement la dernière fois qu'il entendait ce cliquetis harmonieux qui signifiait qu'il avait pris possession de son cockpit. Il avait eu de bons et de mauvais jours au volant de ce bus. Parfois la circulation bouchée l'obligeait à attendre de longues minutes dans un embouteillage inattendu. Parfois c'était un automobiliste idiot qui lui faisait une queue de poisson et descendait de sa voiture pour le provoquer en tapotant sur sa vitre latérale. Un jour il était lui aussi descendu pour montrer qu'il ne se laissait pas marcher sur les pieds.

Les heures les plus dures étaient toutefois celles du soir dans les périodes de tumulte ; quand les banlieues s'embrasaient dans tout le pays, le quartier de Montreynaud où il officiait était en première ligne au niveau de l'agglomération stéphanoise. Avec le temps, il aimait croire qu'il avait appris à se faire respecter. Les lascars savaient qu'ils ne pouvaient pas fumer au fond du 9 quand c'était Bouzid qui conduisait.

La radio du tableau de bord grésilla et lui fit signe de rentrer au siège immédiatement. Bouzid alluma l'autre radio et trouva RMC. Infatigable, Brigitte Lahaie y dispensait ses conseils amoureux aux auditeurs du début d'après-midi. Une vieille habituée de la ligne salua le chauffeur et prit sa place fétiche juste derrière lui. Bouzid démarra au moment où il voyait deux hommes en polo vert courir dans la direction de son bus.

Il roula jusqu'au premier arrêt sans se sentir particulièrement inquiété. Son téléphone sonnait sans discontinuer. La mémé voulait vraiment le joindre, elle raccrochait juste avant la dernière sonnerie et rappelait immédiatement.

— Pourquoi il décroche pas, cette espèce d'*arioul* ? dit-elle en s'asseyant sur un banc de cette placette, où arrivaient et repartaient les bus Eurolines.

Une jeune fille blonde crut bon de la regarder avec compassion, comme on regarde une vieille dame essoufflée. Sa figure menue disparaissait sous un énorme *backpack* surmonté d'un tapis de camping enroulé sur lui-même. La mémé lui lança le regard noir d'une femme qui ne s'était jamais sentie victime de rien, ni de la guerre, ni des hommes, ni des Français et sûrement pas de la vieillesse.

Elle connaissait les plannings de Bouzid, sur lesquels elle le cuisinait chaque début de semaine pour savoir quand elle pourrait le sonner en cas de besoin. Et la mémé avait toujours beaucoup de besoins. Elle menait une vie d'intrigues, soigneusement cloisonnée, une de ces vies qui nécessitent la disponibilité sans failles d'un chauffeur privé. Les cheikhs de la ville la respectaient, elle gagnait beaucoup d'argent en tirant les cartes à domicile. Bouzid s'acquittait des courses pour lesquelles sa mère le convoquait jour et nuit comme s'il lui devait quelque chose de plus précieux que sa naissance.

Le car Eurolines qu'elle attendait arrivait de Madrid. Il était passé, selon l'itinéraire placardé sur l'abribus, par Saragosse, Barcelone, Saint-Jean-de-Luz, Périgueux, Clermont-Ferrand. Il fit enfin son apparition au détour de la place où s'alignaient les abribus et les zones de stationnement provisoire. La mémé appela à nouveau Bouzid, elle savait qu'il travaillait de nuit ce mardi. Bouzid avait le sommeil léger et l'obligation tacite de laisser son portable allumé toute la journée, même en cas de sieste. S'il ne se réveillait pas, songeait la mémé, comment allait-elle transporter en lieu sûr et à l'abri des regards celui qu'elle était venue accueillir ?

Le tonton Moussa vit sa vieille mère depuis son siège au milieu du car ; il sortit une cigarette de la poche intérieure de sa veste et attrapa son bagage à main qui lui avait permis de ne pas utiliser la soute des autres voyageurs.

Bouzid finit par éteindre son portable. Après le quatrième arrêt obligatoire de la ligne, le bus devait emprunter l'autoroute sur une portion de quelques centaines de mètres afin de rejoindre l'entrée de Montreynaud. Bouzid vit dans le rétroviseur intérieur qu'il n'y avait plus qu'un vieillard assoupi dans le bus, un vieux Marocain qui lui avait raconté la semaine dernière qu'il s'était fait opérer de la cataracte. Au moment de se déporter sur la voie de droite pour atteindre la bretelle, Bouzid eut une impulsion folle : il continua sur l'autoroute.

Il ne savait pas s'il avait assez d'essence pour tirer jusqu'à Lyon, il ne savait pas s'il serait intercepté par la police des autoroutes avant même de longer la petite ville de Saint-Chamond. Ce qu'il savait, c'était que rater cette bretelle, déroger à la feuille de route si strictement définie et surveillée, rouler à la sauvage au milieu des habitués de l'A45 qui devaient se demander pourquoi le 9 les suivait en haute mer, tout cela lui procurait un sentiment de liberté qu'il ne se souvenait pas d'avoir éprouvé depuis qu'il avait commencé à perdre ses cheveux.

8.

Une voiture de location était censée attendre Djinn entre la place de la Bastille et la gare de Lyon, pour être exact au croisement des avenues Daumesnil et Ledru-Rollin. Le cousin de Gros Momo arriva très en avance et attendit dans une laverie automatique dont la vitre sale donnait sur le carrefour. Un viaduc de briques roses longeait l'avenue Daumesnil : la Coulée verte, célèbre promenade qui reliait Bastille à Vincennes, était suspendue à neuf mètres de haut, et plantée de cerisiers, de tilleuls, d'érables et de massifs de fleurs. Entre deux coups d'œil à son portable, Djinn fixait les buis et les bambous qui protégeaient les joggeuses, cherchant parfois à suivre, sur les quelques mètres à découvert du pont, une chevelure blonde ou une paire de seins qui auraient eu l'obligeance de gigoter. Mais d'en bas il ne voyait presque rien, ou alors des poitrines sportivement aplaties par de déprimants soutiens-gorge Décathlon.

Enfin la voiture apparut et se rangea le long de la piste cyclable. Djinn bondit hors de la laverie, il se dirigeait vers la place du passager lorsque le conducteur lui fit signe de prendre la sienne.

— Mais pourquoi ? demanda Djinn.

Le conducteur ne répondit pas et fit le tour de la voiture en cachant son visage. Depuis l'attentat il portait des lunettes de soleil et songeait à teindre ses cheveux roux. Mais il n'avait pas osé se rendre dans un supermarché, encore moins chez le coiffeur. Il avait rasé sa barbiche mais en plus de ne l'avoir pas du tout rendu méconnaissable, ce nouveau menton imberbe lui donnait le sentiment d'être à découvert, aussi vulnérable qu'un porc-épic qu'on aurait dépourvu de son armure.

— On va où ? demanda Djinn.

Là encore, le rouquin ne répondit pas.

— Romain, insista Djinn, on va où ?

Romain secouait la tête en fixant le rétroviseur. Il enleva ses lunettes de soleil : il avait les yeux explosés, à fleur de tête, il semblait possédé.

— Là où on s'est donné rendez-vous, expliqua-t-il en faisant signe à Djinn de rouler, au-dessus, sur la promenade, c'est là qu'il faut cacher les sacs. Tu viens les chercher ici et tu les montes là-haut.

— Où ici ? Mais je croyais qu'ils étaient dans la bagnole ?

Le rouquin lui demanda de le déposer au commencement d'une rue proche de la gare de Lyon.

— Rue d'Austerlitz, expliqua-t-il à Djinn, au 17. Je t'attends là avec les sacs.

— Mais pourquoi tu me les donnes pas tout de suite ? demanda Djinn qui ne comprenait plus rien.

— Si tu te fais arrêter en route, on est foutus, répondit Romain.

— Un dernier truc, risqua Djinn, mon cousin, Gros Momo ?

— Eh ben quoi ?

— J'aimerais bien qu'il soit pas… tu vois, qu'on le laisse tranquille, quoi. T'as vu, j'ai tout fait, bien, mais je demande juste que, lui, il soit pas mêlé à… tu vois, quoi ?

— C'est toi qui vois, mon pote. Ou tu fais ce qui est prévu, ou tu retournes dans ta petite vie, tranquille. Maintenant tu décides, j'ai rien à te dire, moi.

Romain déglutit douloureusement et se regarda dans le rétroviseur central : fébrile, malingre, blafard, sans sa barbiche il avait l'air de ce qu'il était – un adolescent attardé et mal dans sa peau.

Djinn fonça jusqu'à Ivry ; il trouva Gros Momo avachi devant la télé.

— Wesh, Gros Momo, viens voir deux minutes. (Il l'entraîna à la cuisine.) Vas-y, il faut que tu fasses un truc, *zarma* pour me rendre service, tu vois ?

Gros Momo baissa les yeux sur le lino gondolé de la cuisine ; il y avait vu un cafard la veille au soir, qui l'avait empêché de dormir toute la nuit.

— Franchement c'est que dalle, juste surveiller un clebs ce soir. C'est le clébard d'un collègue, il faut qu'on fasse un truc, tu vois. Vas-y, c'est tranquille ?

— C'est tranquille, répondit Gros Momo.

C'était plus que tranquille en vérité : il était fou de joie. Non seulement il allait avoir un peu de compagnie pendant que Djinn partait en vadrouille, et en plus cette compagnie était celle d'un chien. Mais lorsque le chien apparut dans l'embrasure de la porte une heure plus tard, Gros Momo dut déchanter. Ce n'était pas un berger allemand avec les yeux tendres de Sultan : c'était un pitbull musculeux et à poil ras, empêché d'aboyer et de dévorer les petites filles du quartier au moyen de la muselière la plus impressionnante que Gros Momo avait jamais vue. Autour du poitrail du molosse un harnais le bloquait tant bien que mal dans ses élans, et son maître déconseilla à Gros Momo de lui retirer l'une ou l'autre de ses entraves.

Gros Momo demanda comment il s'appelait. Le maître ne répondit pas. Djinn vit l'étonnement de son cousin et répondit à la place de son collègue que le pitbull s'appelait Sarko. Parce qu'il roulait des mécaniques, parce qu'il était petit mais teigneux et doté, surtout, d'une intelligence redoutable.

Gros Momo regarda ses petits yeux havane : ils étaient si vides qu'ils auraient tout aussi bien pu être remplacés par des boutons de peluche.

— Vas-y, si j'étais toi, je le regarderais pas dans les yeux.

Le maître était malien. Il avait la même carrure que son chien.

— C'est un clebs d'attaque, expliqua-t-il avec un sourire carnassier. Croisé avec on sait pas trop quoi. Un jour on l'a fait combattre contre deux bulldogs. La vie de ma mère il les a bouffés tout cru. Si je me fais choper, c'est direct la zonzon.

Gros Momo passa la main sous le museau du monstre. Djinn alluma un ordinateur dans la pièce à côté et se rendit sur Facebook. Dans le miroir qui surmontait le canapé défoncé, Gros Momo vit son cousin et le maître du chien regarder le profil d'une fille en petite tenue dont il s'amusa, pour se prouver qu'il pouvait lire à l'envers, à relever les nom et prénom. La fille était classiquement bonne ; pour autant les deux compères n'avaient pas l'air lubrique ou rigolard, au contraire leurs sourcils étaient graves et les propos qu'ils échangeaient en multipliant les coups d'œil dans sa direction étaient tenus à voix basse, comme à la médiathèque.

Quand ils furent partis, Gros Momo eut trop de peine et dénoua la muselière du monstre. Après quelques violents coups de langue et une brève série d'aboiements, Sarko se calma et accepta la cuvette d'eau que lui avait préparée son maître d'un soir.

Par la fenêtre, Gros Momo vit qu'une dizaine de voitures s'étaient réunies dans la cour, au pied des immeubles de brique rouge. Djinn donnait des instructions avec de petites claques pour asseoir son autorité. Après ce briefing inquiétant, les hommes entrèrent dans leurs voitures par groupes de deux. Certaines de ces voitures avaient les vitres teintées, mais aucune n'était vitre ouverte pour faire profiter le voisinage de leur play-list de rap. La voiture que conduisait Djinn fut la première à démarrer. Les autres suivirent comme des ombres.

Chapitre 10

LES OMBRES ERRANTES

1.

Aurélie, ne pouvant joindre son père, se laissa entraîner avec ses camarades de classe qui allaient se « poser » tous les midis, en cette excitante fin d'année scolaire, sur les quais de Seine pour prendre le soleil et faire semblant de réviser. Parmi eux il y avait Nico, l'un des « Quatre » qui étaient restés dimanche dernier, après la grande soirée qu'elle avait organisée chez ses parents.

Nico, qui rêvait d'entrer à Sciences Po, s'était mis à porter des vestes de costume, des chemises à rayures bleues et à parler comme Sarkozy. Il disait le prénom des gens qu'il haranguait dans un débat, il parlait de sa « famille politique ». Pourtant c'était un portrait de Chirac qu'il avait dans sa chambre, ce qui avait d'ailleurs été révélé sur Facebook, avec création d'un groupe satirique en prime (« Si toi aussi comme Nicolas Bachelier tu as un poster de Chirac dans ta chambre »), poussant le jeune homme à faire son coming-out corrézien et à se singulariser de Tristan, le sarkozyste le plus zélé du lycée. D'aucuns prétendaient que c'était précisément pour marquer sa différence avec le charismatique *bully* de la T°S1 qu'il avait accepté la fuite facebookienne.

Aurélie avait été de cet avis mais maintenant elle s'en moquait.

Quand elle vit Nico approcher d'elle pour lui dire deux mots, elle avança à pas rapides jusqu'à l'extrême rebord du quai et leva les yeux au ciel :

— C'est Tristan qui t'envoie ? Qu'est-ce que tu veux ?

— Bon. Je vois que t'es pas dans une bonne journée. Je viens te dire que ni moi ni Thibaud n'avons dit quoi que ce soit sur ce que tu sais. Et oui, si ça peut te faire plaisir, c'est Tristan qui m'a dit de te le dire quand je te verrais.

Aurélie adoucit son regard, elle tira même la langue de soulagement. Nico en profita. Il remua nerveusement les épaules et fronça les sourcils :

— Juste un truc, et là c'est moi qui demande, c'était quoi la lettre que t'écrivais tout à l'heure en philo ?

— Mais va te faire mettre, s'indigna Aurélie. Depuis quand est-ce que je te dois des explications ? Pff, pauvre type.

Nico encaissa de façon ostensible. Il avait dû lire ou imaginer dans les Mémoires de son ancien président d'idole que c'était ça, la politique : apprendre à encaisser.

Aurélie mit la main dans la poche de son gilet : la lettre n'y était pas. Elle l'avait en effet laissée dans son sac, ce grand sac à main où elle rangeait ses cours et ses affaires de piscine pour les midis où elle s'entraînait. De retour parmi la petite assemblée où on venait de rouler un joint, elle vérifia que la lettre pliée en trois se trouvait toujours dans son portefeuille. C'était le cas, mais un regard louche qu'elle crut deviner chez Nico de l'autre côté du cercle la persuada de la garder plus près d'elle.

La poche de son jean était trop petite : elle opta finalement pour celle de son gilet, d'où, en effet, elle dépassait à peine.

On lui passa le joint, elle en fuma au moins six taffes de suite. Le vacarme des voitures s'évanouit, ainsi que sa mauvaise humeur. Elle se mit à rire préventivement aux blagues qu'allait faire le rigolo de la bande, elle fut la première à se lever pour faire des bras d'honneur aux touristes décérébrés qui leur adressaient des coucous depuis le pont du Bateau-Mouche. Quand elle enleva son gilet pour être en débardeur et bronzer un peu, une de ses ennemies joua la fille choquée et lui demanda de contracter ses biceps. On remarquait généralement deux choses chez Aurélie : ses yeux vairons et la robustesse de ses épaules et de ses bras. Un peu défoncée, Aurélie, qui était de toute façon très fière de ses muscles, s'exécuta avec un sourire de défi.

Et puis elle se mit à écouter Nico qui avait mille théories passionnantes sur la situation politique actuelle :

— … mais faudrait être stupide pour pas voir ce qui est en train de se passer ! Sarko, en fait, il va rester président quoi qu'il se passe. Jeudi prochain, il vire, mais il vire officiellement, pas officieusement.

En fait, il manipule Cornut, le président du Sénat, depuis le début. Cornut, c'est une huître, il va suivre à la lettre ce que Sarko lui murmure à l'oreille, et tout faire pour accélérer la date de la décision du Conseil constitutionnel, au cas où Chaouch se réveillerait...

— Mais comment tu sais tout ça ? demanda une voix rieuse.

Nico, trop enflammé pour déceler le ton ironique de la question, répondit en tombant la veste comme un politicien chevronné :

— Mais c'est évident ! Regarde, le problème c'est les émeutes. Si y en avait pas, le Conseil constitutionnel attendrait après la date de la passation de pouvoir, après la fin officielle du mandat de Sarko. Histoire de laisser une chance à Chaouch. Mais là, c'est trop dangereux. À mon avis, ils vont prononcer son empêchement définitif à la fin de la semaine, dans ce pays c'est insupportable de ne pas avoir de tête. Depuis qu'on l'a coupée aux rois et qu'on a remplacé les rois par les présidents, on a toujours eu une tête, une tête forte au sommet de l'État. Une tête forte, c'est tout le contraire d'une tête qui dort !

Aurélie éclata de rire. La mâchoire imberbe de Nico qui s'avançait rageusement, sa voix maigrelette qui balayait les siècles et les concepts – il était tellement ridicule, ce pauvre Nico, et pourtant presque touchant.

— Bon, ben je vais vous laisser avec Chirac Junior, moi je dois y aller.

Quelques voix protestèrent : il n'y avait pas cours cet après-midi. Aurélie expliqua qu'elle devait aller à un concert de sa mère à sept heures et qu'elle avait bien besoin d'une douche pour se débarrasser des conneries de Nico.

2.

— Vous vous appelez Fouad Nerrouche, vous êtes né à Saint-Étienne, département de la Loire, le 21 avril 1986, vous avez donc vingt-six ans.

Fouad acquiesça. Le juge ne leva pas les yeux de ses dossiers. Son stylo-plume restait en suspens au-dessus de sa feuille. Sa vigoureuse chevelure blanche semblait attendre quelque chose d'autre, un complément d'information ou peut-être simplement une réponse orale.

— Oui, monsieur le juge, essaya Fouad.

Et ce fut suffisant : le juge se remit à écrire et demanda :

— Pourquoi vous vous appelez Nerrouche, alors que Nerrouche, c'est le nom du côté de votre mère ?

— Mon père s'appelait Nerrouche lui aussi. C'était un cousin de ma mère, enfin un cousin éloigné, un membre de la tribu Nerrouche, tribu entre guillemets. C'est souvent comme ça que ça se passait, en Kabylie… Enfin, je crois.

— Vous voulez dire que vous ne connaissez pas trop la Kabylie personnellement ? Vous êtes né en France, vous y êtes déjà allé ?

— Non.

— Et votre frère Nazir ?

Fouad jeta un coup d'œil à son avocat en robe. Celui-ci lui fit signe de répondre sans se poser de questions.

— Je ne crois pas, monsieur le juge. Je dois vous dire d'emblée que je n'ai plus de relations avec mon frère aîné depuis plus de trois ans, depuis la mort de notre père.

— Oui, ça tombe bien, n'est-ce pas. Et pourquoi, alors ?

— Un différend d'ordre… je ne sais pas comment dire.

Fouad se souvint de la façon dont s'était conclu l'entretien avec Szafran : il n'y avait pas dix mille stratégies possibles, il fallait vivement se désolidariser de Nazir, en se souvenant que lui n'avait pas hésité à les entraîner dans sa chute.

Fouad tourna la tête vers la greffière assise derrière un bureau perpendiculaire à celui du juge.

— Je crois que je le déteste au moins autant qu'il me déteste. C'est un différend d'ordre psychologique, si vous voulez. Tout nous oppose, monsieur le juge.

— Tout ? Quand a eu lieu votre… rupture ?

— Il y a trois ans, répéta Fouad du bout des lèvres. Pour l'enterrement de mon père. On a eu un désaccord sur… la façon de l'enterrer…

Le juge le regardait sans sourciller, pour qu'il continue.

— Lui voulait une cérémonie très religieuse, mais mon père s'en foutait, il avait même dit qu'il voulait le contraire… On s'est disputés, et… voilà.

— Vous diriez que Nazir attache beaucoup d'importance à l'islam ?

— Je ne sais pas. Je crois qu'il n'attache d'importance à rien ni personne. Je crois qu'il est simplement mauvais. Nihiliste, c'est le mot.

Wagner posa son stylo et révéla sous ses cheveux blancs une paire d'épais sourcils noirs. Son visage sculptural et sérieux produisait sur Fouad une impression de force et de colère rentrée. Pourtant ce fut avec désinvolture qu'il changea de sujet :

— Je vous ai vu dans cette série, *L'Homme du match*. Ma fille vous adore. Elle dit que vous ressemblez à Alain Bashung jeune.

Fouad et l'avocat restèrent sans voix.

— Monsieur Nerrouche, il faut que vous compreniez quelque chose : pendant que vous enchantiez le petit écran, toute une équipe du Renseignement intérieur surveillait les agissements de votre frère aîné. Ce que vous allez me dire maintenant, je le sais donc déjà. Cette petite précision pour que vous ne vous piquiez pas de réécrire l'histoire, ou de répondre par la comédie à la question suivante : que saviez-vous *exactement* des projets de votre frère ?

Fouad répondit du tac au tac ; la question avait été préparée avec Szafran :

— Je ne savais que deux choses : qu'il aidait financièrement une partie de ma famille, mais comme ça, sans contrepartie, et notamment ma mère, en lui virant, à mon grand désespoir, un peu d'argent de temps en temps. Et la deuxième chose, c'est qu'il militait activement pour la construction de ce fameux minaret à la grande mosquée de Saint-Étienne. Je savais qu'il militait, mais je ne savais et ne sais toujours pas comment. J'ai aussi compris qu'il était en rapport avec mon cousin Abdelkrim, mais je l'ai compris trop tard, monsieur le juge.

Sa gorge se serra. Il faillit demander un verre d'eau mais préféra poursuivre :

— Le jour du mariage de mon petit frère Slimane, samedi dernier, j'ai trouvé ça louche que Krim reçoive une enveloppe de la part de Nazir. J'ai pris Krim entre quatre yeux et je lui ai demandé ce qu'il y avait dans l'enveloppe. Il n'a pas voulu me répondre.

— Eh bien moi, je vais le faire, monsieur Nerrouche, murmura Wagner en terminant de griffonner une note. Dans cette enveloppe, il y avait un billet de TGV pour qu'il se rende à Paris et assassine Idder Chaouch. Qui dans votre famille était au courant de l'existence de cette enveloppe ?

Paniqué, Fouad regarda son avocat. Celui-ci prit la parole :

— Monsieur le juge, mon client n'en sait rien.

— Eh bien, qu'il me le dise lui-même !

— Je ne sais pas, monsieur le juge.

Wagner vit qu'il mentait. Toute la mauvaise humeur qu'il avait accumulée depuis le début de cette journée se concentra dans les doigts de sa main droite, le pouce et l'index qui pincèrent le sommet de son nez comme pour nettoyer les recoins de ses yeux fatigués.

— Monsieur Nerrouche, vous êtes entendu comme témoin assisté, ce qui signifie qu'à tout moment je peux décider de vous mettre en examen.

Est-ce que vous comprenez ce que ça veut dire, une mise en examen ?

Fouad haussa les sourcils : oui, il comprenait.

— Bon, on va y revenir, j'aimerais maintenant vous interroger sur votre relation avec Jasmine Chaouch. Depuis combien de temps est-ce que vous la connaissez ? Comment l'avez-vous rencontrée ?

Fouad n'eut pas le temps de répondre : une sirène surpuissante fit vibrer le parquet du cabinet.

Wagner se tourna vers Alice. Celle-ci haussa les épaules et mit la main sur son ventre. Accompagné de deux gendarmes mobiles, le commandant militaire du Palais ouvrit la porte du cabinet :

— Monsieur le juge ! C'est une alerte à la bombe, il faut évacuer le palais.

— Une alerte à la bombe ici ? Mais non, c'est impossible !

— Je vous assure.

La voix du commandant militaire n'était pas celle d'un homme en exercice de simulation. Wagner laissa sortir Fouad et Szafran, et accompagna Alice sur le palier. Il prit bien soin de fermer à clé son cabinet et croisa Rotrou sur le seuil de la galerie Saint-Éloi. Couverts par le vacarme de la sirène, les deux juges ne se parlèrent pas. Mais dans le regard de l'Ogre il y avait toute une logorrhée de récriminations, comme si cette alerte était une conséquence des méthodes « humanistes » de Wagner.

En traversant la salle des pas perdus, Fouad ressentit le picotement d'une peur étrange et absolument inédite : celle de l'explosion. Les toits s'effondreraient, les murs soufflés projetteraient d'énormes briques sur leurs corps minuscules et déjà calcinés. Mais c'était l'explosion elle-même qui l'effrayait, c'était l'imagination d'un son inimaginable, plus fort que le tonnerre, plus violent que la mort même.

— C'est juste une fausse alerte, mon chéri, dit Dounia en voyant que son fils avait du mal à respirer.

Lorsqu'ils furent à l'abri, derrière le périmètre de sécurité, le juge, entouré de ses gardes du corps, parut confirmer la prévision de Dounia :

— C'est probablement une fausse alerte, mais les vérifications vont durer des heures. Il faut que nous reprenions rendez-vous. Dans les jours qui viennent, demain, par exemple ?

Szafran protesta :

— Monsieur le juge, mes clients habitent à 500 kilomètres de Paris. Ils sont pourchassés, littéralement harcelés par la presse, chaque déplacement leur est terriblement coûteux, en argent comme en énergie.

Alice, la greffière, avait oublié l'agenda du cabinet. Wagner vit qu'elle avait la main sur le ventre et le visage dolent et soucieux.

— Après-demain, concéda le juge, reportons à après-demain, même heure.

Il s'éloigna de quelques pas pour demander à Alice si tout allait bien. Celle-ci se redressa et accrocha à ses lèvres son habituel sourire, qui ressemblait de plus en plus à celui d'une actrice dans une pub pour du Red Bull.

— Très bien. Un peu fatiguée, mais faites-moi confiance, je vous le dirais si ça devenait trop difficile.

Et, comme pour prouver qu'elle avait bien l'intention de travailler jusqu'au dernier jour de sa grossesse, elle ajouta :

— C'est vrai qu'il ressemble à Alain Bashung.

— Oui, mais il est fort probable qu'il n'aura pas la même carrière, commenta le juge en allumant son téléphone pour écouter ses derniers messages. Eh bien tiens, justement, ma fille m'a appelé.

Il rappela Aurélie qui décrocha au bout de la troisième sonnerie.

— Salut, l'affreuse. Qu'est-ce que tu voulais me dire ?

Aurélie hésita au bout du fil. Elle voulait tout lui avouer : l'après-midi avec Krim, la lettre qu'elle venait d'écrire pour qu'il la transmette à Krim. Elle n'avait pas le choix pour que Krim reçoive sa lettre : il fallait qu'elle lui dise la vérité sur ce dimanche. Mais même s'il semblait mieux disposé que la veille (« l'affreuse »), elle eut trop peur de sa réaction.

— C'est… je sais pas trop comment dire ça…

— Comment dire quoi ? demanda le juge sur un ton inquisiteur. Je t'écoute.

— Papa, je peux pas en parler au téléphone. Quand est-ce que tu rentres ?

— Aurélie, qu'est-ce qui se passe ? Tu vas m'expliquer oui ou merde ? Aurélie ? *Aurélie* ?

Elle avait raccroché.

3.

Il fallut trois heures aux équipes spécialisées pour confirmer qu'il s'était agi d'une fausse alerte. Mais vers seize heures deux autres coups de fil avertirent que des bombes allaient exploser à la station Havre-Caumartin et à la Bibliothèque nationale de France François-Mitterrand. Les évacuations massives furent massivement filmées, mais là encore on ne trouva aucun explosif ; le procureur Lamiel, qui gérait déjà les appels fantaisistes de « témoins » prétendant avoir vu Nazir aux quatre coins du monde, ouvrit une enquête préliminaire et la confia à la Section antiterroriste de la Brigade criminelle. Il refusa de recevoir un journaliste de l'AFP et appela Wagner pour savoir comment s'étaient passées les auditions de la famille proche. Celui-ci lui expliqua qu'il avait dû les reporter, et s'opposa vivement à l'hypothèse du procureur, selon laquelle il pouvait s'agir d'une manœuvre de la famille proche pour ne pas être interrogée en bonne et due forme.

Afin d'enrayer la psychose qui risquait de se propager parmi les Parisiens, le Premier ministre François Fillon donna une conférence de presse, encourageant les gens à continuer de vivre comme ils le faisaient avant l'attentat. Aucune menace sérieuse n'avait été enregistrée depuis ce dernier, et les coups de fil de ce mardi après-midi furent attribués à des plaisantins que la police allait tout mettre en œuvre pour traduire devant la justice et punir de façon exemplaire.

Après le départ de Szafran, qui s'était encore une fois montré très rassurant (« on a de la chance d'avoir un bon juge »), la « famille proche » se rendit dans une brasserie. Fouad avait choisi un endroit discret ; sa méfiance des journalistes virait à la phobie.

Le serveur berchu qui s'occupa de leur table lui fit une drôle d'impression : il parlait comme un ancien drogué abruti de médicaments pour les nerfs, et en voyant ses gestes méticuleux à l'extrême et son espèce de politesse à deux doigts d'éclater en coup de sang, Fouad eut l'étrange conviction qu'il s'agissait d'un repris de justice. Lorsqu'il apporta leurs cafés, il déplaça les papiers de Fouad un peu plus haut sur la table, afin que la tasse fumante soit tout devant la poitrine du client, mais en accompagnant ce mouvement obséquieux d'un « S'il vous plaît » franchement réprobateur.

Fouad proposa à Dounia et Rabia de passer la nuit à Paris, dans son studio du XIIe arrondissement. Il irait dormir chez un ami, et de toute façon il avait des choses à faire à Paris avant de rentrer à Saint-Étienne.

Mais Rabia ne pouvait supporter d'être dans la même ville que son fils sans le voir, et elle ne voulait pas laisser Luna seule plus longtemps.

— Je vais conduire, décida Dounia. Si on part maintenant, on arrivera vers onze heures, minuit.

Fouad n'avait aucune envie que sa mère passe six heures sur la route après la journée qu'ils venaient d'affronter. Mais Dounia insista. Et son grand fils ne put se retenir, quand il les raccompagna à la voiture et ferma la portière, d'éprouver un immense sentiment de soulagement. Pour la première fois depuis samedi, il était seul ; il n'avait pas à se montrer fort, il n'avait pas d'autre décision à prendre, dans l'immédiat, que celle de la direction la plus commode pour rentrer chez lui.

Oubliant sa résolution de rester incognito, il traversa la place du Châtelet et longea la rue de Rivoli jusqu'à ce qu'elle devienne la rue Saint-Antoine. Sur cette artère qu'il connaissait par cœur, il fut surpris par le nombre inhabituel de véhicules de police stationnés sur les voies d'urgence et accompagnés de militaires qui patrouillaient maintenant jusque sur le trottoir. S'il avait pris le métro, il aurait été encore plus surpris : ravivé par l'attentat contre Chaouch, le souvenir des hécatombes de 1995 avait décidé les autorités à placer un détachement dans chaque rame. Au lieu de rester au fond des wagons, les soldats patrouillaient dans les allées, vérifiaient les sièges, demandaient à tous les passagers à peau bistre de présenter le contenu de leur sac.

Un vieil homme monté sur ressorts s'adressa à Fouad pour lui demander l'heure et lui tint la jambe pendant cinq interminables minutes au cours desquelles Fouad apprit que :

— Si y a tellement de soldats, c'est qu'on est passé au niveau écarlate du plan Vigipirate. Eh oui ! Vous croyez quoi ? Pendant qu'on n'a pas de président, on est vulnérables. Et ça va continuer, moi je vous le dis. Chaouch va pas se réveiller…

Le passant loquace s'arrêta en se demandant soudain si Fouad n'était pas maghrébin.

— Enfin je vous dis ça, moi j'ai voté pour lui, hein, et je préférerais qu'il se réveille mais bon, faut pas rêver. Rupture d'anévrysme dans le cerveau, franchement ? J'ai un beau-frère qui a fait ça, du côté de Menton, vous connaissez Menton ? Joli coin, non ? Mais j'aime autant vous dire qu'il est resté dans le coma deux mois et qu'après il a clapsé vite fait bien fait. Hé ! Enfin tout ça pour dire que Sarkozy se casse dans quoi ? dix jours ? Vendredi prochain, je crois, eh ben après qu'est-ce qui se passe ? Le président du Sénat le remplace, mais le président du Sénat c'est qui ? Cette chiffe molle de Cornut ! Non mais franchement, Cornut ! Lauréat du prix de l'humour politique les trois dernières années ! Trois années consécutives ! Et vous croyez qu'ils vont attendre qu'on ait quelqu'un de clair et net à la tête de l'État pour nous attaquer, AQMI et compagnie ?

Quand il se fut séparé de l'importun, Fouad tomba la veste et poursuivit son chemin sous le feu nourri de regards féminins escortés de sourires en au moins trois occasions. Après Saint-Paul il s'arrêta et fut saisi par un violent sentiment de déjà-vu. Il chercha une encoche familière dans la perspective plaisamment incurvée qui montait vers la colonne de Juillet – mansarde, encorbellement, balcon de fer forgé, quelque chose qui aurait rompu l'uniformité du ruban d'immeubles étroits blottis l'un contre l'autre, après l'église Saint-Paul.

Mais le paysage était partout muet.

Une petite brune aux yeux bleus se planta soudain devant lui, au croisement avec la rue de Turenne. Elle avait les cheveux coiffés à la garçonne, un débardeur noir ouvert sur un décolleté plongeant sans être réellement ostensible.

— Tu vas pas me faire croire que tu me reconnais pas ?

Fouad s'essuya les yeux ; il se souvenait d'avoir couché avec elle deux ans plus tôt, il se souvenait que c'était un soir d'orage et qu'elle avait des taches de rousseur entre les seins ; mais il ne se souvenait pas de son nom.

— Putain, ça fait des années, Fouad, déclara la jeune femme en allumant une cigarette. Tu m'as jamais rappelée, espèce de goujat !

Fouad se frappa le front.

— Incroyable…

Il ne retrouverait jamais son prénom, mais au moins il semblait qu'elle n'était pas au courant de son implication dans le psychodrame national.

— Alors j'ai vu que ça marche pour toi. *L'Homme du match.* Franchement, c'est super. Tu fais encore des tournages là, ou vous avez fini la saison ?

Fouad se souvint qu'elle travaillait dans le cinéma ; la production, le financement, le marketing, quelque chose dans le genre.

— Oui, dit-il un peu gêné, ça reprend dans deux, trois semaines.

— Et tu vas à Cannes cette année ?

Fouad mit ses mains derrière sa nuque et hocha la tête comme s'il avait été sur le point de faire une série d'abdos debout.

— Cannes ? Pas sûr, je me sens pas trop d'aller me faire dorer la pilule en ce moment, avec tout ce qui se passe…

— C'est pas te dorer la pilule, insista la jeune femme, c'est le taf ! T'es marrant. En plus, tout le monde t'attend là-bas.

Ah, elle sait, pensa Fouad. Mais en la regardant droit dans les yeux, il n'en était plus sûr.

En fait la jeune femme ne savait pas. Ce qu'elle savait, c'est qu'elle exagérait : tout le monde n'attendait pas Fouad, son succès populaire dans *L'Homme du match* et ce second rôle qu'il avait décroché dans la grande comédie française de l'été commençaient à lui valoir le mépris ouvert de toute une partie de la critique. Mais il était en contact, *Yaël* était en contact avec un réalisateur respecté qui avait obtenu deux ans plus tôt l'oscar du meilleur film étranger, et qui jouissait d'une réputation excellente dans le cinéma français.

Comme la conversation languissait, Fouad confia un secret professionnel à son ancienne conquête, comme pour se faire pardonner de ne pas retrouver son nom :

— Faut pas en parler, évidemment, mais je vais peut-être jouer dans une sorte de biopic sur l'émir Abd-el-Kader, le tournage doit commencer à l'automne 2012. C'est un truc très ambitieux, un film de cinq heures trente en trois parties. Voilà. Ça raconterait la vie d'Abd-el-Kader, sa jeunesse, sa captivité…

— Putain, mais c'est génial ! s'exclama la jeune femme en ouvrant de gros yeux ébahis.

— Ouais, enfin je me demande un peu si…

— Si quoi ?

Fouad soupira. Il n'était décidément pas très en forme ; le mode de la confession lui paraissait soudain plus qu'un moindre mal, la seule voie possible :

— Non mais voilà, je me demande juste si j'ai le droit de jouer Abd-el-Kader ! Franchement, je fais quoi ? J'amuse la galerie avec une sitcom à deux balles, je vais jouer le gentil rebeu dans la comédie de l'été… Des fois, je me demande…

— Te demande pas, réagit solennellement la fille. Te demande pas… Mais attends, on va pas rester comme des cons dans la rue, là. On prend un pot ?

Fouad jeta un coup d'œil à la chair piquée de minuscules taches de son de sa jeune poitrine ferme et blanche. Le gyro deux tons d'un cortège de voitures banalisées le réveilla. Il pensa à Krim, à Ferhat, à Jasmine et à sa mère qui toussait.

Mais il déclina en prétextant un apéro pour lequel il était déjà très en retard.

4.

Yaël avait mis une jupe large et des talons hauts quand Fouad arriva chez elle. Il lui demanda si elle sortait, elle répondit en lui prenant la main qu'*ils* sortaient. Le bruit de ses talons dans l'escalier réveilla Fouad et lui rappela pourquoi il aimait tant Paris, surtout à cette période de l'année. Dans la rue ensoleillée, la chevelure rousse et frisée de Yaël n'avait jamais paru aussi exubérante.

Ils passèrent chez Monoprix, achetèrent un pack de 1664 et une bouteille de muscat qu'ils pourraient déboucher sans ouvre-bouteilles, et ils s'installèrent sur une des pelouses à la mode du parc des Buttes-Chaumont. Fouad raconta son après-midi, l'alerte à la bombe. Yaël avait une façon hyperactive d'écouter les gens. Sa bouche ouverte dévorait les mots, les digérait d'« ah ouais ? », de « c'est ouf »...

— Enfin voilà... conclut Fouad.

Il s'allongea sur le dos et regarda les nuages qui s'effilochaient sur l'azur.

Yaël ouvrit une deuxième bière et répandit un peu de mousse sur son corsage bariolé. En s'essuyant sans ménagement, elle s'aperçut qu'elle n'était pas encore prête à entrer dans le vif du sujet.

— Je voulais te demander, pour Jasmine... j'y ai beaucoup réfléchi, tu crois pas que c'est un peu dangereux de... je sais pas...

— De quoi tu parles ? lui demanda Fouad.

— Ben, enfin tu vois, c'est peut-être un peu risqué là, l'entourage de Chaouch. Ils vont peut-être se constituer partie civile. Enfin, je me dis juste que tu devrais peut-être commencer à les voir comme... comme des adversaires, des adversaires judiciaires. Enfin je suppose que Szafran t'en a mieux parlé que moi.

— Szafran n'a pas parlé de ça. Et j'aimerais mieux que tu fasses de même.

Fouad sentit qu'il s'était montré trop dur. Il tapota l'épaule de son agent et bifurqua :

— Bon, et sinon quand est-ce que je reprends les tournages ? Je sais pas comment je vais faire. Je peux pas quitter Saint-Étienne maintenant. Ma tante, ma mère...

Yaël garda le silence. Fouad se suréleva sur un coude pour attraper son téléphone qui vibrait. C'était Slim. Il choisit de ne pas répondre.

— Yaël, ça va ?

Yaël n'avait jamais entendu ce ton chez Fouad. Elle décapsula sa deuxième cannette de 1664 et aspira une grande bouffée d'air.

— Bon, Fouad, j'ai essayé de te le dire au téléphone, mais… ce ne sont pas des choses qui se disent au téléphone. Oh… Je crois que j'ai une mauvaise nouvelle, Fouad…

5.

Au même moment, Jasmine sentit que l'eau du bain dans lequel elle méditait depuis une demi-heure était en train de refroidir. Mais elle était trop lasse, elle ne fit pas couler le robinet d'eau chaude et se vautra dans l'immobilité tiède, comme fascinée par sa propre paresse.

Deux coups à la porte de la salle de bains la firent sursauter.

— Mademoiselle Chaouch ? Tout va bien ?

C'était la voix de Coûteaux. Par défi, Jasmine ne répondit pas. Mais quand Coûteaux frappa à nouveau et répéta sa question, elle n'eut pas le choix et s'arracha bruyamment à la mare savonneuse.

L'ombre de Coûteaux louvoyait dans la bande minuscule au pied de la porte. Jasmine en conçut un agacement qui confina vite à la haine. Elle ouvrit tous les robinets et les fit couler à leur puissance maximale. Quand Coûteaux essaya d'ouvrir le loquet, Jasmine hurla :

— Foutez-moi la paix ! Foutez-moi la paix, bordel de merde !

Pour se calmer, elle ferma les yeux, respira lentement. Les paroles de la fin des *Indes galantes* de Rameau lui revinrent ; elle avait manqué la répétition de la veille, ainsi que son cours de chant. C'était le rondeau des *Sauvages*, qu'elle chanta à voix basse à la surface de l'eau, comme pour animer les voiles d'un vaisseau imaginaire :

Forêts paisibles, forêts paisibles,
Jamais un vain désir ne trouble ici nos cœurs.
S'ils sont sensibles, s'ils sont sensibles,
Fortune ! Ce n'est pas au prix de tes faveurs…

Elle rêvait à ces forêts paisibles, elle aurait voulu être un de ces cœurs qu'aucun vain désir ne troublait. Car la pensée que Fouad était entendu par un juge ne lui laissait plus un instant de répit.

Les huit mois qu'ils avaient passés ensemble, leurs week-ends à Londres et à Venise, les soirées sous la couette à regarder des DVD, celles chez des amis où ils se surveillaient malicieusement avant de s'éclipser – tout pouvait n'avoir été qu'un leurre, et Fouad lui-même, Fouad *l'acteur*, s'était peut-être joué d'elle pour atteindre son père. Les chansons qu'ils avaient aimées ensemble et auxquelles Jasmine attachait déjà tant de souvenirs ; ces mélodies où toute une période de sa vie, la période Fouad, avait déposé sa riche substance, comme en vue d'une postérité vivante, presque immédiate ; toute la musique de son amour, qui le dignifiait tandis que lui se dignifiait d'elle dans un adorable cercle vertueux, se désaccordait soudain à cause de ce soupçon infime mais persistant, qui grossissait de ne pas pouvoir être balayé d'un revers de la main.

Et les départs de batterie, les entrées de violoncelle, les passages en majeur de mélodies qui sur le coup n'évoquaient qu'eux-mêmes et qui, après quelques mois, renfermaient toute la joie de son amour, n'étaient soudain plus qu'artifices destinés à la duper, et ne projetaient plus dans son âme que l'amère certitude de son propre ridicule.

— Non, non, murmura-t-elle. Je peux pas croire qu'il ait menti, qu'il m'ait prise pour une conne…

Folle de rage, Jasmine se leva et déverrouilla la serrure de la porte ; elle sortit toute nue de la salle de bains. Elle passa devant Coûteaux bouche bée et marcha d'un pas résolu jusqu'à la table basse où elle se souvenait d'avoir laissé son téléphone. Mais le téléphone n'y était pas. Pas plus que sur le canapé.

— Il est où, mon téléphone ? demanda-t-elle au garde du corps qui s'efforçait de ne pas la regarder. Il est où ? J'ai pas le droit d'appeler Fouad, hein ? C'est ce qu'on va voir si j'ai pas le droit d'appeler Fouad ! Je veux lui parler, je dois lui parler ! Vous racontez n'importe quoi ! Il m'aime !

Et elle se mit ainsi, dans son plus simple appareil, à chercher son téléphone dans l'appartement qui ressembla rapidement à un champ de bataille.

6.

Un champ de bataille, c'était ce à quoi ressemblait l'esprit de Fouad après avoir entendu la mauvaise nouvelle de Yaël.

— Mais enfin, ils ont pas le droit ! On peut bien faire quelque chose, non ?

— Faudrait voir avec Szafran...

— Une photo volée en une de *Closer* ! C'est pas possible, moi et Jasmine comme ça ? On peut pas interdire la publication ? Et de quoi on a l'air dessus, au fait ?

— Mais je te dis, Fouad, j'ai pas vu la photo. C'est un vieux copain qui y bosse, et qui m'a dit qu'ils avaient décidé de sortir l'info...

— Mais quelle info ? s'indigna Fouad.

— Fouad, ça se sait. C'est dégueulasse, mais... tout le monde le sait dans le petit milieu que t'es le cousin de Krim. Et tant que la justice ne t'a pas blanchi...

Fouad l'arrêta sur ce mot. Comme pour le faire résonner.

— Blanchi ? Blanchi, mon cul ! Je suis même pas mis en examen, ni moi ni ma mère ni... C'est Krim qui...

C'était Krim, donc c'était lui. Les subtilités de la justice étaient évidemment sans effet sur la propension des médias à amalgamer les responsabilités.

— Et pour *Emir express* ?

C'était la comédie de l'été dans laquelle il jouait le rôle d'un jeune « beur » qui découvrait un gisement de pétrole dans son village du Loir-et-Cher.

— Qu'est-ce qu'ils vont faire ? demanda-t-il avec un rire sec. Ils vont annuler la sortie du film ?

Yaël ne s'était pas aperçue qu'elle était saoule avant cette colère de Fouad. Elle se mordit les lèvres, se sentit ridicule et déboucha le muscat. Elle en avala une gorgée à même le goulot.

— Non, le film va bien sortir, et je te le dis comme je le pense, Fouad, je vais me battre, je vais faire tout ce que je peux… Et c'est horrible de penser à ça, mais, connaissant ces gens, les distributeurs vont peut-être se dire le contraire : que ce qui t'arrive, c'est du pain bénit pour la promo… Je veux dire, c'est dégueulasse, mais… Écoute, n'y pensons pas encore. Essaie juste… de garder profil bas en attendant…

— En attendant quoi ? Que je me sois publiquement désolidarisé de mon petit cousin ? En attendant que j'aie changé de nom et d'acte de naissance ?

Yaël voulut répondre, mais Fouad s'était levé et mis en marche.

— Où tu vas, Fouad ?

— Pisser, répondit-il sèchement.

Yaël regarda la bouteille dont elle avait bu le tiers à elle toute seule. Et puis elle regarda ses talons qu'elle avait arrangés en sanctuaire pour cannettes vides. « Il a besoin de moi », pensa-t-elle.

Soudain, elle entendit une sonnerie de portable qui n'était pas la sienne. Fouad avait laissé son portable sur l'herbe, à côté de sa veste en lin. Yaël prit l'appareil : JASMINE était en train d'appeler. Elle se tourna pour être sûre que Fouad ne la voyait pas et coupa l'appel au bout de la deuxième sonnerie.

Quelques secondes plus tard, un bip retentit, signalant qu'elle lui avait laissé un message. Yaël composa le 888 et écouta le message de Jasmine :

— *Mon amour j'ai pas le droit de t'appeler mais j'en peux plus, tu me manques trop, ils me disent des trucs sur toi, je sais bien qu'ils racontent que des conneries mais j'ai besoin de t'entendre me le dire, allez s'il te plaît décroche, je veux juste discuter deux minutes... Je sais pas ce que tu crois, si tu crois que je t'en veux ou... Rappelle-moi, s'il te plaît.*

La boîte vocale proposait d'appuyer sur 2 pour sauvegarder le message et sur 3 pour l'effacer. Yaël se retourna une dernière fois et vit Fouad au sommet de la pente, adossé au tronc d'un arbre, perdu dans ses pensées. Aucun des minets stylés qui bourdonnaient autour de lui ne lui arrivait à la cheville.

Elle se mordit la lèvre inférieure et appuya sur la touche 3.

7.

Dans l'aile Montpensier du Palais royal, les dix membres du Conseil constitutionnel recevaient le professeur Saint-Samat, médecin-chef du Val-de-Grâce, afin de s'informer précisément sur l'état de santé du président élu.

L'entretien dura deux heures. Ces honorables messieurs-dames du Conseil constitutionnel libérèrent enfin le médecin et les neurochirurgiens qui avaient pratiqué la délicate opération sur le cerveau présidentiel. Et tandis qu'on invitait d'urgence, sur les plateaux télé, les professeurs de droit constitutionnel les plus éminents, tandis que dans les hôtels de police de tout le pays on se préparait à affronter une troisième nuit de violences, l'ancien président Valéry Giscard d'Estaing s'éloigna en direction de la croisée garnie de rideaux beiges qui donnait sur la cour d'honneur.

Le président Chirac avait dû abandonner sa place au Conseil à l'été 2011 ; depuis, des voix s'élevaient régulièrement pour dénoncer la règle permettant aux anciens chefs de l'État de siéger automatiquement parmi les Sages. Valéry Giscard d'Estaing n'avait pas l'intention de céder sa place, mais la façon dont il prit ses distances ce soir-là, d'un pas chuchotant, ne fut pas sans étonner ses pairs, surtout lorsqu'ils s'aperçurent que ses lèvres remuaient dans le vide et qu'il semblait parler à quelqu'un. On se demanda à qui pouvait bien s'adresser cette silhouette mangée par le contre-jour vespéral, qui finissait par avoir l'air d'une incarnation fantomatique de la monarchie républicaine elle-même, monarchie républicaine qu'avait promis de mettre à bas le président élu sur le sort duquel il allait devoir statuer.

Un grand juriste fit part de sa perplexité à l'oreille d'un de ses confrères ; celui-ci, facétieux, lui répondit en fredonnant une mélodie de Couperin, accompagnée d'une onctueuse ondulation de paume qui aurait toutefois mieux convenu au son plein du violoncelle qu'au clavecin grelottant de trémolos inchantables.

— Vous reconnaissez ? demanda-t-il quand il fut à bout de souffle.

Et devant l'air ahuri de son confrère plus jeune, il donna la réponse :

— C'est la plus belle pièce de clavecin de Couperin, le fameux vingt-cinquième ordre… Avec pour seule indication de tempo le si beau mot de (il respira de façon dramatique) « languissamment ». Ça s'appelle *Les Ombres errantes*…

Dans ce palais du Grand Siècle habitué à la sérénité chenue des examens de questions prioritaires de constitutionnalité et autres chicanes juridiques de haut vol, les Sages décidèrent pourtant de ne pas imprimer un tempo languissant à leur délibération tant attendue. On allait dire qu'ils avaient cédé aux sirènes de l'urgence du jour et aux pressions des alertes à la bombe. Mais au-delà de la très classique cour d'honneur du Palais royal, et comme l'avait fait remarquer sur RTL la ministre de l'Intérieur montée sur ses grands chevaux, le pays se convulsait et les ombres n'erraient plus. Résolument en porte-à-faux avec le chef du gouvernement, la Vermorel avait précisé qu'il y avait même de fortes raisons de penser qu'elles se réunissaient, ces ombres, qu'elles s'organisaient, s'armaient en conséquence, à des fins qu'un seul terme pouvait caractériser proprement et que la locataire de la place Beauvau avait énoncé en séparant hargneusement chaque syllabe :

— La dé-sta-bi-li-sa-tion de l'État.

On ne pouvait pas soupçonner le président du Conseil, Jean-Louis Debré, de collusion avec Sarkozy, pas plus que Valéry Giscard d'Estaing.

Les socialistes avaient pour leur part multiplié les manœuvres en coulisse et les petites phrases aux médias pour retarder au maximum l'empêchement, qui revenait à invalider l'élection qu'ils avaient, après tout, très largement remportée.

Cependant, il s'agissait là des socialistes dans une assez grande majorité, mais pas de tous les socialistes : comme l'avaient révélé les fins limiers des services politiques des grands journaux, les partisans de Françoise Brisseau semaient ici et là l'idée que cet empêchement était inéluctable, parce que même si Chaouch se réveillait dans quelques jours, il y avait fort à parier qu'il ne serait pas capable d'assumer ses fonctions. Les neurochirurgiens, auxquels JT et radios téléphonaient entre deux opérations pour qu'ils livrent leur expertise, se montraient plus mesurés : la balle n'avait pas touché le cerveau, rappelaient-ils, l'opération avait consisté à réparer une rupture d'anévrysme et tout dépendait, en cas de réveil, de la constitution physique et mentale du patient. C'était aussi ce qu'avaient dit le professeur Saint-Samat et les spécialistes qui avaient opéré Chaouch.

Mais, après deux nuits d'émeutes et une tension nerveuse portée à son comble par des températures très au-dessus des normales saisonnières, les Sages ne pouvaient se contenter d'un « ça dépendra », et ils n'eurent pas d'autre choix que de prononcer *l'empêchement définitif du président élu Idder Chaouch à exercer le mandat* pour lequel il avait reçu 52,9 % des suffrages exprimés.

Jean-Louis Debré rédigea lui-même le communiqué qui fut envoyé à la presse, après avoir été lu et approuvé par les dix autres membres. Les JT de 20 heures touchaient à leur fin et le soleil rouge avait depuis longtemps quitté la perspective de l'Arche de la Défense lorsque fut installé le pupitre d'où la décision des anges gardiens de la Constitution allait solennellement être annoncée aux Français.

8.

— Comment tu fais pour être aussi forte ?

C'étaient les premiers mots de Rabia depuis qu'elles avaient pris la route. Dounia s'était trompée de chemin, elle n'avait pas trouvé le périphérique et roulait maintenant sur le mauvais quai. La Twingo faisait des tours dans les embouteillages de la porte de Charenton. Au milieu des klaxons et des lumières de la ville, on se serait cru sur une piste d'autos-tamponneuses, prisonnier d'un jeu de circulation aux règles indéfinissables.

— Je suis peut-être forte, plaisanta Dounia en laissant tomber son front sur le volant, mais je crois que j'ai des petits problèmes d'orientation !

Mais Rabia n'était pas d'humeur. Elle insista :

— Regarde, tu fais des blagues, tu supportes tout ! Doune, c'est trop dur, j'y arrive pas… *Wollah* elle a raison, Rachida, j'ai pas su élever Krim. Pourtant… on a tout fait avec Zidan. On leur a donné tellement d'amour ! Qu'est-ce qui s'est passé ?

Dounia tourna vers sa petite sœur un visage empli de bonté.

— Tu peux pas dire ça, que t'es pas forte. Quand Zidan il est mort, *ater ramah rebi*, tu t'es tout de suite remise à vivre, ma chérie. T'as tout fait pour Krim et Luna. Mais on maîtrise pas tout, dans la vie.

— Quelle vie ? *Quelle vie* ?

— Mais moi, je savais pas, insista Dounia, je savais pas comment vivre après la mort d'Aïssa. Sans toi, je me serais flinguée ! Toi, tu continuais de rire, d'aimer, regarde-moi, regarde-moi Rabia, regarde mes cheveux. Et regarde-toi !

C'était vrai – ça l'avait été : une vitalité, une jeunesse invincibles avaient reposé dans les yeux de Rabia. Mais plus maintenant. Elle serra les dents. Les mots de réconfort de Dounia ne tombaient même plus dans le filet de sa conscience.

— Où il a dit qu'il était, Krim ? demanda-t-elle en fixant un ennemi invisible au-delà du pare-brise. Dans quelle prison ?

— Quoi ?

— Fleury, répondit-elle à sa propre question. Fleury-Mérogis ! Dounia, conduis-moi à Fleury.

— Mais de quoi tu parles, Rabia ?

— Si tu me conduis pas, je prends un taxi, *wollah* la vie de la mémé je prends un taxi !

— Rab', même si je voulais aller à Fleury, je sais pas du tout où c'est ! Mais je veux pas qu'on aille là-bas ! C'est n'importe quoi !

Dounia regarda sa sœur de profil. Son menton frémissait, ses pensées contradictoires semblaient échouer là, au bord de sa lèvre inférieure, y remuer avant de mourir de n'avoir pas été dites.

Elle sortit tout à coup de la voiture ; un coupé arrivait sur la voie de droite. Il klaxonna furieusement en stoppant in extremis. Dounia mit le frein à main et courut après sa sœur.

— Rabia, arrête ! hurla-t-elle.

Un regard dans son dos lui apprit que la circulation se fluidifiait, et que leur Twingo barrait la route à toute une colonne de voitures enragées.

— Rabia, qu'est-ce que tu fais ?

— Je vais à Fleury, déclara Rabia, les yeux bordés de larmes froides qui glissaient sur les tremplins de ses pommettes et disparaissaient dans le vide.

— Rabia, arrête, répéta sa sœur en la prenant par la manche.

Les klaxons redoublaient d'intensité. Le conducteur de la voiture bloquée juste derrière criait dans leur direction. C'était un gros bonhomme rougeaud, en bleu de travail.

— Qu'est-ce que tu veux aller foutre à Fleury ? À quoi ça va servir Rab' ? *À quoi ça va servir* ?

— Je vais l'attendre, cria Rabia. C'est mon fils ! Dounia, c'est mon fils, tu comprends ? La chair de ma chair ! Je l'ai porté dans mon ventre, Dounia ! Je l'ai porté dans mon ventre, je l'ai protégé toute sa vie et maintenant… (Elle s'appuya sur la rambarde de la route à deux voies, elle avait un point de côté.) Et maintenant tout le monde le déteste ! Mon petit Krim, mon sang, Dounia ! Mon sang !

La route hurlait, des camions passaient et soulevaient des bourrasques d'air pollué, auxquelles se mêlaient la fumée des pots d'échappement et les sons déchirants des klaxons qui ne s'évanouissaient jamais tout à fait après le passage du poids lourd qui les avait gratuitement déclenchés.

— Tout le monde le déteste, répéta Rabia, tout le monde le déteste !

— Pas nous ! tenta Dounia. Allez, viens, on rentre. Pense à Luna, la pauvre… Tu peux pas capituler, pense à elle, pense à moi… allez…

La résolution de Rabia allait flancher, mais le conducteur rougeaud avança vers elles et leur aboya dessus. Il les dépassait d'une tête et pesait probablement autant qu'elles deux réunies, mais Rabia soutint son regard et commença à l'insulter en retour. Le mot *bougnoule* fusa bientôt. Dounia se mit à tousser du sang au bord de la route.

Trois hommes débarquèrent alors de nulle part, la plupart en jeans et blousons serrés.

— Y a un problème, monsieur ? demanda l'un d'eux au conducteur.

— Vous êtes qui, vous ?

— Police des autoroutes, mentit l'autre en le retournant pour le fouiller. Il regarda Dounia et s'enquit de sa toux :

— Vous allez bien, madame ?

— Oui, oui, ça va, dit-elle en levant les yeux et la bouche au ciel. Rabia, viens, on rentre maintenant.

Rabia s'inclina, intriguée par cette police des autoroutes qui tombait un peu trop bien pour que ça ne cache pas quelque chose.

En effet, quand Dounia et Rabia eurent retrouvé le chemin de l'autoroute en direction de Lyon, les trois hommes qui étaient fonctionnaires de la SDAT informèrent le commandant Mansourd qu'ils avaient dû abandonner leur couverture. Mansourd se montra compréhensif. Il était préoccupé, par ailleurs, par cette histoire de cavalière qui avait réclamé le portable de Krim en présentant une carte de police.

Dans les couloirs de la SDAT, il croisa le capitaine Tellier qui supervisait également les auditions de Mouloud Benbaraka.

— Je vais lui parler deux minutes, décida le commandant. Éteins la caméra, il est comment ?

— Pas facile, répondit Tellier. Il a de la merde jusqu'au cou depuis si longtemps que ça en arrive même à le faire rire.

Mansourd aurait certes préféré découvrir un homme aux abois que le caïd bling-bling et sûr de lui qu'il vit en entrant dans la cellule mitoyenne de celle de Krim : droit dans ses bottes de luxe, Benbaraka caressait son poignet avec le geste fleuri d'un homme habitué à troquer, de temps à autre, le bracelet d'une Rolex contre celui d'une menotte.

Mais le désagrément n'était pas passager cette fois-ci : c'est en substance ce que lui expliqua Mansourd. Benbaraka passait sa langue sur ses lèvres, levait les yeux au ciel ; quand Mansourd fit valoir qu'il allait sûrement être mis en examen pour association de malfaiteurs en relation avec une entreprise terroriste, le Parrain de Saint-Étienne sifflota et dit en ayant l'air de penser à tout autre chose :

— Mets-moi en examen autant que tu veux, mon pote, qu'est-ce que tu veux que je te dise ?

— Comment tu as aidé Nazir Nerrouche à préparer un attentat contre le président, par exemple.

— Mais personne croira à ce genre de conneries. Je fais des affaires, des fois dans les affaires on tombe sur des illuminés, c'est la vie… les aléas du métier. Ah ah… J'en savais rien, moi, qu'il voulait tuer Chaouch !

— Et pourtant il t'a bien demandé de séquestrer sa tante, bordel de merde, sa propre tante ! Il t'a demandé de séquestrer sa tante et de la droguer, et t'as fait exactement ce qu'il te disait, comme une petite main, Nazir parle et tout le monde se couche…

Benbaraka changea de voix :

— Oh, putain, trop fort le superflic, il va réussir à me faire péter un câble, qui c'était le chef ? C'était Nazir, hein ? Oh la la, la misère je te jure… Qu'est-ce que je peux faire contre un si bon psychologue ? Rien ma parole, renchérit-il sarcastiquement.

Le commandant se leva brusquement et étrangla Benbaraka, jusqu'à l'obliger à se mettre debout. La menotte tirait sur son poignet, il faisait moins le fier.

— Où est-ce qu'il se cache, Nazir ? Où est-ce qu'il va ? Réponds ou je t'étrangle !

Benbaraka avait du mal à respirer, Mansourd s'était mis à serrer davantage son étreinte autour du cou. Quand il le laissa retomber sur sa chaise, le caïd toussa et leva ses yeux sanguinolents sur le commandant qui répéta sa question. Pour toute réponse, Benbaraka détacha les majeurs de ses deux mains auxquelles on avait retiré les bagouzes.

Chapitre 11

Le tonton du bled

1.

Son père était musulman, sa mère juive, ni l'un ni l'autre n'étaient pratiquants (d'une façon ou d'une autre), et pourtant, ce fut dans l'odeur de bois vermoulu d'une petite église de la rive droite que Jasmine Chaouch alla trouver refuge à la fin de cette journée étouffante où elle avait mille fois changé d'avis sur tout et son contraire.

Fouad ne l'avait pas rappelée, d'autres continuaient de l'éperonner de messages téléphoniques. Habib la voulait auprès de sa mère pour un reportage de *Paris Match* – « Je sais, j'avais promis, mais là c'est urgent, c'est tout ce qu'a incarné ton père et qu'il incarne encore qui est en jeu ». Sa mère voulait qu'elle accepte de reparler à Habib après lui avoir raccroché au nez la première fois. Christophe Vogel probablement missionné par son père, voulait déjeuner avec elle, prendre un café, n'importe quoi. Les gens du festival d'Aix commençaient à la harceler pour savoir si elle comptait toujours jouer dans *Les Indes galantes* en juillet. Des journalistes avaient récupéré son numéro. Il y avait quelque chose dans l'air, et les deux seuls êtres humains à qui elle aurait voulu parler s'étaient murés dans le silence – silence téléphonique pour l'un, et pour l'autre cérébral.

Jasmine prit place sur un banc de la dernière rangée, considérant que c'était celle des infidèles et qu'elle y avait droit. Trois officiers du GSPR patientaient à l'extérieur, trois autres dont Coûteaux arpentaient les allées en levant parfois les yeux sur les vitraux, non pour en admirer les formes et les couleurs, mais pour anticiper l'arrivée d'un kamikaze éventuel.

Leur protégée était avachie sur le banc, les épaules basses et la tête comme une citrouille qu'on aurait placée dans un four détraqué. Il y avait deux vieilles dames au premier rang, immobiles sur les agenouilloirs craquants. Elles avaient le même chignon, les mêmes cheveux blancs, la même stature de souris et, comme Jasmine s'en aperçut lorsqu'elles remontèrent l'allée centrale après s'être signées, le même sourire serein et délicat, la même tranquillité évangélique. Jasmine leur répondit d'un mouvement de tête et replongea dans son enfer.

Pour la première fois après le départ des vieilles dames, elle remarqua l'autel et la croix monumentale sur laquelle Jésus balançait les genoux exagérément loin du poteau. L'idée d'adorer un dieu souffrant et moribond l'avait toujours répugnée, mais pour la première fois elle n'y pensait pas de cette façon : elle ne pensait pas avec des idées, elle ne pensait peut-être pas, en vérité, mais elle éprouvait indéniablement quelque chose, plus qu'une attirance, comme une aspiration.

Elle se leva et progressa lentement dans le parfum envoûtant de la vieille pierre et de la cire de bougie. Au bout de l'allée, elle leva les yeux sur le visage du Christ, dont la figure de pierre semblait s'animer.

Des idées d'amour universel la remplirent de tous côtés ; Jasmine les réduisit à Fouad. Fouad qui vérifiait, quand elle chantait un a, que sa langue était bien plate et sa bouche correctement ronde, Fouad qui descendait lui acheter des croissants quand ils avaient passé la nuit ensemble, Fouad qui n'avait aucun égard pour les filles qui pullulaient autour de lui, Fouad qui ne connaissait pas la vanité, qui était peut-être dépourvu d'ego.

Jasmine sentit une chaleur dans le bas-ventre ; l'image de son père brillait comme dans un ostensoir.

Elle eut alors une série de visions : la pierre de taille dorée par le soleil, les églises cernées de chênes et de platanes, les monuments qui incarnaient la majesté républicaine comme un parfum enferme, pour un seul être au monde, l'incommunicable grandeur de son propre passé. Elle songea qu'elle avait été une petite fille très privilégiée. Elle passait avec son père des après-midis entiers à se promener de bus en bus. Il lui expliquait Paris par ses hauts lieux, les grands hommes par leurs noms de rues, les mousquetaires et les rois de France.

Ces souvenirs étaient encore une prière, et celle-ci avait duré peut-être une demi-heure. Mais cette demi-heure paraissait avoir été toute une vie.

Jasmine releva la tête, rouvrit les yeux. Une douzaine de personnes étaient éparpillées sur les bancs. Coûteaux lui fit signe qu'il était temps de rentrer. Elle l'accompagna docilement. Et quand elle quitta l'hospitalière pénombre de l'église pour l'air lourd, la canicule et les klaxons, elle se tourna vers son garde du corps et lui demanda :

— Aurélien, vous prendriez une balle pour moi ?

Coûteaux haussa les sourcils.

— Euh… je ne comprends pas, mademoiselle Chaouch.

— Si on me tire dessus, vous vous mettriez entre la balle et moi ?

— Eh bien c'est mon travail, oui. Mademoiselle Chaouch, votre mère vous appelle, je crois que vous devriez répondre. Il se passe des choses…

— Je vais l'appeler dans la voiture, Aurélien. Merci.

Coûteaux la regarda se glisser dans le ventre de la voiture blindée au kevlar. Il s'installa à côté d'elle et indiqua au chauffeur l'itinéraire qu'il avait choisi pour gagner le canal. Mais Jasmine leva le menton :

— Non, est-ce qu'on pourrait pas plutôt rejoindre ma mère à Solférino ?

— Bien sûr, mademoiselle, répondit le chauffeur après avoir consulté Coûteaux d'un coup d'œil dans le rétroviseur.

— *Merci*, dit Jasmine en appuyant le mot comme si c'était la première fois qu'elle le prononçait en y croyant.

La voiture démarra. Coûteaux regarda sa protégée du coin de l'œil. Ses tempes étaient perlées de gouttelettes de sueur, ses cheveux embrouillés cachaient la moitié de son regard. Un sourire d'une douceur effrayante flottait sur son visage.

2.

Le siège du Parti socialiste ressemblait à nouveau à ce que Chaouch avait appelé « la ruche » après avoir décidé d'y installer son QG de campagne, pour entériner ses noces de raison avec le parti qui l'avait choisi. Des posters de roses, de Chaouch, des affiches devenues célèbres, comme celle où le candidat posait sur fond de clochers et d'éoliennes, avec le slogan qu'avait inventé Habib dans sa baignoire : *L'avenir, c'est maintenant*. Et partout des gens pendus au téléphone, échangeant des photocopies, se balançant des chiffres et des sondages comme si leur vie en dépendait.

Jasmine fut conduite dans le bureau de Vogel, où le directeur de la campagne était entouré de l'équipe resserrée. La campagne avait été dirigée par le duo martial que formaient Vogel pour la politique et Habib pour la communication. Étaient présents, en cette heure crépusculaire, abattus autour du téléviseur à écran plat, les quatre porte-parole et les chefs des « pôles thématiques » conçus par Vogel. Esther bavardait à mi-voix avec l'un des *speechwriters* de son mari ; elle vit sa fille qui restait en retrait. Elle coupa court à sa conversation et vint lui mettre les mains sur les épaules, comme quand elle était enfant et qu'elle portait un cartable trop grand pour elle :

— Bon, ben c'est fini. Le Conseil constitutionnel a prononcé l'empêchement.

— D'accord.

— Tu as entendu ? Jasmine, ça va ?

— Je vais très bien, maman. Je sais que tu dois être déçue, mais il y a des choses plus importantes, je pense.

Esther eut du mal à reconnaître la voix de sa fille à travers son sourire immobile. Habib hurla au téléphone et exigea que tout le monde quitte la pièce. Jasmine commençait à tourner les talons lorsque sa mère lui dit :

— Mais non, pas nous, ma puce.

Habib rangea son moignon dans la poche de son pantalon, expédia une assistante d'un revers de sa main valide et rejoignit la fille du désormais ex-président :

— Désolé, Jasmine. On est un peu sur les nerfs. Écoute, la bonne nouvelle, c'est que je vais pas t'emmerder de sitôt avec des photos pour *Paris-Match*.

Son amertume était perceptible, Esther secoua la tête pour le réprimander. Mais Habib était inconsolable.

— Putain, jura-t-il avec son franc-parler habituel, quelle bande de chiens, quand même… Ils ont cherché des casseroles pendant toute la campagne, ils ont rien trouvé. On a été en tête tout le long, en pleine crise, on a fait un sans-faute, putain de merde, on a fait un putain de sans-faute ! Et voilà, malgré tout, ces connards vont gagner… Ils ont perdu et ils vont gagner ! Bon, se ressaisit-il, le principal, bien sûr, c'est l'état d'Idder. Espérons…

Jasmine mit fin à sa gêne :

— Oui, oui, espérons.

— Tu sais, ce qu'a fait ton père, c'est incommensurable, c'est sans équivalent dans l'histoire récente de ce pays. Je… c'est pas fini bien sûr, mais même si…

— Je comprends, Serge. Ça va aller.

Habib était terriblement embarrassé de ne rien avoir à dire d'autre. Jasmine inclina la tête et fit semblant d'avoir une question à lui poser :

— Et s'il se réveille la semaine prochaine ? Qu'est-ce qui se passe ?

— Justement, c'est tout le problème ! On ne peut pas interjeter appel d'une décision du Conseil constitutionnel. La nouvelle élection a lieu dans un mois, c'est un processus accéléré et déjà enclenché, tu comprends, on ne peut plus rien y faire.

— Ou alors un coup d'État, plaisanta Esther, avant de s'assombrir : non, mais on a des avocats qui réfléchissent à la possibilité d'agir en récusation des membres du Conseil, saisir la Cour européenne des droits de l'homme, etc. Après tout, la majorité des membres ont été nommés ou souhaités par Sarkozy et sa clique. Il faut un quorum de sept membres pour rendre une décision, et si ceux qui présentent un défaut évident d'impartialité se récusent, il reste… Enfin voilà. C'est… Enfin ce système de gratitude politique institutionnalisée est absurde, *absurde*, les gens vont finir par s'en apercevoir. Ce qu'il faudrait, c'est une cour constitutionnelle comme en Allemagne. On ne peut pas demander à...

Elle fut saisie d'un sanglot, comme si la technicité de son discours révélait en la masquant toute l'ampleur de sa désillusion.

Jean-Sébastien Vogel, qui parlait au téléphone devant la télé, tourna la tête et fixa Jasmine :

– Oui, oui, elle est là. Je lui dis de t'attendre ?

Jasmine voulut faire non de la tête, mais c'était trop tard, Vogel avait déjà raccroché.

Il y eut toute une procession de caciques du Parti dans les dix minutes qui suivirent. Tous finissaient par repérer Esther et Jasmine qui s'étaient installées au fond de la pièce, sur un canapé en velours : ils se sentaient alors obligés de changer de route et piquaient dans leur direction pour leur présenter ce qui ressemblait horriblement à des condoléances. Tous, bien sûr, répétaient le même discours :

— Mais c'est pas fini, on va se battre.

Sauf que leurs voix dépitées disaient le contraire.

— Bon, il faut que je te dise aussi, dit soudain Esther à sa fille sans la regarder, à voix basse malgré la rumeur ambiante. L'enquête de la police des polices sur Valérie Simonetti continue. Elle va sûrement être blanchie mais on lui reproche des failles sérieuses dans le dispositif de sécurité. Tu accepterais de répondre aux questions des enquêteurs ? C'est l'Inspection générale des services, la police des polices, rien à voir avec... Tu voudrais ?

— Oui, bien sûr, maman.

— Étant donné que tu l'aimes bien, que tu lui fais confiance…

— C'est très bien, maman.

— Tu sais ce qu'on a fait ici dimanche ? dit soudain Esther. On a dansé. Idder a fermé la porte et obligé tout le monde à attendre derrière. Pendant un quart d'heure on n'était que tous les deux. Il m'a chanté du Jean Sablon et on a dansé.

Jasmine prit la main de sa mère.

— Maman, il va s'en sortir. Je le sais, je le sens. J'espère que tu continues d'y croire, hein ?

— Mais oui, évidemment, ma chérie. Comment est-ce que…

— Non mais sérieusement, maman. J'espère que tu y crois vraiment. Pas comme quand tu dis : je crois qu'il va neiger demain. J'espère que tu y *crois*.

Esther fronça les sourcils, préoccupée par ce que venait de lui dire sa fille. Elle embrassa son front et se redressa d'un geste sûr.

— Bien sûr que j'y crois, ma chérie. J'y crois vraiment. Mais qu'est-ce que tu veux faire ? Si ce n'est retrouver la sagesse des Anciens. Il y a des choses qui dépendent de nous et des choses qui ne dépendent pas de nous…

Jasmine voulut lui raconter ce qui lui était arrivé à l'église, mais la foule de costumes bleus et noirs se fendit à la faveur d'un départ, d'une arrivée, libérant pour la jeune femme la perspective de la télévision où les lèvres de Jean-Louis Debré remuaient derrière un pupitre, avec le visage de Chaouch à gauche de l'écran. Le visage de son père, dont Jasmine commençait tout juste à comprendre qu'il ne serait donc jamais président de la République. Ce qu'elle avait redouté, souhaité, redouté à nouveau et souhaité pour ne plus du tout le vouloir après l'attentat. Et maintenant que la réalité tranchait le nœud de son indécision, elle se rendait compte non seulement qu'elle ne savait plus du tout ce qu'elle souhaitait, mais surtout qu'elle s'en moquait, qu'elle s'en moquait complètement.

Ce que venaient de faire les Sages en dénouant la corde qui avait attaché le président élu à son peuple, c'était de rendre un père à sa fille, et plus rien d'autre n'avait d'importance, à présent, aux yeux de Jasmine.

3.

La Vel Satis de Montesquiou s'arrêta devant le portail de la résidence privée de la ministre, une propriété cossue du VIIIe arrondissement, près des Champs-Élysées et à portée du phare de la tour Eiffel. Les deux gendarmes qui en surveillaient l'entrée se mirent au garde-à-vous et laissèrent la voiture avancer dans le petit parc. Il y avait une balançoire, des tables et des chaises en cuivre blanc. Au milieu de la pelouse, un majestueux marronnier faisait de l'ombre à un bosquet de jeunes platanes en fleur. Le chemin de graviers où s'était engagée la Vel Satis serpentait sur quelques mètres et ouvrait sur la maison elle-même, une imposante bâtisse de trois étages, couverte d'un lierre plaisamment feuillu qui conférait à la façade principale la tranquille prestance d'un homme barbu.

D'homme barbu on ne risquait certes pas d'en trouver à l'intérieur : le mari de la ministre, ancien conseiller-maître à la Cour des comptes, s'était entièrement rasé au moment où il avait opéré sa reconversion dans la sculpture ésotérique ; il occupait une dépendance transformée en atelier et passait ses journées à fabriquer d'étranges croix de porcelaine. Montesquiou croyait avoir compris qu'ils faisaient chambre à part, en vérité ils faisaient même bâtiment à part, et ne se retrouvaient que pour les déjeuners de famille que Vermorel insistait pour organiser chaque premier dimanche du mois, après la messe.

Montesquiou avait participé à l'un d'eux en début d'année, signe de la confiance absolue que lui accordait sa patronne. Il avait assisté au spectacle des six gendres de la ministre, des garçons de bonnes familles alignés en rang d'oignon pour présenter leurs hommages à la tsarine. Ils étaient banquiers, avocats d'affaires, commissaire-priseur. L'un d'eux enseignait les sciences politiques à la Sorbonne : respectablement conservateur, il avait toutefois osé aborder à table la question de la réforme des politiques publiques. Sa femme Marie-Caroline l'avait fusillé du regard, Vermorel avait simplement demandé à la cuisinière de leur apporter sa fameuse charlotte aux fraises. L'affaire en était restée là mais Marie-Caroline avait été priée de tenir un peu mieux son « intellectuel » de mari.

La benjamine de la famille était considérablement plus jeune que les autres. Elle avait neuf ans et souffrait de trisomie 21. Anne-Élisabeth était la fille préférée de la ministre, qui s'extasiait régulièrement sur sa beauté intérieure. Ces enfants, disait-elle en fixant son interlocuteur, sont la preuve que la grâce est possible. Il ne fallait pas sourciller ou manifester le moindre tressautement de soupçon à ce moment-là. Et c'était la vraie raison pour laquelle Montesquiou détestait d'être invité au domicile privé de la ministre ; il pouvait maîtriser les expressions de son visage avec n'importe qui, sauf avec elle. La Vermorel savait ce que cachait son sourire de loup : s'il entendait qu'une préadolescente disgracieuse était un parangon du contraire, elle n'avait aucun mal à deviner ce qu'il pensait vraiment.

La petite Anne-Élisabeth vint le chercher au pied de la voiture. Elle essayait de trouver l'équilibre sur une trottinette au guidon jaune fluo.

Montesquiou évita de croiser le regard de la fillette. Sa mère n'avait pas enlevé son tailleur ; elle scruta son jeune « bras gauche », en l'invitant à s'asseoir sur la terrasse où mourait le dernier rayon de la journée :

— J'ai oublié de vous demander. Votre sœur ? Florence, c'est ça ? Vous avez des nouvelles ?

— Madame ? répondit Montesquiou pris au dépourvu.

Elle enleva l'un de ses talons et posa le pied sur une chaise en cuivre. Montesquiou s'interdit de regarder les doigts de pied de la ministre qui jouaient dans le vide à travers ses collants pâles, comme sur un clavier virtuel.

— Aux dernières nouvelles, elle avait fugué, et votre mère avait engagé un détective privé…

— Oui, madame, se raidit Montesquiou. Mais on a fini par renoncer. Florence est majeure depuis longtemps. Elle a vingt et un ans maintenant.

Et comme la désinvolture presque chaleureuse de l'échange semblait le permettre, il ajouta :

— Mon père lui avait coupé les vivres, elle était prévenue de ce qui allait se passer. Il l'a supprimée de son testament, madame.

Vermorel le considéra sans réaction perceptible. Elle avait de petits yeux méfiants incrustés comme deux amandes au mitan des poches hautaines de ses paupières. Après avoir réenfilé son talon, elle déclara :

— Vous êtes une âme d'élite, Pierre-Jean. Et comme toutes les âmes d'élite nées en ces temps barbares, vous ne croyez en rien. Mais songez bien qu'en définitive, quand tout a été submergé par le désastre de la vie, il ne reste qu'une loyauté de poids, un seul îlot de sens et de valeur : la famille.

Le portable rouge de la ministre vibra sur la table. La sonnerie retentit au bout de deux secondes, une sonnerie de réveil à l'ancienne. C'était un téléphone crypté, qu'elle réservait aux communications avec le président.

— Accompagnez ma petite Anne-Élisabeth au pied du marronnier, vous voulez bien ? Elle a perdu sa poupée dans les parages, je crois.

Montesquiou se leva et laissa la ministre parler avec Sarkozy. La petite mongolienne saisit la main du jeune homme et trottina sur la pelouse à la poursuite d'un gros pigeon blanc, empruntant ses virages arbitraires, murmurant des paroles insensées à son attention. Le pigeon s'envola soudain et disparut derrière la frondaison épaisse du marronnier. Devant la déception de la petite fille, Montesquiou eut soudain l'impression qu'elle aurait voulu déployer elle aussi une paire d'ailes fabuleuses, échapper ainsi aux pesanteurs de sa chair mal configurée, et se fondre comme un papillon dans le ciel jaunâtre et gris.

Mais l'espace aérien était toujours fermé depuis dimanche, et Vermorel lui faisait de grands signes, depuis la terrasse, pour qu'il l'y rejoigne.

Montesquiou ramassa la poupée et la remit à la fillette, qui éclata en sanglots en voyant la violence avec laquelle il tordait son poignet de plastique.

Quand il fut relevé de sa mission de baby-sitting, Montesquiou faillit dénouer sa cravate bleue tant il avait chaud. Il pouvait presque visualiser les molécules acides de sa sueur attaquant le tissu de sa veste au niveau des aisselles. Vermorel et lui attendirent sur le pas de la porte que la voiture qui venait d'entrer dans la propriété déverse les derniers visiteurs du soir.

Il s'agissait du préfet Boulimier, le patron de la DCRI, qui avait – une fois n'est pas coutume – supervisé personnellement l'enquête sur Nazir Nerrouche. Étourdi par la canicule, Montesquiou ne sut pas déterminer si le sourire de Boulimier était de satisfaction ou s'il s'agissait d'une grimace. Son allant contrastait en tout cas avec l'air d'enfant battu qu'il avait montré deux jours plus tôt aux chefs de la police, lors du savon mémorable que lui avait passé la ministre.

Après ses « respects », il présenta à la ministre un dossier à couverture molletonnée. Son sourire, qui était bien de contentement, glissa jusqu'à Montesquiou, et il déclara sur un ton étrangement faux, comme s'il voulait duper des micros espions :

— Je vous l'avais bien dit, qu'ils étaient pas nets, ces Nerrouche…

Avant de passer le document à Montesquiou, la ministre confirma :

— Ah oui, voilà en effet qui va probablement beaucoup ennuyer notre cher petit juge Wagner…

4.

Pour l'heure, notre cher petit juge Wagner avait réintégré son cabinet de la galerie Saint-Éloi et s'apprêtait à laisser partir Alice qui bâillait en relisant les dizaines de pages de relevés d'écoutes de Nazir. La tentation était grande de remettre cette tâche fastidieuse au lendemain, mais Wagner sentait que quelque chose allait leur sauter aux yeux s'ils la poursuivaient jusqu'aux heures avancées de la soirée. La climatisation avait cessé de fonctionner un peu plus tôt dans l'après-midi ; Alice avait fait des pieds et des mains pour obtenir un ventilateur, mais les services d'intendance étaient pressés de rentrer chez eux et le cabinet ressemblait de plus en plus à une fournaise.

Alice commençait à voir double. Elle se leva pour se dégourdir les jambes et se rendit compte que le juge, absorbé par sa lecture, ne l'avait même pas remarquée. Il frottait sa tête blanche de sa main qui ne prenait pas de notes. L'autre était crispée autour de son Bic multicolore. Il avait les lèvres serrées, les sourcils froncés. Il leva soudain la tête et dit d'une voix douce, presque fragile :

— Alice, vous voulez bien vérifier au secrétariat qu'aucun coursier n'a apporté les relevés du troisième portable ?

C'était la quatrième fois en une heure qu'il lui demandait d'aller vérifier au secrétariat qu'un coursier n'était pas passé.

Le téléphone fixe du cabinet sonna. Wagner décrocha tandis que sa greffière s'acquittait de la course vaine qu'il venait de lui confier.

— Mansourd à l'appareil. Monsieur le juge, il y a du nouveau, je suis en route pour le palais. On va peut-être avoir une localisation pour Nazir dans l'heure qui vient.

— Eh bien alors, pourquoi est-ce que vous venez ici ?

Wagner s'était dressé sur ses pattes.

— Je vous explique, je suis là dans cinq minutes.

Alice revint bredouille. Le juge lui raconta l'appel de Mansourd et lui proposa de rentrer chez elle. C'était une proposition de pure forme : Alice savait très bien qu'il allait avoir besoin d'elle.

Il reçut soudain un coup de fil sur son téléphone privé. Paola voulait savoir s'il venait à son concert « comme promis ». Wagner faillit perdre patience. Il ne pouvait pas lui dire pourquoi il ne viendrait pas. Si elle l'avait su, elle ne lui en aurait pas tenu rigueur. Mais pour elle c'était « le travail ». Qu'il s'agisse de lire au petit matin les PV de gardes à vue enregistrés pendant la nuit, de perquisitionner lui-même le domicile d'un suspect ou de délivrer une commission rogatoire internationale pour faire arrêter un terroriste en fuite à l'autre bout du monde, c'était uniformément « le travail » dans l'esprit de Paola. Et ce soir-là il eut beau essayer de lui expliquer, en dernier recours, qu'il était dans le même état qu'elle lorsqu'elle était sur le point d'entrer en scène, elle répondit par un soupir las et raccrocha sans l'avoir embrassé.

Wagner n'eut pas le temps de s'apitoyer sur le sort de son mariage : Mansourd était à la porte.

— Eh bien, monsieur le juge, s'excita Mansourd, vous pouvez remercier votre collègue, Poussin. Il nous a mis sur la piste de profils Facebook à partir de celui de Mohammed Belaidi, Gros Momo. Une équipe des RGPP a épluché les messages laissés depuis quelques jours, ça les a menés sur des forums secrets où des bandes rivales de banlieues se rancardent dans Paris pour des bagarres générales. Mais ce qui nous a étonnés, c'est une soi-disant fille, qui a un profil Facebook avec beaucoup de contacts, dont, depuis quelques heures, le fameux Gros Momo, et cette fille l'air de rien donne des instructions, a l'air de vouloir faire la paix entre les bandes. Ce qui a mis la puce à l'oreille des analystes, c'est que son langage texto n'est pas parfait, c'est-à-dire que son orthographe est trop correcte. Ils ont fait une recherche et ont découvert que les messages étaient envoyés depuis un appareil mobile, un smartphone cellulaire localisé en Suisse. Un village nommé Schlaffendorf.

— C'est lui.

— C'est probable. On a deux agents de la DGSE en poste à Berne, on est en contact avec eux, vu la difficulté pour obtenir une collaboration rapide des Suisses, peut-être que le plus simple serait de mettre au point une mission officieuse, monsieur le juge.

Wagner passa la main sur ses sourcils.

— Une mission de surveillance, peut-être. Enfin pour ça faut que vous réussissiez à le loger avec un peu plus de précision.

— C'est une question de minutes, monsieur le juge. Je propose que dès qu'on aura une localisation précise, on monte une équipe mixte, DGSE, RAID, et moi-même avec mon groupe.

— Non, non, regimba Wagner. Pensez à la procédure, bon sang. Mansourd…

— Monsieur le juge, on peut l'arrêter maintenant ou on peut le laisser disparaître dans la nature. Vu les précautions qu'il a montrées jusqu'ici, le fait qu'il ait laissé ce BlackBerry ouvert prouve qu'il est acculé. Ça ne va pas durer. Si on perd le signal, on peut mettre des semaines, des mois, des années avant de retrouver sa trace. Ça dépend de vous, monsieur le juge.

— Eh bien une mission de surveillance, oui. Mais pas d'intervention. Hors de question d'envoyer une équipe de cow-boys pour l'attraper. À quoi ça ressemblerait, un survol clandestin de la Suisse ? Vous pouvez me le dire ? Et pourquoi pas le feu nucléaire, tant qu'on y est !

Mansourd rongea son frein. Wagner reprit :

— Et pour les renseignements sur ces bandes qui complotent sur Facebook ? La Préfecture de police fait ce qu'il faut, je suppose…

— La DOPC est sur le pied de guerre, Paris est complètement bouclé.

— Bon, enfin, bon boulot commandant. Je paierai une nouvelle veste à coudières à ce cher Poussin pour récompenser sa perspicacité…

Alice reçut un fax qui l'intrigua. Elle fit signe au juge de venir voir, mais Wagner raccompagna d'abord Mansourd. Quand il eut refermé la porte du cabinet derrière lui, il mit ses mains autour de sa nuque et s'entendit prier pour que ça marche. Même le savant désordre du cabinet lui paraissait moins déprimant. Il n'y avait qu'un poster au mur, une rue de son Longwy natal, avec son usine fumant de toutes ses cheminées et ses murs de brique noire. En voyant cette usine à l'époque où elle n'était pas encore désaffectée, il lui sembla soudain que son instruction fonctionnait à la perfection, sans qu'il ait eu à prendre de décision injuste, sans avoir accepté le moindre service commandé. Jusqu'ici, les pressions du parquet n'avaient rien modifié aux roulements des turbines. Le chemin était encore long, mais pas interminable.

— Monsieur le juge ?

Alice l'avait interpellé trois fois. Elle paraissait soucieuse.

En effet elle lui tendit le fax qu'elle venait de recevoir. La DCRI refusait de communiquer les relevés d'écoute du troisième portable. Ils avaient été classifiés.

Wagner garda la bouche ouverte de stupéfaction.

— Secret-défense, murmura Alice pour rompre le silence.

— Mais... je ne comprends pas... pourquoi...

Le juge s'interrompit. Il se laissa tomber sur sa chaise et relut le fax plusieurs fois. Les hypothèses se bousculaient dans son crâne en surchauffe. Le secret-défense : il pouvait s'agir de tout et de n'importe quoi. Ce qui était sûr, c'est que ni Wagner ni aucun autre magistrat n'en sauraient jamais davantage, ou alors pas avant plusieurs années. Et soudain ce fut comme si les lumières s'éteignaient, comme si les machines s'enrayaient, comme si tous ceux avec qui Wagner avait cru œuvrer autour du même tapis roulant s'avéraient n'avoir été qu'une équipe d'hologrammes, et comme si le juge, brutalement confronté à la limite ultime de ses pouvoirs d'enquête, se retrouvait seul, irrémédiablement seul dans la pénombre opaque d'une forge froide.

— Allez, se reprit Wagner, Alice, appelez-moi tout de suite la DCRI. Si c'est la guerre qu'ils veulent, ils vont l'avoir.

5.

Rabia avait dormi pendant toute la deuxième moitié du trajet entre Paris et Saint-Étienne, même lorsque Dounia s'était arrêtée sur une aire d'autoroute. Il faisait nuit lorsque les deux sœurs arrivèrent sur la familière A45 qui contournait leur ville de naissance. Rabia, curieusement, paraissait d'humeur moins noire qu'en début de soirée ; comme si sa crise de nerfs au beau milieu des embouteillages avait eu pour effet de relâcher ceux-ci. Ses traits étaient durs mais son visage moins fermé : elle mit la radio, Nostalgie, et chantonna même le tube de Demis Roussos, *Quand je t'aime* :

— *Quand je t'aime, j'ai l'impression d'être un roi, un chevalier d'autrefois, le seul homme sur la te-e-e-ere...*

— *Wollah* t'aurais dû être chanteuse, la complimenta Dounia à voix basse, comme pour ne pas risquer de réveiller sa rage.

De retour sur le parking de sa maison haut perchée, Dounia vit apparaître sa nièce qui les attendait sur le seuil de la porte. Luna demanda tout de suite pourquoi Fouad n'était pas avec elles.

— Ah, tu l'aimes bien, ton petit Fouad, hein... Désolée, ma chérie. Il a été obligé de rester un peu plus longtemps.

Les lèvres de Luna s'ouvrirent de déception. Dounia, un peu surprise, précisa :

— Mais il rentre demain ou après-demain au plus tard, t'inquiète. Ça s'est bien passé avec Slim ?

Rabia embrassa sa fille de trois vigoureuses paires de bises. La dernière dura longtemps, et ce fut en acceptant de détacher enfin ses lèvres du cou de sa fille qu'elle s'aperçut que quelqu'un l'appelait sur son portable.

Elle s'éloigna pour prendre l'appel tandis que Slim et Kenza descendaient de l'étage. Les enfants avaient préparé un vrai repas et Dounia eut presque les larmes aux yeux en voyant la table mise sous la chaude lumière du foyer.

— Regarde, Rab' !

Mais Rabia avait les yeux qui pétillaient. Dounia ne pouvait imaginer aucune bonne nouvelle dans la configuration actuelle des événements.

— Devine qui c'est qui vient d'arriver à Sainté ?

— Non ? Vraiment, il est là ? Mouss ? Mais comment il a fait pour le visa ?

Luna enlaça sa mère :

— Tonton Moussa ? Il est arrivé d'Algérie ?

— Tu sais, ma chérie, répondit Rabia, quand je vois comment t'es avec Fouad, eh ben, ta tante et moi, c'était pareil avec Moussa. Les petites on l'adorait, je te jure on l'adulait. Tu peux pas imaginer.

— Ben oui, il était blond, il était beau, c'est ça ? Enfin, je veux dire, quand je l'ai vu y a deux ou trois ans, il était beau encore, mais…

— Mais un peu vieux, c'est ça ? Ah, ah, éclata de rire Dounia en pinçant la joue de la jeune fille. Vous êtes impitoyables, les jeunes, y a rien à faire. Passé quarante ans, on est bons pour la casse. Je te jure…

La conversation sur le tonton Moussa se poursuivit autour de la table tandis que Slim faisait le service.

— Tonton Moussa, tu peux pas imaginer ma chérie, c'était notre dieu, la vie de la mémé c'était notre dieu. Il était blond, yeux verts, il était grand, fort, je te jure quand il entrait dans la pièce, tout le monde se taisait ! Vrai ou pas vrai, Dounia ?

— Non, non, la vérité elle a raison, confirma Dounia, en écarquillant les sourcils pour achever de convaincre Luna qui dévorait une pomme apéritive en gloussant, assise sur le rebord de l'évier.

— Et puis toujours bien habillé, poursuivit Rabia qui n'en pouvait plus de fierté rétrospective, toutes les filles de Saint-Étienne, elles étaient amoureuses de lui, elles disaient qu'il ressemblait à un acteur américain. Hein, Doune, qu'il ressemblait à un acteur américain ? Après faut dire la vérité, il était un peu dur avec les grandes. Non mais franchement, faut le dire, avec Bekhi ou Ouarda, c'était pas facile. D'ailleurs tu les entends, elles, elles disent qu'il les frappait dès qu'il les soupçonnait d'avoir fumé une cigarette ou de sortir avec des garçons. Non, il avait une mentalité arriérée, mais c'était comme ça, les garçons avant.

— Pas tous, corrigea Dounia. Bouzid, ça fait bizarre de dire ça maintenant, mais Bouzid, il était pas du tout comme ça à l'époque. D'ailleurs il sortait qu'avec des Françaises, Bouz'. Je sais pas quand est-ce qu'il est devenu arriéré comme ça ?

Un sourire mélancolique ondoyait sur le visage de Rabia. Elle n'avait pas envie de parler de Bouzid mais de celui qui l'avait si parfaitement éclipsé – et tant fait souffrir – dans leur jeunesse. Le frère aîné. Le héros de la famille.

— Les grandes, elles disent ce qu'elles veulent, moi, il m'a toujours adorée, Moussa. J'étais sa petite chouchoute, dis-lui, Dounia.

— Ah fallait pas toucher à Rabia ! « Celui qui touche à ma petite Rabinouche, il va voir », il disait. Non, c'est la vérité.

— Non, c'est trop dommage qu'il soit parti en Algérie si jeune.

— Mais pourquoi il est parti en Algérie au fait ? demanda Luna.

— Ben on a jamais trop su. Il est tombé amoureux d'une blédarde, et voilà.

Rabia avait quelque chose à ajouter, quelque chose qu'elle ne pouvait pas dire à sa fille et qui l'amusait beaucoup, tout en la remplissant d'une fierté un peu malsaine : c'était que le tonton Moussa, bellâtre actif avant l'âge sombre des rapports plastifiés, avait laissé un nombre incalculable de petits Moussa dans toute la région, de Saint-Étienne à Lyon, dans toute la vallée du Gier. Des Kabyles, des Arabes, des Françaises, des Italiennes – ses préférées. Rabia le revoyait sur le balcon de la mémé, dans les années soixante-dix, fumant des Craven A, son torse puissant moulé dans une chemise étroite à col fantaisie, une chemise qu'elle croyait se souvenir être rose mais qui pouvait très bien avoir été jaune –, ouverte en tout cas sur une toison indéniablement blonde et bouclée, où l'adolescente exaltée qu'elle avait été jadis n'avait rien aimé tant que venir loger sa joue de petite sœur préférée.

6.

— Non ? Vraiment ? Merde…

La voix de Dounia déçue rappela Rabia au présent. Elle parlait au téléphone.

— Qu'est-ce qui se passe, Doune ?

— Bon ben, je viens d'appeler Bouzid, il dit que Moussa est chez la mémé, et qu'il vient de s'endormir. On le verra pas avant demain du coup…

Pour que toute la bonne humeur suscitée par la perspective de voir Moussa ne se dilapide pas d'un coup, Dounia proposa à Rabia et aux enfants d'aller au cinéma. Mais Rabia n'en avait pas du tout envie et Luna voulait manger une glace.

Slim et Kenza étaient fatigués ; oubliant pour quelques instants l'enfer qu'ils vivaient, Rabia, Luna et Dounia allèrent donc manger des sorbets à la terrasse d'une brasserie, en continuant de parler de Moussa, d'*expliquer* Moussa à Luna qui avait l'impression de voir Fouad en entendant toutes ces histoires, mais un Fouad blond, ombrageux et apparemment plutôt méchant. Luna n'avait pas de souvenirs très précis de Moussa, c'était un oncle comme les autres, qu'elle n'avait vu que trois fois dans sa vie, et pour des occasions malheureuses qui le faisaient venir d'Algérie : la mort du pépé qu'il avait rapatrié dans son village de naissance, l'enterrement de son père à elle où Luna avait autre chose à faire qu'observer ce personnage que lui décrivaient maintenant Dounia et sa mère.

Rabia, qui défendait toujours bec et ongles son frère chéri, était par ailleurs de plus en plus obligée de reconnaître que le favoritisme de la mémé à son égard avait créé des « traumatismes » dans la famille, avec Bouzid que Moussa humiliait régulièrement, et surtout avec le pépé :

— T'es grande, ma chérie, tu peux tout entendre maintenant. Et autant, moi, j'adorais et j'adore Moussa, autant il faut avouer qu'il était injuste, et qu'il éclipsait le pépé, paix à son âme. Des fois j'ai l'impression qu'il remplaçait l'autorité de pépé, tu vois, c'était lui qui engueulait les filles quand elles faisaient des conneries, et surtout, surtout la mémé elle faisait tout pour lui et, faut dire la vérité, elle parlait mal au pépé. C'était les couples d'avant, ça, ma chérie, ils se mariaient mais ils s'aimaient pas, c'était même pas le problème d'aimer son mari. Par contre les enfants, là, c'était de l'amour. Et Moussa, oui, c'est vrai, la mémé, elle faisait de la différence avec Moussa. Elle mettait son assiette en premier, et, tiens regarde, c'est bizarre, la mémoire, les détails qui reviennent, quand j'y repense j'ai l'impression que Moussa, il était toujours en bout de table, et le pépé sur le côté. Le pauvre. *Wollah* lui il disait rien, il travaillait, il prenait son tabac à chiquer… Comme Ferhat *miskine*, gentil, effacé. Et à côté, Moussa…

Rabia s'interrompit en remuant la tête. Elle avait beau souffrir à la pensée de ce fils ingrat et de ce père timide, Moussa était tellement beau, tellement blond, tellement sûr de lui ! C'était la fierté de la famille. Celui qui entrait en discothèque, tandis que ses collègues bruns et frisés rongeaient leur frein et se battaient avec les videurs racistes. Celui qui leur faisait oublier la pauvreté, le poids écrasant des interdits et de l'injustice, l'hostilité des Français.

— Eh ouais…

Comme on n'avait plus rien à dire sur Moussa, Rabia proposa d'appeler Fouad. Il se promenait un peu, pour « décompresser ». Dounia l'embrassa et regarda sa sœur perdue dans ses pensées.

— Quand même, c'est dommage qu'il dorme, Mouss'. Allez, on en prend une autre ? demanda Rabia d'un air coquin, comme si ces glaces aux couleurs tendres étaient autant de liqueurs assez fortes pour l'arracher au cauchemar de la réalité.

7.

En vérité le tonton Moussa ne dormait pas. Debout à côté de la silhouette ratatinée et invincible de la mémé, il était penché sur le lit d'hôpital de son oncle Ferhat. Ses grosses mains serraient les barreaux du lit. Il avait une belle moustache blonde mais le front ridé, des rides d'autant plus visibles que ce front avait été agrandi par une calvitie tardive mais désormais inéluctable. Ses yeux verts semblaient aussi s'être assombris, à cause des sillons qui creusaient ses paupières.

Depuis dix minutes, il « cuisinait » le vieux tonton Ferhat. Celui-ci, affublé d'un ridicule bonnet tamisé, ne savait pas quoi lui répondre pour parler de son agresseur. Il bombait le torse et haussait les épaules pour imiter un colosse ; il se souvint bientôt qu'il avait le crâne rasé, et la peau blanche comme un cachet d'aspirine.

La mémé sentit que, jamais avant cette description – avant la gestuelle, la tentative vouée à l'échec d'agrandir, de gonfler son torse –, elle n'avait réellement éprouvé de la haine pour l'agresseur inconnu du pauvre Ferhat.

Une aide-soignante poussa la lourde porte de la chambre et vint vérifier l'état du patient.

— Alors, alors, monsieur Nerrouche, claironna-t-elle comme si elle parlait à un enfant, on va bien aujourd'hui ? On a de la visite, hein ?

Tandis qu'elle étudiait d'un geste sûr la pénétration de la perfusion dans l'avant-bras livide du vieil homme, Moussa se retourna vers la fenêtre, les mains derrière le dos. La mémé demanda quand on allait lui enlever les obscénités qu'il avait sur le crâne.

— L'opération est prévue pour vendredi matin, madame.

Moussa eut un rire nerveux. L'aide-soignante le remarqua et faillit réagir ; mais ce grand bonhomme de dos n'avait pas l'air commode. Elle sortit ; Moussa poursuivit son interrogatoire en kabyle :

— *Tu l'as déjà vu ? Khalé ? Réfléchis ! Tu l'avais déjà vu avant ?*

— *Non, non, mon fils, non.*

Comprenant qu'il n'en saurait pas plus, Moussa voulut partir, mais il laissa d'abord son regard vagabonder sur le torse décharné du vieil homme : le col de la tenue bleu clair qu'on lui avait donnée était trop large pour son cou maigre et ridé, mais c'étaient surtout ses clavicules de vieillard qui impressionnèrent Moussa. La peau distendue y avait une blancheur cadavérique, les os étaient si fragiles et délicats qu'on aurait dit qu'ils n'avaient plus la force de saillir, de s'imposer à la chair parcheminée qui recouvrait son torse.

Moussa lui embrassa le front, marmonnant des superstitions en arabe, se jurant que si son père avait vécu assez longtemps pour vieillir, il se serait occupé de lui de la même façon. Le profil de Ferhat s'absenta dans le sommeil au moment où Moussa y remarquait des similarités avec celui d'un oiseau. Il y avait deux sortes de vieillards : ceux qui finissaient par ressembler à des rongeurs (comme la mémé), et ceux qui finissaient par ressembler à des oiseaux. Moussa aimait à croire que les seconds abordaient la perspective de la mort avec plus de légèreté que les premiers.

Ce qui ne faisait aucun doute, c'est que lui n'avait jamais été aussi peu en paix avec lui-même que lorsqu'il quitta cette chambre d'hôpital envahie par la pénombre et le souffle affaibli du tonton Ferhat. Il jura en kabyle qu'il allait trouver son agresseur et le casser en deux. Mais, dans l'immédiat, il fit comprendre à la mémé qu'il ne pouvait pas rester dans ce lieu public une minute de plus.

— *Eh, eh, bailek amméhn*, admit sa mère en le poussant vers la sortie.

8.

Montesquiou dénoua sa cravate à l'arrière de sa voiture de fonction et regarda la couverture noire du dossier confidentiel que lui avait confié la ministre. Ce petit voyage à Levallois-Perret n'était pas sa dernière course de la journée mais c'était la plus importante. Il subit les contrôles drastiques pour entrer dans le siège ultra-sécurisé de la DCRI et fut conduit dans les bureaux de la SDAT où Mansourd l'attendait sur l'estrade de la salle de réunion, entouré des chefs des trois groupes d'enquête affectés à la traque de Nazir. Il y avait aussi le capitaine Tellier, qui levait sur Mansourd le regard d'un homme prêt à se faire tuer pour son chef.

Montesquiou se glissa dans la pièce et demanda au commandant de poursuivre son briefing.

La localisation de Nazir avait été effectuée au moyen de son téléphone, dans un petit village du pays des Grisons, en Suisse. Les puissants satellites des services secrets étaient formels. La mission commando, quoique clandestine – ou à cause de sa clandestinité –, serait suivie en direct depuis le Centre interministériel de crise de la place Beauvau par la ministre de l'Intérieur qui l'avait autorisée, outrepassant les prérogatives du juge, ainsi que par le ministre de la Défense, dont dépendait une partie des hommes affectés à cette mission. Le casque du chef des forces spéciales en première ligne serait pourvu d'une caméra. La difficulté de la mission consistait à appréhender le suspect sans attirer l'attention des autorités locales. Il n'y aurait donc pas de dispositif élargi de surveillance, simplement une quinzaine d'hommes dans un hélicoptère de l'armée de l'air indétectable aux radars, et qui n'avaient ni plus ni moins pour ordre que de kidnapper l'ennemi public numéro un et de le ramener en France.

À la fin de la réunion, Montesquiou demanda à s'entretenir seul à seul avec le commandant. Tous les hommes sortirent.

Le directeur de cabinet de Vermorel tendit alors le dossier molletonné à Mansourd et scruta ses réactions. Mansourd détestait ce jeune énarque arrogant et ne faisait rien pour s'en cacher.

— On a reçu ça des services secrets algériens.

« Ça », c'était un dossier de ces services secrets qui montrait l'appartenance de Moussa Nerrouche au GIA, Groupe islamique armé, responsable, entre autres, de la campagne d'attentats sur le sol français au milieu des années quatre-vingt-dix.

— Et c'est pas tout, ajouta Montesquiou. Aïssa Nerrouche, le père de Nazir, ainsi que Zidan Bounaïm, le père d'Abdelkrim, tous les deux morts depuis, ont effectué des visites régulières en Algérie à la grande époque.

Par « la grande époque », Montesquiou voulait parler de la sale guerre qui avait ensanglanté l'Algérie dans ces mêmes années quatre-vingt-dix.

— Il y a des dossiers sur eux à la fin, moins fournis que ceux de Moussa, mais enfin… voilà qui devrait intéresser votre ami, le juge Wagner…

Mansourd ne quittait pas des yeux les documents qu'il scannait à la vitesse de l'éclair.

— Bien sûr, je suppose que tout cela peut attendre, déclara le jeune homme. D'ailleurs, si vous permettez, vous n'avez pas communiqué ces deux derniers jours sur les progrès de votre enquête... Vous pensez quoi, commandant ? Je veux dire, votre intime conviction ?

— Mon intime conviction ?

— Les gens pour qui vous travaillez aimeraient en savoir davantage sur votre sentiment...

— Je ne travaille pas pour des gens, monsieur. La police républicaine est au service du peuple français. On vous a bien appris ça dans votre grande école, non ? La SDAT est une branche de la police républicaine, ce n'est pas une police politique.

— Vous allez bientôt dépasser la ligne jaune, commandant.

— Laissez-moi faire un pas de côté, alors, rétorqua Mansourd en refermant le dossier. Mon intime conviction ? Eh bien, elle est simple : je ne sais pas encore si Nazir Nerrouche est le commanditaire de l'assassinat de Chaouch ou s'il a lui-même été... comment dire... *employé* par de plus gros poissons. Mais ça, on ne le saura pas avant des semaines, des mois peut-être.

— Le plus tôt sera le mieux, conclut Montesquiou un peu désarçonné. Bonne chance pour la mission de ce soir. *Commandant.*

L'inflexion sarcastique du « commandant » ne plut pas à l'intéressé. Montesquiou donna un coup dans le sol avec sa canne et sortit sans se retourner.

Mansourd appela le capitaine Tellier et lui refila le dossier.

— T'en penses quoi ? demanda Mansourd à son capitaine.

— J'en pense que c'est les services secrets algériens tout craché. Mais ça ne m'étonne pas tellement. Sans aller jusqu'à dire que le terrorisme est héréditaire, on a quand même rarement de fumée sans feu.

Perplexe, Mansourd tripotait le médaillon de sa chaîne.

— J'ai l'impression que ça vous chiffonne, chef, dit Tellier.

— Oui, je les ai interrogées, la mère de Krim et la mère de Nazir. Je sais pas, ça colle pas. Ou bien elles ignoraient tout des agissements de leurs maris, ou bien…

— Ou bien quoi ?

Le médaillon de Mansourd se décrocha et tomba au sol à force d'avoir été manipulé. Tellier le ramassa et y vit le visage d'une femme en noir et blanc, une belle quinquagénaire au visage tragique.

— Qui c'est ?

— Ma mère, répondit Mansourd. C'est marrant, c'est le sosie de celle de Nazir. Si tu la voyais… Enfin non, ça te dirait rien, je suis con.

Le capitaine ne savait pas quoi répondre ou ajouter.

— Dites donc, chef, vous auriez pas un petit a priori favorable pour la mère de ce dingue parce qu'elle ressemble à… ?

— Merci, capitaine, l'interrompit Mansourd.

Tellier se mordit la lèvre. Son bec-de-lièvre parut se dilater, comme la branchie d'un thon.

— Commandant, il y a une dernière chose. C'est au sujet du directeur de cabinet de Vermorel.

Mansourd tourna la tête, intéressé.

— Voilà, il est venu le premier jour à Levallois, c'est normal, bien sûr, mais il est revenu le lendemain, et il a demandé à parler seul à Abdelkrim... Comme on piétinait et que de toute façon le gamin nous avait dit tout ce qu'il savait, c'est-à-dire...

— Vous l'avez laissé faire ? le coupa Mansourd.

— Qu'est-ce que j'aurais pu faire d'autre ?

Mansourd fit entrer un considérable volume d'air dans ses puissants naseaux.

— Tout ça commence à me taper sur les nerfs, gronda-t-il avant d'expirer. Et le rouquin ?

— Ça, par contre, c'est bon, se dépêcha d'expliquer Tellier, je m'en occupe, ses empreintes sont celles d'un certain Romain Gaillac, converti à l'islam, connu des Renseignements généraux parce qu'il avait fréquenté une mosquée salafiste...

— Bon, tu t'occupes de ça, et hors de question de laisser ce vautour de Montesquiou fourrer ses pattes dans notre enquête, d'accord ?

Tellier eut un geste d'impuissance qu'il transforma in extremis en approbation ; il sortit à son tour de la pièce aux stores baissés.

Mansourd rouvrit le dossier des services secrets algériens. Des mentions « Confidentiel défense » avaient été apposées au tampon rouge sur chacune des pages. Une photo classifiée représentait l'oncle Moussa adossé au capot d'une Jeep, au détour d'un oued rocailleux. Sa barbe blonde et clairsemée avait quelque chose de désertique, elle aussi. Il portait un treillis vert kaki et levait le menton en signe de défi vers l'objectif. Sous son aisselle gauche apparaissait la crosse boisée d'un pistolet fourré dans son holster.

Chapitre 12

EN ATTENDANT LA TEMPÊTE

1.

Kenza avait voulu profiter de l'absence de Luna, Dounia et Rabia pour passer un moment intime avec son jeune époux ; mais après une demi-heure d'« intimité » besogneuse et volontariste, Slim ralluma la lumière et s'assit au bout du lit où les draps chauds et en désordre témoignaient, comme autant de ruines fumantes, de la bataille à laquelle il venait encore une fois d'être vaincu.

Essoufflé, il coula un regard inquiet vers le profil de Kenza. Son front joliment bombé luisait. Il suffisait d'une inflexion de sourcil, d'une gaminerie dans un clin d'œil, d'un de ces mouvements astucieux de la bouche dont elle avait le secret pour qu'il croie la désirer et parte, avec son consentement haletant et lascif, une nouvelle fois à l'abordage. Mais quand il écartait ses genoux et se trouvait nez à nez avec le galbe intérieur de ses cuisses, frémissant de mystère et d'une chaleur qui sentait la culpabilité, ses bonnes résolutions se heurtaient au néant. Néant d'ardeur, néant d'élan, qui lui donnait envie de mourir. Mais il ne mourait pas : il remontait vers ce visage qu'il pouvait aimer sans preuves et le couvrait de baisers tendres, chastes et maladroits.

Sauf que, ce soir-là, c'en fut trop pour Kenza. Elle passa le bras gauche au-dessus du torse nu de Slim et alluma la veilleuse.

— Slim, il faut qu'on parle.

Slim se figea sur son coin de lit. Anticipant la prochaine phrase de Kenza, il éteignit la veilleuse et entendit ces quelques mots qui sonnèrent comme le premier éboulement de la fin du monde :

— Slim, je t'ai vu tout à l'heure, derrière la cité du Design.

L'obscurité était une mauvaise idée à ce moment-là, Slim sentit les ténèbres l'envahir et se mit à trembler. La salive s'accumulait sur son palais mais ses voies digestives étaient bloquées, s'il en produisait encore une goutte de plus, il allait devoir cracher, probablement vomir ensuite.

— Je t'ai vu tout à l'heure avec ce type, ce travelo.

— Que… Qu'est-ce… que t'as vu ?

— J'ai vu qu'il essayait de te toucher, j'ai vu que tu le repoussais mais…

Elle se mit à pleurer. Slim essaya de l'entourer de ses longues mains blanches, mais elle quitta le lit d'un geste sec et violent.

— Mais non, mais tu te trompes, c'est un type à qui… je dois de l'argent !

Sur le silence absolument souverain qui s'ensuivit, Slim entendit se détacher le bruit d'une vibration qu'il croyait avoir entendue un peu plus tôt, tandis qu'il essayait de se concentrer sur les seins de Kenza. Il écarta les draps et trouva au fin fond du lit le portable de Luna.

— Merde…

Il avait laissé passer l'interjection en espérant attirer l'attention de Kenza sur autre chose, en espérant qu'elle allait lui demander ce qui se passait.

Mais Kenza assise devant l'ordinateur en veille avait la tête et les oreilles couvertes par ses mains. Slim prit le téléphone et l'éteignit. Il se leva, approcha de Kenza et pinçota des deux mains la base de sa nuque.

— Mais je t'aime, Kenza, murmura-t-il. Fais-moi confiance, on va y arriver.

Pour toute réponse, Kenza s'accroupit sur la chaise et fit mine de s'assoupir, dans cette position impossible mais qui valait mieux que les mots.

2.

Fouad passa devant une salle de concert. « Paola Ferris interprète Mozart. » C'était l'entracte ; le trottoir était bondé ; il se retrouva bientôt perdu dans la foule. Il reçut un SMS de Yaël qui voulait savoir comment il tenait le coup. L'expression commençait à l'énerver, et pesa dans la balance au moment où

Fouad prétendit avoir trop de choses à faire pour déjeuner avec elle demain.

Lorsqu'il eut envoyé le message, il fut pris d'un violent malaise : cette population bourgeoise et blanche, les rires faux qui fusaient dans tous les sens et les gens qui se regardaient du coin de l'œil entre petits groupes de musicologues improvisés. Comme la peur qui vous fait souvent chercher à vous approcher au plus près de ce qui la cause, le dégoût de Fouad l'immobilisa au milieu de ces gens qu'il se répétait vouloir fuir comme la peste.

Mais ce qui l'enragea le plus, ce fut de voir soudain, dans la vitre teintée d'une voiture de luxe qui s'arrêtait pour récupérer une vieille peau, le reflet de sa propre silhouette qui ne faisait pas du tout tache dans cet aréopage de cols amidonnés : costume dépareillé, chemise claire, mocassins sombres – son uniforme de la vie quotidienne à Paris, ni trop habillé, ni pas assez. Qui lui permettait d'être également à l'aise dans un bar miteux de Belleville et à la sortie d'un concert de musique classique, en compagnie d'une faune qu'il vomissait. Faune qu'il vomissait mais à qui il ne pouvait s'empêchait de vouloir plaire, comme en attestaient les sourires polis et discrets qu'il renvoyait aux messieurs-dames croisant son regard. Ils voulaient s'assurer qu'il s'agissait bien d'un métèque intégré, d'un spécimen de cette nouvelle race d'Arabes qui pouvaient être journalistes et avocats, qui prenaient certes mal qu'on leur demande d'où ils venaient en partageant une innocente coupe de champagne, mais qui au moins ne brûlaient pas de voitures, n'égorgeaient pas de moutons et ne souhaitaient pas le remplacement par un État islamique de leur bonne vieille nation française, tantôt fille aînée de l'Église, tantôt bouffeuse de curés mais surtout pas, sûrement pas prête, et pas de sitôt, à accepter des horaires différés dans les piscines et des menus exclusivement halal dans les fast-foods de la République.

Horrifié à l'idée que toutes ces pensées-impasses étaient celles de Nazir, pas les siennes, Fouad se prit le sommet du nez entre le pouce et l'index et secoua vivement la tête.

Sur le chemin qui le conduisait place d'Aligre où il habitait, Fouad eut à trois reprises la certitude qu'il faisait l'objet d'une filature.

Il descendit à l'arrêt Bréguet-Sabin au lieu de Bastille : la station n'avait pas de correspondance, il pourrait voir depuis le bout du train clairsemé si les deux hommes en blousons sombres qu'il avait repérés profitaient de la sonnerie pour sortir in extremis. Et il y eut bien une personne qui attendit le dernier moment pour sauter du wagon, mais c'était une jeune fille. Il crut donc à une fausse alerte mais se retrouva, en traversant ce coin animé du XIe, poursuivi par une voiture qui roulait trop doucement et laissait passer les Vélib'.

Fouad fut obligé, pour gagner l'avenue Ledru-Rollin en semant la voiture, d'emprunter la rue de Lappe, piétonne et déprimante avec ses bars à la queue leu leu et ses filles en talons hauts qui trébuchaient sur les pavés. Lorsqu'il arriva place d'Aligre, il voulut prendre un verre à la terrasse de son café fétiche. Il monta chez lui pour se changer.

Quand il redescendit, il avait troqué sa chemise, ses mocassins et sa veste de bon Arabe contre une tenue délibérément déglinguée : un vieux jogging, ses vieilles Reebok, un T-shirt imprimé et surtout un sweat à capuche vert kaki. Assis en terrasse avec sa capuche, il demanda un demi au patron qui ne parut pas remarquer son soudain changement vestimentaire : à la façon sèche dont il le servit, il était en fait évident qu'il ne l'avait tout simplement pas reconnu.

La place d'Aligre offrait un tableau étonnamment représentatif des classes sociales parisiennes ici réparties en fonction de leurs bars aux trois extrémités : le bar des bobos riches, le bar des bobos pauvres où Fouad avait sa table d'habitué (et donc d'imposteur) et, enfin, le bar des prolos plus ou moins basanés qui travaillaient sur le fameux marché. Ce dernier ouvrait à cinq heures du matin ; les clients y buvaient des expressos dans des gobelets et retournaient installer leurs étals. Fouad se reprochait de préférer à la clientèle PMU du bar officiel du marché d'Aligre les « rencontres » qu'on faisait au comptoir de son cher estaminet d'artistes : filles vaporeuses qui surlignaient, bouchon aux lèvres, des scénarios où elles avaient décroché un petit rôle, papas branchouilles en sandalettes, animateurs sociaux du quartier – des gens qui travaillaient tous dans le culturel, de près ou de loin, qui avaient tous sans exception voté Chaouch et qui sirotaient des pintes de blonde à trois euros, en profitant de la douceur du soir.

Fouad observa avec horreur ce paysage harmonieux où il avait éminemment sa place, ce havre de paix sociale que renforçaient au lieu de la détruire les vibrantes conversations citoyennes et les colères contre le pouvoir encore en place. Et ce n'étaient pas l'hypocrisie ou la vie confortable de ses semblables à l'apéro qui provoquaient chez Fouad un si violent rejet : c'était la paix elle-même qui le dégoûtait, cette paix qu'il pouvait presque matérialiser – des sourires entre inconnus, le vent bienveillant qui faisait se relever les cols des vestes, la perspective de rentrer après un deuxième mojito dans un appartement clair, sécurisé par deux digicodes changés tous les trois mois.

Il était ainsi en train de se transformer en Nazir lorsqu'il vit apparaître une jeune fille devant sa table. La jeune fille aux cheveux clairs qui était descendue à Bréguet-Sabin in extremis.

— Je suis désolée de vous déranger, dit-elle de sa voix flûtée d'adolescente, je vous ai reconnu et…

Fouad ne put retenir un geste de mauvaise humeur : lui aurait-elle parlé si elle ne l'avait pas reconnu ? Aurait-elle parlé à un Arabe encapuchonné s'il n'avait pas été la star d'un feuilleton à succès ? Comment allait-elle réagir quand elle apprendrait que sa carrière était probablement fichue ?

— Non, mais c'est pas ça, c'est… Je vous ai reconnu au concert de ma mère, à l'entracte. Du coup je suis partie pour vous suivre, je suis désolée… Vous êtes le cousin de Krim, c'est ça ?

Fouad plissa les yeux ; une lueur nouvelle venait de s'y allumer.

— Je m'appelle Aurélie, j'ai connu Krim l'été dernier dans le Sud. On a passé une partie des vacances ensemble, et…

Fouad se leva et fit quelques pas avec elle le long du trottoir.

— Dimanche dernier, Krim est venu chez moi avant de faire… Bref, je me demandais si vous pourriez lui transmettre une lettre de ma part.

— Mais… enfin, bien sûr, si je peux, mais…

Aurélie fouilla dans son sac pendant une bonne vingtaine de secondes. Elle passa ensuite à son gilet noir, le gilet noir où elle l'avait glissée plus tôt dans l'après-midi. La lettre ne s'y trouvait pas non plus.

— Putain !

La chose lui parut alors évidente : c'était Tristan qui s'était arrangé pour qu'on la lui vole, sur les berges de la Seine. Elle avait eu raison de se méfier de Nico. Non : elle avait eu tort ! Elle aurait dû s'en méfier deux fois plus !

— Écoute, c'est pas grave, la rassura Fouad, on peut prendre rendez-vous demain, de toute façon, avec les histoires d'avocats, c'est compliqué pour…

— Mais non ! Non ! Vous comprenez pas ! C'est… mon père… Si cette lettre…

Fouad lui enjoignit de se calmer. Elle balbutia des explications incompréhensibles, lui demanda de la pardonner en fronçant son minois anxieux et piqua un sprint sous les regards étonnés des occupants de la terrasse.

3.

— On devrait être en Italie depuis des heures déjà.

Le 4 × 4 était caché à l'orée d'un bois qui couronnait la colline au pied de laquelle s'étendaient les deux hameaux qui composaient le village de Schlaffendorf. Fleur avait mangé les ongles de ses deux index. Son ton plaintif exaspérait Nazir qui manifestait sa nervosité en entrouvrant simplement la bouche, pour y passer le bout de sa langue.

Fleur revint à la charge :

— Tu m'as menti, en fait ? Personne nous attend en Italie ! On va rester ici dans cette putain de bagnole pendant des jours et des jours, jusqu'à ce qu'ils nous attrapent !

Nazir avait déjà répondu à ses légitimes interrogations au début de la journée. Le manque de patience de sa jeune complice n'était pas une surprise ; mais il ne l'en agaçait pas moins.

— Fleur, il y a quelque chose que tu ne comprends pas et je vais te le répéter calmement : quand toutes les polices d'Europe te recherchent, une frontière comme celle entre la Suisse et l'Italie, ça ne se franchit pas n'importe comment. Il faut préparer le coup en amont, et c'est ce que je fais.

— Non, s'indigna Fleur, ce que tu fais, c'est regarder sans rien foutre l'écran de ton téléphone posé sur la boîte à gants, en espérant que quelqu'un va t'appeler ! Il fait nuit, j'ai froid ! Quoi, ça va être ça notre vie maintenant, se cacher dans une voiture toute la journée et sortir la nuit comme des vampires ? Est-ce qu'on va sortir, au moins ? Putain, tu te fous de ma gueule, t'as rien préparé, j'aurais mieux fait… Et puis pourquoi il est pas là, Waldstein ? C'est lui qui devait nous aider, non ? Je comprends rien ! Dis-moi ! Qu'est-ce que je fous là, merde ?

D'un regard, Nazir la réduisit au silence. Ses grands yeux noirs changeaient de forme au fil des heures : la colère les agrandissait, la patience forcée semblait les avoir rendus sphinxoïdes – ce qui ne changeait pas, c'était la terrifiante invisibilité du blanc au coin de ses iris.

— Quand je t'ai trouvée, déclara-t-il à la jeune femme, tu venais de fuguer comme une petite capricieuse et tu donnais des cours d'arts martiaux et de poésie andalouse dans un squat autogéré. À cette époque-là, il aurait suffi d'un geste de ton papa pour que tu rejoignes le giron familial. Florence…

— Ne m'appelle pas comme ça, répliqua Fleur en écarquillant ses yeux éclatés par l'épuisement nerveux. J'ai changé de prénom, j'ai changé de nom de famille. Tu en connais beaucoup, des gens qui ont ce… courage ?

Nazir regarda le visage livide de Fleur, sa fragilité de fille qui lui inspirait soudain de puissants sentiments contradictoires. Contradictoires mais enracinés dans le même mal : la pitié.

— Non, c'est vrai. Tu as été très courageuse. C'est pour ça que je ne comprends pas pourquoi tu pètes les plombs maintenant. J'ai besoin de toi, Fleur. On a besoin de toi – nous, tous les deux. Quand on sera en Italie, je ne pourrai pas sortir, tu seras mes yeux, mes mains, tu seras… mon corps.

Ce début d'enthousiasme dans la voix de son amant précipita Fleur contre lui. Elle le saisit par la nuque et voulut l'embrasser. Nazir résista. Elle avait perdu ses lentilles vertes et continuait de ne pas sentir très bon.

— N'empêche, se résigna Fleur en retrouvant son siège de conductrice, on est comme Bonnie & Clyde, pas vrai ?

— Si ça peut te faire plaisir…

— Ben alors, je croyais que j'étais ta première pasionaria ?

Nazir haussa les sourcils d'un air moqueur. Piquée au vif, Fleur changea de sujet :

— C'est bizarre, tu penses jamais à ta famille ? Tu les as sacrifiés, tu le sais bien. Tu vas me faire croire que ça ne t'empêche pas de dormir.

Nazir ne répondit pas.

— Tout ce que tu sais faire, c'est dire : merde. Tes petites manipulations sur Internet, tes tentatives pour foutre le feu…

— Le feu est dans les têtes, réagit instantanément Nazir, moi je ne fais rien, je n'allume aucun incendie. Le feu est déjà là, depuis deux générations.

— Tu ne réponds pas à ma question.

— Des gens brûlent en silence. Les caméras de télé ne savent pas filmer les cerveaux. Je me contente de faire sortir le feu des têtes, pour qu'on puisse le voir. Et, en France, on ne voit bien que ce qui se passe à Paris. Je suis un metteur en scène de la vérité, si tu considères que c'est foutre la merde, libre à toi…

— Mais pourquoi entraîner ta famille ?

— Tu ne sais rien sur ma famille, alors tais-toi.

— Oh non, Nazir, flancha-t-elle, ne nous disputons pas. Pas maintenant.

Nazir prit une profonde inspiration et raconta en fixant l'allume-cigare :

— Je vais t'avouer quelque chose, parce que tu fantasmes complètement. Essaie de m'imaginer, obligé de convaincre des gens, de faire le singe en société, d'intriguer dans tous les sens, d'être dix personnes différentes en une seule journée, jusqu'à ce que je ne sache plus rien de mes véritables sentiments. Les faux portables, les vrais secrets. Et tout ça pendant des mois, pendant que tout le pays se passionnait pour cet imposteur, pour ce clown de Chaouch… Eh bien le soir, tous les deux ou trois soirs pendant cette année, j'appelais ma mère. Je lui racontais mes journées en les inventant au fur et à mesure : Tu vas bien ? Explique-moi ce que tu fais… J'inventais des projets honorables, des rencontres flatteuses. Je voulais simplement entendre sa voix. Mais à chaque mensonge qu'elle gobait, je sentais que je m'éloignais d'elle. Et pourtant je continuais. Sa voix, je voulais entendre sa voix, c'est tout. Et puis je voulais qu'elle s'inquiète pour moi, parce que tant qu'elle s'inquiétait pour moi, je n'avais pas à m'inquiéter pour elle.

Il s'arrêta, et sa voix parut s'adoucir, son armure se fendiller.

— C'est la seule personne au monde que j'aime. Je n'ai jamais aimé personne d'autre que ma mère.

Fleur le dévisageait, horrifiée, et pourtant pleine de sentiment : d'amour pour lui et de respect pour cette passion filiale.

— Et je voulais qu'elle soit fière de moi. Alors je lui disais que j'avais créé une société de relations publiques en plus de l'agence de sécurité privée à Saint-Étienne, je lui disais que je m'investissais dans la campagne. La volupté de ces vies imaginaires était irrésistible. Je mentais le jour à la société, je mentais la nuit à ma mère. Et c'était pire que de me mentir à moi-même. On était sur écoutes, elle en savait rien, bien sûr. Chacune de ses approbations, chacune de ses remarques qui signifiaient qu'elle croyait à mes conneries, qu'elle n'avait aucun doute sur la véracité de ce que je lui racontais, c'était comme une fibre qui se détachait du cordon sacré qui me liait à elle. Et quand je raccrochais, je changeais de puce, je me mettais à la fenêtre, je vérifiais mes messages, mes e-mails, les coups de fil que j'avais manqués, et je pleurais.

— Tu pleurais…

— Je pleurais. Et je savais que le jour où je ne pleurerais plus après ces coups de fil, je serais prêt.

Nazir entendit soudain le son puissant d'un instrument à vent relayé par des annonces dans un haut-parleur.

— Les buccins ! s'exclama-t-il. Ils sont arrivés !

— Qui ça, ils sont arrivés ? Mais on attendait quelqu'un ?

— Fleur, sors de la voiture et dis-moi ce que tu vois.

Fleur s'exécuta. Elle sortit de la voiture et du bois. Au loin, sur la route unique qui traversait le village éteint, elle vit une caravane d'une douzaine de véhicules.

C'était un cirque itinérant. Le haut-parleur crachotait des indications dans une langue que Fleur ne connaissait pas, qui n'était ni de l'allemand, ni du français, ni de l'italien, ni même du romanche.

— Qu'est-ce que c'est que ce cirque ? demanda-t-elle en retrouvant l'odeur de cuir de la voiture.

— Notre passeport pour l'Italie, répondit Nazir en pianotant sur son BlackBerry.

4.

Gros Momo entendit son téléphone portable sonner pour la troisième fois consécutive. Il n'avait pas répondu parce qu'il était en train de se préparer des pâtes, et que, au moment où l'eau commençait à frémir, il avait vu un cafard sur le placard, qu'il avait bien l'intention d'exterminer pour faire un exemple.

Mais quand le fixe se mit à sonner de façon continue, il s'inquiéta et abandonna sa chasse et sa casserole. À l'autre bout du fil, Djinn lui hurla dessus.

— Y a une voiture qui t'attend en bas, c'est un taxi blanc. Tu prends le sac de boxe que j'ai posé sur mon lit, tu prends le chien et tu descends. Tu montes dans le taxi avec le chien et tu te laisses conduire, O.K. ?

— Mais j'ai pas encore mangé…

— Tu sors tout de suite ! Y a les flics qui vont pas tarder à défoncer la porte !

— Les flics ? Mais… pourquoi les flics ?

Gros Momo n'attendit pas que Djinn se soit remis à crier. Il courut dans la chambre de Djinn, soupesa le sac et comprit qu'il était rempli d'armes. En sueur, il rapporta le sac dans le couloir de l'entrée et se souvint soudain que la casserole était sur le feu. Il éteignit le gaz et la cuisine, remit la muselière à Sarko qui recommençait à s'agiter en percevant le stress de son nouveau maître.

Avant de sortir, il eut un mauvais pressentiment et décida de fouiller dans son propre sac pour prendre le 9 mm de Krim. Au lieu de le ranger dans le sac de boxe, il le mit comme à Saint-Étienne dans sa veste de jogging. Et ce fut ainsi harnaché, haletant et habillé trop chaudement pour la température caniculaire, qu'il descendit à toute vitesse les escaliers. Un taxi blanc l'attendait en effet dans la cour. Le soir était tombé, mais pas la chaleur. Le ciel s'était couvert, il n'y avait pas une pique d'air et les oiseaux volaient bas. Gros Momo n'avait jamais pris de taxi, il voulut monter à côté du chauffeur.

— Excusez-moi, ça vous dérange pas, le chien ?

— Monte à l'arrière, espèce d'*arioul* ! Et empêche le clebs de monter sur la banquette !

Gros Momo s'exécuta. Ses bajoues tremblotaient et ses mains lui semblaient peser une tonne. Quand la voiture démarra, il les rangea dans les poches de sa veste et regarda le molosse. Ses petits yeux s'étaient allumés de flammèches qui rougeoyaient dans la pénombre de la voiture.

Un quart d'heure plus tard, des hommes de la BRI, Brigade de recherches et d'intervention, défoncèrent la porte de Djinn au bélier. Le major de brigade défit son oreillette et composa le dernier numéro qui figurait sur son portable :

— Négatif, chef. Mais la casserole est encore chaude. Ils viennent juste de partir, à mon avis.

5.

La commandante Valérie Simonetti avait demandé au juge Wagner de le rencontrer à l'abri des regards. Wagner proposa une des brasseries du boulevard du Palais, mais l'ex-chef de la sécurité de Chaouch préférait un pub anonyme de l'autre côté de la Seine. Wagner avertit ses deux gardes du corps qu'ils allaient faire une petite promenade. Ils rappliquèrent à la porte de la galerie Saint-Éloi et insistèrent pour faire le trajet de cent mètres en voiture.

Les feux rouges de la place Saint-Michel semblaient s'être ligués contre la voiture du juge.

— On aurait pu faire l'aller-retour à pied, se plaignit-il à Thierry.

Aqua Velva ne cilla pas.

Depuis le pub choisi par Simonetti, on pouvait voir un profil oblique de Notre-Dame auquel le juge n'était pas habitué. Pas plus qu'il n'était habitué aux camions de CRS qui bloquaient l'accès aux bouquinistes sur presque toute la longueur de la Seine.

Wagner s'arrêta à la porte du pub. Derrière lui, la cathédrale semblait flotter dans le soir électrique. L'île de la Cité frémissait, comme un paquebot sur le point de couler. Emportant dans les profondeurs de la Seine la Conciergerie, la préfecture de police et le Palais de justice. Emportant la galerie Saint-Éloi, le cabinet de Wagner, ses dossiers, le secret-défense et tous ses soucis.

— Monsieur le juge, je suis désolée de vous rencontrer comme ça.

Valérie Simonetti impressionna le juge par sa stature athlétique et son état de nervosité. Une puissante veine jouait sur son avant-bras nu. Elle avait commandé un Perrier citron et voulait aller droit au but :

— Bon, ça ne me ressemble pas, ces méthodes, mais je dois vous dire que suite à l'attentat j'ai été mise à pied et que je suis soumise à une enquête approfondie de l'IGS. Ils veulent me faire porter le chapeau et (sa posture se raidit, ses mâchoires se dilatèrent martialement à la pensée de ses états de service et du sacrifice auquel elle consentait) je ne fuirai pas mes responsabilités. J'assume. Mais j'ai des doutes, monsieur le juge. Des doutes sur le major Coûteaux,

Aurélien Coûteaux. Il a été parachuté pendant la campagne depuis le SSMI, pardon, le Service de sécurité du ministre de l'Intérieur, directement au GSPR et à la protection du député Chaouch. Ce sont des choses qui arrivent, pas souvent mais qui arrivent, et je ne voudrais pas que vous croyiez que je suis animée par des sentiments personnels. J'ai eu le major Coûteaux sous mes ordres quand M. Chaouch a voulu que je dirige son équipe de protection rapprochée. Et, ce sont des choses difficiles à expliquer, mais je l'ai toujours mal senti…

— Vous l'avez mal senti ?

— Monsieur le juge, dimanche dernier, le major Coûteaux a demandé expressément à occuper un poste dans le premier cercle de protection. Comme je le sentais stressé, j'ai refusé. Tous les membres de ce premier cercle sont maintenant mis à pied, je ne suis pas la seule. Mais Coûteaux a été blanchi après un simple interrogatoire, et il dirige maintenant la protection rapprochée de la fille Chaouch.

— Où est-ce que vous voulez en venir, madame ?

— Je n'ai que des soupçons, mais s'ils n'étaient pas impérieux, je n'aurais jamais pris le risque de vous en parler. Je crois que vous devriez enquêter sur le GSPR. Ce parachutage, le comportement du major, le fait qu'il sorte indemne, tout ça me paraît très louche, monsieur le juge.

Wagner prenait mentalement des notes. Quand il quitta la commandante et retrouva la chaleur de sa voiture blindée, il sortit son carnet de sa poche intérieure et retranscrivit la conversation. Il appela Alice pour lui demander de préparer le brouillon d'une convocation de l'ancien patron du GSPR :

— Il faudra la mettre dans la cote en cours, Alice.

Dans la cote en cours : cela signifiait que le parquet et Lamiel n'en seraient pas informés. Il valait mieux garder cette piste confidentielle pour le moment.

En sortant du parking souterrain du palais, Wagner bondit hors de sa voiture et grimpa les escaliers quatre à quatre, galvanisé par la complexité de l'enquête, qui, une heure plus tôt, lui avait paru désespérante. Ses officiers de sécurité eurent même du mal à suivre sa course dans les escaliers qui menaient au troisième étage, ce que Wagner leur fit remarquer sur un ton blagueur.

Mais devant la porte de la galerie Saint-Éloi, il cessa de rire : face à lui, le procureur Lamiel affichait la mine d'un homme qui vient vous annoncer que votre fille est morte dans un accident de voiture.

— Jean-Yves, qu'est-ce qui se passe ?

— Henri…

— Vous avez vu qu'on va le coincer ce soir ?

— Henri…

Le procureur Lamiel se laissa tomber sur la banquette du siège qui faisait face à la porte sécurisée de la galerie. Une fenêtre entrouverte donnait sur une autre aile du palais. Lamiel prit une profonde inspiration et déclara :

— Je sors du bureau de Jeantot.

— Le président du Tribunal ? Mais pourquoi ?

— Il a reçu une lettre anonyme cet après-midi.

— Continuez.

— Une lettre anonyme déposée à son secrétariat, avec une autre lettre agrafée.

Lamiel semblait tester son ami, jauger la sincérité de son étonnement. Il sortit la langue de sa bouche et la passa sur ses lèvres.

— La lettre anonyme vous dénonce, Henri, et exige que vous soyez dessaisi du dossier de l'attentat contre Chaouch. Ou que vous vous récusiez… Enfin, bon sang, faites pas cette tête, vous allez pas me faire croire que vous savez pas du tout pourquoi ?

— Nom de Dieu, qu'est-ce qui se passe, Jean-Yves ?

— C'est votre fille. Elle a écrit une lettre au gamin, à Abdelkrim. Ça, c'est la lettre agrafée. Dans la lettre principale, c'est écrit qu'elle et trois amis à elle dont le fils Putéoli ont passé l'après-midi avec lui, chez vous, Henri, chez vous, juste avant qu'il ne commette l'attentat à Grogny. Selon cette lettre, à cause de vos liens familiaux avec la petite amie du prévenu, il est inconcevable que vous puissiez instruire de façon objective, etc., etc.

Il reprit son souffle et enleva brusquement ses lunettes :

— Putain, qu'est-ce que c'est que ces conneries, Henri, vous pouviez pas me le dire ? Vous vous rendez bien compte que je ne peux rien faire pour vous, là ? Mon conseil, maintenant, c'est de vous récuser de vous-même, et pour le reste… Rotrou va forcément être désigné et reprendre le dossier, là y a plus rien à faire. Il partira en retraite après ça, il va vouloir en faire son chant du cygne. J'aime autant vous dire que ça va pas être beau à voir…

Wagner dénoua le col de sa cravate et murmura :

— Putéoli… Et presque aussitôt, en remuant la tête de droite à gauche : *Dans les palais la trahison…*

Sans un seul regard pour Lamiel, le juge descendit les escaliers qu'Aurélie avait dévalés la veille, alors qu'elle paraissait sur le point de lui avouer quelque chose. Cravate en main, il ne répondit pas aux sollicitations de ses gardes du corps qui voulaient savoir où il se rendait.

Ils le découvrirent en même temps que lui : Wagner sortit par le grand escalier, traversa la cour et erra le long du boulevard du Palais, sans but, jusqu'au quai et retour, d'une démarche qui tanguait, celle d'un homme perdu sur le pont d'un navire en détresse.

6.

L'immeuble de Fouad était bâti en arc de cercle le long de la place d'Aligre. À travers la vitre encombrée du supermarché asiatique, qui occupait le rez-de-chaussée avec un Franprix, Fouad croisa le regard d'un homme, un Européen aux cheveux courts qui tripotait sans la regarder une boîte de sauce au soja. En grimpant un à un, tête basse, les escaliers qui menaient à son appartement, Fouad crut devenir fou. Se pouvait-il qu'il ait été suivi jusqu'ici ? Était-ce pour cela que sa garde à vue avait duré si peu de temps – parce qu'ils avaient l'intention de le suivre, de le traquer en espérant… ? En espérant quoi ? Prouver qu'il avait un rapport avec la folie de son frère ?

Une jeune femme qu'il n'avait jamais vue dans l'immeuble attendait sur son palier, agitant un jeu de clés contre la porte en face de la sienne. Elle avait un casque de moto et un blouson en cuir. Remarquant Fouad, elle se retourna, ajusta son blouson et se racla la gorge :

— Excusez-moi.

Fouad la vit approcher et comprit qu'il se passait quelque chose. Elle faisait sa taille et dégageait une énergie étrange, presque menaçante. Elle était bizarrement belle avec son visage large et ses mâchoires carrées ; ses talons claquaient sur le sol. La lumière s'éteignit. Quand Fouad appuya sur le bouton qui éclairait l'étage, elle était nez à nez avec lui.

— N'ayez pas peur, murmura-t-elle vigoureusement, je m'appelle Marieke, je suis journaliste, je suis venue vous prévenir, on peut entrer ?

Fouad déglutit péniblement. Quoique chuchotée, la voix de cette journaliste lui paraissait trop forte et, quand il ouvrit la bouche pour lui répondre, ce fut un mince et précaire filet sonore qui s'en échappa :

— Je parle pas aux journalistes, foutez-moi la paix...

— Non, non, vous ne comprenez pas, insista Marieke. Je ne veux pas vous interviewer, je veux vous prévenir, vous dire de faire attention. Il y a des choses qui vous dépassent, qui nous dépassent tous. J'ai travaillé sur l'enquête du contre-espionnage, contre votre frère. Écoutez, je suis désolée de vous rencontrer comme ça...

— Au revoir, madame.

Fouad voulut ouvrir sa porte mais Marieke posa sa grande main sur le loquet, sans cesser de le fixer.

L'expression « n'avoir pas froid aux yeux » n'avait jamais paru aussi appropriée à Fouad que pour décrire la hardiesse de cette journaliste.

— Votre famille, Fouad, ils vont essayer de vous faire porter le chapeau. Vous ne pouvez faire confiance à personne, écoutez-moi. Vous avez remarqué au moins que vous étiez suivi ?

— Je m'en fous, répliqua Fouad qui ne voulait pas perdre la face. J'ai rien à me reprocher.

Sans s'en rendre compte, il avait accepté de parler avec elle. Le contraire aurait été étonnant : Marieke était très engageante, sa voix était joliment éraillée et il y avait quelque chose de tout simplement saisissant dans sa physionomie sculpturale, quelque chose qui vous forçait à la regarder, à l'écouter.

— Vous *croyez* que vous avez rien à vous reprocher, mais j'aime autant vous dire qu'ils trouveront quelque chose pour vous faire plonger. Et je parle pas que de vous, je parle de… On peut se tutoyer ?

— Non ! se réveilla Fouad.

Un sourire s'ouvrit dans le visage de Marieke, dévoilant des dents fortes et charmantes, à cause, peut-être, de leur alignement imparfait.

— Je reprendrai contact avec toi, conclut-elle de façon invraisemblablement badine, en prononçant les r à la belge. Quand tu auras compris ce qui se passe, je pense que tu seras un peu plus coopératif… enfin j'espère…

— Parce que vous, bien sûr, vous ne roulez pour personne ? risqua Fouad.

— Exactement ! s'exclama Marieke qui venait en effet de proposer la suite de son article à la concurrence, sans succès pour le moment. Je roule pour la vérité, Fouad, la *vérité.*

Sur ce mot elle disparut dans les escaliers, laissant Fouad avec l'incompréhensible impression d'avoir été à la fois kidnappé, séduit, éconduit et dépouillé. Il vérifia le contenu de ses poches en poussant la porte de son studio. Dans celle de son sweat-shirt, il trouva une carte professionnelle, Marieke Vandervroom, reporter, son e-mail et son numéro de téléphone. Au verso, elle avait inscrit simplement, quoique en enfonçant la bille du stylo dans la chair du carton :

¡Call me!

Son studio lui parut irréel quand il leva les yeux de l'invite au dos de la carte. Faiblement éclairée par l'ampoule désossée qui pendouillait au mur du corridor de l'entrée, sa grande pièce à vivre sentait la cendre froide et l'abandon. Il voulut faire un peu de rangement mais préféra boire un verre avant. Dans son placard, il ne restait qu'une bouteille de whisky de maïs. Le cruchon de grès ressemblait à une outre antique, il était rempli aux trois quarts.

Fouad alluma la lumière, vit que le désordre de l'appartement se reflétait trop fidèlement dans la double porte vitrée du balcon ; il éteignit la lumière et se servit un premier verre de Platte Valley. La liqueur était jaune pâle, des reflets verts apparaissaient quand on remuait le verre. Fouad l'avala d'un trait et s'en servit immédiatement un deuxième.

Au bout du quatrième, il s'aperçut que les visages de sa famille avaient cessé de défiler dans son esprit. Il se servit un cinquième verre plus conséquent et le huma longuement, devinant l'arôme vanillé et la douceur du maïs, enviant la tranquillité rupestre de ces distilleurs du Missouri qui n'avaient sans doute jamais eu affaire à la justice antiterroriste.

7.

Le commissaire d'état-major Thomas Maheut, en chemisette blanche floquée de son grade et des insignes de la Préfecture de police, sortait du poste de commandement entouré d'hommes à qui il donnait des instructions. Son autorité naturelle lui permettait de ne jamais élever la voix. Il parlait maintenant au téléphone, sur un ton un peu relâché, à Valérie Simonetti. Il lui racontait les affrontements place de la République, autour du Père-Lachaise, et même rue de la Fontaine-au-Roi.

— On n'a jamais vu ça, expliquait-il, ils se sont *organisés* ! Une organisation paramilitaire. Tout l'Est est mobilisé, y a des faux appels à Police Secours dans le Nord pour faire diversion. Je viens d'envoyer des renforts à la mairie du XIe. Ils ont fait brûler des bagnoles de Voltaire à Charonne, c'est complètement dingue, ils ont fait brûler les chaises de la terrasse du Vidocq !

— Mon Dieu, le Vidocq…

Maheut fronça les sourcils.

— Le plus dangereux, c'est Bastille. On a eu des informations comme quoi ces sauvages prévoyaient de dérouler une banderole sur l'Opéra, une immense banderole avec écrit « Sarko assassin » dessus. Tu le crois, putain ? « Sarko assassin » !

— Vous les avez arrêtés ?

— Non, pas encore. J'ai jamais vu ça, je te jure. Un tel déploiement de forces de police dans la capitale. GIPN, GIGN, BRI… Dieuleveult a vu en XXL, comme d'hab', mais j'en arrive à me demander s'il va pas falloir aller chercher des mecs du RAID… Bon, il faut que j'y aille. Mais, attends, t'es dehors, là ? Qu'est-ce tu fous ?

Les cloches de Notre-Dame retentirent. Maheut crut les entendre aussi dans le téléphone de Valérie. Il planta son nez dans la direction du ciel ; le vent commençait à remuer la chape de nuages qui pesait sur la ville depuis le début de cette maudite journée.

— Mais t'es où, là ? demanda-t-il soudain.

— Dans ton quartier, répondit Valérie d'une voix songeuse. J'avais un petit truc à régler… avec ma conscience…

— Bon, on en reparlera.

Le commissaire raccrocha. Une voix dans son oreillette l'avertit que le préfet de police voulait le voir sur-le-champ. Maheut prit l'escalier qui menait à l'étage, dans le quartier du préfet, composé de portes capitonnées et de doubles moquettes. Il montra patte blanche devant le sas de vitre fumée, derrière lequel des appariteurs le conduisirent, par un dédale de corridors muets, jusqu'à la grande porte à double battant du bureau du préfet. Le feu bicolore passa au vert et le commissaire Maheut entra, en saluant d'un signe de tête les autres directeurs de la PP.

On parlait bas dans cette pièce vaticanesque. L'écran géant du bureau, qui diffusait généralement les infos ou la séance en cours du Conseil de Paris, était ce soir divisé en quatre : trois écrans de visioconférence dont un avec la « salle » et le dernier, singulièrement, qui consistait en un bulletin météo en temps réel. Dieuleveult ne parlait d'ailleurs que de ça, marchant parfois jusqu'à sa fenêtre pour voir les mouvements du ciel au-dessus des tours de Notre-Dame. Il fit signe à Maheut de s'approcher :

— À votre avis, commissaire ? Pleuvra ? Pleuvra pas ?

On avait annoncé la tempête pour le début de soirée ; deux heures plus tard, le ciel était lourd et bas, le vent était monté mais toujours aucune goutte de pluie. On espérait beaucoup qu'une tempête calme les ardeurs séditieuses des bandes de voyous qui prévoyaient de saccager la capitale.

Maheut fit son rapport sur les toutes dernières interventions. L'ordre du préfet avait été solennel : il voulait qu'aucun policier ou gendarme d'Île-de-France ne dorme chez lui ce soir. Apparemment l'ordre avait été suivi. Maheut songea à ces hommes qui étaient sur le pont depuis dimanche soir. Il apprit ensuite, de la bouche du directeur de cabinet du préfet, qu'ils avaient décidé de solliciter le concours d'un ballon dirigeable pour apporter un renfort aux hélicoptères qui observaient les mouvements de foule sur les grandes artères. Le dirigeable faisait soixante-quinze mètres de long, autant dire la taille d'un A380. Pourvu de caméras satellites, il survolerait Paris dans moins d'une demi-heure et diffuserait ses vidéos dans le poste de contrôle du sous-sol que commandait Maheut. Le directeur de cabinet terminait son briefing lorsqu'un éclair surpuissant fendit le ciel de l'île de la Cité, suivi quelques secondes plus tard par le bruit que tout le monde espérait depuis des heures : celui du tonnerre. On aurait dit que Dieu lui-même dévalait les marches du ciel en faisant les gros yeux.

Une voix feutrée déclara qu'il était temps. Dieulefeult approuva, mains derrière le dos, devant l'intimidante baie vitrée de son château fort. Avant de renvoyer le commissaire Maheut à ses activités, avec un regard appuyé qui en disait long sur les immenses responsabilités qui pesaient sur lui, ainsi qu'une injonction, deux mots qui semblaient jaillir directement de ses entrailles :

— Écrasez-les !

8.

Et tandis que le ballon dirigeable volait en direction de la capitale française, Nazir parlementait, dans un mélange d'italien, de français et d'allemand, avec le patron du cirque itinérant qu'il avait attendu toute la journée. C'était un homme chauve à la mâchoire éminente et au profil mussolinien. Il ne semblait éprouver aucune gêne à dévisager Fleur tandis que Nazir essayait de le convaincre.

Au bout d'une dizaine de minutes, il tourna les talons. Nazir fit signe à Fleur de rester près de lui tandis qu'il le suivait. Le dernier véhicule de la caravane était un énorme camion d'où émanait une odeur si nauséabonde que Fleur s'arrêta net.

— Mais qu'est-ce qui pue comme ça ?

— Attends-moi là, répliqua Nazir.

Fleur le regarda se hisser au niveau du siège passager du camion. Il y resta quelques minutes. Quand il en ressortit, il emmena Fleur sans mot dire jusqu'à leur 4 × 4 et lui demanda de vérifier que personne ne les regardait. Il fourra quelques liasses de billets dans un sac plastique et vint s'asseoir à côté de Fleur, devant le tableau de bord.

— On va partir ? s'inquiéta Fleur qui ne comprenait rien. C'est bon ? On peut s'enfuir ?

Nazir tourna ses épaules vers elle et encadra son visage angoissé avec ses longues paumes, dans un geste d'une virilité si chaleureuse que Fleur en eut le souffle coupé.

— Fleur, il faut que tu sois courageuse, maintenant, dit-il d'une voix douce. On va traverser la frontière, ça va être très difficile, il faut que tu sois plus courageuse que tu ne l'as jamais été…

Il reprit sa respiration ; ses muscles faciaux tressautaient comme si quelque reptile caché depuis des années sous son épiderme venait de se réveiller.

— Tu me fais confiance, pas vrai ?

Fleur plissa les yeux pour ne pas sangloter. Son menton promena sa jolie fossette de haut en bas : oui, elle lui faisait confiance.

Au même moment, Djinn pénétrait dans la rue d'Austerlitz : chaussée étroite, trottoirs minuscules, une quinzaine d'hôtels à la queue leu leu dont une bonne moitié n'étaient pas étoilés, et parmi eux au moins deux hôtels de passe. Ils risquaient de se faire repérer en stationnant au milieu de la rue ; un scooter n'aurait pas pu les dépasser à cause des poubelles qui s'entassaient sur les trottoirs. Djinn fit le tour du pâté de maisons et repéra une place libre qui n'était pas réservée aux handicapés, dans une rue parallèle. Il éteignit le moteur et les lumières de la voiture.

Au quatrième étage du 17 de la rue d'Austerlitz, Djinn découvrit une studette de douze mètres carrés occupée par Romain qui faisait les cent pas en remuant la tête, ainsi que par une jeune femme voilée, studieusement penchée sur un ordinateur portable. Il y avait un lit une place dans la petite pièce, un coin cuisine, rien pour pisser, les W.C. étaient sûrement sur le palier. En hauteur, une couronne de placards cubiques donnait à la pièce des airs de cabine de paquebot ; ou bien était-ce que Djinn avait la tête qui tournait, comment savoir si c'était lui ou le monde qui vacillait ?

— C'est énorme, ce qui est en train de se passer, c'est énorme, on n'a jamais vu ça, ils vont péter un câble, je te jure, ils vont péter un câble…

Romain était surexcité. Il balançait les mains de droite à gauche, dans des gestes maladroits. Il n'avait jamais paru aussi blafard et exalté.

— Les sacs sont là, dans les placards ? demanda Djinn qui voulait montrer qu'il était tendu vers l'objectif.

Romain ne l'entendait pas : des cris étranges, féminins, venaient de l'extérieur, probablement de l'hôtel d'en face.

— On y est, poursuivit-il avec emphase, au cœur de la tempête. Les gens se soulèvent partout, tu comprends ce qui est en train de se passer ?

Djinn entendait maintenant distinctement les cris de femme, ponctués de halètements et de mmmm de jouissance. Romain les entendait aussi, il se mit à rougir en comprenant de quoi il s'agissait.

La jeune femme voilée ne disait rien, restait rivée à l'écran de son ordinateur portable dont elle modulait inutilement l'inclinaison.

— C'est qui la fille ? demanda Djinn à mi-voix.

— Elle est avec nous, répondit Romain en prenant Djinn par le coude.

— Mais qu'est-ce qu'elle fait ?

— Elle travaille dans une bibliothèque mais elle est avec nous, répéta Romain. On dirait pas comme ça, mais c'est une sicaire elle aussi.

— Une sicaire ?

Djinn était gêné : par l'effet que les cris sensuels de l'hôtel de passe produisaient sur le teint de Romain, mais aussi par la façon éhontée dont il singeait Nazir dans ses moments de ferveur, ses moments qui emportaient vos scrupules – sauf qu'ici Romain ne persuadait personne avec son bavardage de schizophrène, pas même son propre double.

— Les hommes-dagues, répondit-il dédaigneusement, tandis que les halètements s'accéléraient et que Djinn découvrait dans les sacs cachés sous le lit les armes qu'il allait distribuer à ses collègues, les sicaires, c'étaient les hommes-dagues, des dissidents juifs qui voulaient chasser les Romains de Judée.

— Et quoi ?

— « Et quoi ? » l'imita-t-il avec un rire sec, élémentaire – de l'air craché par les narines. Eh bien, Nazir les a recréés ! Voilà « et quoi » ! C'est toi, moi, nous. On n'a plus de dagues mais des 9 mm. On est partout, ils sont partout, dans l'ombre, des cœurs vaincus auxquels il a redonné le souffle, des vies brisées qu'il a réarmées ! On y est ! Paris intra-muros, c'est nous maintenant. Regarde autour de toi, c'est fini maintenant, ça commence !

— Ouais, murmura Djinn en observant la crosse gravée d'un des calibres qu'il avait retirés du sac.

Mais Romain n'osait pas approuver : les cris de jouissance augmentaient de volume, dans un effroyable crescendo de râles et de soubresauts, jusqu'à ce dernier hurlement, cette ultime explosion d'un orgasme qui l'humiliait et le paralysait, parce qu'il ne savait pas comment l'ignorer.

— Allez, décida-t-il dans l'atmosphère humide, malsaine qui suivit ce cri déchirant, plus de temps à perdre, il m'a dit de vous dire qu'il vous fait confiance, il m'a dit de *te* dire qu'il vous fait confiance, Djinn. Le décevez pas, O.K. ?

Chapitre 13

INTRA-MUROS

1.

Paris n'était que sirènes, voitures et poubelles incendiées, charges de CRS et interpellations arbitraires ou motivées par le non-respect d'un couvre-feu que la Préfecture de police avait mal médiatisé, ou trop tard. Tandis que les casernes de Paris et des départements de la petite couronne se vidaient en même temps que les rues, des ombres encagoulées se retrouvaient dans des lieux de rendez-vous préalablement déterminés et incendiaient tout sur leur passage, par petits groupes de huit à dix personnes. Jamais plus mais parfois moins, ainsi qu'en fit l'expérience Tristan Putéoli qui rentrait en scooter de chez Nico à Oberkampf, où il s'était épuisé à jouer à la Wii.

Il roulait sur le boulevard Beaumarchais direction Bastille quand il se fit dépasser par une dizaine de camions de CRS, toutes sirènes dehors. En se rabattant sur la piste cyclable, il fut percuté par un Velib' et perdit le contrôle de son scooter. La chute ne devait lui laisser que des égratignures, mais son scooter avait terminé sa course contre un horodateur et se trouvait dans un sale état.

Le cycliste abandonna son Velib' et partit à toute vitesse : Tristan hurla dans sa direction et aperçut au bout du boulevard, au pied de la colonne de Juillet, un immense rideau de fumées de gaz lacrymogènes. Il se demandait ce qu'il allait faire avec son scooter lorsque, d'une rue perpendiculaire, il vit surgir cinq racailles à capuches, leurs bouches protégées par des écharpes noires. Les CRS étaient loin devant, sur la place de la Bastille, et Tristan ne vit personne qui pourrait lui porter secours s'il se faisait attaquer.

Il enleva son casque et entreprit de traverser le boulevard pour rejoindre la rue des Francs-Bourgeois et la place des Vosges. Il avait les mains dans les poches, l'air normal d'un jeune lycéen qui rentre chez lui après une soirée arrosée. Mais il avait aussi les cheveux blonds à l'air. Et, dans la nuit parfaitement éclairée de ce beau quartier, il lui sembla soudain qu'on ne voyait que ça ; les cinq types l'avaient pris en chasse, à distance.

Il pressa le pas mais n'osa pas courir, de peur de déclencher la catastrophe. Il appela discrètement la police mais personne ne répondait. Les standards étaient tous occupés. Tristan se dit que le cauchemar ne faisait que commencer.

Aurélie l'appela. Il n'avait pas eu de nouvelles d'elle depuis le sale coup qu'il lui avait fait, et c'était maintenant, c'était ce moment qu'elle choisissait pour l'appeler et l'insulter. Tristan qui s'essoufflait à force de faire de la marche olympique prit l'appel au bout de la première sonnerie, trop heureux d'avoir quelque chose pour se donner une contenance lorsque les racailles allaient lui tomber dessus. Il pourrait ne pas leur parler, ne pas les « provoquer » du regard en prétextant être au milieu d'une conversation téléphonique importante.

Mais au bout du fil Aurélie commença par ne rien dire :

— Aurélie, c'est pas le moment de m'insulter, putain, y a des mecs qui me suivent, des racailles là, j'arrive pas à joindre les flics, Aurélie, tu m'entends ?

— Tu te rends compte de ce que t'as fait, espèce de connard ?

— Aurélie, je te jure que c'est pas le m…

— Mon père a été obligé de se récuser. Tu sais ce que ça veut dire ? Sa carrière est finie. C'est foutu maintenant. Foutu. Tu te rends compte ?

Les cinq types s'étaient mis à courir et à se cacher derrière les arcades du trottoir opposé. Ils donnaient des coups contre les grillages en rouleaux des boutiques, ainsi que dans tous les rétroviseurs qui se mettaient en travers de leur route.

Tristan joua son va-tout :

— Mais de quoi tu parles ? Se récuser ? Qu'est-ce que j'ai fait ?

— Ce que t'as fait ? Ce que t'as fait ? hurla Aurélie. T'as volé la lettre que j'avais écrite à Krim et t'as balancé une lettre anonyme pour raconter qu'on avait passé l'après-midi avec lui avant qu'il commette l'attentat. Voilà ce que t'as fait, espèce de connard.

— Mais c'est pas moi, Aurèle, c'est mon père ! Je te jure c'est mon père !

— Y a une limite à être un connard, c'est pas des histoires de cul, là, ce que t'as fait c'est pas être dans une fête et montrer à tout le monde la vidéo d'une fille qui te suce…

Une des racailles criait dans sa direction. Tristan n'osait plus prononcer le moindre mot. Il s'arrêta devant l'entrée fermée du parc de la place des Vosges.

— Attends, dit-il en faisant semblant de se concentrer pour l'écouter. Attends.

— Eh, la blondinette ? criait la racaille. Eh, blanc-bec ! Vas-y lâche ton téléphone, vas-y fais voir, c'est un iPhone ? Tu me le prêtes ?

Un de ses collègues était en train de se faire engueuler par les autres. Il avait enfin réussi à enflammer sa bouteille d'essence mais ne savait pas encore sur quoi la lancer. Des sirènes se firent entendre au loin, sur le boulevard Beaumarchais.

Tristan leva la tête et parcourut du regard les vitres hautes, incroyablement hautes, mais éteintes, désespérément éteintes, qui formaient comme une série d'yeux de Cyclope sertis dans les élégants murs de brique rose de la place.

Une des racailles qu'il n'avait pas vue venir lui fit une balayette. Il tomba au sol et vit son iPhone couler dans le caniveau. Il voulut se relever et se défendre avec son casque mais les racailles avaient détalé. Non pas à cause des véhicules de police et du camion de pompiers qui n'arrivèrent qu'une minute plus tard, mais à cause de ce pour quoi ils intervinrent : le cocktail Molotov d'un des voyous de l'autre trottoir avait été lancé dans l'une des vitres de ce bâtiment qui encerclait presque parfaitement l'ancienne place royale. Les flammes ne pourraient évidemment jamais embraser la totalité de cette ceinture de brique, et pourtant ce fut à cela que pensa Tristan en prenant son pouls pour essayer de dissiper sa peur – à la place des Vosges entièrement cernée par les flammes.

Il récupéra son portable à travers la grille du caniveau et leva la tête tandis que les flics le rejoignaient pour savoir ce qui s'était passé : deux hélicoptères survolaient le ciel du Marais, ainsi qu'une ombre gigantesque qui ressemblait à un vaisseau extraterrestre. Avec des projecteurs surpuissants, ces monstres balayaient les toits de zinc, les dômes en ardoise et les petites rues du Marais corsetées dans la pierre. Leurs haut-parleurs faisaient aussi un vacarme épouvantable, délivrant des instructions inaudibles au peuple de Paris planqué devant sa télé.

2.

Dounia, Rabia et Luna avaient fini leurs glaces et s'étaient promenées dans le centre-ville, ignorant les conseils de Fouad et de Me Szafran. Elles étaient au pied de la montée d'escalier qui menait à leur rue, paralysées par un rire nerveux, violent, fou. La partie bar de la brasserie accueillait un karaoké auquel avait participé toute une tablée d'employés de banque. L'un d'eux avait conclu la soirée en beauté : c'était un petit bonhomme trapu avec une tête massive, ses camarades l'avaient obligé à chanter une chanson de Patricia Kaas, *Il me dit que je suis belle* – qu'il avait interprétée avec la voix la plus inattendue qu'on pouvait imaginer sortir de ce corps, une voix suave, lyrique et surtout incroyablement aiguë.

— N'empêche, on se moque mais il chantait super bien, hein ?

Dounia ne put pas répondre, elle avait les mains sur ses genoux, les veines de son cou semblaient pouvoir exploser si elle n'arrêtait pas de rire. Rabia se mit à chanter en imitant la voix et les trémolos du conseiller commercial :

— *Il me dit que je suis be-e-elle...*

— Arrête ! Arrête, je vais pisser... Arrête, je te jure, je vais pisser...

Luna observait ses aînées en souriant, un rien perplexe.

Rabia leva les yeux et le parapluie pour considérer les dizaines de marches qu'elles allaient devoir se farcir une fois la bonne humeur retombée.

Son sourire se crispa brusquement, se changea en une grimace d'horreur. Dounia, surprise de ne plus entendre sa sœur rire, la prit par la manche :

— Rab' ? demanda-t-elle d'une voix encore rieuse. Qu'est-ce qui se passe ?

Elle regarda ce que regardait Rabia et mit la main devant sa bouche ouverte. Au sommet de la montée, une dizaine de jeunes voyous cagoulés poussaient un container enflammé au bord des escaliers.

— Mais qu'est-ce qu'ils foutent ? Luna, ma chérie, viens, viens !

— Ils vont le faire tomber !

En effet, le container déséquilibré dégringola les marches du premier tronçon d'escalier et termina sa course dans un buisson flanqué d'un réverbère orné à l'ancienne, qui se déforma sous le poids qu'il venait d'encaisser mais qui ne se cassa pas. Ce qui se produisit fut pire : le buisson prit feu, et le feu se propagea au paravent de paille qui protégeait la terrasse d'un des immeubles chic donnant sur la montée.

Dounia composa le numéro des pompiers mais des sirènes mugissaient déjà au bout de la rue.

Deux voitures de police filèrent à toute vitesse, dépassant Dounia, Rabia et Luna, qui n'osaient plus bouger. Deux autres voitures, banalisées celles-ci, dégorgèrent une dizaine d'hommes en civil qui ordonnèrent aux trois passantes de vite rentrer chez elles, avant de grimper quatre à quatre les marches de la montée.

Une autre voiture, de la police municipale, arriva en renfort et en sens interdit. Son conducteur baissa sa vitre et dit à Rabia :

— Il faut pas rester dehors, madame, c'est très dangereux.

— Mais on habite là-haut, monsieur. On habite juste derrière le sommet, dans la rue du cimetière !

Le policier parlementa quelques instants avec sa coéquipière et dit :

— Montez derrière, on va vous ramener.

— Mais qu'est-ce qui se passe ? demanda Rabia en fermant la portière. Maintenant y a même des émeutes en centre-ville ?

— Ben vous voyez, répondit la coéquipière désabusée.

Quand la voiture les déposa dans leur rue, elles virent un hélicoptère de la police qui sillonnait le ciel pluvieux depuis la colline de Montreynaud.

— Regarde, bégaya Rabia, il vient vers le centre-ville ! *Wollah* on dirait que c'est la guerre…

Des cris retentirent au bout de la rue, Dounia obligea sa sœur et la petite Luna à rentrer sans plus attendre et suivit le conseil du policier qui avait joué les taxis : elles fermèrent tous les verrous de la porte d'entrée à double tour ainsi que les volets du rez-de-chaussée.

3.

Gros Momo avait retrouvé Djinn au pied d'un escalier où dormaient des clochards. Djinn avait pris le sac et le harnais du pitbull et monté les marches en donnant des coups de pied aux dormeurs avinés. L'escalier partait de la rue et donnait sur une sorte de long jardin suspendu à quelques mètres de l'avenue. Pour échapper à la surveillance électronique des flics, Djinn communiquait avec ses petits groupes commandos au moyen de bippers préhistoriques, des vieux Tatoo Motorola achetés sur e-Bay. Quand les deux hommes furent bien cachés dans un massif de bambous, Djinn vérifia le contenu du sac et se mit à faire des exercices de respiration en chargeant les pistolets.

Gros Momo lui demanda ce qu'ils foutaient là. Djinn voulut lui murmurer de fermer sa grande gueule mais il avait une de ces voix rauques qui ne trouveront jamais le secret du chuchotement.

— Tu surveilles le chien et tu bouges pas. Quand je donne le signal, des mecs vont arriver de tous les côtés de la place, et toi tu restes ici et tu protèges les guns avec le chien. C'est tout. Et si tu dis encore quelque chose, je te casse la bouche.

Gros Momo voulait partir, prévenir la police, retrouver son berger allemand et les parties de *Call of Duty* dans la cave de Krim. Au lieu de quoi, il prit dans sa paume le 9 mm avec lequel ils s'étaient entraînés, convaincu que grâce à lui il était en sécurité au cas où ça tournerait mal.

4.

Krim saurait nommer chacune des notes. D'abord l'harmonica soutenu par le piano, et puis la voix qui parle d'une porte-moustiquaire qui claque : Fouad se leva en titubant lorsque la radio diffusa *Thunder*

Road de Bruce Springsteen, se rendant compte, alors qu'il ne l'avait pas écoutée depuis des années, que c'était depuis toujours sa chanson préférée.

The screen door slams, Mary's dress waves…

Mais au lieu d'identifier la Mary de la chanson à sa Jasmine à lui (pourquoi l'aurait-il fait, d'ailleurs, Jasmine était née dans les beaux quartiers), Fouad se mit à penser à Nazir. Il s'enfonçait dans l'alcool depuis trop longtemps pour pouvoir déterminer s'il pensait à Nazir parce que c'était lui qui la lui avait fait découvrir, ou pour une autre raison plus obscure. Adolescents, ils se refilaient des CD, sans commentaires, ou alors simplement : écoute ça. Et maintenant, dix ans plus tard, quinze ans plus tard, comme la première midinette venue qui croit que le tube mélancolique du moment ne s'adresse véritablement qu'à elle, Fouad était en larmes en écoutant le Boss chanter que son frère et lui avaient dû, eux aussi, emprunter la route orageuse, pour fuir le trou où ils étaient nés…

La chanson ne dura que quelques minutes, mais dans ces quelques minutes toute son adolescence se rappela à lui. Ce n'étaient pas des moments précis mais des bribes de paysage. Et toujours aux couleurs de l'hiver.

Saint-Étienne, New Jersey : une longue route bordée de cheminées d'usine, les flaques de feuilles mortes dans la cour du lycée, les passerelles qui enjambaient les chemins de fer désaffectés, les terrains vagues. Et devant chacun de ces terrains vagues il y avait Nazir pour le regarder avec lui, et pour lui faire comprendre ce que Bruce Springsteen criait à la fin :

It's a town full of losers
I'm pulling out of here to win !

Le saxophone maîtrisait la rage de la chanson, le piano se faisait virtuose, mais avant le dramatique decrescendo final, la chanson s'interrompit.

Quand la voix suave du crétin de présentateur annonça la prochaine chanson, Fouad se rua vers la radio et en arracha maladroitement les fils, jusqu'à la faire tomber sur la moquette.

Il voulut appeler Saint-Étienne, pour s'assurer que tout le monde était en sécurité, pour s'assurer que sa ville de losers existait encore. Mais il n'était pas encore assez saoul pour croire qu'il ne l'était pas. Après avoir bu une bouteille d'eau cul sec, il alluma sa petite télé. Les chaînes d'infos continues ne parlaient que de Paris, et diffusaient copieusement les images de ce ballon dirigeable survolant fabuleusement la capitale. Il éteignit la télé et se rendit sur le balcon. Depuis son dernier étage, Fouad avait une vue imprenable sur les zigzags qui illuminaient le ciel pour une fraction de seconde, avant de le renvoyer à son obscur ruminement de nuages et d'électricité. Les coups de tonnerre se succédaient à un rythme de plus en plus resserré, mais Fouad avait beau vérifier toutes les deux minutes dans le halo des réverbères, il ne voyait toujours aucune goutte tomber sur la place.

Il entendit soudain la vibration de son portable resté sur la table basse de son studio. Avant même d'avoir vu le nom de l'expéditeur, il sut que c'était elle. Elle lui disait :

> Je viens de recevoir ta lettre, je n'ai jamais été aussi émue de toute ma vie, je veux te voir ce soir.

Le bourbon aidant, Fouad décida de cesser de se poser des millions de questions et de faire preuve d'un peu de spontanéité – ce pourquoi tout le monde l'aimait. Il descendit dans son répertoire jusqu'à la lettre J et, la gorge nouée mais le cœur sûr, il appuya sur la touche verte.

— Jasmine ?

Les larmes montèrent aux yeux de la jeune femme.

5.

La dizaine de fourgons disposés devant l'opéra Bastille comptait un camion antiémeute équipé d'un canon à eau ainsi qu'un véritable blindé de la BRI, caparaçonné comme un tank et qui abritait le PC mobile. C'était donc devant ce tricératops au cuir de métal noir et luisant qu'un brigadier-chef CRS surveillait les alentours en tapotant du poing sa poitrine flanquée du caractéristique écusson rouge de son corps de police, n'en pouvant plus d'attendre l'ordre de la Préfecture de police d'être envoyé sur un théâtre d'opérations.

La radio du PC crachotait des infos sur des affrontements violents place de la République ou sur les Champs, et lui devait protéger une cible soi-disant signalée par les Renseignements généraux mais où personne, à part une petite bande de bras cassés, ne s'était pointé depuis deux heures.

Le brigadier-chef prit son talkie-walkie et demanda à parler au commissaire Maheut. Le commissaire ordonna de rester en place.

— Mais enfin, il se passe rien ici !

— Brigadier-chef, trancha le commissaire, pas de redéploiement avant mon signal. Terminé.

Ne pouvant supporter l'immobilité, le brigadier-chef prit trois hommes et contourna l'Opéra pour inspecter l'entrée de son parking souterrain. Il crut apercevoir un mouvement en hauteur et leva les yeux. Un hélicoptère survolait leur position en direction de la Seine. À une centaine de mètres du dernier fourgon commençait la promenade plantée. Elle était fermée la nuit mais le brigadier-chef avait un pressentiment et croyait voir les arbres bouger.

— C'est juste le vent, chef.

La voix fluette de « Frédo », sous-brigadier récemment affecté à cette CRS, parut énerver son chef. Frédo avait du mal à respirer sous sa combinaison. Son petit visage disparaissait dans le casque, lui donnant l'air de quelque histrion à la mode qui aurait participé à « Vis ma vie de CRS » ; et qui ne mesurerait que maintenant à quel point il était constitutivement inapte à la violence de ce métier.

— Chef ?

Frédo suivit son patron de mauvais gré. Les deux hommes grimpèrent les escaliers qui menaient à l'entrée de la promenade tandis que le dernier sous-brigadier de leur expédition surveillait le croisement entre la rue de Lyon et l'avenue Daumesnil. Tous trois étaient en grande combinaison : rangers, gilet pare-balles, pantalon et veste ignifugés pour résister aux brûlures des cocktails Molotov, casque de protection avec au niveau de la nuque une fine pellicule de mousse pour amortir les chocs et éviter le coup du lapin. Ils étaient équipés de tonfas et de Taser, mais c'étaient leurs Flash-Ball qu'ils brandissaient lorsqu'ils découvrirent que la haute porte métallique de la coulée verte avait été défoncée. Au-delà des cadenas sectionnés, un long corridor s'ouvrait au double canon de leur Flash-Ball, un long corridor asphyxié par une végétation touffue et luxuriante qui réduisait la lueur des réverbères de l'avenue contiguë à de fins rayons jaunes n'éclairant que leurs propres trouées.

6.

Dans la voiture filant à 180 kilomètres/heure sur l'autoroute de l'Est, Mansourd remarqua que ses mains s'étaient mises à trembler. Il avait besoin de se vider l'esprit ; il consulta machinalement les derniers appels sur son téléphone crypté et vit qu'il avait fait une faute en enregistrant le nom du juge Rotrou, auquel il avait ajouté un d qui ne pouvait s'expliquer que par le surnom qu'il lui donnait dans son for intérieur… « Rotrouduc » avait en effet été désigné d'urgence pour reprendre, avec le juge Poussin, le dossier Chaouch. Mansourd ne portait pas l'Ogre de Saint-Éloi dans son cœur, mais il fallait reconnaître qu'il était plus flexible, plus à l'aise que Wagner avec le principe d'une mission clandestine.

Au sous-sol du ministère de l'Intérieur, Montesquiou n'en finissait pas de triturer le pommeau de sa canne. Vermorel consultait des rapports dans cette salle futuriste du CIC où, deux jours plus tôt, elle avait infligé une humiliation napoléonienne aux grands préfets qui avaient laissé un candidat à la présidentielle se faire tirer dessus.

L'écran géant diffusait en sourdine plusieurs chaînes d'infos continues. Des opérateurs s'activaient dans l'ombre, parfois on portait à l'attention de la ministre un billet ou un document qui détaillait le nombre de voitures brûlées. Au chiffre de mille cent pour Paris intra-muros, la ministre s'énerva. Montesquiou sentit qu'il devait dire quelque chose. Il regarda le coin de l'écran où venait d'apparaître la vidéo du casque du chef du commando :

— Le principal, c'est qu'il n'y ait encore eu aucun mort. Deux nuits d'émeutes aussi violentes sans victime, c'est bon pour le président.

Un nouveau billet indiqua à la ministre que celui-ci tenait à être informé en temps réel du déroulement de l'opération.

— Du nouveau avec le gamin ? demanda la ministre à voix basse, en poursuivant sa lecture.

Montesquiou vérifia machinalement que la lettre n'avait pas disparu de la poche intérieure de sa veste. C'était l'original de la lettre d'Aurélie à Krim ; deux pages naïves et parfumées que lui avait remises Putéoli, à charge de revanche.

— Je crois que j'ai les moyens de le faire parler, répondit le jeune directeur de cabinet.

7.

— J'ai douté, Fouad, on m'a dit que tu étais de mèche avec ton frère, que tu étais entendu par un juge. J'ai douté de toi.

— C'est normal, ma chérie. N'importe qui aurait douté, n'importe qui.

Fouad avait du mal à tenir le téléphone contre son oreille et à articuler des phrases entières. Il dansait d'un pied sur l'autre, sans s'en rendre compte.

— Pas toi, toi, tu n'aurais jamais douté de moi. J'ai eu une révélation, Fouad, je sais pas par où commencer. J'étais à l'église, et j'ai compris… j'ai tout compris… L'amour ! C'est tout ce qui compte, Fouad. L'amour ! Oh mon amour, tu m'as tellement manqué. Tu m'as… tellement manqué…

— Jasmine, comment faire ? Tu es où ? Je peux venir ?

— Impossible, répondit Jasmine en reniflant. Oh mon Dieu, les rues sont bloquées, y a des flics de partout, et les taxis ne circulent plus.

Elle ferma les yeux pour retenir une nouvelle montée de larmes et déclara :

— Je passe te chercher. Tiens-toi prêt.

Mais elle dut ferrailler pendant dix minutes avec Coûteaux. Il était hors de question de quitter l'appartement ce soir. Même s'il acceptait, jamais la section de CRS envoyée pour bloquer l'accès à sa rue n'autoriserait le départ d'un convoi.

Jasmine appela Vogel, Habib et enfin sa mère. Celle-ci finit par accepter. Pourquoi ? Jasmine n'en savait rien et ce n'était pas sans l'inquiéter : la facilité avec laquelle elle avait cédé, son ton étrange, dépité… Avait-elle *renoncé* ?

Deux voitures furent appelées en renfort, il fallut une demi-heure pour préparer le convoi qui s'élança à toute vitesse le long du canal Saint-Martin, en direction de la place d'Aligre.

8.

Assise sur son lit, Aurélie se bouchait les oreilles pour ne pas entendre la violente dispute de ses parents qui se trouvaient pourtant à l'autre bout de l'appartement, dans le salon du piano. Quand les cris cessèrent, elle essaya de retrouver ce qu'elle avait écrit dans cette lettre pour la réécrire. Mais plus elle essayait de se souvenir des termes exacts, moins elle parvenait à rédiger quoi que ce soit.

Elle froissa plusieurs feuilles de papier avant de décider d'écrire une nouvelle lettre. Une lettre qui commençait à Bandol l'été dernier, où il était question de la mer, des lauriers-roses, des pins parasol, et de la ramade de vigne vierge qui recouvrait la terrasse où ils se rendaient tous les après-midis, et dont les feuilles brunissaient alors déjà sur les côtés. Aurélie soudain inspirée se souvenait d'avoir souvent vu Krim silencieux, comme s'il essayait d'abolir le temps en marmonnant sans s'en rendre compte des mélodies inaudibles, et plus curieusement en piquant avec sa paille les mouchetures resserrées que le soleil découpait sur la nappe en s'écrasant sur le haillon feuillu de la vigne. Tandis qu'elle, enrobée de son paréo turquoise, parlait de tout et surtout de rien avec les torses nus de la plage qui la suivaient comme un halo de moustiques.

Elle froissa la feuille de papier, en prit une autre, la froissa avant même d'avoir écrit quoi que ce soit dessus.

À l'autre bout de l'appartement, la dispute avait repris. Contrariée, Aurélie tira la langue. Sa mère s'était mise au piano et jouait fortissimo pour couvrir les explications et les lamentations de son père.

— Putain, souffla-t-elle en se rendant sur le balconnet de sa chambre, putain putain putain…

Elle essaya d'appeler Nico. Il n'avait répondu à aucun de ses messages depuis qu'elle s'était aperçue qu'on lui avait volé la lettre. Cette fois-ci, une voix mécanique lui annonça que le numéro qu'elle essayait d'appeler n'était pas attribué.

9.

Fouad s'était changé, il avait remis son costume passe-partout et sa plus belle chemise blanche. Il vit apparaître au coin de la place du marché deux véhicules noirs. Des hommes à oreillette en sortirent et vérifièrent les entrées de la place et les abords des commerces fermés. Ils investirent ensuite l'immeuble de Fouad et frappèrent à sa porte. Fouad était habitué à ce petit manège : il les laissa entrer et sécuriser l'appartement. Quinze minutes après cette équipe de précurseurs, la voiture de Jasmine arriva au pied de l'immeuble. La VIP, comme l'appelaient les officiers de sécurité, fut escortée au dernier étage. Trois voitures de police bouclaient la place, les deux véhicules de protection de Jasmine faisaient tourner leurs moteurs au cas où il faudrait l'exfiltrer d'urgence. Un tel dispositif n'était pas habituel pour un membre de la famille d'une personnalité menacée ; mais l'attentat contre Chaouch avait fait tomber des têtes au GSPR, et plus aucune précaution ne paraissait désormais superflue.

Le major Coûteaux frappa à la porte de Fouad qui était restée entrouverte. Jasmine regarda Fouad en pleurant tandis que son garde du corps inspectait l'appartement. Fouad la fixait comme s'il ne l'avait pas vue depuis des années ; il n'aperçut pas le regard mauvais que le major lui adressa. Coûteaux avait senti son haleine encore alcoolisée, malgré les trois interminables minutes pendant lesquelles Fouad s'était astiqué les dents.

Coûteaux laissa la porte entrouverte et attendit dehors. Jasmine sauta sur Fouad, l'obligeant à la porter à quelques centimètres du sol.

— Je veux que tu viennes avec moi. Je veux qu'on aille ensemble dans la chambre de mon père.

Quelque chose avait changé, en l'espace de trois jours, dans le visage de son amoureuse. Fouad ne lui en dit rien, évidemment, mais il eut l'impression qu'elle était un peu folle.

— Jasmine, ils me laisseront jamais passer, tu le sais bien…

Il n'osait déjà plus la regarder droit dans les yeux, songeant à Nazir, à la *thunder road* qu'il n'aurait jamais pu prendre si son grand frère ne lui en avait pas donné l'idée.

Une colère inexplicable dressait la jeune femme sur la pointe de ses pieds, soulevait sa poitrine à un rythme de plus en plus effréné.

— C'est ce qu'on va voir, décida-t-elle en saisissant le poignet de son amoureux.

10.

À la Préfecture de police, le commissaire Maheut fut appelé d'urgence du côté des écrans de Bastille. Des attaques qui ressemblaient à des diversions venaient d'être lancées de façon simultanée sur les principales artères qui menaient à la place. Deux cocktails Molotov avaient enflammé le pied de la colonne de Juillet.

— Envoyez des renforts ! hurla-t-il au capitaine assis derrière le poste de commande.

— Commissaire, les dernières unités disponibles sécurisent l'île de la Cité. Ils ont de quoi se défendre, vous ne croyez pas ?

Tandis que les fourgons alignés le long de l'esplanade de l'Opéra se déployaient pour faire face aux jets de pierres et de torchons brûlés des émeutiers, le commissaire essaya de joindre le brigadier-chef. Il avait débranché son oreillette.

— Trouvez-moi les caméras le long de l'avenue Daumesnil !

Celles-ci ne montaient pas jusqu'à la coulée verte. Sauf une qui offrait une vue plongeante sur ce morceau de promenade à découvert, à l'endroit où il se transformait en pont pour traverser l'avenue Ledru-Rollin. Le capitaine inclina cette caméra et zooma sur le brigadier-chef accompagné d'un sous-brigadier. Seuls, ils s'avançaient sur ce pont, Flash-Ball en main.

Manquant de salive devant cette image saisissante, le jeune commissaire ouvrit la bouche en espérant y faire passer, avec de l'air, un peu d'humidité.

11.

Jasmine et Fouad roulèrent en direction du Val-de-Grâce. Lorsque la voiture s'arrêta devant le grand portail, des gardes du corps en costume demandèrent à parler avec Coûteaux. Depuis la vitre arrière, Jasmine voyait des têtes et des yeux dire non, renforcés par des mouvements rasants du plat de la paume qui signifiaient plus que non, qui voulaient dire : sous aucun prétexte.

Jasmine sortit de la voiture. Coûteaux abandonna sa conversation avec ses collègues pour lui intimer l'ordre de retourner à sa place.

— Vous le laissez entrer ou je fais un scandale !

— Mademoiselle Cha…

— La ferme ! La ferme !

Elle se mit à hurler à la mort. Coûteaux prit les choses en main.

— C'est bon, on va le laisser entrer, c'est bon…

— Maintenant !

— Oui, il faut quand même qu'on le fouille, mademoiselle.

— Alors fouillez-moi, moi aussi !

Pétrifié sur son siège, Fouad suivait l'échange en ne comprenant qu'un mot sur deux. On lui demanda de sortir et il fut conduit en direction d'une porte cochère au-delà de laquelle deux hommes le palpèrent et lui demandèrent d'enlever ses chaussures. Fouad perdit l'équilibre en essayant de les enlever sans se baisser, il tomba et ne fut retenu par aucun des deux gorilles.

Quelques instants plus tard, on le conduisit, à travers une cour, dans le bâtiment qui abritait le service de réanimation. D'autres gorilles en costume gardaient les entrées, il y avait même un petit détachement de militaires armés comme pour partir au combat. Au rez-de-chaussée, il vit Esther Chaouch au pied des marches, qui essayait de calmer sa fille. Fouad l'avait rencontrée plusieurs fois mais l'effet qu'elle produisait sur lui était toujours le même : plus qu'une célébrité (il finissait par être habitué aux célébrités), elle était la femme de l'homme qu'il admirait le plus au monde. Une partie de son aura lui était ainsi attachée, et Fouad avait la bouche pâteuse en essayant de la saluer convenablement.

Esther Chaouch lui adressa un sourire contrit. Pas tout à fait glacial, mais sans humanité, assurément.

Des gardes du corps, à distance, ne manquaient rien de l'échange qui s'ensuivit entre la mère et la fille ; ils gardaient aussi un œil sur Fouad. Fouad tenta d'intervenir pour expliquer qu'il ne voulait pas faire d'histoires, mais Jasmine se serait sentie ridicule et encore plus seule, et à ce moment-là son propre inconfort lui parut dérisoire au regard de la passion qui animait sa petite amie.

À l'extérieur de l'hôpital, l'équipe chargée de la filature vingt-quatre heures sur vingt-quatre de Fouad s'entretenait avec le nouveau responsable de la protection de la famille Chaouch. Esther Chaouch finit par accepter de faire monter Fouad à l'étage, à condition qu'il n'aille pas dans la chambre. Jasmine tapa littéralement des pieds sur les pavés de la cour.

— C'est mon père ! cria-t-elle.

— Du calme, Jasmine, maîtrise-toi un peu, bon sang, c'est un hôpital ici, tu nous fais… honte…

Fouad n'avait jamais éprouvé pareille gêne ; on le regardait comme un problème à régler, au confluent des impératifs de sécurité et du caprice d'une petite princesse. Jasmine accepta le compromis proposé par

Coûteaux sous le contrôle d'Esther : Fouad patienterait dans la salle d'attente, pendant que Jasmine allait passer un moment avec son père.

La douceur de Coûteaux et son air de bienveillance vis-à-vis de Fouad, au moment où il se tourna vers lui, eurent raison de la colère de Jasmine.

Esther Chaouch les accompagna jusqu'à la salle d'attente, pièce rectangulaire, confortable et solidement gardée. Jasmine embrassa Fouad goulûment, par provocation, et le laissa devant la table basse, sur un fauteuil sans dossier où il fut bientôt soumis au mépris et à l'indifférence de celle qui, quelques heures plus tôt, était encore la première dame.

12.

Frédo eut beau répéter les instructions que lui hurlait le commissaire dans son oreillette, le brigadier-chef continuait d'avancer, persuadé d'avoir vu un mouvement dans les fourrés. Il se retourna brusquement pour ordonner à son sous-brigadier de débrancher son oreillette. Il avait l'air de vouloir lui donner une leçon de courage. Lui inculquer le goût de l'action par la manière forte.

Frédo n'arrivait pas à débrancher son oreillette à cause de la visière de son casque. Il enleva donc celui-ci, content de pouvoir prendre un peu l'air.

À ce moment, une ombre surgit de derrière les fourrés et traversa le pont à toute vitesse. Un pitbull. Il dégageait une telle puissance que le brigadier-chef fut projeté contre la rambarde du pont et tira instantanément un coup de Flash-Ball dans le vide. En déséquilibre, il passa par-dessus la rambarde et se retint d'une main à une canalisation poisseuse – le seul moyen d'éviter la chute de neuf mètres. Il entendit des hurlements mais ne pouvait rien voir. Il ne savait donc pas que le pitbull avait sauté à la gorge du sous-brigadier qui n'avait pas la force d'attraper le couteau d'urgence glissé dans une des poches de son pantalon.

Le commissaire Maheut avait appelé des renforts et dénoué sa cravate. Il ne pouvait plus respirer, comme si c'était sa gorge qu'enserraient les mâchoires du monstre. Il vit soudain apparaître une silhouette tremblante au bout du pont.

Gros Momo brandissait son 9 mm. Le commissaire Maheut ne pouvait pas le savoir, mais il le brandissait dans la direction du chien, pour sauver le sous-brigadier.

— Arrête ! Sarko ! Lâche ! Lâche !

Il avait beau hurler, le molosse ne lâchait pas. Le spectacle était insoutenable ; Gros Momo tira deux coups dans le puissant poitrail du chien.

À ce moment, le brigadier-chef qui avait réussi à se hisser à nouveau sur le pont, crut que Gros Momo avait tiré sur son jeune collègue. De rage – de rage accumulée ces trois derniers jours, ces trente dernières années –, il saisit Gros Momo par le col et, n'entendant bien sûr pas les cris de Maheut depuis la salle de commandement, il le fit passer par-dessus la rambarde. Depuis le pont Gros Momo n'était plus qu'une silhouette dégingandée, disloquée sur la chaussée comme un pantin.

Un coup de tonnerre retentit au moment où le brigadier-chef pratiqua les premiers soins sur son jeune collègue, essayant d'arrêter le saignement au moyen d'un garrot de fortune. La pluie se mit enfin à tomber, atteignant en moins d'une minute le maximum de sa puissance. Des rafales de grêlons s'abattirent sur le corps inanimé de Gros Momo ainsi que sur celui du dernier chien qu'il avait aimé, qu'il avait aimé même s'il s'agissait d'un pitbull dressé pour tuer. Telle fut, avant de sombrer dans l'inconscience, la dernière pensée de Mohammed Belaidi, dix-huit ans et demi, natif de Saint-Étienne, département de la Loire : ce n'était pas la faute de ce pitbull si on l'avait dressé pour l'attaque, contrairement aux hommes et, comme il avait pu le vérifier même dans les yeux havane de ce pitbull croisé avec un rottweiler, les chiens étaient des êtres bons, perdus dans un monde d'une férocité inexplicable.

13.

À trois heures quarante-sept précises, à l'heure la plus noire de cette nuit de tempête, tandis que Jasmine Chaouch se recueillait sur la main immobile de son célèbre père, un inconnu, Frédéric Mulot, sous-brigadier de la cinquième section de la Compagnie républicaine de sécurité n° 3 appelée en renfort dans le quartier de la Bastille, succomba à ses blessures aux urgences de l'hôpital Saint-Antoine, où il avait été conduit avec son brigadier-chef en état de choc.

Au même moment, Jasmine entendit un bruit nouveau dans l'électroencéphalogramme placé à gauche du lit. Elle ouvrit les yeux sans lâcher la main de son père et regarda anxieusement la porte de la chambre, entrouverte sur le couloir désert. Une minute plus tard, deux infirmières entrèrent et lui demandèrent de s'écarter. Jasmine se leva et claudiqua, ses jambes avaient été immobiles depuis trop longtemps. On l'aida à s'installer sur la chaise d'où elle vit bientôt défiler tout le personnel soignant de l'étage. Le médecin-chef fut réveillé en urgence. Les talonnettes du professeur Saint-Samat faisaient beaucoup de bruit sur le sol de la chambre : il avait dû prendre la première paire de chaussures qui lui était tombée sous la main. Il demanda à la famille de patienter dans la salle d'attente.

Jasmine arrêta une infirmière qui se précipitait vers la chambre de son père :

— Qu'est-ce qui se passe ?

On ne lui répondit pas. Elle se jeta dans les bras de Fouad.

— Jasmine, ma chérie, ça va ?

Esther – qui n'avait plus fumé depuis son entrée à Normale Sup trente ans plus tôt – venait de demander une cigarette au major Coûteaux, qui en avait trouvé une auprès d'un de ses hommes. La fenêtre ouverte donnait sur la chapelle et, en se retournant après avoir écrasé sa cigarette, Esther vit sa fille à genoux, la tête basse, les mains jointes au-dessus de sa chaise. Fouad avait l'air perdu, il regardait sa piété subite et ne la comprenait pas.

Esther n'osa pas l'interrompre mais ressentit une vive inquiétude lorsque la prière de sa fille fut ponctuée d'un premier signe de croix. La salle d'attente s'était tue pour ne pas gêner Jasmine. Les gardes du corps s'étaient raidis, ils baissaient légèrement la tête pour signifier leur respect.

Ce que Jasmine entendait, ce n'était pas le silence solennel de la salle d'attente, mais le chant des premiers oiseaux, la petite musique de l'aube, la richesse et la variété de l'œuvre de Dieu. Et ce fut bientôt son infinie bonté qui se silhouetta sur le fécond silence qu'elle avait suscité en elle : de l'extérieur jadis hostile lui parvenait le bruit métallique des talonnettes du professeur Saint-Samat, les pas qui se suivaient dans le couloir, qu'elle était la première à avoir remarqués mais qu'elle ne compta pas, délibérément, saisie de l'intuition que dénombrer, c'était pécher. Et lorsqu'il fit son apparition dans la salle d'attente, tout le monde se précipita à sa rencontre, mais pas Jasmine. Elle resta immobile et ne leva la tête que pour rendre à sa mère les baisers et les larmes de joie qu'elle faisait pleuvoir sur elle.

14.

Dans tout Paris, des téléphones sonnèrent. Dont celui de Serge Habib, le directeur de la communication de Chaouch. Mais il ne l'entendit pas. Il s'était résolu autour de minuit à récupérer un peu de sommeil. Il avait fermé ses volets pour la première fois depuis la campagne, retrouvé dans un de ses placards ses boules Quiès et réglé son réveil pour six heures quinze. À la sonnerie continue de son portable s'ajouta bientôt celle de son fixe, mais ce ne fut qu'un quart d'heure plus tard qu'Habib fut arraché au sommeil : quand on se mit à tambouriner à sa porte d'entrée.

Il regarda son portable et ses dizaines d'appels en absence et flotta jusqu'au hall d'entrée, se cognant contre la table ronde qui en occupait le centre.

— Mais qui c'est, bordel de merde ?

— C'est le concierge !

Habib en pyjama entrouvrit la porte et vit qu'il s'agissait bien du concierge, lui aussi en pyjamas et d'humeur querelleuse :

— Écoutez, c'est pas mon boulot, moi, toutes ces conneries ! Alors la prochaine fois, que ce soit le directeur de campagne, le Premier ministre ou la reine d'Angleterre, moi, je coupe mon téléphone !

Habib comprit. Il s'habilla en triple vitesse et appela Vogel, qui l'attendait déjà au Val-de-Grâce. Dix minutes plus tard, le dircom, qui n'avait pas eu le temps de se laver, franchit le portail de l'hôpital et grimpa les escaliers. La salle d'attente était trois fois plus peuplée que ces deux derniers jours. Tous les conseillers les plus proches l'accueillirent avec le même sourire en coin. Les visages étaient épuisés, les mines frileuses, les peaux tendues par le réveil en sursaut et les toilettes à la hâte.

Habib se fraya un passage à l'aide de son moignon et fut conduit à la chambre par un garde du corps. Devant la porte attendaient Esther, Vogel, Jasmine et – surprise – Fouad Nerrouche.

Il salua les trois premiers et commença à parler de conférence de presse. Vogel était en chemisette de pyjama sous sa veste de costume. Il prit Habib à part et lui dit à voix basse :

— Il s'est passé un truc, ça doit rester entre nous.

— Et le copain de Jasmine, qu'est-ce que c'est que… ?

— Peu importe, il a rien entendu. Bon, Idder a dit des trucs en se réveillant. Il a parlé, quoi.

— Putain, c'est génial ! Il parle déjà ! Il a dit quoi ?

— Ben voilà, répondit Vogel, on sait pas… il a parlé en chinois. Il a toujours pas ouvert les yeux mais il a parlé. En chinois, putain de merde !

Habib allait réagir lorsqu'une infirmière sortit à toute vitesse de la chambre. Elle referma mal la porte derrière elle. À travers la forêt de médecins qui s'activaient autour du lit, les deux plus proches conseillers de Chaouch virent la main du patron qui remuait, détachant un doigt après l'autre.

— En chinois ? Mais pourquoi en chinois ?

Habib n'en revenait pas.

— Ça change toute la donne, ajouta-t-il dans l'oreille de Vogel en surveillant les alentours.

— Quoi, le chinois ?

— Non, l'empêchement… Le Conseil constitutionnel a décidé hier soir, enfin putain, y a quelques heures, tu vas pas me dire que…

— Que quoi ? Qu'ils peuvent pas changer d'avis du jour au lendemain ? Eh ben, justement, si ! Elle est gravée dans le marbre, leur putain de décision… Écoute, on en reparlera plus tard, pour l'instant faut se concentrer sur le plan com'. Réunis ton équipe, inutile d'aller au QG, on va se faire prêter une salle et bosser ici jusqu'au lever du jour, O.K. ?

15.

Jasmine n'arrêtait pas d'embrasser sa mère. Fouad sentit qu'il n'avait rien à faire dans le couloir, avec les proches d'entre les proches.

Il s'éloigna à pas comptés vers la fenêtre ouverte de la salle d'attente. Adossé à la voiture blindée, Aurélien Coûteaux parlait au téléphone, s'agitait, paraissait énervé, tendu, *humain*.

Jasmine rejoignit Fouad, l'enlaça et lui dit en fixant sur son visage exténué un regard souffrant, amoureux, hystérique :

— C'est grâce à toi, Fouad. C'est grâce à nous, c'est parce qu'on s'est retrouvés, tu comprends ? C'est parce qu'on s'aime !

Pour toute réponse, Fouad caressa ses cheveux noirs.

Jasmine remua les bras en direction de son garde du corps et lui fit signe de monter. Coûteaux leva la paume pour dire : j'arrive, une seconde.

— Je peux plus te parler, là, j'ai une urgence, dit-il dans le combiné.

— Putain de merde ! cria la voix à l'autre bout du fil. Ne raccroche pas ! Tu m'entends ? T'as pas intérêt à raccrocher !

— Aux dernières nouvelles, c'est pas de toi que je prends mes ordres. Alors change de ton, arrête d'appeler sur ce numéro et puis va te faire foutre.

Il raccrocha et rejoignit l'étage illuminé.

16.

— Coûteaux ! hurla Nazir. Coûteaux !

Il donna plusieurs coups de poing dans la cabine téléphonique et abandonna sa tête contre la vitre ruisselante de rosée.

Fleur avait les yeux explosés par la nuit blanche qu'elle venait de passer. Leur camion avait fait le tour d'un lac interminable et s'était arrêté pour permettre à Nazir de passer un énième coup de téléphone. Fleur en profitait pour respirer un peu d'air pur ; à l'intérieur du camion, ils étaient cachés au milieu de porcs noirs, et une porcherie mobile n'en était pas moins pestilentielle.

Nazir la rejoignit et fit signe à leur nouveau chauffeur d'attendre un moment.

La cabine téléphonique donnait sur un chalet flanqué d'une girouette immobile. La berge du lac était rendue, sur deux cents mètres, à sa virginité originelle. Pas tout à fait, en vérité : il y avait encore les glissières de la route en rondins de bois calibré. De l'autre côté de ce lac, à une demi-heure de route, le chapiteau du cirque avait été dressé pour le spectacle du lendemain.

Fleur observait les brumes qui flottaient sur la surface obscure des eaux, se teintaient d'imperceptibles tons de bleu, de rouge, tandis que le ciel qu'on pouvait enfin distinguer des montagnes était violet vers l'ouest et d'un somptueux rouge orangé là où le soleil commençait à renaître.

Nazir ne regardait que le ciel sous lequel les contours se précisaient, le relief émergeant du sommeil. Les brumes voyageaient à présent exclusivement sur le lac, quittant le rivage où Nazir vit soudain apparaître deux phares, non pas le monophare que les brumes auraient flouté quelques secondes plus tôt, mais deux phares bien distincts, qui filaient à toute vitesse le long du lac.

Il crut que c'étaient *eux* mais les voitures dépassèrent le camion de la ménagerie qui devait les mener, lui et Fleur, au-delà de la frontière – s'ils survivaient à l'odeur toutefois, cette odeur qui faisait pleurer Fleur. Elle se tourna vers Nazir en lui demandant :

— On va rester ensemble, hein ? On va plus jamais se quitter ? Pas après ça…

Soudain Nazir vit une ombre passer dans le ciel, un corbeau de métal qui volait bas et à la réalité duquel il n'arrivait pas à croire : la chose prit bientôt l'aspect d'un hélicoptère de l'armée volant vers l'autre bout du lac.

17.

Les images bougeaient beaucoup malgré le stabilisateur de la caméra embarquée sur le casque du chef du commando. La ministre de l'Intérieur balançait ses mâchoires de tous côtés, reniflait bizarrement, s'agitait sur son siège. Le canon du fusil d'assaut du chef du commando pointait l'horizon comme dans un jeu vidéo dont elle aurait été le décideur virtuel.

Les hommes du commando investirent les roulottes une par une, saccagèrent méticuleusement le cirque et hurlèrent à ceux qu'ils réveillaient de leur dire où se trouvait l'homme dont ils leur montraient la photo.

Aucun ne parlait français. Mais tous pouvaient reconnaître un visage ! s'irrita bientôt Mansourd qui eut la conviction qu'ils refusaient délibérément de les aider.

L'agent de la DGSE qui était resté dans l'hélicoptère indiqua à Mansourd qu'ils continuaient de recevoir le signal du BlackBerry.

À Paris, la ministre décroisa les jambes et changea de fesse de support. Montesquiou était au bord de l'apoplexie.

Mansourd suivit le chef du commando et trois autres hommes en direction de la roulotte la plus éloignée du campement. Il n'y eut aucune sollicitation avant d'en défoncer la porte. À l'intérieur, la caméra du chef du commando balaya avec le canon de son fusil un coin cuisine, un canapé, et enfin une autre porte qui menait à une chambrette. Vermorel et Montesquiou s'attendaient à y voir Nazir mains en l'air, torse nu, surpris, peut-être, dans un moment d'intimité sportive avec une jeune contorsionniste.

Au lieu de quoi, ils eurent la stupéfaction de découvrir un chimpanzé, tout sourire, vêtu d'un petit costume bleu blanc rouge, qui sautillait gaiement sur la couche superposée du haut.

Le chef du commando baissa son arme et fouilla le petit singe. Dans la poche de son veston sur mesure, il trouva le BlackBerry de Nazir.

Folle de rage, Vermorel ordonna d'annuler l'opération et de rentrer immédiatement en France avant de se faire repérer. Mansourd fit valoir qu'il se trouvait peut-être dans un rayon de quelques kilomètres, qu'il fallait peut-être…

— La ferme ! hurla la ministre. Vous rentrez !

Montesquiou se crispa devant l'image de ce singe qui les narguait. Vermorel attendit le retour à un écran neigeux pour exploser de rage et trouver une tête de Turc à malmener.

Un coup de fil urgent offrit à Montesquiou un prétexte pour échapper au courroux de la ministre ; il s'éclipsa dans l'antichambre et vérifia que personne ne pouvait l'entendre après avoir compris de qui il s'agissait.

— Qu'est-ce que c'est que ces bruits de chevaux ? Vous êtes où, là ?

— *Rentrée chez moi*, répondit une voix féminine à l'autre bout du fil.

— La SDAT vous cherche à cause du portable, dit gravement le jeune homme, ces crétins vous appellent « la cavalière ». Vous êtes toujours là ?

— *J'ai retrouvé la trace de Waldstein.*

Montesquiou se tut. Puis il déclara :

— C'est trop tard maintenant. Nazir a échappé au commando. On n'a pas le temps de s'occuper de Waldstein, vous êtes d'accord, n'est-ce pas ?

— *Il s'apprête à se mettre au vert. Amérique du Sud. Vous confirmez que je le laisse partir ?*

— Oui, je confirme, soupira Montesquiou de plus en plus irrité par les habitudes de langage de ces professionnels du secret à qui il lui pesait, à la longue, de devoir donner des ordres.

18.

Rabia avait entendu un neurologue expliquer dans une émission que notre sommeil était divisé entre cycles d'une heure trente : depuis ce jour, elle notait mentalement l'heure à laquelle elle s'endormait et vérifiait, au petit matin, qu'elle avait dormi x fois une heure trente. Ça ne manquait jamais : elle dormait toujours sept heures trente ou six heures mais jamais huit heures ou six heures trente. On s'était souvent moqué de sa naïveté, mais Rabia continuait d'y croire. Jusqu'à ce mercredi matin, où elle se leva spontanément quatre heures pile après avoir fermé l'œil. Elle vérifia le cadran et chercha à se souvenir du temps qu'elle avait mis à s'endormir « quatre heures » plus tôt : ce laps de temps lui paraissait impossible, elle aurait pu jurer avoir trouvé le sommeil dès qu'elle avait rabattu la couette sur son menton.

Surprise, un peu étourdie, elle se leva, écouta la mauvaise respiration de Dounia, hocha la tête en soupirant et sortit de la chambre sur la pointe des pieds. Elle n'avait plus sommeil et ne comprenait pas ce qui lui arrivait.

Elle descendit au rez-de-chaussée et but un grand verre d'eau dans la cuisine. Des bandes de jour apparaissaient dans les interstices des volets.

Des images de Mouloud Benbaraka la saisirent comme un frisson. C'était un cauchemar éveillé qu'elle avait fait plusieurs fois depuis dimanche :

Elle était seule dans le salon de leur appartement rue de l'Éternité, elle regardait la télé, et soudain elle ressentait une présence, une présence hostile ; elle regardait les vitres nues entre les rideaux ouverts mais c'était la porte qu'on essayait de forcer – et elle se réveillait au moment où l'intrus y parvenait. Comme si la Peur, atteignant son intensité maximale, l'éjectait mécaniquement de cet univers qu'Elle avait confectionné sur mesure.

Dans le monde des songes peut-être, songeait Rabia, mais pas ailleurs : elle tourna brusquement la tête, certaine d'avoir entendu s'animer la porte d'entrée. Elle alluma la radio et entendit la nouvelle : Chaouch s'était réveillé. Elle n'y crut pas, jusqu'à ce qu'elle apprenne qu'une conférence de presse du médecin-chef du Val-de-Grâce était prévue pour sept heures trente et serait « évidemment » retransmise en direct. Rabia ouvrit les yeux plus grand qu'elle ne l'avait fait depuis dix jours. Elle voulut crier, alerter la maisonnée, allumer les lumières, ouvrir les volets, faire entrer le jour dans la cuisine. Soudain elle n'avait plus peur ; elle n'aurait plus jamais peur !

Mais elle fut brisée dans son élan par une série de coups absurdement violents contre le volet de la porte d'entrée.

Elle éteignit la lumière de la cuisine et sentit ses jambes qui flageolaient. La terreur lui attaquait les jambes, avant même, semblait-il, d'augmenter le rythme de ses pulsations cardiaques. Elle se rendit à pas comptés dans le salon, espérant gagner le téléphone et prévenir la police, mais elle entendit la voix dure de l'homme qui essayait de détruire la porte :

— Police ! Ouvrez !

Elle alluma la lumière du salon, puis celle du vestibule, et commença à tourner la clé dans la serrure.

— Police ! Ouvrez ! Ouvrez !

— C'est… qui ?

— Police ! Dépêchez-vous ou on défonce la porte !

Pourquoi criaient-ils si fort ? Pourquoi venaient-ils si tôt ? Elle ouvrit, mais n'eut pas le temps de se charger du volet : il lui fut littéralement arraché des mains pour permettre à une dizaine d'hommes en civil, portant armes, brassards et gilets pare-balles, de s'engouffrer dans le couloir.

— Rabia Bounaïm-Nerrouche ? Commission rogatoire. Le juge Rotrou vous place en garde à vue.

— Mais j'ai déjà… protesta Rabia.

— Allez, inutile de discuter.

Elle fut plaquée contre le mur, on lui passa les menottes sans ménagement.

— Mais j'ai rien fait ! pleura-t-elle. Quand est-ce que vous allez nous foutre la paix ? *On n'a rien fait !*

— Oui, oui, c'est ça, personne n'a rien fait. Mais oui. Ta sœur est à l'étage ?

Elle n'avait pas vu ce capitaine de la SDAT quand ils l'avaient interrogée la nuit de l'attentat. C'était un petit gros avec un visage carré, des yeux de chat et d'épais sourcils inclinés vers le haut – le visage même de la méchanceté.

Rabia trouva le temps, entre les larmes qui lui étouffaient la poitrine, de dire :

— J'ai un avocat. Me Szafran…

Mais le capitaine ne réagit pas. Il réajusta son brassard, serra les menottes de Rabia et la conduisit lui-même à l'extérieur.

— Mais vous me faites mal ! Laissez-moi au moins m'habiller !

Elle portait sa robe de chambre rose et ses pantoufles. Voyant que le capitaine ne réagissait toujours pas, elle se mit à crier :

— Mais j'ai rien fait, moi ! J'ai rien fait !

— Allez, c'est ça, répondit enfin le capitaine. On a de nouveaux éléments qui vous mettent directement en cause avec votre sœur. Et puis, à votre avis, pourquoi est-ce que le juge Rotrou vous placerait en garde en vue si vous aviez rien fait ?

19.

Chez lui, en pyjama, le juge Wagner traversa le couloir pour se rendre aux toilettes. Il vit que la chambre d'Aurélie était allumée. Il y frappa deux coups légers ; Aurélie remua sur son lit. Il entra. La jeune fille avait les cheveux en bataille, les sourcils douloureux. Des dizaines de pages griffonnées et froissées s'étalaient sur sa couette rose. Elle les assembla fébrilement et cala son visage entre ses poings.

— Pourquoi tu dors pas à cette heure ?

— Papa…

Le juge la considéra, tête penchée. C'étaient ce petit minois inconséquent, cette bouche d'adolescente, ces jolis petits yeux de couleurs différentes qui avaient sonné le glas de sa carrière.

Il adressa un sourire peiné à sa fille, songeant que les enfants étaient monstrueux parce qu'on ne pouvait pas leur en vouloir, parce qu'ils ne décidaient vraiment de rien quand ils causaient du tort.

— Allez, dors un peu, dit-il en éteignant la lumière.

Après être passé aux toilettes, il s'habilla et retrouva Thierry qui somnolait dans le salon.

— On n'a plus beaucoup de temps à passer ensemble, murmura-t-il en le réveillant, j'aimerais faire un tour si ça ne vous dérange pas.

Dix minutes plus tard, la voiture roulait sur le périphérique. Le juge toucha l'épaule de son chauffeur-garde tandis qu'ils approchaient de Levallois-Perret.

— Monsieur ?

— Attendez, Thierry, ralentissez. Ne vous arrêtez pas.

Des grues dépassaient les miradors du siège de la DCRI, et le juge Wagner ne put s'empêcher de remarquer qu'ils se détachaient sur le ciel cru et délavé. La pluie venait de s'arrêter et des pans de bleu se ménageaient une place entre les nuages sombres encore majoritaires. Le juge se souvenait des saints du Vatican et des nuages qui les avaient mis en marche. C'était la même chose avec les grues et les miradors de ce site ultraprotégé, qui composèrent une figure androïde, moitié homme, moitié machine, semblablement animée par le ciel mouvant.

On essayait de l'appeler sur son téléphone personnel : Poussin. Il décrocha et entendit la voix mal assurée de celui dont il s'était un temps considéré comme le mentor. Poussin lui apprit que Rotrou avait embarqué à nouveau les inséparables sœurs Nerrouche, avant même l'horaire légal d'interpellation, limite que la qualification antiterroriste d'un dossier autorisait certes à ignorer.

Wagner secoua la tête en signe de dépit et d'impuissance. Alors que son jeune collègue hésitait à raccrocher, il s'éclaircit la voix et ajouta sur un ton qui pour la première fois n'était pas strictement professionnel :

— Guillaume, il va falloir vous battre. Rotrou va vouloir vous bouffer avec les autres. Vous comprenez ce que je vous dis ?

— O-o-oui, monsieur.

— C'était une mauvaise idée, Saint-Étienne, ajouta Wagner, c'est à Paris qu'il faut enquêter. Le complot mêle… écoutez, ça dépasse de beaucoup le cadre de la famille Nerrouche… Tout est dans les relevés d'écoutes de ce troisième portable, s'ils ont été classifiés, c'est qu'ils contiennent des informations cruciales…

— C'est aussi la p-p-preuve qu'ils p-p-paniquent, observa Poussin.

— Bien sûr. Mais dans leur position, ils ont les moyens de paniquer tranquillement… Je vous donnerai aussi mes notes sur un témoignage qui pourrait être enregistré dans la procédure comme témoignage sous X. C'est une commandante du GSPR, Valérie Simonetti, il faut…

Wagner s'interrompit, se souvenant qu'il s'était récusé, que ce n'était plus son affaire.

— Bon courage, Guillaume.

— M-m-merci, monsieur le juge, balbutia le jeune Poussin. Vous p-p-pouvez me f-f-faire confiance…

Wagner haussa les sourcils et raccrocha. Il regarda son officier de sécurité :

— Désolé, Thierry, rentrons.

Il composa le numéro de Valérie Simonetti tandis qu'Aqua Velva le conduisait au Palais de justice ; il expliqua à l'ancienne chef de la sécurité de Chaouch qu'il s'était récusé et qu'elle devrait traiter maintenant avec son collègue, le juge Poussin.

Son cabinet de la galerie Saint-Éloi avait des allures de lendemain de fête : les dossiers étaient éparpillés autour de la cafetière, son bureau jonché de notes gribouillées à la hâte et maculées de taches de café. Il s'assit derrière le plan de travail de sa greffière et, sans allumer d'autre lumière que la lampe de bureau, contempla la vaste pièce sous un angle auquel il n'était pas habitué – l'angle d'Alice.

On frappa soudain quelques coups à la porte ; l'énorme visage de Rotrou apparut, horriblement penché et travaillé par un sourire de joie malsaine.

— Vous êtes bien matinal pour un homme au chômage…

Comme Wagner ne répondait pas et semblait ignorer sa présence, l'Ogre ajouta :

— Il va falloir me filer vos notes, autant s'en occuper maintenant…

— Vous vous trompez, Rotrou, dit Wagner sans bouger les yeux, les mains posées le long des accoudoirs du siège d'Alice. Cette pauvre famille a rien à voir avec le complot, c'est ici qu'il faut enquêter…

Gueule ouverte, Rotrou haletait sans pourtant paraître manquer de souffle – haletait par pur surcroît d'énergie ventilatoire. Il était en bras de chemise, bretelles défaites. Ses avant-bras imberbes paraissaient démesurés, dépourvus de toute musculature, simplement gros comme des cuisses.

Il désigna le bureau d'un geste mou de sa patte d'ours, qui voulait englober, par extension, tout le cabinet, toute l'institution judiciaire :

— C'est pas un endroit pour les humanistes, Wagner. Vous voulez vous faire bien voir, vous voulez qu'on écrive des articles : le bon juge Wagner, le gentil juge Wagner, Henri Wagner l'intègre, Henri l'indépendant, Riton la tendresse…

Wagner lui fit un bras d'honneur.

L'Ogre eut un reniflement considérable, qui ramassa toute une flottille de glaires au fond de sa gorge. Au lieu de cracher comme on aurait pu penser qu'il s'y préparait, il déclara :

— Qui veut faire l'ange fait la bête.

Et puis il prit congé, en refermant délicatement la porte dont il n'avait pas daigné franchir le seuil.

20.

Le capitaine Tellier venait de terminer son petit-déjeuner. Il avait passé la nuit à essayer de recomposer le puzzle de la journée de dimanche de Krim, relisant les PV de garde à vue de toute la famille, de Mouloud Benbaraka, et revenant sans cesse à l'os que constituait la déposition du responsable des vedettes du Pont-Neuf, qui décrivait « la cavalière » comme une « grande blonde aux cheveux flamboyants », « l'air pas commode », dotée d'insignes de police « parfaitement crédibles », et avec « quelque chose de dur et d'un peu dingue » dans le regard.

Aucun service susceptible d'avoir voulu récupérer le portable de Krim n'avait déclaré connaître d'officier répondant à cette description ; il s'agissait donc vraisemblablement d'une complice de Nazir. Ce qui ajoutait un larron au complot, un de plus, un de trop, songeait Tellier en sentant la fatigue alourdir non seulement ses paupières, mais les muscles de son dos.

Il entendit soudain le bruit d'une démarche familière : une démarche à trois jambes.

Montesquiou se matérialisa au seuil de son bureau. Tellier se leva difficilement.

— Bonjour capitaine, j'aimerais voir Abdelkrim Nerrouche.

Tellier ingurgita sa dernière bouchée de croissant et déclara, gêné :

— Je suis désolé, monsieur, mais ça ne va pas être possible. Le gamin dort, et vous n'êtes pas… je risquerais d'avoir des problèmes…

— Oui, c'est sûr que vous allez en avoir, des problèmes, si vous ne me laissez pas entrer.

Tellier soupira :

— Il faut voir avec le commandant Mansourd, je ne veux pas prendre la responsabilité de…

Montesquiou éleva la voix :

— Vous travaillez pour moi, capitaine, vous n'avez pas de responsabilités, je décide et vous exécutez, c'est clair ?

Tellier sortit sa langue et l'orienta vers sa lèvre fendue. Il conduisit le directeur de cabinet de la ministre dans la cellule de Krim.

21.

Krim dormait comme un bébé ; un coup de canne contre sa couche le fit se réveiller en sursaut.

— Allez, allez, debout, on a des choses à se dire.

Montesquiou s'appuya contre la porte de la cellule et tira la seconde feuille de la lettre d'Aurélie.

— J'ai deux bonnes nouvelles pour toi, Abdelkrim.

Krim s'essuyait les yeux comme un petit garçon.

— Premièrement, Chaouch était dans le coma, et il vient de se réveiller.

Mais la deuxième bonne nouvelle parvint à faire oublier à Krim l'énormité de ce qu'il venait d'apprendre :

— Et ta petite copine m'a chargé de te faire passer une lettre.

Krim était complètement réveillé. Il s'approcha pour saisir la feuille mais Montesquiou la retira in extremis.

— Tu te souviens de notre petite discussion de la dernière fois ? Si tu veux la lettre, il faut que tu me donnes quelque chose en échange…

— Mais…

— Franchement ce serait dommage que je doive repartir avec cette lettre… Ce serait tellement dommage. Allez, un petit effort…

Krim avait pensé à quelque chose avant de s'endormir quatre heures plus tôt ; il n'avait rien à perdre, tout à gagner. Il dit :

— Ben le texto que Nazir m'a envoyé par erreur… Il avait l'air énervé que je l'aie reçu, il me disait de l'effacer tout de suite… ça avait l'air super important et…

Montesquiou passa la main dans sa chevelure blonde. Il le savait, tout ça ; la lenteur de Krim le rendait fou, sa canne tremblait, frémissait comme une jambe nue dans le froid.

— Il parlait d'une ville où il devait aller, je sais pas si ça a un rapport…

— Quelle ville ? On parle bien de G., hein ?

Si le visage de Krim se décomposait à ce moment-là, s'il avait oublié qu'il s'agissait de retrouver le nom derrière cette maudite initiale, Montesquiou sentit qu'il allait perdre patience.

— Ben je sais plus trop, c'était un truc genre Genève, en Italie.

Montesquiou se redressa, victorieux.

— G. comme Gênes, bien sûr…

— Quoi ?

— T'en as parlé à nos amis ? demanda Montesquiou en indiquant du front la porte de la cellule.

— Ben non, on avait dit…

Montesquiou donna un coup avec sa canne et laissa tomber la page sur le sol.

— C'est bien. Continue de rien leur dire et peut-être que je te ferai d'autres petits cadeaux… (Il se souvint de sa promesse originelle.) En attendant bien sûr le gros cadeau, mais ça c'est pas pour tout de suite, tu peux le comprendre…

Il sortit sans rien ajouter, gardant la première page de la lettre dans sa poche.

Et Krim découvrit ainsi, dans la cellule étouffante et sans fenêtres où il avait passé les trois dernières nuits, tandis que le jour se levait au-dehors et que les yeux de Chaouch s'ouvraient péniblement sur les figures mouvantes du service de réanimation du Val-de-Grâce, une lettre d'Aurélie qui ne contenait que neuf mots :

Je pense à toi, tout le temps.
Aurélie, xxx

Neuf mots qu'il lut et relut cent fois au cours des heures suivantes, jusqu'à connaître par cœur chaque rond de a, chaque ventre de o, chaque arc de e, chaque flèche de t, et ainsi de suite jusqu'au facétieux gribouillis que formait le xxx de sa belle Aurélie.

La virgule qui ponctuait la première phrase lui faisait monter les larmes aux yeux, mais il y eut autre chose, la première heure au moins, quelque chose de plus fort que le contenu de la lettre : son parfum de lavande. Et ce parfum de lavande que Krim ne savait ni ne saurait jamais décrire, c'était la preuve que la Terre continuait de tourner en son absence ; c'était tout l'amour du monde alambiqué dans une poignée d'atomes ; c'était cela, une gouttelette d'espoir, précaire, fugace et dérisoire, et qui pourtant illuminait tout l'océan, irrésistiblement, avec la même stupéfiante rapidité que met la lumière à conquérir le ciel après le règne de la nuit qui semblait, quelques instants plus tôt, devoir se prolonger pour les siècles des siècles.

À suivre…

Table des matières

DIMANCHE

LUNDI

MARDI

Mise en page par Meta-systems
59100 Roubaix

CET OUVRAGE
A ÉTÉ ACHEVÉ D'IMPRIMER
SUR ROTO-PAGE
PAR L'IMPRIMERIE FLOCH
À MAYENNE EN AVRIL 2012

N° d'édition : L.01ELJN000473.N001. N° d'impression : 82125
Dépôt légal : mai 2012
(Imprimé en France)